Albrecht SCHÖNE
EMBLEMATIK UND DRAMA IM ZEITALTER DES BAROCK

エンブレムとバロック演劇

アルブレヒト・シェーネ──著
岡部仁＋小野真紀子──訳

ありな書房

エンブレムとバロック演劇　目次

第1章　シュレジアの劇作家たちの出典 —— 7

第2章　エンブレム表現法概説 —— 19

第3章　演劇テクストにおけるエンブレムの範例 —— 63

第4章　演劇作品におけるエンブレム構造 —— 139

第5章　エンブレム舞台としての劇場 —— 209
原　註 —— 237
文献表 —— 281
訳者あとがき —— 297
人名索引 —— i—308

EMBLEMATIK UND DRAMA IM ZEITALTER DES BAROCK
Albrecht SCHÖNE
Verlag C. H. Beck, 1964, München

Translated by Hitoshi OKABE and Makiko ONO
Published © 2002 in Japan by ARINA Shobo Co. Ltd., Tokyo

エンブレムとバロック演劇

第1章　シュレジアの劇作家たちの出典

ダニエル・カスパー・フォン・ローエンシュタイン

一六六五年のローエンシュタインの悲劇『エピカリス』の第一幕に、ネロ帝打倒の陰謀をたくらんだ一団の反徒たちが集まり、謀議をはかるところがある。暴君を暗殺して片づけたら、ただちにC・ピーソを帝位に就かせよう、との謀議がでる。するとこの計画に対し、こんな異議がもちあがる。

　　いったいローマは、
ピーソに何を期待できるというのだ？
あの男は、悪徳という悪徳に染まっているではないか？
地上の蠍なら、われわれが刺されても、その毒は治せよう。
しかし、天高く星々の玉座にのぼったあの蠍に刺されれば、
毒の炎症が、しばしば国の津々浦々まで伝染するものだ。☆1

この戯曲が書かれてから三〇〇年、テクストのなじみにくくなった世界にわけ入ろうとする読者の目には、この件りが奇妙に謎めいた議論、難解な判じ絵のように映る。解明の手がかりとなる鍵を求めていくと、ローエンシュタイ

ンがこの悲劇にそえた博覧強記の膨大な注釈部に、「これについては、サアベドラの第五二シンボルを見よ」、と人目につかないわずかな指摘が見つかる。

スペイン人、ディエゴ・デ・サアベドラ・ファハルドの『キリスト教的政治の君主の理念』は、一六四〇年に初版がでると、たちまちラテン語、そこからイタリア語、ドイツ語、オランダ語、フランス語、英語にも翻訳され、おびただしい版を重ねて人口に膾炙された。[☆2] その第五二シンボルを見ると、地上の雲間に浮かぶ一匹の蠍が描かれていて、蠍座の星がそのまわりをとり囲んでいる（図1）。

図1

この絵の下には、つぎのような説明が見られる。「蠍が天にのぼり、星の仲間入りをしても、邪悪さはそのままだ。それどころか、天にのぼると、この地上にいるときよりも邪悪さはひとしお猛烈だ。なにしろ、毒の力がはるか広範囲に地上に蔓延する」。[☆3] この図解入り帝王学の著者がこの特殊な事象から導きだしているのは、普遍的、原則的な政治の行動規則なのである。その説明によると、支配者は、だれを顕職につけるか、慎重な熟慮を凝らさなくてはならない。というのも、顕職についた者は、「生来の悪徳が日増しにふくれあがり」、ささいな地位にあるときよりもはるかに悪しき影響を及ぼさずにはいないからだという。とすると、ローエンシュタインの謀反人たちの謀議にでてくる謎めいた蠍の比喩は、ピーソの即位に反対する論拠だということがはっきりわかるようになる（ピーソには、悪徳という悪徳がすでに「芽ばえている」）。

地上の蠍なら、われわれが刺されても、その毒は治せよう。

しかし、天高く星々の玉座にのぼったあの蠍に刺されれば、
毒の炎症が、しばしば国の津々浦々まで伝染するものだ。[☆4]

ところで、これは、なにもまれな例というわけではない。エピカリスの謀反のくわだてが失敗したあと、ローマ人クインクティアヌスが投獄されるが、自白を拒否する。じつはその間、謀反の一員であるスケウィヌスが拷問台にかけられ、転覆計画に参加したことを自白したばかりか、クインクティアヌスも加わっていたことまで認めていた。この自白がクインクティアヌスに突きつけられると、彼はただこう答えるだけである。

図2

すでに杭にくくられている鳥は、
ほかの鳥たちも猟師の罠におびき寄せようと、
泣き叫んでもがくものだ。[☆5]

ローエンシュタインの注には、「サアベドラの第四七シンボルを見よ」とある。その個所を参照すると、一羽の鳥が猟師によって杭に仰向けにくくられているところが描かれていて、その鳥がもう一羽を爪でからめとっているところ

に、さらにもう一羽が舞いおりてきている（図2）。

サアベドラの説明には、「地上に羽を広げて横たわった鳥は、逃れようとしてもう一羽を爪でつかまえるが、このもう一羽のほうも、同情して助けようと飛んできた三番目の鳥をつかまえ、こうしてつぎつぎに罠にかかり、すべてが命を落とした☆6」とある。この『キリスト教的政治の君主の理念』が施す説明は、ひとまずクインクティアヌスの返答の内容をあきらかにしてくれる。つまり、拷問を受けたスケウィヌスの自白にはなんの意味もない、自分が放免されたいばかりに、「逃れよう」がために、罪のないわたしまでも「猟師の罠」に引きずりこむのだ、と彼はいう。しかし、鳥の絵とサアベドラの注釈は、たんに劇の登場人物の暗号めいた発言の説明にとどまらないはるかに多くのことを教えてくれる。つまり、それがこの悲劇の最後の三つの幕における劇中事件全体のモデルを提供している、といっても過言ではないのである。ネロは謀反に気づいていたのだが、まだ反徒の一団のごく若干名しかわからない。その若干名が逮捕される。彼らは——とくに拷問に耐えぬくエピカリスを例外として——自分たちだけは放免されたい、少なくとも恩赦を得たいとの望みから、あるいは苛烈をきわめる尋問に屈し、ほかの謀反人たちの名をあげる。名をあげられた者たちは投獄され、各自審問を受ける。最初のうち彼らは、あの密告者たちが「われわれまで網にかけようとして悪あがきしている☆7」のだと釈明し、あきらかに問題の鳥の絵と関連させている。しかし、拷問を受けると、自分たちも共謀したことを認め、ほかの謀議者たちを密告してしまう。一人の謀反人がもう一人の名をあげ、「つぎつぎに罠にかかり、すべてが命を落とした」。

このようにローエンシュタイン悲劇の解明の手がかりが得られるサアベドラの『キリスト教的政治の君主の理念』は、キリスト教徒支配者の政治的智恵の指南書、つまり帝王学の書である。それがこの本の内容、効果の意図、使用目的と見なされている。しかし、この図解帝王学の提示の仕方に関していえば、このスペイン人外交官の作品は、まったく異なる文学伝統と関連している。たとえば、いまあげた第四七シンボルの例をとってみるとよくわかることだが、仲間を猟師の罠にさそう杭づけにされた鳥の図は、すでに一六一五年に、帝王学の書というジャンルとはまったく無縁な書物にでてくる。一名をアンゲルムントと称するヤコブス・ア・ブルックの『道徳と軍事のエンブレム集』である。[8] しかも、そこに描かれている事象は、すでに一六〇四年、ニュルンベルクのヨアヒム・カメラリウスの『シンボルとエンブレム百選』の第四部「水棲動物と爬虫類」に描かれている。その第二三寓意に、糸でつながれて泳ぐ漁師のおとりの鮭が、仲間の鮭を誘っているところが見られるのである。さらにもう一歩進めば、あのサアベドラの帝王学の書が関わっている大きな伝統の出発点にたどりつくことになる。イタリア人アンドレア・アルチャーティの『エンブレムの書』〔邦訳『エンブレム集』ありな書房〕は、初版が一五三一年に出されたが、その後補完された諸版には、[9] 猟師の網のなかにおとりとして一羽の家鴨が入れられていて、野生の家鴨を網に誘うところが描かれている。「仲間に対する詐欺」と表題がある（図3）。

図3

ローエンシュタインのサアベドラからの引用は、全部で一四回にのぼるが[10]（『アグリッピーナ』、『エピカリス』、『クレオパトラ』、『ソフォニスベ』）、それらは、ドイツ・バロック演劇と一六、一七世紀のヨーロッパのエンブレム表現法の関連をきわめてはっきり示している。しかもこれは、ローエンシュタインにかぎった現象ではない。

アンドレーアス・グリューフィウス

アンドレーアス・グリューフィウスの弔辞集、『埋葬謝辞』には、文面の端に印刷された注がのっている。ところでこの傍注には、イタリア人ヤコブス・ティポティウスの『シンボル』への指示がいくつも含まれている。[11] この『シンボル』は、一六〇一年から一六〇三年にかけて三巻で印刷され、その後おびただしく版を重ねた。たとえば、グリューフィウスの一六五二年の『人の歳月は駆け過ぎる』では、クライデルヴィッツのシュトッシュ家の亡くなった主人についてこう述べられている。亡き方は、「かつては苦痛にうちひしがれながら、いかにわたしたちのいわゆる人生が苦痛とおぞましさに満ちているかに思いを馳せておられたころの、俗事のむなしい希望に別れを告げられてから、いまはわたしたちの望む財宝を手に入れられたのです。鷲ですら、この世では、安全というわけにはまいりません。いたるところでつけ狙われているのです！　鷲自身の翼の羽をつけた矢に射られることが、なんとおびただしいことでしょう。しばしば鷲は、首や翼を蛇にからみつかれて、その蛇をふり落とそうとして空高く舞いあがることがあるのです！　アンドレスの伯爵、フランシスクス・バウシウスは、自分のメダルに、ため息をつく鷲を刻ませておりました［傍注に、ティポティウス、第三巻、第一三五折］。その鷲の胸には、激した蛇、あるいは渇した蛇がぶらさがっており、SEMPER ARDENTIVS すなわち『つねに燃える者』という銘記すべき題がついておりました。その心は、心中の憂いの炎はそれだけ激しく燃える、との意であります。どれほど清い方、どれほど悟られた方であられても、このような苦しみをしばしば感じざるをえないのです」。ここに見られる引用と出典指示に該当するのは、エンブレム表現法とじかに隣接する領域の著作なのである。ティポティウスは、紋章と格言から構成された王侯貴顕たちのモットーを書き記し、いわゆるインプレーサの集成を提供しており、このようなインプレーサは、いまあげた実例に照らしてみると、エンブレムと関連していることが一目瞭然になる。というのも、胸に蛇がぶらさがった鷲は、なにもティポティウスの一六〇三年の『さまざまな王侯の諸シンボル』[☆12]に

図4

はじめて出てくるわけではなく、すでにそれ以前に刊行されていたエンブレム作者たちの著作にも見られるからである。たとえば一五九六年の、多少表現が異なるがカメラリウスの著作にも、すでに「つねに燃える者」という標題のものがある[☆13]（図4）。実際、グリューフィウスが、鷲は「自分自身の翼の羽をつけた矢に射られる」ことがよくあると述べている場合、たしかに箴言編集者のティポティウスがその先例をあげているわけではないが、しかし言及はされていないエンブレム作者たち、たとえばフランス人のギヨーム・ド・ラ・ペリエール[☆14]とか、スペイン人のファン・デ・ボリア[☆15]、さらにヨアヒム・カメラリウス[☆16]も、自分の羽をつけた矢で射抜かれる鷲を描いている。

ヨハン・クリスティアン・ハルマン

この種の弔辞は、シュレジアの劇作家ハルマンも、一六六五年から一六八一年にかけて起草したものを二〇編出版している。一六七七年までに成立した一四編の埋葬式辞では、エンブレムの引用がほんのわずか散見されるだけである。しかしその後、一六七八年から一六八一年にかけて書かれた六編の式辞では、その数が激増している。たとえば、一六七九年の『人間の心』では、一一を数える。まさにこのようなエンブレムだらけの式辞を、ハルマンは一六八二年に出版した弔辞集の冒頭に据えた[☆17]。これらの式辞には、死者の経歴と人柄を述べる演説者がそれこそ埋葬式辞の骨組みとして技巧を凝らして「援用」している一連のエンブレム引用が見られる。しかも、『人間の心』でハルマンは、このために九つの心のエンブレムを総動員し、それらの図像を記述し、標語も引用している。とすると、このような一連の同じモティーフを集めるために、作者はエンブレムのあれこれの著作にあたり、参照したのではなかろうかと、たしかに考えてよいことになる。彼は、どこに探し求めたのだろうか。クルト・コーリッツは、イタリアの「エンブレム作者たち」の影響をあげている。「彼らの数多くを、ハルマンは弔辞のなかで、自分で集めた常套句集のなかから取りだして名前と格言をそえて引用している[☆18]」。この指摘にそってハルマンのテクストを検証してみるとわかるとおり、出典指示の全般にわたって、まず二人のエンブレム作者の名前があげられている。イエズス会士ヒエレミアス・ドレクセリウスの名が二回、サアベドラの名が二回である。つぎに出典を明示していないエンブレムが二つ引用されているが、そのうち一つはペーター・イッセルブルクの『政治エンブレム集』が出典である。最後にハルマンは、ジョヴァンニ・フェッロのインプレーサを一つ、ハルスデルファーのエンブレムを三つ、サアベドラの書籍からは七つを引用している。☆19 しかし、コーリッツが数多くのイタリアのエンブレム作者といっているのは、実際にはインプレーサの持ち主のことであって、法王クレメンス八世、カスティリアのイサベラ、フランスのアンリ二世とパリの都、二人の枢機卿と一連のイタリア王侯貴顕たちである。ハルマンがそこであげているのは、彼らのインプレーサなのである。☆20

一六、一七世紀のおびただしい数の選集は、こういった素材を一堂にとりそろえていた。たとえば、ハルマンがほかのところでもはっきり引用しているジョヴァンニ・フェッロは、ピエトロ・ナヴァロ伯爵のインプレーサとして、駝鳥が産んだ卵に息をふきかけているところを描いている☆21（図5）。

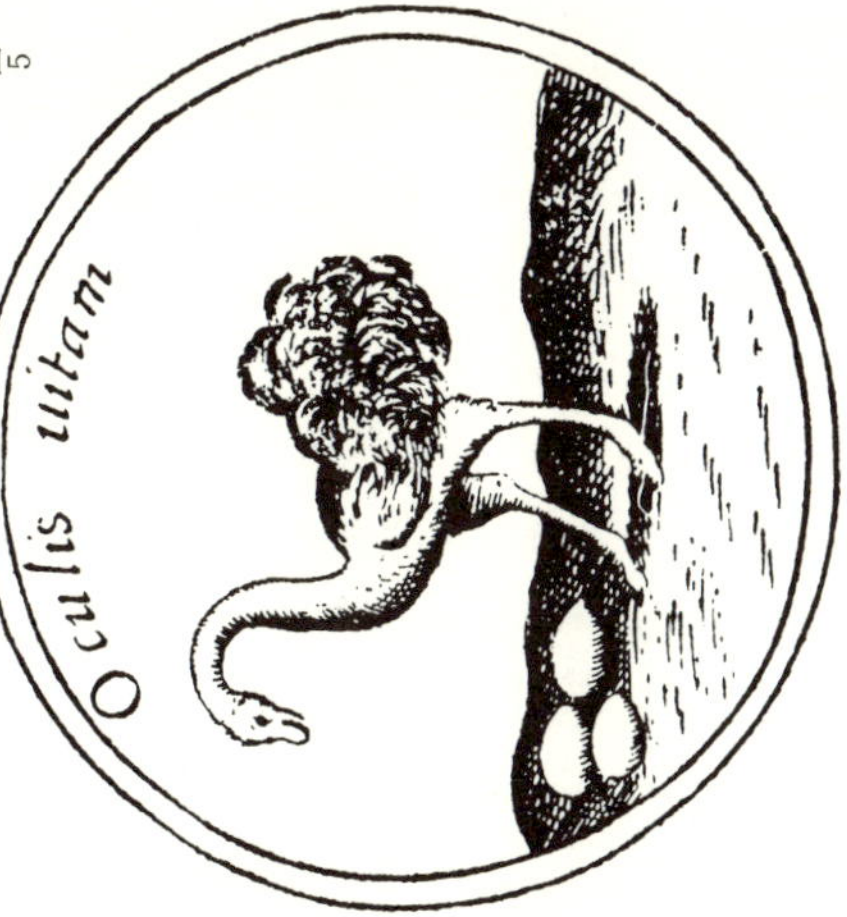

図5

彼はそのさい、インプレーサ収集家パオロ・ジョーヴィオばかりか、☆22 エンブレム作者カメラリウスも引きあいにだしている。☆23 ところで、ハルマンの一六七八年の弔辞『人間の眼』には、こんな文面がある。「イタリアの伯爵、ピエトロ・ナヴァロは、ある寓意画に駝鳥を描いております。駝鳥が、産んだ卵をまえに、それを目線で孵化させているところでありますが、こんな題がついております。

目で命を

わが眼力によって、
わたしは命の水を授けよう。

さて、わたしは、深い悲しみに沈んでおられる奥さま、ならびに深い苦しみにたえておられる二人のお子さまに、お尋ねいたしたく存じます。亡くなられたご主人、ご尊父は、あなた方にとりまして、いわばこのように孵化させる駝鳥であられたのではないでしょうか。わたしの問いかけには、必ずや、そのとおり、とお答えになられることでありましょう」[☆24]。このように弔辞を見ると、ハルマンがおびただしい数のインプレーサ集やエンブレム書を知っていて、それらを参照したことが確認できる。実際、明白なサアベドラの出典指示が、作者自身の注釈部をそえた二つの劇作品にも見られるのである。[☆25]

アウグスト・アドルフ・フォン・ハウクヴィッツ

同じことが、ハウクヴィッツにも見られる。一六八三年の悲劇『マリア・ストゥアルダ（メアリー・スチュアート）』に、フランスの使節が、このスコットランド女王の苦しみを列挙するとき謎めいた言い回しで、「あの方は、寓意画によって最初の拘留から盗みだされたのです[☆26]」と語るところがあって、この言葉に作者はこう注釈を施している。「同エンブレムは注目にあたいする。われわれのフランツィスキーの書物のメアリーの物語三四八ページを参照のこと」。ここで作者が参照せよといっているのは、エラスムス・フランツィスキーの『貴顕たちの栄枯盛衰、あるいは偉人たちの栄華没落の第二の喪の広間第二部』である。[☆27] 同書の一二番目の物語には、こんな話が述べられている。捕らえられたメアリー・スチュアートは、「それまで誠心誠意女王を見守り、いかなる災難も防いでさしあげようとしていた[☆28]」サルピ伯の監視から引き離され（「最初の拘留から盗みだされ」）、ほかのもっと厳しい監視者たちの手に引き渡された。この措置は、ひそかに暗殺されぬように女王をもっと安全な保護に委ねる必要がある、との口実のもとになされた。しかし実際は、ある人びとが、一連の「寓意画（ジン・ビルト）」を通して神託のような謎めいた予言を女王に届けることによって、彼女自身の心に暗殺の恐れを目ざめさせ、ほかの監視者たちのもとに彼女が進んで身を委ねるようにさせたのである。このように人びとが偶然を装って女王に渡した最初の寓意画には、見張りのアルゴスがメルクリウスの笛で眠り込むところが描かれていて、そこにEloquium tot lumina clausit!、すなわち「雄弁はかくも多くの眼を閉ざした！」という言葉が付されていた。二つめの寓意画には、イーオーの見張りをするアルゴスの首をメルクリウスがはねるところが描かれていた。三つめの寓意画には、「Per vincula cresco、すなわち『ひもに縛られてわたしは成長する』という添え書きの横に、樹幹につながれた小さな接ぎ穂が、ひもに縛られているのに花を咲かせる」ところが描かれていた。最後の四つめの寓意画には、「押しつけられながらも、ふたたび高々と伸びる棕櫚の木」が描かれていた。[29]

実際、メアリー・スチュアートが「最初の拘留から盗みだされた」ときにもちいられたこれらの寓意画とは、まさにハウクヴィッツが注の指示で説明しているそのもの、つまりエンブレム表現にほかならない。笛でアルゴスを眠りこませる「メルクリウス」は、バルテルミー・アノー[30]とファン・デ・オロスコ・イ・コバルビアス[31]に「おべっか使い」のエンブレムとして出てくる。「接ぎ穂」を描いている者としては、脈絡はさまざまであるものの、ギヨーム・ド・ラ・ペリエール[32]、ジョルジェット・ド・モントネー[33]、ヨアヒム・カメラリウス[34]、ニコラウス・タウレルス[35]、オットー・ウェニウス[36]、そしてヤーコプ・カッツ[37]がいる。また、木のうえに重しをのせられて圧迫されながら、かえって力づよく空に伸びようとする「棕櫚の木」は、アルチャーティ[38]やラ・ペリエール[39]に見られる。

このようにグリューフィウスやローエンシュタイン、ハルマンやハウクヴィッツ、そしてこれらの偉大なシュレジアの悲劇作家を模したラウジッツの亜流たちの作品にこっそりちりばめられた指示は、あきらかにバロック時代の演劇にとって典型的な意味をもっている。このような事情は、一般的にいってけっしてこれほど的確には証明できないものだが、それを立証する一連の確実な間接的事実が得られるのは、これらの作家が劇作品や注釈部と用辞の出典指示に示した博覧強記好みのおかげである。バロックの劇作家たちの素養、そしていまやほとんど名称しか知られていないエンブレムという芸術形式と彼らの作品との関連、こういった点を教えてくれる一連のきわめて明白な証拠が、この間接的事実であきらかになる。なにしろ、これらの指示の対象であるエンブレム表現法は、事実、海中に没した大陸といってよく、この大陸を究めようとしたのは、ほんの一握りの専門家だけだった[☆40]。そこでまず、少なくともこの大陸の輪郭を素描しておいたほうがいいだろう。そのあとで、バロック演劇とエンブレム表現法の関連を示すグリューフィウスとローエンシュタイン、ハルマンとハウクヴィッツの指示を究明することにする[☆41]。

第2章　エンブレム表現法概説

エンブレム書

「シンボル＝エンブレムに関する書と目録が、一六世紀の末から一七世紀初頭におびただしく出版された」、とヘルダーは一七九三年の『娯楽草紙』に記している。「どうしてだろう。この時代とこの趣味の歴史は、いまだ深い闇に包まれている」[☆1]。

一五三一年のアウグスブルクで、イタリアの法律学者、アンドレア・アルチャーティのラテン語版『エンブレムの書』［邦訳『エンブレム集』ありな書房］が上梓された。初版に続いて、ほかの地で増補され注釈まで付された版やヨーロッパ諸国語によるおびただしい数の翻訳が出される。知られているものだけでも、一五〇版をくだらない[☆2]。それらの版本がさらに引き金となって、全ヨーロッパでほとんど数えきれないほどの後継者が現われた。彼らは、すでに出版された旧作によって知られているエンブレムをそのままとりいれるか変形を加え、新解釈をほどこし、多様な典拠と独自の考えにより、たえず新しいエンブレムをつくりだしては追加してゆく。イタリアから発したこの流行は、スイス、ドイツ、フランスに広がる。さらにスペインに波及する。フランス語のリヨン版のアントワープ復刻版によって、流行はネーデルランドにも根づき、海を越えイギリスへ渡る。ポルトガル、デンマーク、ハンガリーもこれに一枚加わる。そして、ピョートル大帝がオランダ滞在中にエンブレム作者たちの本を知ったらしく、大帝の求めに応じて一七〇五年に、なんとロシア専用の数カ国語の選集が出版される。[☆3] マリオ・プラーツは、匿名で出版された厖大な数のエンブレム書を含む基礎的な「エンブレム文献」[『綺想主義研究』「エンブレム文献資料集」ありな書房]のなかで、エンブレム作品の著者を六〇〇人以上あげている。しかも彼らの名は、数種の異なる本とともに挙げられている者が多く、また同一のエンブレム書の数種の版と翻訳とともに挙げられている者もきわめて多い。[☆4] それぞれの版でも、その部数は測り知れない。したがって、一六世紀の六〇年ごろからおよそ一八世紀初頭にかけてどれほどの部数でエンブレム文献がヨーロッパの書籍市場にあふれでたか、そのおよその見積もりでさえも困難をきわめる。おそらく七桁を数えなくてはならないだろう。ただその散布密度、つまりどの国が普及していたかに関して見れば、少なくともエンブレム書全体のほぼ三分の一は、もともとドイツのものであることがわかろう。とはいえ、地方色や国民色を出すことに重点は置かれていない。いずれにせよ、著者や図案家、木版師あるいは銅版師、そして印刷業者も、国籍が多種多様であることが多い。とりわけ初期においては主にラテン語が使われ、後期には数カ国語によるテクストだったため、エンブレム表現法は汎ヨーロッパ的現象の性格を帯びるようになる。

エンブレムの構造と各構成部分の機能

このような雪崩現象を誘発した一五三一年のアルチャーティの『エンブレムの書』には、アウグスブルクの画家、イェルク・ブロイの制作した小さい木版画が九八枚おさめられている。ほかの図案家たちが作図したのちの版では、その数が二一一枚にまでふくれあがっている。この図像(ビルト)にはすべてモットーと、さらにラテン語の哀歌の韻律のエピグラムがついている。このように図像とテクストが三部構成をなして結合した形が、それ以後エンブレムの外的形式となった。図像、すなわちピクトゥーラ——イコン、イマーゴ、さらにシンボルともいう——に描かれるのは、特定の場所や植物や動物、あるいは人間生活の対象や出来事、または擬人化されたもの、歴史と神話と聖書の人物や場面などである。多くの源泉からこれらの表現は由来している。エジプトのヒエログリフや、古代のカメオや彫刻、ローマのコインやメダル、さらに中世に受け継がれ再解釈された古代の無数の絵の題材、中世の動物譚や植物誌、またルネサンス画家の作品や近世の挿絵つきの学術書も、この表現に寄与していた。聖書はもちろん、古代の神話、文学、歴史叙述や自然記述、寓話や逸話、諺集などもそうである。しかしまた作者自身の自然や人間生活の観察からとられることもあった。「太陽のもとにエンブレムの題材を提供しえぬものなし」[☆5]と、一六八七年ボフスラウス・バルビヌスは明記している。このピクトゥーラの上に、あるいはしばしばピクトゥーラの中にとりこまれた格好で、ふつうは簡潔なラテン語の、ときにはギリシア語の、あるいは各国語のインスクリプティオ——モットー、レンマ——が置かれている。それは古代の著作家や聖書の句、あるいは諺を引用することもまれではない。それは、描かれているものの記述でしかないことがしばしばあるが、もっと多いのは絵から導きだされる標語や短い格言、諺ふうの断言や簡潔な公理である。最後に、ピクトゥーラの下にはスブスクリプティオが現われるが、これは絵に描きだされたものを説明し、解釈し、そしてこの絵の意味から頻繁に普遍的な処世哲学や行動規則を引きだしている。たいていは長短さまざまなエピグラムで、いくつかのエンブレム書では、そのかわりにもっと長い散文が入ることもある。もっとも、散文によって書かれたスブスクリプティオは、すでにエンブレムの基本形式の解体を予告していて、その結果、最終的にはインスクリプティオが章タイトルとなり、ピクトゥーラが章の初めのイラストに、スブスクリプティオが説教文になってしまう。インスクリプティオの前あるいは後にしばしば図像に対する献辞がつくように、図像やスブスクリプティオに説明や出典挙示を伴う散文の注釈がつけ加わることもある。しかしそのような注釈は、本来の完結したエンブレムには属さない基本的に不必要な添えものとして書かれているのであって、いわば覚え書きとして出てくる。[☆6]アルチャーティの初版ではまだ完全ではなかったが、のちのエンブレム書では、図像の版形が等しく、エピグラムの長さも一定に保たれており、さらにふつう一ページごとにひとつのエンブレムが出てくることにより、三部構成の形をとった統一感がきわだってくる。

エンブレムを構成する三つの部分の機能については、最近、ヴィリアム・S・ヘクシャーとカール＝アウグスト・ヴィルトが、次のような趣旨の規定を設けようとした☆7。インスクリプティオは、ピクトゥーラから「標語あるいは処世訓」を導きだすが、ただしその格言が図像といったいどのように関連しているのか、それを見て読む人にはわからないようにしておく。そして、このように「仕掛けられた謎を解くこと、あるいは少なくとも謎を解くのを容易にすること」、しかも教育的意図をもって、ないしはある目的に添って、その謎の解答を普遍的に通用する真理と関連づけること、それがエピグラムの役目なのだという。たとえばアルチャーティは、エンブレム書の初版で☆8、木の実をたたき落としている二人の子供を描き、「実りの自滅（自分自身を破滅させる豊穣さ）」というインスクリプティオをつけている（図1）。

図1

このエンブレムでは、なぜモットーが自滅にいたる実りを話題にするのか、それを理解させるには、ピクトゥーラによって可能な説明のほかに、たしかにスブスクリプティオも必要かもしれない。このスブスクリプティオには、木が実をつけたため子供たちから石を投げられ棒でたたき落とされる目にあうのを木自身が嘆く言葉が盛られており、その説明として、実り豊かな者は実りのない者よりひどい目にあわざるをえない、と説かれているのである。

しかしながら、すでにこのアルチャーティの『エンブレムの書』ですら、必ずしもピクトゥーラとインスクリプティオが謎をかけて、その謎をスブスクリプティオが解くのだとばかりは言いきれない。たとえば、星を指している学者を描いた図像には「占星術師」という標題がついており、また、弓矢を手に炎を従えながら、翼をはやし目隠しをした愛らしいアモルの図像には、「アモルの肖像」という題がついている[☆9]。つまりそのインスクリプティオは、たんに絵に描かれた対象を言い表わしているだけのことで、格言ふうの説明になってこそ標題（モットー）の謎めいた特徴が出てくるというのとは異なり、一切そのような格言ふうの説明はとっていない。アルチャーティが、嵐に吹かれる一本の樫の木を描いたピクトゥーラに「最も堅固なものは動かされず」というインスクリプティオをつけたり、あるいは一人のムーア人を洗っている図像に「不可能なこと」という標題をつけたりしている場合ですらも[☆10]、実際には「レンマの言葉とイコンの図像が一体になってひとつの謎をなし……、エピグラムによってその謎が解ける」[☆11]ようにはなっていない。ヘクシャーとヴィルトがそのようにエンブレムの三部構成をそのまま機能の三幅対であると同時に内的形式としてとらえている試みは、客観的な事実に照らしあわせてみるとあまりにも偏狭にすぎる定義であるため、失敗に終わってしまうのである。むしろエンブレムの三部構成形式には描写と説明、あるいは描出と解釈という二重の機能が対応している、という方向でエンブレムを定義したほうが、この豊かな現象を正しくとらえられそうである。その場合、ピクトゥーラの描写する働きには、インスクリプティオも一枚加わることがある。つまりインスクリプティオが、もっぱら対象と関わるイメージ呈示の標題となっている場合である。またスブスクリプティオにしても、同じくこの描写する働きに関与することがある。その場合は、エピグラムの一部がたんなるイメージの記述だったり、ピクトゥーラで描かれた対象をさらに詳しく述べる描出だったりする。他方、スブスクリプティオ（あるいは、いずれにせよスブスクリプティオのなかで本来の解釈にあてられた部分）の説明する働きには、インスクリプティオも参与することができる。その場合インスクリプティオは、格言ふうの簡潔な形式をとるため、ピクトゥーラとからんで謎めいた特徴を帯びることがあり、スブスクリプティオによってその謎を解くことが必要になる。また最後に、描出されたものにエピグラムがほどこす解釈にも、ときおりピクトゥーラそのものがすでに関与している場合がある。たとえば背景に描かれている同じ意味をもつ事象が、前景の出来事の説明を助けるのである。したがって、すでにエンブレムの基本形式において、エンブレム表現法の応用にひとつの可能性がひそんでいて、その可能性がとくに一八世紀の造形芸術でさかんに駆使される。主たる絵に対し、エピグラムのかわりに、解釈する局部的な絵が付け加えられる。たとえばカメラリウスでは、水にもぐった一羽の水鳥がふたたび浮上してきたところが描かれていて、さらに背後には木の切り株が見え、枝がふたたび生えてきている☆12（図2）。

この場合、背景の図と前景の出来事とのあいだには、それとなくひとつの類似点がうかがえる。つまりこのふたたび伸びる切り株は、ふたたび浮上してきた鳥が運命の打撃に打ちひしがれることのない抵抗力の寓意であることを理解させているのである。

図2

このようにエンブレムの三部構成形式をとる模写と解釈、描写と意味づけの二重機能は、模写されたものにはそれが描出している以上の意味があるところにもとづく。エンブレムのレス・ピクタ［描かれたもの］は、指示する力をもっており、つまりレス・シグニフィカンス［意味を指示するもの］である。図像が暗示しようとし、またその図像を言葉で説明するスブスクリプティオが把握しようとするのは、レス・ピクタを超えでる実情である。ハルスデルファーは（エンブレムという表記のかわりに「寓意画（ジンビルト）というなじみのない言葉」を用いていたが）、この実情を「寓意画の魂」と呼び、「銘文［モットーとエピグラム］が寓意画の通訳であり、図像（ビルト）ないしは図像（フィグーア）［ピクトゥーラ］自体が身体である☆13」と述べていた。彼の公式は、パオロ・ジョーヴィオのインプレーサの定義から導きだされているが☆14、このハルスデルファーの公式を見ると、

レス・シグニフィカンスとシグニフィカティオ［意味内容］が、それぞれ身体と魂のあいだを支配している固定した関係において考えられていることがわかる。したがって、インスクリプティオとスブスクリプティオによる解釈はすべて、既存の互換不可能な意味内容の把握のことだ、と理解されているわけである。事実、エンブレム表現では一貫して、特定のレス・ピクタの一様な説明すらも見られる。素材は幾度も同じ典拠からとりだされ、のちのエンブレム作者は頻繁に先行する作品をよりどころとするからである。多彩な顔ぶれの著者たちの手になるスブスクリプティオは、たしかに同じシグニフィカティオをさまざまな形に練りあげているが、それでもやはり、ある程度エンブレムの意味の固定した基準をつくりあげながら伝えていったのである。

図3

もちろん、はやくも一六世紀に例外が現われている。たとえば一五三九年にギヨーム・ド・ラ・ペリエールが、目をあけて寝ている兎を、落ち着けない疚しい良心を表わす寓意として描いている[☆15]（図3）。これに対しカメラリウスは、一五九五年に、この兎を模範的な用心深さの寓意にとっている[☆16]。のちのエンブレム表現では、こうした相違が頻繁に現われる。そこに見られるのは、伝統的な図像にさえも、機知あふれる創意にみちた斬新な解釈をあたえようとするバロック時代の著作家の野心である。そしてさらに、宗教、政治、恋愛の領域など、エンブレム書のますます強まりつづけるテーマの特殊化のために、伝来のレス・ピクタが特殊なテーマを表わす意味によって解釈しなおされるようになることもめずらしくない。そのような著作家の野心やテーマの特殊化のために、数多くのエンブレム書のまわりには、巨大な円を描いてエンブレム的意味が寄り集まっているのである。

一五三一年にこのようなエンブレムを最初に提示したアンドレア・アルチャーティは、この新ジャンルの創立者と呼んでいいだろう。「エンブレムの父にして創立者はアルキアートゥス（アルチャーティ）である」[☆17]。しかしエンブレム表現法は、広く多岐にわたる前史をもち、先駆者や先例や類似物があって、形のうえでもモティーフのうえでも、おびただしい影響の坩堝であることがわかる。アルチャーティのテクストは、そのほぼ半分が『ギリシア詞華集』のエピグラムのラテン語訳か改作にほかならない。しかも彼は以前すでに、エンブレムに用いるのとはまったく別途に、この詞華集の翻訳と改作を同じテクストのまま出版したことがあった[☆18]。このような既存のテクストを『エンブレムの書』に利用したことは、けっして著者が自作の詩句をつくる手間を省いてたまたま借用したにすぎないというものではない。むしろこの借用は、エンブレムに対する決定的な要因を示しているのである。つまり、ギリシアのイメージ・エピグラムは、墓石や献納物に刻まれた碑文として書かれているので、エピグラムという詩形の元来のしきたりをいまだ反映していることが多く、そういった墓や献納物などに描かれた彫像や図像を記述したものであることがめずらしくない。そして、記述する者ないし語る者は、具体物をじかに指し示しながらの表現法を駆使して見る者や読む者に語りかけるのであるが、以前に記述されたものを教訓的、寓意的に説明するそのやり方が、まるでエンブレムのスブスクリプティオを語る著者の口振りにしばしばそっくりなのである。だからプラーツはこう書いている。アルチャーティは「ギリシア語をラテン語に訳し、図をつけ加えているが、この措置は、すでに原典から予想できたことだった。実際、ポンペイのある邸の地下墓地の壁には、現在『詞華集』におさめられている三つのエピグラムが書かれていた痕跡（あと）が、それもそれぞれ彩色の絵入りで発見されたのである。したがって、アルチャーティのエンブレムと『詞華集』のエピグラムは、たんに名称がちがうにすぎないということになる」[☆19]。実際の状況から見てこのような結論が下せるものかどうか、わたしには疑わしく思える。ポンペイでエピグラムに壁画が描き加えられたり、アルチャーティが『パラティン詞華集』の自分の翻訳の上にささやかな木版画を添えたりするとき、ほんとうは新種の芸術形態が成立しているのであって、既存のイメージ・エピグラムとの相違点はけっして名称だけにとどまるものではない。「すべて寓意画は、図像とそれに付記される若干の言葉に本質が潜んでいなくてはならない」とハルスデルファーは言い切っており、ギリシアのエピグラムのようにただ図像を叙述するだけの形式に対し、エンブレムの図像とテクストとのこのような結合のちがいをこうはっきり述べている。「したがって、このような寓意画は、本質がもっぱら絵画にあるものや、あるいは絵に描いたような文章で書かれたものといった絵画や文書とはちがうのである[☆20]」。フランス人のバルテルミー・アノーは、一五五二年に絵画詩（PICTA POESIS）というタイトルを自分のエンブレムにつけているし、またマティアス・ホルツヴァルトも、一五八一年に出版した選集を絵画詩（Gemälpoesy）と定義している。つまり、エンブレム独自の二重性をはっきり目立たせているのである。エンブレム書のなかには、ときどき挿し絵のひとつが省かれているものなどもあるが、その場合は、造本上の外的な理由によると考えてまちがいない。たとえばネーデルランドのコルネリス・ユーデマンの選集に見られるように、例外的にピクトゥーラがいっさい載っていないものがあるが、やはり著者は、機会を逃さずはっきりこれを欠点だと述べており、あくまで核心の一部をなす図像を描き加える作業は、読者の想像力に委ねている。「さまざまな折りにふれてのエンブレム集、あるいは箴言詩。読者諸賢には、これにより各自考えるところと戯れんことをここに乞い願う次第である。というのも、各自の考えは、図像だけでは単純簡潔に表わせないからである[☆21]」。

　このようにピクトゥーラとスクリプトゥーラから構成されるにいたって、エンブレムは新しく生まれたジャンルとして、それ以前の絵と文面の結合した形式や先例に加わることになる。それ以前のものとしては、たとえば初期キリスト教時代や中世の銘帯の付された壁画や、救済史図鑑、死の舞踏、聖書絵本、ブラントの『阿呆船』やムルナーの『悪漢同業組合』の類にならった諺や教訓の絵解き、絵と標語や紋章銘文によって構成される紋章学、ドヴィーズやインプレーサ芸術の表現が挙げられるだろう。

現実との関係

ところで、こうしたさまざまな関連を示唆しながらピクトゥーラによってイメージ・エピグラムを補完しているからといって、これはけっしてたんに提示の仕方がちがうというだけのことではない。新しいエンブレム形式は、新しい意味をも同時に獲得しているのである。『ギリシア詞華集』には、ひとつの端緒が用意されているにすぎない。その端緒がエンブレムに展開するのは、詩句の形で記述されたイメージが目に見える形でエピグラムの上に据えられるとき、つまり、そのイメージがいわば現実化されるときである。というのも、このイメージ・エピグラムの詞華集の作者が「絵に描いたような文章で書いた」ものに比べて、エンブレムのピクトゥーラは、本質的に一変した現実性の度合いをもっているからである。ピクトゥーラが、それもピクトゥーラがはじめて、きわめて直接的に、つまり具象的に、エンブレムのスブスクリプティオによって説明されるものを描きだす。スブスクリプティオが、ピクトゥーラに含まれ、レス・ピクタ［描かれたもの］を超えて指し示すシグニフィカティオ［意味内容］を、明らかにしてゆくのである。この点でどのエンブレムも、現実の解明と解釈と説明に一役買っている。したがって、このアルチャーティの場合、まずスブスクリプティオがギリシアのエピグラムとして先にあったのか、あるいは、その後のほかのエンブレム作者はまずピクトゥーラから出発して、それにエピグラムをつけ加えたのか、これはどちらでもかまわないことになる。要するにエンブレムは、解釈すべきピクトゥーラを、スブスクリプティオによる解釈より先行させているのであって、エンブレムを見て読む者は、どうしても図像が優位にあることを認めざるをえない。

アルチャーティのスブスクリプティオは、『ギリシア詞華集』によってあらかじめ与えられており、ピクトゥーラをあとから補っているので、エンブレムの実際の成立過程に対しても、一般的妥当性をもつ実例を提供してくれるわけではない。多くの場合は、エンブレム作者たち自身も図像から、つまり指示力と重要性があることを彼らが知るにいたった実状の観察から、作品のきっかけを得ていたようである。ニコラウス・タウレルスが自分のエンブレムのひとつについて記述した成立史は、その示唆に富む見本を提供している。タウレルスの『自然‐倫理エンブレム集』の序文[☆22]に、「たしかに、このようなわれわれの努力と訓練のなかでいちばん重要なのが機会だった」と書かれているのである。ここでいう「機会（occasio）」とは、現実を考察する者が目に見ている対象物の指示力、隠された意味、つまり神が自分の創造したものに与えたエンブレム的意味が、その考察者に開示されるときの、あの幸福な、実り豊かな瞬間のことにほかならない。たとえば序文に、「またあるとき、野畑を散歩していると、たくさんの麦穂がたわわに実って地面にしなだれかかっているなかに、一本だけ天に向かって居丈高に伸びている穂をわたしは目にした。この相違の原因は、すぐわかった。この一本は、もちろん殻に実が詰まっていなかったために軽く、ほかの穂はもっと実が詰まっていたので重かったのである。このことから、高慢の原因は実質ある知識ではなく、学識があると思いこんでいることにあるのがわかる[☆23]」。タウレルスの『自然‐倫理エンブレム集』には、「軽ければ高慢にして居丈高」とのインスクリプティオを付して、穂が一本だけ伸び出た麦畑の図像が見られる。そして、スブスクリプティオにはこうある。

ごらんのとおり、夏は、待ち望んだ収穫がなんとたわわなことだろう、
　どれほど多くの収穫によって、農夫は主人を富ませることだろう。
しかし、見るがよい、穂のなかに一本、飛び出しているのがある。
　天高く星にとどけとばかり、頭を高々ともたげている。
もちろん、殻をおびただしくつけながら、実はからのまま、
　こんなに高く伸びているのは、手元にとどめておくものが何もないからだ。
　実質もなく背伸びした知識に思いあがった者は、高慢なのだ。
それもそのはず、賢いとうぬぼれる者は、ほんとうは何も知らない[☆24]。

ところで、エンブレムのピクトゥーラは、散歩の道すがらに見かけることなどけっしてないようなものを描いていることがきわめて多い。たとえば医者のヨアヒム・カメラリウスは、著作の四部作を「植物」「四足動物」「鳥類と虫類」「水生動物と爬虫類」からなる「エンブレム集」と題しているが、しかしエンブレムのレス・ピクタは、自分の目による自然観察によるものよりも、古代の文献に由来するもののほうがはるかに多い。実際、エンブレム作者にとっては（また、当時の読者にとっても）、両者に本質的な相違はないのである。古代の描写は、自然の記述が作り話めいていることに言及している場合ですらも、信ずべき証言と考えられている。カメラリウスは、エンブレムのひとつ[☆25]に「わたしは、きわめて濁った泥水のなかでも鰻をつかまえたことがあるが、この経験は、アリストテレスのほかに、アテナイオスやアレクサンドリアのクレメンスも教え伝えている」と註を付しているが、このように彼は、古代の自然の記述をはっきりと自分の自然の経験と同一視しているのである。しかし、古代の自然記述の信憑性が疑わしくなると、エンブレムのピクトゥーラのこの源泉が枯渇してしまう。アルトドルフの医学と自然科学の教授だったニコラウス・タウレルスは、古代人の叙述を自分の経験ともはや一致させることができなくなって、自分のエンブレムの図像と詩句に何らかの詩的虚構が入るくらいならむしろ自然だけに依拠したい、と『自然-倫理エンブレム集』の序文で書きとめている。「相変わらずエンブレム集は、詩的虚構から採られている。また自然物も、同じように意味深長な虚構で表わされる。……わたしたちは、自分の詩句やエンブレムのなかになんらかの詩人の虚構が入るより、むしろ自然に従いたい[☆26]」。したがって、ピクトゥーラと、さらにこのピクトゥーラの描写機能に協力するエンブレムのテクストとが描きだしている対象は、実際に存在するものか、あるいは少なくとも存在する可能性のあるものである[☆27]。それは、たしかに必ずしも目の前にあるものでなくてもよく、あるいはまだ目の前に現われていないものであってもよいのであるが、しかし、常に人間の視野および経験領域に現われる可能性のあるものなのである。理念上エンブレムのピクトゥーラが（スブスクリプティオに対して）優位に立っていることとならんで、いや、それどころかこのような優位を前提として、潜在的事実性がエンブレムを規定している。

もちろん、だからといって自然の領域だけにかぎられているというわけではけっしてない。アルチャーティは、「歴史あるいは自然界のものを巧みに表わしているものごと」をエンブレム集で描いたのだ、とフランチェスコ・カルヴィ宛の書簡で述べている。[☆28] ここで歴史（ヒストリア）といっているのは、『エンブレムの書』のピクトゥーラに対し、自然記述ではなく歴史的な題材、いや、それどころか神話学的・アレゴリー的な題材を提供してくれる文献資料のことである。[☆29] タウレルスは『エンブレム集』の序文で、「詩句の思考を除けば（つまり、スブスクリプティオによる意味解釈を除けば）、われわれのエンブレム集には、自然学的なものか哲学的なものばかりだろう」[☆30]と説明している。ハルスデルファーはこう断言している。「したがって、多様な意味が含まれた寓意画からひとつの学問をつくりだした人びとが認めるのは、自然界に包含されるもの、そして芸術という自然の模倣者に包含されるものだけである」[☆31]。ただし、ここで芸術が自然の「模倣者」だといっているのは、芸術が自然の業を模倣するからではなく、芸術が自然のように業を生みだすからなのである。したがって、自然や人間生活や聖書の一片を描くエンブレムのピクトゥーラが、実際に起きたことや存在するものや可能性のあるものをはっきり見せるように、芸術や神話学の対象を採りいれているピクトゥーラもまた、書物や彫刻のなかにいつでもはっきり現われる可能性のあるものごとを描写していることになる。つまり後者でも、描写されているものは、そういった人間のさまざまな設定の存在領域のなかで、エンブレムが足場とするあの事実世界との関連性をあくまでも意図しているのである。

もちろん、この定義には限界がある。つまりエンブレム作者やその読者がピクトゥーラの実際の真理内容を問うとき、その問いが描かれたものの現実的特徴自体を素通りし、たんなる想像でつくりだされたものに突きあたる場合には、この定義が使えなくなってしまう。とくに、神話学的なイメージの領域では、この難点が当然はっきりあらわれざるをえない。実際、バルテルミー・アノーは、灰のなかから舞い上がるフェニクスの図像に添えたスブスクリプティオのなかで、エンブレムの核心が突き崩されざるをえない問いを発している。「われわれは信じるのか、それとも絵空事と見なすのか」[☆32]と、レス・ピクタの信憑性を問うているのである。なるほど彼は、この厄介な問いに肯定の答えを出してはいる。とはいえ、そのあとに続く「われわれは信じる」という言葉は、もはや描出されたもの自体に対してではなく、むしろそれが意味するものに対してしか真理内容を認めないことによって、レス・ピクタを展開してゆく。つまり、描写された鳥よりも、その鳥によって意味されたもの、真実にして唯一のフェニクスである神にしか、もはや真理内容が認められないのである。これと同じように、パシファエと牡牛についても、アノーのスブスクリプティオでは、「つくりごとながら、信ずべき事柄を含む」と言われている。つまり、それが信じられるのは、描写された事象そのものの観点からではなく、もっぱらその内容の観点からなのである[☆33]。このように真理をめぐる問いがレス・ピクタ［描かれたもの］の神話を解体するにいたる場合には、厳密な形式のエンブレムは崩壊し、アレゴリー的な変種が形成される。こういった変形は、たしかにエンブレム書のいたるところで頻繁に見受けられる。エンブレムの多種多様な変種を前にすると、そのすべての現象を網羅しようとする定義はたんなる形式上の実状に関わることしかできないか、あるいは広範囲にならざるをえないので、限定し分類する標識の厳密さがいずれも失われてしまうことになる。したがって、まずなによりも中核の定義、つまり厖大な特殊形式を捉えることができ、かつ体系づけられる理想型のエンブレムの基本形式を記述することが、意義深いように思える。

シンボルおよびアレゴリーとの境界

ここで試みた理想型の規定は、すでに一七〇三年にハルバーシュタット侯爵領の学校監督官でマクデブルク司教座教会の説教師でもあったヤーコプ・フリードリヒ・ライムマンが講演した内容[☆34]といくつかの本質的な点で合致している。『ドイツ詩法の正典と偽典』と題された彼の書物の第二部では、「エンブレム、シンボル、ヒエログリフ、寓話、神話、範例の各韻文に関するいままで誰も研究しなかった知られざる基本法則が、明瞭かつやさしく説かれ、さまざまな例によって実証され」ている。ライムマンは、「エンブレムの詩句」についての章の第五節で、「エンブレムは二つの本質的な部分、すなわちピクトゥーラとスクリプトゥーラを含んでいなくてはならない」と説明し、さらに続けてこう述べている。

> したがって、エンブレム表現とシンボルとの相違はあまり見られないが、あくまでも注意を払わなくてはならない。
>
> 第六節。というのは、いま挙げた二つの部分がシンボルにも必要ではあるが、しかしエンブレムとシンボルとのあいだには、前者が模写なのに対して後者は画家が空想だけでつくりあげたイメージだという相違がある。エンブレム表現では、一点一画だにいたずらに描いてはならないが、これに対しシンボルでは、ユートピアの絵や風景がすべて許される。エンブレムでは、図像でも標題でも、きわめて慎重に筆を運ばなくてはならないのだが、シンボルでは、それほど厳密に受け取られるわけではないので、そのような用心深さはいらない。相違をさらにはっきり目にしたいならば、以下の規則から、どれほど両者の語る絵が異なるか、いっそう正確な指針が得られるだろう。すなわち、
>
> 一　エンブレム表現には、自然か人為の歴史から採られていない絵をもってきてはならない。というのも、エンブレムとは、道徳が自然と人為の業にも基づいている様子を、語り手が聞き手に認識させる絵のことだからである。したがってまた、
>
> 二　自然が人間の外的な行動を支配している場合、たとえば病気のとき、子供のとき、眠っているとき、死んだときなどを除き、人間をエンブレムに描いてはならない。というのも、エンブレムの狙いはなによりもまず、自然の形象から聞き手を納得させることにあるからだ。そして聞き手は、自由意志のある健康な人間があらゆる姿に変装できることを思いだし、話し手の秘密を知り、自分が自然よりも多く絵を手に入れていたことに気

づく。

三　エンブレム表現の目的を達成したいのであれば、ピクトゥーラにおいて、真実とめずらしさと明断さが一体となっていなければならない。

四　テクストは、自然と道徳に注目しなくてはならない。というのも、テクストが付されているのは、聞き手に両者の調和を認めさせるためだからである。☆35

ライムマンが彼の詩学で「シンボル（Symbolum）」と名づけて「エンブレム（Emblema）」と区別しているものは、それ以降の言い方では、むしろアレゴリー的象徴と呼んでいるものであろう。これに対し、エンブレム作者たち自身がときおりシンボルという言葉を使う場合は、もっぱらそれによってエンブレムの図像の部分のことを念頭においており、この言葉をあくまでピクトゥーラの意味で使っている。しかし後に古典派とロマン派がシンボルとして捉えているのは、エンブレムの芸術形式とはまったく違ったものである。シンボルにおいては記号とそれによって描かれるものは合一しているが、エンブレムは意味を説き明かすテクストをどうしても必要とする。つまりシンボルとしてのポエジーは、ゲーテの言葉をもちいれば、特殊なものを描きだすのであり、「特殊なものを語りながら普遍的なことを考えたり、指示したりすることはない。この特殊なものを生き生きと捉える者が、それとは気づかずに、気づくとしてもあとになってはじめて、普遍的なことまでも同時に手に入れているのである」☆36。意味を説き明かすエンブレムのテクストはこれに対し、図像に描きだされた特殊なものの普遍的意味を明らかにし、読者の注意をそこに向けさせる。シンボルでは、図像の理念、意味、意義が真理の手によってポエジーのヴェールに包まれ、効果的であると同時に捉えがたく、じつにいわくいいがたい形で現われる。こうして意味を漂わせる無限の空間が「予感に満ちみちて」開かれるわけであるが、それがエンブレムになると、描きだされたものの外部にある意味が固定され、レス・シグニフィカンス［意味するもの］とそのシグニフィカティオ［意味内容］のあいだに明確な関連が設定され、図像の意味はそのつど一義的なものに限定されてゆく。

ところで、エンブレムが具体的な記号としてもつその意味によって、原理的に認識可能な特定の対象を指し示し、一義的な意味関連によって、個々の特殊なものの具体的な状況を超えて普遍的で原則的なものへといたるかぎりでは、エンブレム表現はアレゴリーの一変種として理解しなければならない。しかし、アレゴリー概念という名称の力をとぎすませてこの概念をもっと厳密に、つまり狭義にとれば、このエンブレムという変種は、やはり明らかにそれから逸脱するところが見られる。ヨハン・ゲオルク・ズルツァーは『美学一般理論』（一七七一〜七四）でこう説明している。「多くのエンブレムはアレゴリー的である。しかしそれは必然的にではない。それゆえエンブレムをけっしてアレゴリーととりちがえてはならない」。なぜなら「アレゴリーの素材に見られる相違に目を向けてみると、アレゴリーにも二種類のものがある。ひとつはその図像をすべて自然からとり……、もうひとつは図像をすべて、あるいは一部つくりだす。前者には寓意画という名称を与えるのがよく、後者には本来のアレゴリーという名称を与えるのがよい[☆37]」。まったく同じことをすでにライムマンが述べている。彼の説明によれば、エンブレムとアレゴリー的表現のあいだには「前者が模写なのに対して後者は画家が空想だけでつくりあげたイメージだという相違がある。エンブレム表現では、一点一画だにいたずらに描いてはならないが、これに対しシンボルでは、ユートピアの絵や風景がすべて許される」。

ゲーテは、「詩人が普遍的なもののために特殊なものを求める」ところに、アレゴリーの発生を見ていた。エンブレム作者もそのような方法をとって、既存の意味をピクトゥーラのなかで具体的に表わすことがあろう。とはいえレス・ピクタは、少なくとも虚構の上では、あらゆる意味発見に先立って存在するものとして現われており、可能性から見て、スブスクリプティオが明らかにしている意味関連がなくても生存可能なものなのである。これに対しアレゴリー的形象の具体的記号は、その記号が指し示す抽象的意味をはっきりさせる意図だけに仕え、その記号が保証する意味によってはじめて生存可能なのである。すでにクィンテリアヌスの定義――「あるものは言葉によって、あるのものは概念によって、説明する」[☆38]――を見ても、意味内容がアレゴリーに割りあてられ課されているが、しかし意味内容がアレゴリーのなかで発見されることはないし、また、アレゴリーにおいて指示されてもいない。まさにこの点を、当時のエンブレム表現の理論家たちは避けたいと思ったのだろう。彼らが頻繁に注文をつけているのは、レス・ピクタのために人間ふうの全身像の捉え方、つまりアレゴリー的な擬人化を避けることだった。ここで規定した意味でいうアレゴリー的な性格をもつエンブレムは、おびただしく存在する。しかし、エンブレム本来の中核的な理想型、つまりエンブレム特有の理想型にとって重要なのは、それが存在するものであるのと同時に意味するものでもあることなのだ。これに対し、アレゴリーは現に存在しているのとはちがったことを意味しており、エンブレムの図像の潜在的事実性も理念的優位も、示すことはない。

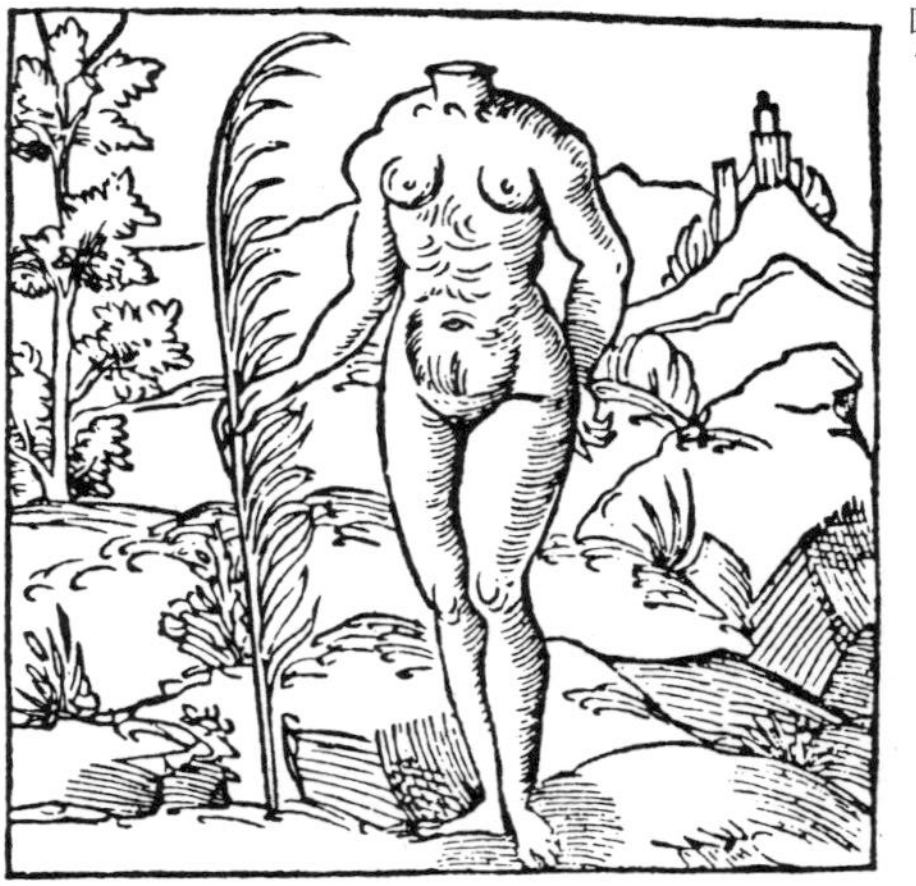
図4

ルネサンスのヒエログリフ学との関連

ところで、エンブレム書の一連の図像のなかには、潜在的事実性にしても、また必然的にそれに伴うピクトゥーラの理念的優位にしても、いっさい認められない描出がかなりある。一種独特な秘密に満ちた記号が、謎めいて魅力に満ちた異様な身体のように、「自然や人為の歴史から」採られたピクトゥーラのなかに現われるのである。

たとえばギヨーム・ド・ラ・ペリエール[☆39]が、キマイラやケンタウロスやメドゥーサの類の怪物じみたもののひとつとして頭部のない女の姿を描いているし（図4）、またハドリアヌス・ユニウスは、一幅の図像のなかに、一人の子どもと一人の老人、一匹の魚と一羽の鷹と一匹の河馬(かば)の類のナイルの馬を並べて描いている。スブスクリプティオにはこうある。

迅速な鷹、魚、ナイル河に棲む身の毛もよだつ馬が、
　なぜここに並んでいるのか？
この図像は、エジプト人たちの三つの言葉を言い表わしている、
　神は　憎みたまう　破廉恥を、と。[☆40]

ユニウスがエジプト人たちに言及していることは、きわめて重要なある関連に注目させてくれる。エンブレム表現法はまず、とりわけフィレンツェの人文主義者たちによるエジプトのヒエログリフ研究から展開する。[☆41] この神秘的な文字については、ヘロドトスやプラトン、ディオドロス、プルタルコスなどの古代の著述に記載があり、エジプトのオベリスク、スフィンクスやライオンにこの文字で記されたのが見られるが、この文字を解読しようとする人文主義者たちの試みは、とりわけホラポッロの『ヒエログリフ集』に刺激されていた。おそらく五世紀後半に成立したとみられるが、アレクサンドリア的博識が生んだこの奇妙な産物は、一四一九年にギリシャ語版がイタリアにもたらされ、当地で一六世紀初頭に刊本が広まり、一五一七年以降にはラテン語訳も流布した。この書には、ヒエログリフ解読の鍵が見られるかのように思われていた。エジプトの謎めいた絵文字に伝えられていると信じられてきた人類初期の太古の叡知や神々の世界秩序への扉が開けている。もっとも、ホラポッロが百科全書的な解釈の図像表で提示していたのは、ヘレニズム時代に由来する暗号文であって、そこではこの謎めいたヒエログリフのそれぞれが特定の概念や事象を表わすのにあてられていた。つまりこれは、たんなる絵文字であり、決してエジプト本来のヒエログリフ文書の理解に通じるものではありえなかった。エジプト学は一七九九年に、三カ国語で書かれ

たロゼッタ・ストーンによって啓発された。それ以来、人文主義の空論的な解読の学問的成果はとるに足りぬと言わざるをえないが、しかしその人文主義の誤解も、芸術史の領域においては実り多きものとなった。ルネサンスの芸術家にして学者たちは、決して古代を研究し理解することだけを望んだのではなく、それを同時に新たによみがえらせようとした。メダルや記念コイン、柱や凱旋門――マクシミリアン皇帝のための凱旋門がドイツ領土におけるルネサンス・ヒエログリフ学のもっとも重要な証例である――など、芸術作品や工芸品が、エジプト的と思われていた手法にならって、玄人にしかわからないヒエログリフ的象形文字で飾られた。ピュタゴラス派のシンボルまでもヒエログリフと同列におき、古代人のメタファーやアレゴリー、ギリシャ哲学の認識を、エジプトの神官の叡知から導きだし、古代のコインに描かれた図をヒエログリフ的に解釈し、また同じように聖書の比喩をヒエログリフとして理解し、さらに中世の動物誌や植物誌をこの関連に組みこんだため、ルネサンスの応用ヒエログリフ学は、エジプトの象形文字やピュタゴラス派のシンボル体系、古代神話学、そしてカバラの数秘学、旧約聖書の題材群や中世の寓意解釈からなる魅力的で雑然たる混合物の様相を呈している。その主要な台帳とも言うべきは、一四九九年にヴェネツィアで出版されたフランチェスコ・コロンナの『ポリーフィロの夢』である。アルチャーティとその後のエンブレム書の作者たちは、莫大な量のイメージのモティーフをこのヒエログリフ芸術から受け継いでいた。ほかの数多くのエンブレムの図像と同様、ラ・ペリエールの頭部のない女の身体や、ユニウスの動物群も、すでにホラポッロの『ヒエログリフ集』に見られる。☆42

とはいえ、それでもヒエログリフとエンブレムとのあいだには、たとえばハルスデルファーが指摘しているような相違が依然としてある。彼の見るところでは、「図形とそれに添えて書かれた若干の言葉」からなるエンブレム表現は、そのようにピクトゥーラとスクリプトゥーラが結合しているために、「わずかな言葉があってもなくても、あることを理解させる象形文字」とは異なるのである。「そのような象形に、エジプト人たちは自然の神秘とあらゆる種類の教えを描いたと言われる」[☆43]。同じ意味でライムマンも、「ヒエログリフにはレンマが用いられないが、エンブレム表現では、シンボルのように、レンマがなおざりにされてはならない」[☆44]と主張している。つまり、ヒエログリフがエンブレムになるには、エピグラムが図像につけ加わらなければならないのだと言ってよい。しかし、アルチャーティに見られるように、ルネサンスのヒエログリフ学とギリシアのイメージ・エピグラムの結合から生ずる促進力がエンブレム表現法の成立史にとってどれほど重要に見えるからといっても[☆45]、ルネサンスのヒエログリフ学と『ギリシア詞華集』がたんにつけ加わったぐらいで、エンブレムの本質と形式がまるごと生まれるわけではない。エンブレム作者たちの集成のなかに生き続けるあのヒエログリフ学の異質な図像に関して言えば、それがエンブレムだとはいっさい言われておらず、まさにエンブレムめかしたヒエログリフ、つまりインスクリプティオとスブスクリプティオで装われたヒエログリフであることは、一目瞭然である。ライムマンは次のように断定している。「ヒエログリフ表現では、自然と人為のもののほかに、この世にけっして存在しなかった図像、これからも永遠に存在しないであろう図像をしばしば捏造してもかまわない。しかしエンブレム表現では、そのような図像はいっさい厳禁されている。たとえば、昔のエジプト人たちは、あることがそれ自体ありえないと言いたいとき、頭のない歩行する男を描いたのである。これについては、『ヒエログリフ集』を参照されたい」[☆46]。

もちろん、そのような謎めいたもの、秘密に満ちた非現実的なものという意味でのヒエログリフふうの「捏造された」図像は、そのほかの領域からもエンブレム表現のなかに入りこんでいる。たとえ

図5

ば、手の平のなかで目を開けている図は、古代の出典による（図5）。
　このツィンクグレフ[☆47]に見られる謎絵は、アルチャーティ[☆48]やオランダのルーメル・フィッセル[☆49]などにも、深慮遠謀の記号として出現する。他方、ルネサンス・ヒエログリフ学は、謎めいてもいなければ非現実でもないように見える数多くの題材をエンブレム作者に提供している。それどころか、エンブレムの理想型が示す潜在的事実性とは一見遠くかけ離れているもので、今日に言う語義で謎に満ちた（ヒエログリーフィッシュ）ピクトゥーラ群に関して言えば、人文主義者たちが、ヒエログリフですらも、またエンブレムふうに扱われた謎絵でも、それはそれでけっして「捏造」されたものだとか、恣意的で野放図なつくりごとだなどと思っていなかったことは、考慮しておく必要がある。人びとはあくまでも、そのような記号には秘密の自然認識の宝庫が隠されていると考えており、あの偉大なエラスムスと意見が一致していたのである。エラスムスも『格言集』で、ヒエログリフを理解する方法が、一方では古代の自然記述の研究にあると見ていたが、他方、大まじめで「実験」にある、つまり自分自身で実際の自然を観察することにあると思っていたのである[☆50]。エンブレム的に扱われたヒエログリフ、というより、こうなると正しくはエンブレムのヒエログリフ的変種といわなくてはならないだろうが、これは、したがってたしかに事実的現実性と実に具合よく関連づけられることになる。しかし、その潜在的事実性は、いわば韜晦化されて、謎めいた抽象的段階にまで高まっている。

　このようなルネサンスのヒエログリフ学の謎めいた性格がエンブレム表現法のなかで生き続けるのは、なにも聖刻文字的（ヒエログリーフィッシュ）なピクトゥーラが登場する場合だけにかぎらない。多くのエンブレム書で（たいてい一六世紀のエンブレム書のほうが一七世紀のものよりはっきりと）見てとれる秘教的な特徴、いやそれどころか魔術的（ヘルメーティッシュ）な特徴は、ハンガリー人のヨハネス・サンブクスの『エンブレム集、および古代につくられた若干の鋳貨』に付された「エンブレムについて」という序文のなかで、きわめて鮮明にあの「エジプト人たちとピュタゴラス派の人びとのあの難解な秘密文書」の模範に関連づけられていた。「したがって、もしわたしが怠惰な家父を［エンブレムとして］表わすのに半分に切られた葡萄の木を引き合いに出し、また無鉄砲さを表わすのに象に戦いを挑む蚊を、骨折り損を表わすのに人が煉瓦を洗っているところを、勇敢さを表わすのにクルティウスの誓いやホラティウスの行為を引きあいにだし、さらにそのほかこの種のものでヴァレリウスやそのほかの人びとが広めたことを引用しておいて、それを補足の説明で難解にすることもせず、またそれを転義的な意味に高めないならば、だれがそんなことを賛嘆したり称賛したりするだろうか。したがって、わたしのエンブレムは、洗練された婉曲的なものになろう。それらは、エジプト人たちとピュタゴラス派の人びとのあの難解で唯一無比の秘密文書と同様、精神を扱うことになっている」[☆51]。「詩による秘密教義の絵画」、いや、それどころか「絵画の秘儀」がエンブレムだ、と一五八一年にヨハン・フィッシャルトは言っている。[☆52] 一七世紀になっても、ハルスデルファーがこう断定している。「しかし、わたしの考えでは、中間にあってあまり高くもなく低くもないものがいちばんよい。つまり、理解できることはできるけれども、すぐには誰にもわからないように描かれたものが最良なのである」[☆53]。エンブレム表現が大部分は確実にルネサンス・ヒエログリフ学からとりだしている珍奇なもの、目新しいもの、晦渋なものの魅力こそが、謎めいた難解さ、秘密にみちた異常なもの、秘教めいた風変わりなもの、衒学的ななじみの薄いものを尊ぶような時代には、エンブレム表現法の形成と受容と応用をはっきり規定し、促進させたのだった。

それゆえエンブレム作家たちは、難解で、風変わりで、奇想天外なピクトゥーラのなかにも、そしてまさにそのなかにこそ、思いがけず意味深長な一段と高い関連を発見し、それを伝えようと努めている。多くの場合、エンブレムのスブスクリプティオはこうして綺想（コンチェット）の形に接近する。綺想とは、着想にあふれ洞察に満ちた詭弁によって、かけ隔だっているばかりか矛盾さえしているイメージや概念を結びつけ、機知豊かに鋭い不意打ちの比較や照応や対比に仕立てあげるものである。しかし、エンブレムのスブスクリプティオに綺想の性格が認められる場合があるからといって、マリオ・プラーツがうちたてているスブスクリプティオと綺想の一般方程式をそこから導きだすことはけっして許されないだろう。プラーツの説明によると、「エンブレムは（ここではピクトゥーラのこと）……まさしくエピグラムの裏面である。したがってエンブレムは、綺想を説明するもの（対象の図示）であり、エピグラムは、対象（そういった芸術作品、奉納品、墓碑）を説明する言葉（綺想）である」[☆54]という。

グスタフ・ルネ・ホッケはプラーツのテーゼに従いながら、エンブレムを「図像の描出のなかの、あるいは図像の描出を伴った、詩の綺想」[☆55]と呼び、エンブレムをアジア風-マニエリスム的、「反自然主義的な幻想芸術」[☆56]の領域に組みこんだ。これをアッティカ風-古典的なミメーシスと区別するために、ホッケは、「詩は自然の書物の複写本ではない」[☆57]というジャン・パウルの言葉を引用する。各論としてこれはあくまで説得力がある。これに対し、エンブレム表現法はなにもかもすべてマニエリスムに属すと主張するのは、詳細に考察してみるとほとんど不可能に思える。実際ホッケ自身も別の箇所では、エマヌーエレ・テザウロを引き合いに出しながら、エンブレムをはっきりと「自然の書物」の複写だと言っている。つまり自然の書物は、造物主の神自身がつくった寓意画から成り立っているからだという。[☆58]たとえば、人間を飲みこむときに涙を流して偽善の寓意画を目の当たりに見せる鰐[☆59]は、綺想と言えないことはたしかだろう。とはいえエンブレムは、マニエリスム的な扱いを受けいれやすく、綺想へ変形されることもありうる。たとえばオットー・ウェニウスの『エンブレム集』には、恋人たちを笑いながら破滅させるアモルが、泣いている鰐の「倒錯した愛」[☆60]に対する綺想風のアナロジー・アンチテーゼとして現われている。エンブレム表現法を「反自然主義的な幻想芸術」の変種として一般的に定義することに対しては、タウレルスがすでに反論していた。彼は、『自然-倫理エンブレム集』で、あの伸びあがった穂を描いた穀物畑を複写していたし、またエンブレムの序文では、「題材は自然のものであり、形態は道徳的であり、外面の装飾は詩的である」[☆61]と断言しているのである。

これによって、エルンスト・フリードリヒ・フォン・モンロイが立てた主張も明らかにかたがつく。彼の主張によると、スブスクリプティオのなかで明言されるレス・ピクタの意味内容は、けっして「すでに各々の対象に内在してもいなければ、対象によっていわばむりやり押しつけられてもいない」のであって、むしろ「人為的に対象［図像対象］から導かれ、対象につけ加えられなくてはならない。意味内容は事象のなかにあるのでもなく、発見されるのでもなく、むしろ発明されるのである。エンブレムには発明家がついているのである。エンブレムは、作者個人の気ままな着想である[☆62]」。「これら自然の事物の用例は、意味内容から成っている」とは、すでにタウレルスが『エンブレム集』の序文で述べていたことだった[☆63]。むろんこの点では、後期の遊戯三昧にふける浮薄化したエンブレム様式の末裔はどうなのか、という疑念が湧くことはたしかである。しかし、エンブレム表現法の中核をなす領域から見ると、作者が自明と考えていたこととその読み手が理解していたことに関していえば、明らかにエンブレムを「気ままな着想」という言葉で特徴づけることほど大きな誤解はまずありえない。エンブレム作者は、異様で、風変わりで、とっぴなレス・シグニフィカンス［意味を指示するもの］からすらも、そしてまさにそこからこそ、思いがけぬ意味深長な一段と高い関連をとりだしてきて、「自然の題材」から「道徳の形態」を展開させるのであるが、しかしそのエンブレム作者の機知豊かな着想が「詩的」なのは、「外面の装飾」の観点から見た場合だけのことである。学識があるとうぬぼれている高慢さを表わすエンブレムとして、実がないからこそ居丈高に背を伸ばすタウレルスの麦穂は、発明などではなく、実際に発見を描きだしているのである。

その場合、高慢は学識があるとうぬぼれていることの証拠だという観念、つまり学識があるとうぬぼれているだけで高慢さにおちいりやすいのだという観念が、まずあらかじめ存在しているといってよいだろう。ちょうど『ギリシア詞華集』がアルチャーティのエピグラムの下地にあって、あとからはじめて図像によってそのエピグラムが補足されるように。あるいは、エンブレム書の無数のモットーが引用であるように、つまり図像に先立つ既存の箴言、人生訓、道徳教義、格言であるように。そして、レス・ピクタが、意味深く指示力を孕むものとしてエンブレム作家の目にはっきり認められることによって――つまりレス・ピクタが、比喩として、証言として、つまりそれを認識する者の意識のなかにすでに存在し、あらかじめ定句をなす箴言として、エンブレム作者にはっきりわかることによって、意味は、おそらく図像には見いだされないだろうが、しかし（あらかじめ規定された意味として）図像のなかに発見されることになる。世界はそのありとあらゆる現象が、ひそかな示唆や秘密の意味や、覆い隠されているがゆえに発見できる意味関連によって満たされている、というのがエンブレム的方法の前提条件なのである。したがって、理想的な場合のエンブレム作者も、自明なものや誰にでもわかるものを差しだすことはしない。むしろエンブレム作者がはじめて目をひらき、洞察を深めるのである。ハルスデルファーが『詩学漏斗（はやわかり）』のなかで述べているように、エンブレム表現法が媒介するのは、「たとえば、不屈や恒常心を表わすには柱といったように、意味を読みとるのに役立つように思えるものごとである。柱は、そのような徳性が心を保証するように、家を支え保持するからである。また、寛大さにはライオン、自由には轡（くつわ）をはずした馬、といった具合である。こういったものは、首をくくる人で絶望を描いたり、抱きあっている二人によって愛を描いたりするような手合いによって観察されたことはない。そのような図像は、その元来の意味でつくり話なのであって、この芸術［エンブレム表現法］には入らない[☆64]」。ハルスデルファーのあげた例は、エンブレムがいかにたんなる実例とは異なるかを示している。ピクトゥーラが描写するエンブレムの主題は、スブスクリプティオの説明に対して、直接に結びつくようないわば弛緩した関係にあるのではなく、比喩にして指示という関係にあるのである。レス・ピクタのなかに隠されたあるもの、つまりレス・ピクタによって意味されたあるものが、スブスクリプティオによって露見するのである。これは、ルネサンス・ヒエログリフ学の隠秘学をふり返らせる。しかしヒエログリフが、秘密のコードを手にしている玄人だけにしか判読できない暗号言語の要素だとすれば、エンブレムは、解釈と説明をほどこすそのテクスト部分が鍵を与えてくれる。その鍵を使って、「自然と人為のものごと」の暗号化された言語が誰の目にも解けるようになっているのである。

インプレーサ芸術との類縁性

エンブレム表現法がギリシアのエピグラム、およびルネサンスのヒエログリフ学に対してもつ関係をかなり立ち入って論じてきたのは、影響史や「エンブレム表現法の応用」など、さらに考えてみたいことにとって重要と思われるエンブレム構造の考察がそこから開けるからであるが、それ以外のエンブレム成立史の領域も、この関連のなかでごく手短かに言及しておく必要がある。

形式上の刺激とモティーフ上の影響を、エンブレム表現法はいわゆるインプレーサという騎士階級の紋章の流行からも受けている。これは、一四世紀の末にブルグンドとフランスで発展し、その後とくにフランスがミラノを占領して（一四九九年）からイタリアに根づき、貴族からやがて名門の市民や学者にも波及してゆく。[☆65] これもまた、図像的描出がテクストと結合している。テクストは、インプレーサの持ち主の名前や企てた事業を暗に示したり、図像と関連した標語を記したりしている。ピクトゥーラとモットーからなるインプレーサには、たしかにエンブレム本来のスブスクリプティオが欠けている。しかし、たとえばヨハン・フィッシャルトが、「エンブレム表現法の起源、名称、使用法についての序言」のなかでインプレーサの流行に関しこう述べているところがある。「ある貴顕の人びとは、祖父伝来の家紋のほかに、古代ローマ皇帝たちの例にならってこしらえた特殊な意匠的標識や領地のしるしを、それに見合った格言や詩や箴言や、さらに意味を要約したり含んだりする文字などと組みあわせてつくりだすようになった。また、そういったものを自分自身に対しても、また自分だけでなく同時に他人に対してもよく思いだしてもらうために公然と描くようになった[☆66]」。実際、エンブレムのスブスクリプティオの解釈説明する働きはもっぱらインプレーサのインスクリプティオから引き継がれているのかもしれない。エンブレム表現法とインプレーサ芸術は、こうして緊密な類縁関係と相互関係を結ぶようになる。ガブリエル・ロレンハーゲンは、一六一一年に彼の最初のエンブレム書のタイトルからして、エンブレムとインプレーサがそもそも同じことがらの異なる言い方にすぎないと仮定していた。つまり『イタリア人が通常インプレーサと呼ぶ精選されたエンブレムの核心』という題なのである。エンブレム以前のインプレーサは、エピグラムを補足することによって完全なエンブレムに仕立てあげることができるが、その逆に、エンブレムの三部構成を二部形式に還元することによって、エンブレム以後のインプレーサも生じている。

したがって当然のことながら、インプレーサを理論的に定義しようとする努力は、一六、一七世紀のエンブレム理論にも甚大な影響を与えた。このことは、本書でも何度か言及したパオロ・ジョーヴィオの『戦いと愛のインプレーサについての対話』にとくによく当てはまる。ジョーヴィオの論文のなかでインプレーサの五つの基本定義を提示している決定的なくだりは、各論の説明を必要としないほどこの関連を明確に示してくれる。

しかし、各論に入るに先立って、まず完全なインプレーサをつくるのに必要な全般的前提を挙げておかねばならない。これは、おそらく機知豊かで創意に富んだ精神がなしうるもののなかでも、また古人の書いたことの知識に由来するもののなかでも、いちばんむずかしいものだろう。したがって、M・ルドヴィコ君、インプレーサを案出するにしても、あるいはインプレーサそのものにしても、みごとなものにしたいのなら、五つの条件を満たさなくてはならないことを心得られたい。まず第一は、魂と身体の良好な関係だ。第二に、インプレーサは、難解であってはならない。つまりそれを理解しようとするとき、解釈者としての巫女の秘密があるようではだめだ。といって、どんな庶民にもわかるほど明快であってもいけない。第三に、インプレーサはとりわけ、星や太陽、月、火、水、青々とした木、機械道具、珍獣、幻の鳥を添えることによってきわめて生き生きとさせることのできる美しい光景を示すこと。第四に、インプレーサは人体を求めてはいけない。第五に、モットーを必要とする。モットーは、身体の魂にあたるものであって、意味をそれとなく隠しておくために、ふつうインプレーサの持ち主がもちいる言葉とは異なる言葉で登場させるべきである。また、モットーは短くすべし。しかし、あいまいになるほど短くてはならない。韻文形式で書かれる場合はのぞき、二言か三言によって全体かさもなくば一部がみごとにまとまるようにすることだ。これらの条件を説明するために、いま述べた魂と身体とはモットーとモティーフ[図像]のことである、といっておこう。魂にモティーフが欠けたり、モティーフに魂が欠けたりしている場合、インプレーサは完全に成功したとはいえない、と判断してよい[☆67]。

インプレーサとエンブレムを区別するにあたって、形式面より重要なのが意図のちがいである。エンブレム作者は、たんなる図像の意味以上のものを付与する。つまりその意味をアピールに変え、その意味から人間の行為への特定の要請を導きだす。とすれば、エンブレムのテクストにおけるこの格言風の命令的性格は、明らかにインプレーサ的傾向の影響も受けていることになる。しかしインプレーサが、個人の自己規定に起源をもち、私的な目標設定の表現として登場するのに対し、エンブレムは「自然と人為のものごと」を出発点にして、普遍的に妥当する、個を超えた拘束力のある次限へもっと決然と踏みこんでゆく。エンブレムは「自然の題材」の「道徳の形態」を開示することによって、万物の照応を、誰が見て読んでも同様にわかるように提示するのである。「実際、われわれと関わることがないような、あるいはなんらかの形でわれわれの内部に明確なイメージがないようなものが、この物質界のなかにあると思う者がいようか」とタウレルスがはっきりいっているし[☆68]、ハルスデルファーも、そのような存在の類比(アナロギア・エンティス)をこう表現している。「あらゆるものごとの合致がこの地球全体にあることは確実で、目に見える天空は地上と、人間は世界全体と和解する[☆69]」。

中世のシンボル表現法との関連

このようなエンブレム表現法の基礎づけは、中世のアレゴリーと関連していることを示している。実際、エンブレム作者たちのおびただしい数のピクトゥーラは、すでに中世の本草獣類譚、とくに『フュシオロゴス』にみうけられる。この文書は、おそらく西暦四世紀にアレクサンドリアで集成され、その後、写本、改作、ラテン語や各国語への翻訳が中世全体を通じておこなわれた。この俗流神学的書物は、動物とその特徴、また個々の樹木や鉱石の記述から、アレゴリー的な解釈を加えながらキリスト教の教義や人間の行動に関する警告や威嚇的な教示を展開する。個々の項目の順番と数、そのテクストと規模は、版本が異なれば変わる。変わらないのは全体の基本形式で、それ自体完結した項目が番号順につぎつぎと並列している。またほとんどの場合、動物の記述と事実の描出とそれにもとづく類型的説明とが一組となっているため、エンブレム形式がすでにはっきり準備されていたように思えるほどである。ヨアヒム・カメラリウスは、自分のエンブレム集に利用した出典のひとつとして、コンスタンティアの司祭エピファニウス（西暦四〇二年没）が書いたとされるもので、一五八八年にアムステルダムで印刷され木版画を付したエンブレムそっくりの装丁の『フュシオロゴス』版をあげており、この伝統との関連がここにはっきり証拠として表われている。☆70 たとえば、のちのエンブレム作者たちが描く太陽をめがけて舞い飛ぶ鷲、処女に捕らえられる一角獣、また火のなかのペリカンや不死鳥や火蜥蜴（サラマンダー）、岩の割れ目をくぐって脱皮する蛇、あるいは生まれるとき母体を食いちぎる毒蛇、こういった動物はすでに『フュシオロゴス』に見いだされるのである。もっとも、この文書がすべてにわたって実際にこのエンブレム作者の手本に使われたわけではない。『フュシオロゴス』の動物記述、およびそれと合致するエンブレムの図像は、それぞれ無関係に聖書か古代の著作に由来していることが多い。また、このエンブレム作者がもちいた『フュシオロゴス』のギリシア人著作家にしても、さらに古い不詳の原典を挙げており、どうやら『フュシオロゴス』もその原典から素材を得ていたらしい。

個々の事情がどうであろうとも、中世の本草獣類譚とエンブレム書の描出とのモティーフ史の関係は、中世のシンボル表現法とエンブレム表現法のあいだに関連があることを示している。両者の決定的な観点は、明らかに類似した統覚形式にある。いや、それどころかこの関連は、人文主義の関心によって活気づいた古代の模範より本質的にエンブレム表現法の精神的構想に関与しているように思われる。エンブレムの図像は潜在的事実性を孕み、しかも図像のなかに一段と高い意味を発見し、図像のなかにいわば設置された意味を解明する説明部のテクストに対して、図像のほうが理念上優位にある、という見方が正しいとするならば、これは中世神学の類型学的解釈とアレゴリー的方法に遡って関連づける必要があるだろう。中世のそういった解釈や方法は、すべての被造物が創造主を指し示しているものと理解し、神が事物の中に込めた意味を、つまり神的な意味の中心にむかって秩序だてられた救済史的連関を、開示しようとした[☆71]。「世界の被造物はすべて、さながら書物と図像（ピクトゥーラ）のごとく、われわれにとっては鏡でもある」と一二世紀にリールのアラヌスが述べている[☆72]。ルターは聖書解釈において、聖書の言葉どおりの意味が、精神的意味と同一であると考えていた。それゆえ彼は、アレゴリー解釈をたしかにドグマ的な論証の基礎としてはきっぱり否定していた。しかし、聖書を瞑想するときには全面的にアレゴリー解釈を行ない、許してよいと表明している。こうしてこの解釈法は、宗教改革期をさらに越えて、カトリシズムのみならずプロテスタントの領域にも影響を及ぼしつづけ、聖書や自然、歴史、芸術を記号のコスモスとして、この世をシンボル世界（mundus symbolicus）として把握しようとすることによって、新プラトン主義的、汎知学的な企てと結びついていった。なるほど本来の意味でいう中世のアレゴリー解釈は、事物に内在し神の働きかけを受けた指示を霊感によって説明するものであり、霊感によるからこそ客観的拘束力をもつ説明だと考えられた。このような要求を、綺想的な結合遊戯へ世俗化した象徴神学、つまりエンブレム的な芸術形式の絵画詩は、決して保持したことがなかった。しかし、中世のアレゴリー解釈にもエンブレム的芸術形式にも見られるのは、存在するものが、一段と高い指示力、霊的な意味を授けられている点である。聖書の多層的な意味という教父的・スコラ的教義によれば、中世の聖書解釈には、字義的、語義的な意味と霊的な意味があった。字義的あるいは歴史的意味（sensus litteralis seu historicus）は、霊的意味（sensus spiritualis）から区別され、さらに聖書の霊的意味を、寓意的な意味（sensus allegoricus）、転義的な意味（sensus tropologicus）、そして深遠な意味（sensus anagogicus）の三つに分けていた[☆73]。とりわけ転義的意味への関心が、エンブレム作者たちの世界観と世界解釈に生きつづけているようである。転義的意味とは、個々の人間とその使命、つまり救済にいたる人間の道と世界における人間の行動を表わす現実の意味のことである。この意味では、依然としてエンブレム表現法も、存在するものを同時に意味するものとして把握している。「自然や人為の歴史」のなかに存在するもののすべては、エンブレム書の厖大な図像百科事典におさめられ、レス・ピクタに映しだされることによって、レス・シグニフィカンスとしてそれ自体を超えたものを指示し、この指示する意味が、つまり転義的意味がスブスクリプティオによって定められてゆく。エンブレムの流行の後期に遊戯三昧に耽って亜流に堕し、形式が解体し意味が失われるにいたるまでは、エンブレム表現法もまだ教父神学の比喩形象的解釈と中世のシンボル的思考の遺産で養われており、この通俗的な記号学には、外界と内界との関係を発見し、形の異なるもののなかに秘密の類似を認め、すべてをくまなく支配する存在秩序を把握しようとする、汎知学的欲求が働いているのである。

たとえば、鷲が自分の羽をつけた矢に射ぬかれるレス・ピクタ[74]は、それ自体を超えて、自分が自分の災難の原因となり、自分の墓穴を掘る人間を指し示す（図6）。しかし、さらに自滅のエンブレム的寓意画としては、熊が蜂蜜を盗もうとして木に前足を挟まれて命を落としてしまうものや[75]、山羊が犬から逃れようとして巌の先端に登ったため逆にあっさり殺されてしまうものや[76]、橋に乗ったままのこぎりで橋を切る男とか[77]、あるいは二羽の鶴が激しく争っているところを捕らえられてしまうもの[78]などがある。こうして同趣旨の意味がこういった異なる寓意画をひとつに結合させてゆく。と同時にしかし、猟師の矢の羽となりかねないのに自分の羽を与え、その矢で自分が射られてしまうあの鷲のシグニフィカティオは、忘恩をも表わす[79]。そしてこの忘恩はまた、恩義ある飼い主を噛む犬や[80]、あるいは木にからみついて伸びながら木を押しつぶす蔦[81]によって表わされる。ほかならぬこの蔦にからまれて枯

図6

れる木の寓意画は、これまた隣人に対する無私の献身と犠牲死の名誉[☆82]を指示し、さらにこの犠牲死を表わすものに、ほかのものを照らしながらそれ自体は溶けて消える蠟燭[☆83]や、死を恐れずに猟師の槍めがけて突進する猪がある[☆84]。ところがこの同じ猪のピクトゥーラがまた、鷲が表わすあの自滅を意味し、こうしてこのような観察の小さな円環が閉じられる。同時にこの猪の図像は、復讐にはやる無思慮な怒りという意味を帯び、かくてさらに新しい関連へ入ってゆく。

レス・シグニフィカンス［意味を指示するもの］によって高次の意味が呼びだされ、シグニフィカティオ［意味内容］が谺を発し、その谺がまたレス・ピクタ［描かれたもの］に反響する。そのすべてが、このような照応関係を見いだし、結合を生みだし、かくて実際に世界を包摂する関連と意味の織物を編みあげる。なるほどエンブレム表現法は、もはや存在するものを体系的に整理することはないし、まだ自然の秩序をつくりだすにはいたっていない。エンブレム表現法が世界のうえに指示と関連の編目を広げるこの織物は、個々の部分をつなぎあわせて編みあげられており、異なる事物の同種の意味や同一の事物の異なる意味のうえに張りめぐらされた結合を認識できる者の目にしか、その姿を現わさない。しかし、そのようにエンブレムの図像を見ながらそのエピグラムを読む者にとっては、存在するものの混沌が一変して意味形象のモザイクと化し、意味関連と永遠の真の規定によって織りこまれたひとつの宇宙が再び姿を現わす。そしてこの宇宙のなかでは、個々ばらばらなものが関連づけられ、現実が意味を孕み、世界の運行が把握できるように現われ、類比によって解釈された世界がこうして人間の行状の規則となりうる。おそらくこういったエンブレムの指示、照応、生命の教義は、もはや宇宙秩序を疑念なく確信していることの証拠なのではなく、むしろ見通しがきかなくなり混沌とした世界に太刀打ちするための、近世初頭の人間の試みの表現であろう。そのような努力をしながら、エンブレム表現法はもう一度中世の秩序思考と認識手段に加勢を求めているように思える。つまりエンブレム表現法は、抵抗し、希望を抱き、ユートピアの表情を帯びているのである。

その後の存続

このように中世のさまざまな思考形式の影響を受けて成り立ったエンブレムの世界構想が信憑性を失うに及び、もっとも深い本来の意味でのエンブレムは、つまり認識の道具としてのエンブレムは効力を失い、ヘルダーが「ほとんどエンブレムの時代と呼びたい[☆85]」といった時期が終焉を迎える。バロック時代の終わりとともに形式の解体が生じ、形骸化するエンブレム表現法の皮相な退化した亜流が現われ、やがてそれもたちどころに跡形もなく軽蔑と忘却の淵に沈む。ヴィンケルマンは、一七五六年に『ギリシャ芸術模倣論』で自分の考えを解説し、先ごろの時代の寓意画について語ったときに、エンブレム表現法を壊滅させる批判を行なった。「ところが、おびただしい学者がほんとうに猛り立って、いわばよき趣味の根絶にのりだす時代がこの世に現われた。彼らは、自然と呼ばれるものを子どもっぽい単純さとしか見ず、それをもっと洒落たものにするのが義務だと思っていた。老いも若きも、たんに芸術家のためだけでなく、哲人や神学者のためにも標語や寓意を絵に描きはじめた。そしてもはや、寓意画をひけらかさずにはろくに挨拶もしてもらえなかった。人びとは、それらが意味することと意味しないことを書き換えることによって、さらに教訓に富むようにしたのである[☆86]」。「先ごろのアレゴリー主義者たち」が、そのエンブレムを、古代の芸術と文学の純粋な泉から汲みださず、それらをうぬぼれたわざとらしいやりかたで、自分たちの空想から汲みあげているらしいことは、古典古代の偉大な新発見者にして愛好家たるヴィンケルマンには、実際、救いようのない邪道としか思われなかった。美しく完全な自然を眼前へもたらすギリシャの作品のあの「高貴な単純さ」を模倣するかわりに、彼らがその自然を明らかに「子どもっぽい単純さ」だと言いたて、機知に富み才気走った操作でもっと高い意味に引きあげようとすることを、彼は野蛮な趣味の堕落と考えたにちがいなかった。そのような理由からテクストを添えることによって説明を必要とした寓意画は、したがって彼には「この種のものでもレヴェルの低いもの」に思われた。彼は一七六六年に『アレゴリー試論』では、アレゴリーは「それ自体でわかり、添付のテクストを必要としない」ようにすべきであるという定理を掲げ、「アルチャーティやテイポテイウスなどの寓意

画を扱った」書物のことは、ほんの付けたし程度の言及で片づけた。☆87

たしかにブロッケスの一七二一年以降（タウレルスの『自然‐倫理エンブレム集』の一二〇年後）に出版された『自然詩と道徳詩にひそむ、神における地上の楽しみ』には、おそらく敬虔文学を経由してとくにスクリウェリウスを媒介にしたと思しいエンブレム的構造がまだ認められる。さらに天地創造のヒエログリフ的性格に関するハーマンの考え、つまり自然と聖書、言語と歴史が孕む、神的なものを指す秘密に満ちた意味に関する考えにも、エンブレム表現法に類似する世界理解が再度認められる。そしてラーヴァターが一七七五年に『観相学的断片』の第一巻で、バーデン辺境伯への献辞の下に棕櫚のエンブレム（「暑さも寒さも棕櫚を変えず」）を置き、君主に対する忠誠を表明しているが、これもまた、ラーヴァターがこの『観相学的断片』に載せたエンブレムに由来するそのほかの挿し絵ともども、原則的な諸関連を指し示している。この観相学は、まさに昔のエンブレムの原理を人間の現象の個々の特徴に応用したものとして登場する。実際この観相学も、「自然の題材」に「道徳の形態」を認めること、つまり外面的、外見的に現われていてあくまでも事実として見えるもののなかに内面的で隠されたことや一段と高次な意味を認めること、形の相のヒエログリフ的エンブレムに神の顔を、部分に全体を認めることを、形の観察者と読み手に教えようとしているのである。しかしほかならぬこういった特徴に関して、ハーマンもラーヴァターも、結局ひとつの大きな運動の殿（しんがり）として登場しているのである。ゲーテの蔵書にも、まだアンドレア・アルチャーティやヨハネス・サンブクスの『エンブレム集』があったが、☆88 彼はそれらの図像を、昔の人びとが認めていた意味の堅固な秩序から、無制約の意味の地平線を切りひらくシンボル表現に移しかえることになる。つまりそのシンボル表現は、エンブレム作者たちの意味を固定化するスブスクリプティオをいわば忘れ去り、さまざまな現象の意味を通分不可能な曰く言いがたいものに拡張してゆくのである。☆89 とはいえゲーテにしても老年には、これと平行してシンボルのエンブレム的変種を保ちつづける。それは合理的に把握できる意味を図像にしっかり結びつけるエンブレム的変種で、たとえば『ヴィルヘルム・マイスターの遍歴時代』の第一巻は、こんな文章で閉じる。「神の摂理には、倒れた

者たちを助け起こし、打ちしおれた者たちを元気づける方法が無限にあるものです。わたしたちの運命は、冬の果樹のように見えることがよくあります。果樹の哀れな様子を見て、そのこわばった太枝が、そのごつごつした小枝が、翌年の春にまた葉を出し、花を咲かせ、やがて実をつけるなどとは、誰が想像するでしょう。しかしわたしたちは、そうなることを望み、そのとおりになることを知っているのです」。

存在するものを、それ自体を超えて指示するものとして理解すること、しかも一義的に公式化しうる形で意味するものとして理解することは、「エンブレムの時代」が過ぎ去り別の考察法と意味規定の形式が人間の観察と思考を定めるようになってからも、依然として人間の世界把握の基本的可能性のひとつとしてもちいることができる。バーゼル大聖堂の回廊には、一六五四年に生まれ一七〇五年に没した数学者のヤーコプ・ベルヌーイの墓碑に一本の螺旋の図像が描かれていて、この墓碑の巻軸装飾(カルトゥーシュ)の下部の端には、「わたしは不変のまま変容して蘇る」という「スブスクリプティオ」が見られる。ベルヌーイは、詳細に調べたある特定の対数の螺旋の形に不思議な法則性があることから、それを「不思議な螺旋(spira mirabilis)」と名づけていた。この螺旋は、どんなに回してもつねに同じ相似の図形を生みだすということで、ベルヌーイには母と娘、父なる神と子なる神の関係、人生のいろいろいまわしいことのなかでもつねに変わらぬもの、つまり人間の肉体が外観を何度も変え、最後には死によって変わりながらも、ついには肉体がその原数から見ると、つまり量から見ると不変のままで変容して蘇るにいたる道程を表わす「シンボル」、つまり寓意画に思えたのだった。「この不思議な螺旋は、きわめて独特、きわめてめずらしく、驚くべき特徴ゆえにわたしを喜ばせるので、見飽きることがないほどだ。この螺旋は、さまざまなものをシンボルで表わすのによく適していると思った。どのように回しても、自分と相似の同じ螺旋を生みだすからだ。それゆえ、親と子にきわめてよく似たエンブレムでありえるだろう。きわめてよく似た娘と母なのである。あるいは(もし永遠の真理への信仰を密儀的にものになぞらえることが許されるなら)永遠の創造の子自身であり父なる神である方の像。そして、光から光が生まれるように、あるものからそれと同じ同一在(ὁμοούσιος)が、いかなるものであろうとその似姿が、現われる。さらには、われわれの曲折する変化においてさえ、驚くべきことに不変で同率を保ち、また逆境のなかの強さと堅固さ、あるいはさまざまな変容のあとに、最後には死後ですらも、同一の数で蘇るわれわれの肉体のシンボルでもありうるのだ。アルキメデスをまねる習慣が今日でも通用するかのように、わたしたちは自分の墓に、この螺旋を次のエピグラムといっしょに刻ませたい。〈この者は、数に対して同じまま変容して蘇らん〉[☆90]。螺旋の詳細な数学的研究、学問的叙述に当てられている章の最後に、ベルヌーイはあえてこんな言葉を記したのである。エンブレムのレス・ピクタの特徴であるあの潜在的事実性が、彼の「不思議な螺旋」の寓意画をも規定しており、まさに厳密な事実観察の領域においてこそ、霊的意味(sensus spiritualis)への転換の可能性が——あるいは浸透の可能性といってよいかもしれないが——時代を超えて維持されているように思える。

図7

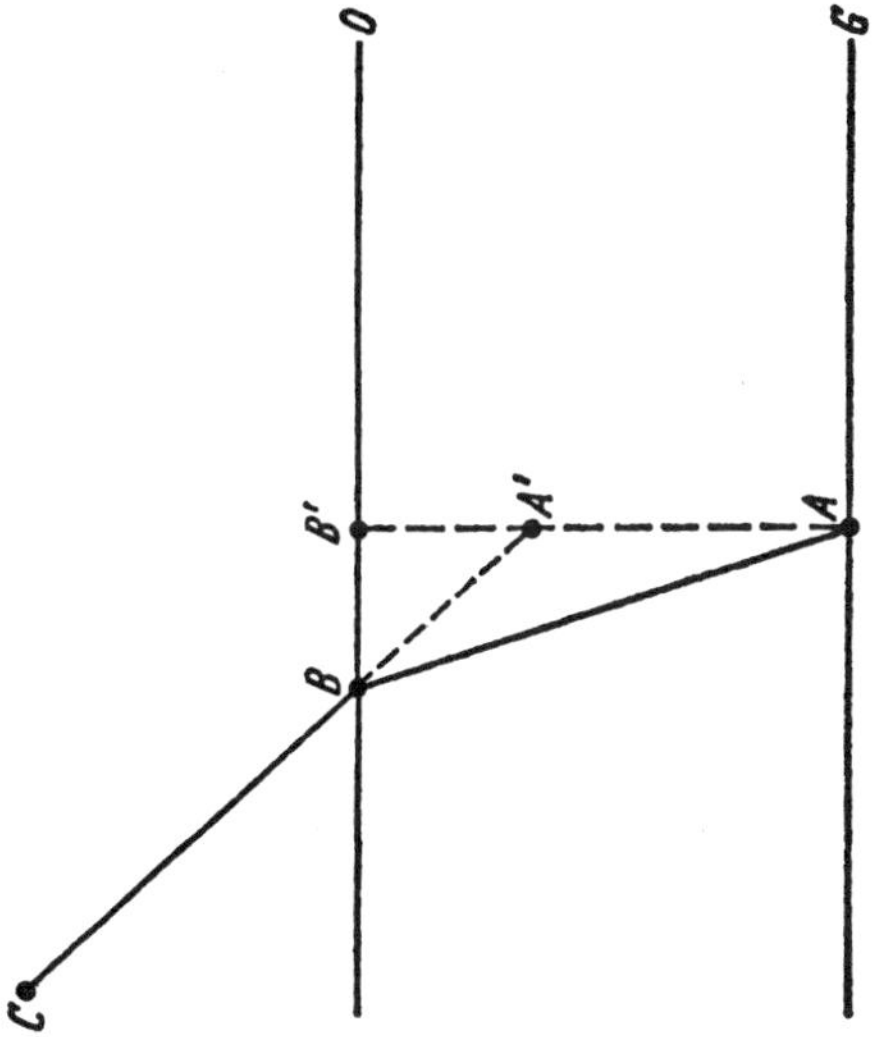

　たとえば一九四九年になっても、物理学者のエーバーハルト・ブーフヴァルトがこういった意味で、「象徴的物理学」に関して思考をこらしていた。彼はそのさい、ある事象を光学の分野から説明する図解を呈示し(図7)、「Gを水底、Oを水面、その水面の上部を空気とする。水底のA点から光線が発すると、水面のBで屈折し、観察者の眼とするCに達する。観察者は、眼に達する光線の延長線上、つまり上に浮きあがったA'の場所に対象Aを見る」と説明している[☆91]。

　さてこの実験で、人間の眼には水底が実際より浮きあがって見えること、つまり深さがA—BではなくA'—B'にしか思えない、という純粋な事実を捉えて、ブーフヴァルトは、「水が透明な場合、人は深さを過小評価する」という命題にして、このようにとらえることによって、「透明でありながら《透視できない》人格というものに関する自分や他人の人生経験や、また『喜ばしき知識』の序文に《深みから生ずる表面的な》といわれている、ギリシア人にいたるまで同意して読んだ事柄の広大な領域」が彼には拓け、「一見どうでもよい個々の実験が、こうして一般的な人生の出来事の寓意画になる」と説明している☆92。図解がエンブレムのピクトゥーラの機能を果たし、「水が透明な場合、人は深さを過小評価する」という命題がインスクリプティオにほかならず、光の屈折を知っている者、つまり精通者にしかわからない事柄が、ここに抜き書きで引用した散文テクストの「スブスクリプティオ」によって一般の人びとの理解のためにまず説明され、さらにその一段と高い意味が解釈される。つまりこの自然科学者は、昔のエンブレム作家の軌道に引き戻しているのである。

事実、すでに三五〇年前に、ニコラウス・タウレルスが光の屈折現象を『自然-倫理エンブレム集』の一環にとりいれていた。川岸に立っている男が硬貨を一枚川に投げ入れ、もう一枚の硬貨を比較してみるために片手にもっていて、その男の背後の地平線には太陽が昇るところが描かれている☆93（図8）。

「実際より大きく見える」とインスクリプティオにある。浅い川に投げられた硬貨は、光線の屈折のため実際より大きく見える。同じことが、心理学的作用で昇る太陽にも見られ、「硬貨が浅瀬のなかに投げられると大きく見えるように、昇る太陽も大きかった」とスブスクリプ

図8

ティオが説明している。どちらの現象にしても、外観に眼を眩まされることの寓意画として解釈されているのである。

一六一九年にツィンクグレフは、水中に差し入れた櫂を、中傷を受けた誠実さの寓意画として描いている（図9）。

影はまがって見えるが、櫂はまっすぐだ。
おまえは水にだまされている。だれかに悪口をいわれようと、
冒瀆されようと、侮られようと、わたしは気にしない。
わたしは心清くまっすぐな性格だ、とわが良心がいってくれる。[☆94]

一六二〇年ごろに、ヴィレブロルト・スネリウスが光線の屈折原理を発見した。サアベドラは、一六四〇年に初版が刊行された『キリスト教的政治の君主の理念』のなかで「われわれは思い込みにだまされる」というモットーの第四六シンボルの下に、「水中に半分入っている櫂は、折れたように斜めに見えるが、これはものの反射が原因である。このようにわれわれの意見も、さまざまな点でわれわれを欺く……[☆95]」と書いている。彼の定式は、タウレルスやツィンクグレフの記述よりも物理学的事実に接近している。そして、われわれが二〇世紀から選んだあの「象徴的物理学」の実例ともなれば、光学現象の法則性が認められるところですら、なおエンブレム的思考法がいかに幅をきかせられるかを示している。まさにそのようなところでこそ、エンブレム的思考は、個々の事実から普遍的な次元に向かうことを実証している。エンブレム的思考法は、ピクトゥーラの潜在的事実性を確保する自然科学専門領域の境界を、スブスクリプティオによって乗りこえ、「一般的な人生の出来事の寓意画」を

図9

発見するのである。

エンブレム表現法応用の問題

アルチャーティの『エンブレムの書』によって、エンブレムという表記は芸術史と文学史のジャンル概念となる。ユストゥス・ゲオルク・ショッテルは一六六三年に『ドイツ標準語詳論』で以下のように述べていた。「エンブレマという言葉は、寓意画、つまり解題と解釈する詩句をともなった図像のことを暗に示していたのに従って用いられている」[☆96]。もっともギリシア語のエンブレマ（emblēma）、古典古代のラテン語のエンブレマ（emblema）は、つけたされたもの、はめこまれたもの、あるいはモザイク品や象眼細工を意味していた。そのためアルチャーティも、装飾の寄せ木細工や、容器につけるとりはずしのきく金属性の飾りを指す表記としてこの言葉を理解していた。帽子や衣服を飾る金属製のインプレーサの徽章やメダルも、アルチャーティはおそらくエンブレマという語で理解していたであろう。ことによると、本に貼られている蔵書票や出版社の商標も、それどころかすでにクインティリアヌスがエンブレマと比較していたトポスによる修辞までも、アルチャーティはこの言葉で捉えていたのかもしれない[☆97]。マティアス・ホルツヴァルトも、この概念のそういった元来の意味と転用された意味を並べて挙げている。一五八一年に彼は選集のタイトルページに、エンブレムのことを「花をちりばめた装飾品あるいは絵画詩」と記しているのである。転用された語義はジャンル規定として認められたが、しかし本来の語義の意味でエンブレム表現法は効果を発揮した。ルネサンスの応用とエログリフとインプレーサ芸術が実用に使われているのに従って、アルチャーティは自分のエンブレムを、はっきりと芸術家や工芸家のための手本として定め、アウクスブルク市書記官にして皇帝顧問官のコンラート・ポイティンガーに献呈した『エンブレムの書』の献辞につぎの言葉を記した。

このエンブレムは、われわれが閑暇のときにつくりしもの、

名高い芸術家の手による意匠、
だれもが衣に飾り帯を、帽子にメダルをつけ、
沈黙の文字で書くことができるようにと。

その後のエンブレム作者たちも同様に説明し、自分たちの本をそのさい弁論家や説教師、詩人にも推奨した。グラシアンの言によると、エンブレムは、精巧なる弁舌による金細工の台に填められた宝石である。[☆98] またハルスデルファーは、『詩学漏斗(はやわかり)』でこう説明している。「この寓意芸術は、たんに演説者が自分の課題を生きいきと描きだすのに役立つばかりではなく、詩人にも役立ち、そのような絵を詩文に巧妙に添えて、このくさぐさの発明から自分の内容を学びとることができる[☆99]」。

事実エンブレムは、造形芸術のあらゆる分野に現われる。個々の作品として、数多くの連なった形象や図像シリーズの形式をとって、そして解説し意味する装飾としてさらに大規模な表現のために、エンブレムは、世俗や教会の絵画のなかに、また頻繁に教会や城、市庁舎、図書館の壁や天井の装飾として見られる。版画や漆喰彫刻、祝祭の装飾や舞台装置において、応用されたエンブレム表現法は重要な役割を果たしている。工芸美術では、エンブレム表現法の使用が家具、マジョリカ焼陶器、タイル張り暖炉の絵柄から印刷所や出版社の商標、蔵書票、コインやメダル、トランプや射撃の標的にまで及ぶ[☆100]。

エンブレム表現法が造形芸術や工芸に与えた影響のほかに、この表現法から発して音楽で言葉を解釈する音響像へ向かった刺激は、比較的とるに足らぬ役割しか演じていない[☆101]。これに対し著作物の領域での影響は、並はずれて重要である。たとえば授業用著作や教科書、さらに祈禱や宗教上の教化の文書などで、これは、先に挙げたエラスムス・フランツィスキーやヨーハン・ミヒャエル・ディルヘルが福音書や使徒の手紙の「エンブレム的提示」によ

って、とりわけクリスティアン・スクリヴェリウスも、実例を示してくれる。[☆102] また教理問答[☆103]ですらも、さらには説教や世俗的弁論術も同様で、その実例としては、たとえばアブラハム・ア・サンタ・クララの『なんたるこの世界』やD・クリスティアン・ヴァイトリングの『エンブレムによる賛辞と弔辞の雄弁家』[☆104]を挙げることができよう。そしてとりわけ「エンブレムの時代」の文学である。文学言語の具象性にとっては、エンブレム表現法に決定的な前提条件がひそんでいるのである。このことはとりわけバロック時代にいえることであるが、しかし寓意の仲介と伝承という意味では一八世紀にまで続いていく。

もちろん、エンブレム書のレス・ピクタと応用されたエンブレム表現法の具象性との関連を確実に一義的に規定する試みは、この寓意画芸術の仲介の性格から生ずる困難にぶつかる。ある絵のモチーフとその解釈がエンブレム書の著者自身の手になるものなのか、それとも著者が出所をあげていない手本に発しているのか、はっきりしないことがまれではない。エンブレム以前の豊富な伝承が目の前にある場合、考えられる手本のどれがエンブレムにもちいられているのか、確認できないことが多い。同じように、たとえばのちのエンブレム作者が以前に公刊されたエンブレムやインプレーサの書を引きあいに出しているのか、それともそれとは無関係に、それらの書もちいていた出典のほうを引きあいに出しているのか、という問題も、これまた決定できないことが多いだろう。エンブレム表現法の応用の領域において、図像が照応しあうのを目にしても、それが特定のエンブレム書に依存していることを突きとめようとすると、このようなあいまいさが増すばかりである。同じ図像がさまざまなエンブレム書に出てくることが頻繁にあって、それも、そのうちのどれが典拠にもちいられていたのか、自信をもって確認することはできない。画家や図案家、装飾家、建築家、弁論家、説教師や詩人が、彼らの描いたイメージと合致するエンブレムとは無関係に、そのエンブレムがもちいていた手本のほうを使っていたり、あるいはエンブレム以外のほかの仲介を通じてその手本に関与していたりするという可能性も排除できないケースがきわめて多かろう。[☆105] たしかに、エンブレム表現法の応用を調べてみると、エンブレム書のはっきり突きとめられる手本にまぎれもなく依拠していることを確認できる場合もあるだろう。その若干の例が、本書の試みの第一章であげたものである。これらの例は、数多くの同じような関連を推定させてくれる。しかし個々の場合については、そのような依拠の証明の確実度も、多くはたんなる蓋然性か可能性を超えることはないだろう。

これに対して、あくまで考慮しておくべきことは、エンブレム書の意味がその影響も含め、手本や典拠としてはけっして使い果たされていないこと、たとえば芸術家や工芸家、演説者や著作家によって研究されたばかりか、とりわけ一七世紀には広範な大衆にも受け入れられた点である。マグヌス・ダニエル・オーマイスは一七〇四年に詩学のなかで、「勉学に励む若者と誉れ高いご婦人方のために」、「エンブレムすなわち寓意画について」論じており、「今日、ドイツでは、シンボル表現法とエンブレム表現法と鋳貨のきわめて大勢の愛好者がおられる」とはっきり論拠をあげている。[☆106] なにしろ、人文主義学者サークルのヒエログリフ的・秘教的なエンブレム芸術は、たちまち洗練された地位へ昇り、道徳的・教訓的な民衆絵本の方向へ発展し、国民の言葉で書かれたスブスクリプティオによる版に支えられて、この民衆絵本が広く普及するにいたったからである。図像を見る喜び、未知のもの、遠隔の地のもの、興味深いもの、奇矯なものに対する好奇心、知識欲と教養への飢え、そういったすべてを、エンブレム作者たちの表現は楽しく満足させることができた。エンブレムのモットーとエピグラムが、啓発と教化をつけ加えた。つまり哲理と神の叡知、生活の知恵、賢明な、それどころかしばしば粗野なまでの自己主張の方法、熟考のためのさまざまなきっかけである。[☆107]

これらのエンブレム書によって、古今の寓意とその意味が知られるようになった。エンブレムのレス・ピクタと画家や詩人たちの用いる図像が対応しあうところでは、もとの出典、つまりエンブレム作者たちの手本が学識ある芸術家や著者自身に刺激をあたえたかもしれないが、しかし、多くの同時代の人びとにとっては、プリニウスやアウグスティヌス、『ギリシア詞華集』やホラポッロの『ヒエログリフ集』にじかに接する道は閉ざされていた。教会の壁画や天井画を眺める者、工芸職人への注文者、説教師や演説者の聴衆、祈禱書や教化文書ならびに詩や小説や劇の読者、宮廷や市民の祝祭の公衆、劇場の観客は、エンブレム集を知っていた。このため、エンブレム表現が応用されたものに見られる図柄や、また、解釈するテクスト部分が短縮されたり抹消されたりしても寓意的な意味の知識を前提とすることがきわめて多かったことがらを、彼らはエンブレム集に関連づけてそこから理解することができた。

それだけではない。たんに絵のモチーフだけが文学とエンブレム表現法を結びつけているのではない。このことは、以下でバロック演劇の実例に即してはっきり示されることになろう。この時代の公衆は、世界のさまざまな対象、形、出来事を指示力のあるもの、意味する力をもつものとして理解するためにもエンブレム書によって導かれ、あるいはそのように理解する保証をエンブレム書によって得たし、そのような事象の寓意的把握にもとづくエンブレム的形態を芸術作品においても捉えることを、エンブレム書を通じてすでに学んでいた。しかし、この条件のもとで「エンブレムの時代」の芸術家や工芸家は仕事を為し、演説家や説教師は語り、著作家は書き、バロック作家は演劇作品を起草したのだった。出典の問題とは無関係に——したがって以下の研究では、これ以上この問題は追わない——また言語の形象とエンブレムのピクトゥーラとの直接的で唯一の依存関係を証明するといったことも別にして、バロックの劇作術を理解するために、ローエンシュタインが『エピカリス』の読者に「これについては、サアベドラの第五二シンボルを見よ」と指示したときに暗示したあのエンブレム表現法と演劇の関係に注目する必要があろう。

第3章　演劇テクストにおけるエンブレムの範例

エンブレムの論拠とその用法

ひとつがいの駝鳥が、自分の産んだ卵に息を吹きかけながら雛をかえしているところを、ヨアヒム・カメラリウスが一五九六年に描いている。これは、敬虔なこころだけが神の恩寵によって生きることを示す寓意であった[☆1]（図1）。

われわれは他力によって生命力を得る
駝鳥が命を与える息によって卵を孵すように、
神の恩寵は、敬虔な心に命を授ける。

その数年後、ジョヴァンニ・フェッロがほんの少し変形した駝鳥のインプレーサを伝えている。すでに一五五五年のパオロ・ジョーヴィオのように、また『フィシオロゴス』や中世の文献に見られる数多くの証言のように、彼の場合も卵に命を吹きこんでいるのは息ではなく、「目で命を[☆2]」とあるように、鳥の視線である。ローエンシュタインの『エピカリス』劇の読者も、あるいは一六六六年の五月にこの悲劇がブレスラウのエリザベート・ギムナジウムの学校の舞台で上演されたのを見た観客も、この駝鳥に出会っていた。つまりローエンシュタインの作品には、ウォルシウス・プロクルスの役にこんな台詞が出てくるのである。

駝鳥の目は、雛を孵すことができる。

問題とすべきは、そもそもこのエンブレムの図像がこの劇のテクストで何を求めているのか、正確に言えば、いったい何の目的で劇作家は登場人物にエンブレムを引用させているのか、という点であろう。以下のこの節で追求するのがこの問いである。この節では、劇のなかで応用されているエンブレム表現法を指摘し、その利用の仕方と意図をはっきりさせることを試み、劇中で生ずるさまざまな可能性を示す実例をいくつか選んで挙げることにする。

ローエンシュタインのプロクルスは、この悲劇『エピカリス』の第二幕で、恋慕するエピカリスをかき口説こうとする。しかし求愛されたエピカリスは、自分の眼差しが彼に恋をめざめさせたのだとは思いたくない。彼がそんなことを言い張るのはうわべだけの嘘か、あるいは自己欺瞞だと考え、ついには滑稽な愚行だとさえ決めつける。そこで彼は、この駝鳥のことを引用する。

図1

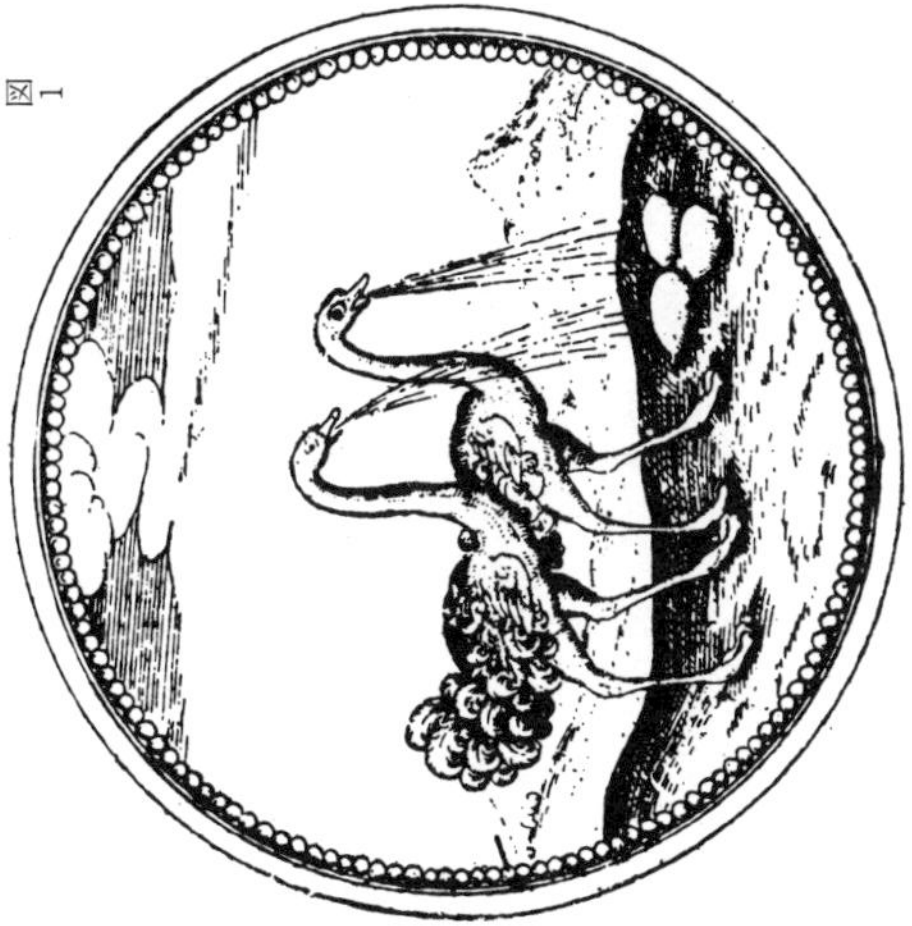

駝鳥の目は、雛を孵すことができる。
とするなら、あなたの美しい顔にも同じように、
命あふれる心に愛を植えつける力がないはずはない。☆3

つまりプロクルスは、駝鳥の例を立証手段として投入しているわけである。ピクトゥーラは元来の意味規定があってはじめて寓意にまで高められるのだが、まるでここではその本来の意味規定が無視され、劇のテクストでは駝鳥エンブレムの図像部だけが利用されているかのようで、このためもはやこれを「エンブレム的」範例というのは、もともと無理がありそうにも見える。しかし実際には、ここで相手を説得する試みにおいて図像を使用できるのは、図像の範例的性格、つまりエンブレム的性格のせいにほかならない。図像はそれ自体を超える意味を指し示すのだということが、立証の暗黙の自明な前提なのである。「目で命を」というエンブレムの教えは、あくまでも効力を失っておらず、ただ、カメラリウスのスブスクリプティオが挙げている神との関連にかわって、ここでは愛の関連が話題になっている。しかもこれは、ローエンシュタイン最大の特徴をなす組みかえの模範として現われている。

つまり駝鳥は、卵を見つめて雛を孵すことができる。そう述べることによって、疑心暗鬼のエピカリスも明らかに疑うことのできない事態が指摘される。しかし、そうだとすれば、この恋の事象がどうして疑えようか、ということになる。なにしろこの事象は、論拠に挙げられた駝鳥の事情に原則的に合致しているし、個々の状況にしてもこの恋の事象は、たしかに駝鳥の確実な事実と異なった状況にあるものの、しかしその駝鳥の事実に比べても、それほどひどく信じられないとは思えない。たかがまだ命のない卵を見つめる駝鳥の視線ですら、雛に命を吹きこむというのに、これが美しいエピカリスの眼差しともなれば、どうしてすでに命あふれる人間に少なくとも恋慕の情をめざめさせられないはずがあろうか。このようにエンブレム的論拠は、ある特定の（語りかけた相手が疑う）事態が真実であることの証明を、確実な先例から語りかける自分が導きだすのにもちいられるのである。

同じような利用法の例が、ローエンシュタインの悲劇『アグリッピーナ』に見られる。その第三幕冒頭でアクテという解放奴隷の女が、アグリッピーナは息子の皇帝を近親相姦に誘い寝室に呼び入れたのですと言うと、驚いた宮内大臣のブルルスがこう非難する。

なんたること！　しかし、皇帝は彼女についていったのか。

それに答えてアクテが、

まるでまだ乳を吸う小羊が乳母についてゆくように。

と言うと、セネカがこう語る。

サテュロスも、そのように美しい炎をかき抱くものだ、
恋と灼熱に焼かれて墓穴を掘ろうとも。[☆4]

図2

ここでもまた、語りかけた相手が信じたくない事態を認めさせられるはめになる。なるほどすでにアクテが、茫然とする宮内大臣の問いに対して、そうです、と答える。ついてゆかれました、小羊が「乳母」についてゆくように、ご子息は母堂についてゆかれました、と言っている。しかし、この実際に起こったことは、見かけからわかるよりもっとしっかりした裏づけを必要とする。その裏づけにセネカは、古代から伝わり、[☆5]バルテルミー・アノー[☆6]やピエール・クストー[☆7]やヤーコプ・カッツ[☆8]によってエンブレム書に受け継がれた、炎をかき抱くサテュロスの図像をもちだすのである（図2）。

このエンブレムの範例は、女が目撃したことの正しさ、信憑性、信用できることの論拠として出されている。この世はそうしたものなのだ、とサテュロスは教えているのである。先のエピカリスは、プロクルスが駝鳥の寓意を

挙げてほんとうに恋慕していることを示すためのエンブレム的論拠に対し、いまごろになってはじめて恋心が語られる状況に疑いを抱くが（「すでに昔の灼熱がいまになって現われるとは」）、それと同じようにこの宮内大臣も、皇帝が母についていったことを確信した様子を見せながら、ただアグリッピーナ自身がこんなおぞましいことをほんとうに心に抱いているのかどうか、彼にはまだ得心がいかないように思われる。

> アグリッピーナともあろうお方が、そんなだいそれたことをなさるだろうか。

事情が舞台上の出来事からはっきりわかり、もはや真実の証明を必要としないが、それでも意味規定を必要としている場合、あるいは疑いではなく、あることを嘆く場合、つまり説得が問題になるのではなく、励ましの言葉が問題になる場合、エンブレム的論拠は、出来事が何を目指して生じたのかという目的論的解釈を課題とする。

図3

グリューフィウス訳の悲劇『ギベオンの人びと』では、恐ろしい旱魃のため三年間も畑が焼け続け、国が飢饉におちいっている。ダビデ王は、この災いの原因を神に尋ねようとする。というのも、主はこのような災難によって、いちばん人間たちのためになるはずの目的を追求しているのだ、と王は思っているからである。このことを表わすのに、ダビデは栽培家たちに剪定される葡萄の木の比喩を挙げる。これはボリア☆9とオロスコ☆10がエンブレム書にとりあげ、ラ・

ペリエール[☆11]が人間の教育の寓意として示しているものである（図3）。

グリューフィウスでは、ダビデの台詞でこういわれている。

たとえば、園丁の手は、はびこりすぎた葡萄の木を切る。
葡萄の木自体が、蔓にたわわに実をつけ、
園丁の労力を、葡萄の収穫で感謝させるために。
不明の頭には損失と思えることも、
結実に役立ち、利益をもたらして喜ばせてくれるにちがいない。
だからこそ、過酷とはいえぬ鞭の不安におちいっても、
不平を言わぬことにしよう。むしろ、はるかに大きなよきことを待ち望むがいい。[☆12]

このエンブレム的教訓例は、前もって解釈をほどこす励ましの言葉としてもちいられ、慰めの約束の役割をはたす。完結した類似例を挙げて、現在の出来事が目標に達してはじめて明らかになることを、つまり神の寵愛に満ちた手がこの場合にも働いていたということを、先見の明のない者たちの「不明の頭」に教えるのである。

ところで『ギベオンの人びと』は、一六三九年に出版されたヨースト・ファン・デン・フォンデルの悲劇『七人の兄弟』の――おそらくすでに同年に成立したと思われる――翻訳であり、グリューフィウスがみずから劇の筆を染めるようになる前の一種の習作である。ここで論じられている箇所も、正確にオランダ語のテクストに従っている。しかしグリューフィウスののちの自作の戯曲には、こういったエンブレム的範例の利用法と完全に合致する例が見られる。たとえば、バシアヌス帝が自分の弟を殺害したことに対し、パピニアヌスは、法と良心に逆らってまでそれを公式に弁護するのを拒むが、するとバシアヌス帝は、パピニアヌスとその子供の命を脅す。この悲劇の第

四幕で、パピニアヌスの妻プラウティアは、一家の没落を目前にして不安と絶望に駆られ、

わたしたちは戦います、でも、ああ、敵はあまりにも激しく押しよせてくる。

というのに対し、パピニアヌスはエンブレム的格言を挙げる。

高貴な棕櫚は、重しを乗せられれば乗せられるほど、育つものだ。[☆13]

図4

重荷と試練に抵抗して育ち、目標に達して最後に報いられる〈椰子の甘味な実〉という徳行の不撓不屈の精神の寓意は、すでにアルチャーティが、虐げられれば虐げられるほど力強く伸びるこの重しを乗せられた棕櫚の木で描いていた[☆14]（図4）。皇帝が恐喝的に脅迫していること、自分の命が危機に立たされていること、いや、それどころか破滅が免れがたいことすらも、パピニアヌスはとり乱したプラウティアよりむしろはっきり知っている。しかし、まさに彼女が状況を絶望的に述べたことが彼に比喩を思いつかせる。意味を明快にし意味を裏づける比喩である。つまり彼は、押してくる、圧迫する、虐げる、というきっかけの言葉を踏まえて、それを「重しを乗せられる」木の叙述に翻案する。高貴な棕櫚、それはパピニアヌスのエンブレムなのである。彼自身が自分にそう言い含めることによ

って、彼はあらかじめ自分の運命を定め、意味づける。はたして運命は、第五幕で殉教に似た死で彼を打ちくだいた末に、高徳の人格をいやましに高めさせることになる。そもそもこの運命があってこそ、極端な試練を受けても、彼はあらかじめ自分に指し示された道を歩みながら、道徳的な正しさを実証することによってついに自分自身にたどりつき、自分自身を守り通すことがはじめて可能となるのである。

このようにエンブレム的範例の利用法は、劇中の現在の出来事に目的論的な解釈を付すことによって、未来のことを前もって指し示すのであるが、そのほかにも、舞台上の出来事のエンブレム的意味規定が、適切な行動に関しそこから結論として出される教訓を通して、未来の出来事に影響を与える様子を示す場合がある。

ローエンシュタインの『イブラヒム・スルタン』という劇では、トルコの太守（スルタン）イブラヒムによって幽閉されている母后キオセムが、高官（バッサ）のメヘメトを介して息子の太守に懇願し、拘束の身を解放してほしいと恩赦を望むところがある。調停役のメヘメトは、「涙に濡れた目は、皇太后の後悔を映す鏡です」と請けあう。それに対し、太守はこう応じる。

信じるがいい、鰐は涙で脅すのだ。[☆15]

「鰐」、これは、ここでは悪意を込めた罵りの言葉というだけにはとどまらない。イブラヒムは、母が泣いているという事実を高官の言葉から受け入れる。しかし、そのメヘメトが後悔のしるしとして述べようとすることが発端となって、今度はキオセムの涙がまさに逆のモティーフを認めさせる比喩になる。イブラヒムは、類推によるエンブレム的論拠を挙げる。というのも、鰐は、その犠牲になるものを飲みこむときに涙を流すからである。たとえば、カメラリウスが鰐を偽善的な友情の寓意として描いたことがある[☆16]（図5）。

鰐の寓意は、エンブレム作者たちの本よりも古い。すでに一二一〇年ごろに書かれた『ギヨームの神の動物譚』[☆17]に登場していて、「鰐の空涙」という諺になって今日まで生き続けており、すでにカメラリウスは注釈のなかではっきりとこの諺を引きあいに出している。もっとも、この鰐の涙のエンブレム的機能は、事実を前提にしている。数年前に、動物生理学者のクヌート・シュミット＝ニールセンとラグネール・ファンゲがこの点を調査したことがあった[☆18]。彼らによると、「文学では、涙を流す爬虫類の性行に言及することがよくあるが、これは科学的想像力をそれほどかきたてることはなかったし、排泄の生理に関する興味深い話題も、注目をあびることがなかった」という。海鳥の場合、海の食物といっしょに摂取される余分な塩化ナトリウムが鳥の頭部の分泌腺から排泄されることは、すでに観察されていた。海水に棲む亀や鰐や蛇や爬虫類の場合にも、同じことが予想できた。これらの動物でも、口や鼻孔や眼窩につながる腺が見られるのである。事実、食塩を注射すると、同じような排泄が起こった。「フロリダの塩水に棲む海亀は、体重一キログラムあたり一〇パーセントの塩化ナトリウムを一〇ミリリットル与えると、目に〈涙〉となって現われる体液を分泌する。この体液のナトリウム濃度は、一リットルにつき六一六—七八四ミリ等価ナトリウムであった。この塩分濃度は、海水の塩分濃度（一リットルあたり約五〇〇ミリ等価ナトリウム）よりかなり高い」。この研究の結果として、「間接証拠（組織学上の証拠）と直接証拠（塩分の分泌）を結びつけると、腎臓とは無縁の塩分排泄メカニズムは、おそらく海棲の爬虫類、亀、鰐、蛇、蜥蜴の四種すべてに見られるということが指摘できる。分泌物は、構造的にも機能的にも海鳥の塩分分泌腺に似た頭部分泌腺

DEVORAT, ET PLORAT.

図5　食らって嘆く

から排出される。鳥類と爬虫類は、高濃度の塩分を含む尿をつくることができない。腎臓とは無縁の塩分排泄メカニズムは、すべてのサウロプシディアンの海洋棲息地にうまく適応するために必要なものであると推測できる」。しかしながら、このような説明によって「自然界の知恵から[19]」生じた寓意は廃棄され、エンブレムは無効になってしまった。「信じるがいい、鰐は涙で脅すのだ」――今日ではもう、誰もそんなことを信じはしない。存在の類推は、自然科学的経験の犠牲になってしまい、世界は、その内的構造を支えてくれたエンブレムの柱のひとつぶんだけ貧しくなってしまった[20]。

しかし、このように「信じるがいい」と言われているものの、語り手イブラヒムにとっても聞き手メヘメトにとっても、また劇作家ローエンシュタインにとってもその観衆にとっても、ことさらそれがピクトゥーラの事実を信じよという要求を表わしているわけですらない（あるいは少なくとも、単にそのような要求を表わしているだけではない）。ピクトゥーラの事実は確実なものと見なされていた。涙に暮れるわが母は鰐以外のなにものでもないこと、この鰐も、泣いているのは脅しにすぎないこと、それを「信じるがいい」とトルコの太守は要求しているのである。そして彼は、牢につながれた母を出すのを拒む。このエンブレムの先例は、認識の道具と行動の規制としてもちいられている。

『アグリッピーナ』の例も同じ方向を示している。この悲劇の第五幕に、サビーナ・ポッパエアが皇帝ネロに激しく迫って、皇后を殺してその地位に自分自身が昇りたい、というところがある。しかし暴君ネロはためらい、公に述べるのをはばかり、民衆に反乱が起こ

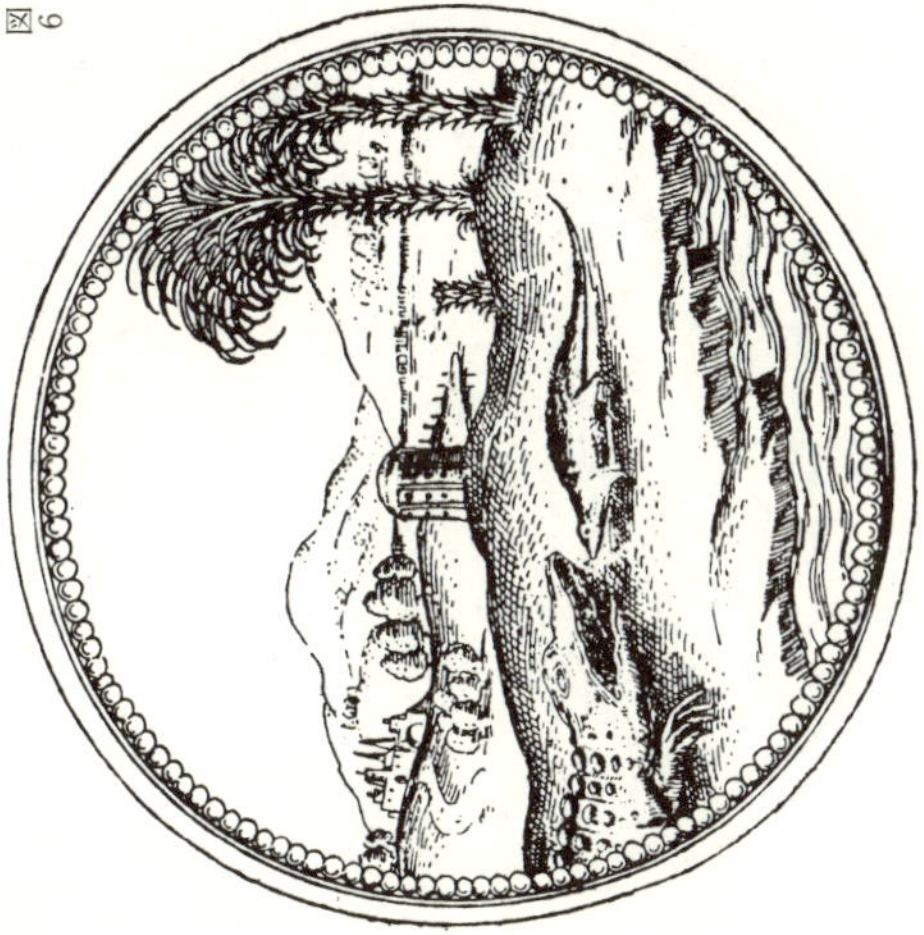

図6

るのを恐れる。

暴政に脅威を及ぼす思いがけない危機の寓意として、カメラリウスはファラオの鼠と言われるマングースに殺される鰐を描いていた[☆21]（図6）。

コロゼは、弱小のものでも力のあるものに危害を与えることがある先例として、蟻がだれも登れない岸壁の鷲の巣にまで這ってゆき、卵を割って下に落とすところを描いている[☆22]（図7）。

図7

さて、サビーナ・ポッパエアがネロの懸念を押し切ると（「それに、王たるものが民衆の不満をあれこれ問題にすることがありましょうか」）、ネロはこのエンブレム的論拠をもちだす。

いいか、マングースですら鰐を殺す。
かよわい虫も、鷲の卵を壊すのだ。[☆23]

皇帝は状況を絵解きしている、あるいは正確に言うと、状況からいまにも起こりそうなことを絵解きしている、と言っていいかもしれない。しかしこれらの図像は、実際、ただの絵解きにとどまらない。それらは状況を既存の範例に関連づけているのであって、その既存の範例に照らして、現在の情勢において特定の行動から生ずる結果を読みとっているのである。このようにエンブレムは、語っている自分の行動のありかたを一定の方向に導く。

こういったエンブレム的論拠の働きがもっとはるかにはっきり現われるのは、劇中の台詞が語りかけた相手たちを特定の行動にかりたてるのにもちいられる場合である。ローエンシュタインの『エピカリス』で、謀反人たちが謀議をこらし、どうやってネロを倒したらよいか、「毒殺か、首を絞めるか、火攻めにするか、剣で刺すか」と論じていると、スルピティウス・アスペルがエンブレム的論拠をもちだして武器の力に訴えることに賛成する。

臆病な針鼠は、鎧に身を固めた手で捕えるにかぎる。
針鼠は、小心者の軟弱な皮膚しか刺せないものだ。[☆24]

最初の一行で語り手はピクトゥーラをはっきりもちだし、サアベドラが描いていたことをいわば引用しているのである。ローエンシュタインは注釈で、このくだりをはっきりとサアベドラのシンボル五九（symbolum LIX）と関連づけている[☆25]（図8）。

図8

つぎにスルピティウス・アスペルの二行目は、このピクトゥーラにスブスクリプティオを添える。つまり今度は、武装していない「鎧に身を固めていない手」が針鼠にも刺される「軟弱な皮膚」の「小心者」に入れかえられることによって、この寓意は意味を帯びる。この寓意は、小心翼々とした躊躇と優柔不断な対処に警告を発し、災いを防ぐには大胆迅速な行動を、つまり武装した力をすみやかに決然ともちいることを教えるわけである。こうして語り手は主張を通す。「それがいちばん確実だ。口火は切ったぞ」と謀反人の一人は答え、エンブレムが命じているように、「怪獣」ネロを武器で捕える決定をくだす。

これと似たような例が悲劇『クレオパトラ』に見られる。劇の大詰でこのエジプトの女王が死んだあと、彼女の子供たちが懇願しながら皇帝アウグストゥスの足元にひれ伏す。娘はこう語る。

わたしには何もございません、
強大なるアウグストゥスさまに、わが飾りの真珠と、
わが母の願いと、そしてわたしたちがプトレマイオスの樹幹の分枝であることを、
お認めいただく以外には。暴風は、樫と杉の木を折ろうとも、
若い苗木に危害を加えることはないものでございます。☆26

恩赦を懇願する者たちの涙、母が死に瀕して最後にアウグストゥスに頼んだ願い、そして最後に自分たちの高貴な家柄をこの語り手の娘は挙げて、皇帝が寛大な処置を施すように仕向ける。しかし、この最後のモティーフはきわめて型にはまったいい方で、わたしたちは「プトレマイオスの樹幹の分枝」だ、という寓意の出発点になっている。この寓意のあとに、エンブレム的論拠が挙げられるのである。

もちろんそこでは、自然界の出来事が——その潜在的事実性がエンブレムの基礎になっているけれども——はなはだ意図的に変形されている。「暴風」が吹いて大木が倒れても、「若い苗木」が折れずにすむのは、実際はもっぱら苗木がしなやかだからという理由による。たとえば

図9

一五七一年にモントネが、イソップ寓話に由来するものだが、嵐で折れた木（一六一九年の多言語版エンブレム集では「樫の木」とある）、および同じ嵐にあってもしなってまた伸びあがる枝や低木の図像を解釈して、不信仰の傲慢さが倒れ、従順で素直な信心深さが救われることを表わす寓意としている[☆27]（図9）。

しかしこの劇では、生死の決定権を握っているのはもっぱらアウグストゥスである。賢い語り手の娘は、自然の出来事のピクトゥーラをもこの事情に合うように修正する。つまり、風は「危害を加えることはないもの」だと主張する。アウグストゥスは、クレオパトラを倒したという点でその風と同じことをすでに途中までやったことになるが、ここで風に吹かれても伸びあがるこの寓意がもちだされることによって、最後までその寓意に合致した行動をとるように求められる。つまり、このエンブレムが示しているような、自然の出来事のなかに実例として実証できる法則に従うように求められる。こうして皇帝は、恩赦を認め、エンブレムの呼びかけに従うことになる。

同じようにエンブレムは、語りかけた相手の否定的態度に対する判断基準としてもちいられる。

ハルマンは、一六七八年の弔辞[☆28]のなかで、人間がこの世でさらされる危険な誘惑を考察してつぎのように説明する。「イタリア人たちも同じように、創意にかけてはすべてにわたり傑出しておりますが、かくのごとき人間の不幸をエンブレムにより解明することにかけても、見事な技を示しておりました。……アレッサンドロ・ヴィジタリーノは、鰐が目の前にいる人間をたちまち平らげようとして熱い涙を流している様子を描きだし、こんな一文を添えております。

嘆いて食らう

わたしが人間を嚙み裂くとき、

わたしの目はしとど涙を流す。

しかしこの世も、……泣く目でわたしたちを眺め、人殺しの歯で嚙み砕くこのような偽りの鰐以外の何でありましょうか」。

涙を流す鰐の寓意は[☆29]、ここではエンブレム表現法から採られていることがきわめて明白であるが、ハルマンは、悲劇『マリアムネ』にもこの寓意を挿入したことがある。第五幕で、ヘロデ王が絶望しながら自分の犯したことを涙ながらに嘆き、後悔しているところへ、彼によって殺された者たちの亡霊が現われる。彼に首をはねられたマリアムネの亡霊が、こう語る。

わたしたちの身体をはねた人殺しの斧を、お好きなように飾りたてるがよろしい。
わたしたちの墓に塔を建て、弔いの歌をうたうがいい。
しかし、鰐よ、そのように苦しむふりをしてみても、いっさいむだというもの。
そなたが迎えるのは、良心の不安と誹謗と侮りばかり[☆30]!

ここで奥舞台が開かれ、いわゆる「黙劇」の形で、ヘロデの将来の不幸の状況が彼の目の前で演ぜられる。

偽善の寓意として鰐のエンブレムがあることを知らないかぎり、マリアムネの台詞は実際よく理解できない。というのも、ただたんに残虐で人を殺すけだものという意味で「鰐」をヘロデに関連づけた隠喩として理解するだけでは、この箇所の十全な意味関連を見誤ることになるだろうからだ。この非道な者が後悔しても、亡霊たちは非難する。たとえ彼が犯罪をいまになって「飾りたて」ようとも、つまり美化したり埋めあわせをしたりしても、あるいは殺した人びとのために墓碑を建て、哀歌をうたい、涙を流しても、そのすべてはあくまで「苦しむふり」にすぎない。懲罰は避けられない。鰐のエンブレムが、泣く者を断罪するのである。

このような利用形式の一変奏が、ローエンシュタインの『アグリッピーナ』に見られる。この悲劇の最終幕で皇帝ネロの前に、彼に殺された母アグリッピーナの亡霊が現われ、驚いた皇帝にこう語るところがある。

いまになっておまえは、死んだ母の影におびえるのか。
生きているときには、おまえを手なづけることのできなかったその母の影に？
虎がわたしとまぐわらずにはいられなかったために、
この胎（はら）が、おまえのようなうわばみを生んだのです。☆31

この比喩的な台詞は、死んだアグリッピーナの亡霊が目の前に現われ、呼びかけられたネロがふるえおののき不安に駆られて倒れるその態度に端を発している。ふつうとはまったくちがう彼の態度が、以前の荒々しい常態を思いださせ、いまとは対蹠的な姿が現われる。つまり、母がまだ生きていたあいだは、「手なづけることのできなかった」彼なのである。この言い回しによって、禽獣の隠喩法が台詞のテクストに入ってきて、それに続く比喩がこの隠喩をさらに敷衍し、いったいアグリッピーナがこんな手なづけられない者の母であるはずがあろうか、という（暗黙の）問いに対する答えが出される。虎が彼女の胎に生ませたのは、こんな「うわばみ」だった、龍のような、蛇のような怪物だった、と。ここにいたって頂点に達し、この隠喩的な台詞が図像連想によってエンブレム的論拠に高まる。というのも、アグリッピーナがこう続けているからである。

蝮（まむし）は、生まれるとき以外には、
母胎を切り裂きはしないもの。
いまわたしは、死んでこんな仕打ちをおまえから受けているのだから、よくわかった。ネロは蛇や蝮よりむごいということが。

蝮（まむし）の子供が生まれるとき母胎を食い破ることは、すでに『フィシオロゴス』に見られる。これは一五八〇年のテオドルス・ベザにも現われており、そこでは、あまりにも増えすぎた聖人たちに食い荒らされる教会に関連づけられている[☆32]（図10）。

その後カメラリウスでは、世代から世代へと影響を及ぼしつづける悪の呪いを表わす寓意として[☆33]、あるいはスコーンホヴィウスでは、子供たちが母に殺された父の仇を打つ「正当な復讐（ユスタ・ウルティオ）」を表わすものとして登場する[☆34]。

図10

これに先立つ場面で、ネロの送った殺害者たちが剣で母アグリッピーナの身体を刺している。この殺害場面ではやくも、蝮のエンブレムが登場人物たちの比喩的な言語によっていわば伏線を張られていた。「刺し貫くがいい、うわばみを産んだ裸の腹を」とアグリッピーナが叫ぶと、殺害者の一人が「蛇はまだのたうっている、死んではいないぞ[☆35]」というのである。そこでいま、殺されたアグリッピーナの亡霊がエンブレムの範例を受け継ぐわけであるが、ここで決定的になるのは、蝮は「生まれるとき以外には」、つまり生まれるときにしか母胎を切り裂かないはずだという点である。ところが皇帝は、自分が生まれるときでもないのにアグリッピーナを殺す。蝮や蛇なら説明のつくことが、彼にはまったく通用しない。「ネロは蛇や蝮よりむごいということ」が、明らかになったのである。

このようにエンブレムは、劇中の出来事が規範的な事象ともはや完全には合致しなくても、つまり範例を超えてしまっても、語りかけた相手の態度に対する判断基準としては、依然としてそのままもちいることができる。むしろまさにそのようなずれこそが、糾弾の論拠に鋭さを加える。

逆に、語りかけるほうの人物がもちだすエンブレムの範例は、自分の態度が正しいことを裏づけるのにもちいられる。

図11

ハルマンの悲劇『ソフィア』の冒頭のモノローグで、「キリスト教の信仰に悟りを得た」女主人公のソフィアが人間の神的な定めについて語るところでは、彼女自身が見いだした救済への道をこのように描きだしている。

ソフィアよ、おまえはあんな暗闇に横たわっていたのです。
その暗闇の迷宮から魂が抜けだすのは、至難のわざ、
もし偉大な神ご自身が道と手段を教えてくださらないならば。
おお、なんと摩訶不思議なみわざ！

しかし、そのような手段と道は、神に秩序づけられたエンブレム的自然界の「摩訶不思議なみわざ」が洞察力のある者にはっきり見せてくれる。天を仰ぎ太陽に向かって舞い飛ぶ鷹[☆36]や、ナイル河に棲む鰐[☆37]や、たとえばウェニウスが情熱の炎のなかに生きる恋する者の寓意として描いているような火中のサラマンダー[☆38]（図11）によって見せてくれるのである。

そういった範例をソフィアはとりあげる。

動物はみな、心ゆくまでの安らぎを求めるではありませんか。
鷹は嬉々として、黄金の太陽めがけ舞い飛び、
鰐たちは、ナイル河のほとりで戯れあい、
炎ばかりの池が、サラマンダーを活気づかせます。
そして人間は、つねに神のみもとに最高の財を求めるのです。[☆39]

火におのれの本源を見いだすサラマンダー、ナイル河のほとりの仲間たちに故郷を見いだす鰐、太陽に目標を見いだす鷹は、人間もまたおのれの本源、故郷、目標を、つまり自分の神的な定めを求めるようにと人間に教えている。キリスト教徒のソフィアは、異教のローマ人が加える試練と迫害に身をさらしているが、劇の冒頭でエンブレムの教訓例によって自分の道が正しいことを確認する。その正しい道が、悲劇の最後には殉教と敬虔な死を通して、彼女を天上の故郷へ、彼岸の目的へと導いてゆくことになる。死に絶えながら、彼女はサラマンダーと鷹と鰐の比喩を実現するのである。

甘美な死よ、歓迎いたします！　わが胸をさわやかにしてくれるおまえ！
おまえのまなざしはわが慰め、おまえの稲妻はわが快楽、
おまえの矢はわが至高の宝、おまえの弓はわが喜び、
わたしは自由になりたい！　わたしはあこがれる、
真実の歓喜たる太陽を！　わたしはぜひ参ります、

わが子供たちのいるところ、わが娘たちの立つところに！[☆40]

語る人物がこのようにエンブレムの範例によって自己確認するもうひとつの例が、ローエンシュタインの『イブラヒム・バッサ』にある。トルコの太守ソリマンの命令で、イブラヒムは牢に閉じ込められている。バッサ・ルスタンが太守にこの囚人のことを報告するが、二人の会話のなかでイブラヒムが何度も「犬」と呼ばれる。どんな人にもどなりつけ、「だれに向かっても吠え、きゃんきゃんいう」「鎖の犬[☆41]」と呼ばれるのである。鎖に繋がれたこの男は太守に怒り狂った非難を浴びせていて、もし処刑されるならば、誰もが反乱を起こし、太守の支配は終わりを迎えるといって太守を脅している、とルスタンが告げる。ここでソリマンが犬の隠喩を受けつぎ、それをエンブレム的な比喩にまで高める。

世界に冠たる大王に、好きなだけ吠えつくがいい、
しかし、おまえの首がかかっているのだ。狂犬が吠えたとて、
月がふり向くものか。[☆42]

図12

月に向かって吠える犬というのは、アルチャーティが「無益な攻撃」というモットーで、無意味な怒りとむだな嫉妬の寓意として挙げている[☆43]（図12）。

このエンブレムのなかでも同じように太っ腹で泰然自若とし、優越した人物を示す意味関連がほどこされており、この関連はすでに

アルチャーティにうかがえるし、さらにのちにはキリストと教会に関連づけた用法でテオドルス・ベザ[☆44]にも見られるが、とりわけカメラリウスが強調していた意味関連である[☆45]。ローエンシュタインのソリマンは、この二つの方向の意味をひとつにからめている。彼はエンブレムの範例をもちだして脅威のイブラヒムに対する自分の態度を決定、確認し、と同時にこの敵をきゃんきゃん吠える野良犬だと決めつけ、自分自身は優越した高位の者、つまり「月」、「世界に冠たる大王」だと表明するのである。

エンブレム的論拠は、語り手の態度の正しさを確定、確認する手段としてその語り手自身の態度や行動に関連づけられる場合、必然的にそのような態度の正しさを強固なものするためにももちいられることがあり、自分自身への励ましの言葉となって現われる。しかし、寓意と関連づけられるのが語り手自身ではなく、また（要求しながら、あるいは判断を下しながら）語りかけた相手の人物でもなく、むしろそこに居あわせない（話題になっている）劇の人物に関わっており、しかもその人の態度が範例によって正しい模範的な態度であることが裏づけられる場合には、エンブレム的論拠が賛辞にもちいられる。

グリューフィウスの悲劇『カロルス・ストゥアルドゥス』の第五幕に、この王の殉教に立ちあった証人たちが登場し、カロルスが毅然と王者の風格を示しながら処刑の場所へ道をたどった様子を報告するところがある。

偉大な王は、いかにおのれの苦しみに立ちむかって行かれることか。
揺るぎないお心をおもちです。青ざめた死神をあざ笑い、
荒れ狂う兵士たちの傲慢を嘲笑しておられます。
兵士どもは、さんざん侮り、ああ、なんというおそろしい犯罪だ！
王の心を苦しめるのですが、たとえ軽い屋根が、

明々と燃える火事によって崩れようとも、柱のように立っておられるのです。☆46

宮殿の屋根と内部が燃えても、無傷のまま揺るぎなくもちこたえる柱、支柱については、テュポティウスが『さまざまな王侯の諸シンボル』で示していた☆47（図13）。

この寓意が『カロルス・ストゥアルドゥス』の台詞の基礎になっていること、つまり悲劇のこのくだりにおいては、たんに毅然とした態度の比喩が伝えられているだけでなく、要請としてのエンブレムが、比喩にならって模範的に行動する者によって現実のものとなる様子が示されていること、このことは、一六六〇年のグリューフィウスの弔辞『主イエスとイエスを愛する魂たちの磁力の結合』の類似のくだりが裏づけている。そこの傍注ではっきりテュポティウスに言及しているのである。しかも、亡くなったマリアンネ・フォン・ポプシッツ嬢を追悼するグリューフィウスの弔辞のこの図像に関するテクストは、王の殉教の証人がカロルス・ストゥアルドゥスを讃える台詞に投入したエンブレム的範例の意味に対し、きわめて的確な注釈を付している。というのも、『磁力の結合』ではこういわれているからである。「パリアーノの公爵夫人、フェリチタ・ウルシーナ・コルムナは、自分になじみの寓意［傍注に、テュポティウス、第三部、二一七ページ］のなかで、屋根と内部が焼失しているのに基礎と支柱と壁は無傷のままの石の宮殿を挙げており、その機知に富んだ箴言には、Opes, non Animum つまり「財産を失っても魂は失わず」と添えていた。その意とするところは、彼女が悲惨きわまりない苦況におちいり、心

図13

痛む悲しみ、さらにそのうえ最大の窮地にたちいたっても、幸せを授けて増やしてくれたものとして何ひとつ失われたとは思わない、ということ、つまり気高き精神は堅固で無傷である、ということである」[☆48]。

これと類似した例が、ハウクヴィッツの『混成劇、誘惑されてもまた改心したソリマン』に見られる。ここでは、ソリマンが大臣にとりたてたジェノバ出身のイブラヒムが、この太守の宮廷をこっそり去り、船で故郷に逃げようとするが、そのとき（宮廷生活が危険でいとわしいと思っていた田舎貴族ハウクヴィッツの心情にぴったりと添うように）第三幕の合唱隊で廷臣たちが、偽りの幸福と悪徳の栄えている場所をあとにするこの逃亡者に賛歌を歌いはじめる。

POSITIS NOVVS EXVVIIS.

図14　脱皮して新しく（POSITIS NOVVS EXVVIS）

穴からはいでる蛇のように、彼は宮廷の悪徳の肌を
背中から脱ぎ捨てる。宮廷の縄をほどき、
逃げながら。[☆49]

自分の皮を脱ぐ蛇は、古代の著作に頻繁に言及されていて、すでに『フィシオロゴス』にも描かれているが、一五七一年にジョルジェット・ド・モントネのエンブレムのなかにも登場し、[☆50]その後一六〇四年にカメラリウスも描いている[☆51]（図14）。

ここでは、穴を通るように蛇が古い皮を脱ぐために岩のあいだをすり抜けているが、真の美しさ、つまり純粋な魂の美しさは、罪の古いぼろを脱ぎ捨てるときにのみ、現われでるのだということを見る者に教えている。ハウクヴィッツの作品では廷臣の合唱がしめくくりに歌う「箴言」も、これと同じ方向を示している。

宮廷の愛顧
王の恩愛は
霞か煙
魂を損ねるもの。

この訓戒に従うイブラヒムへの賛歌では、このようにエンブレム的論拠が劇の登場人物の行動を正しく有益な模範的行為として保証するのである。

以上のようにエンブレム作者のピクトゥーラは、インスクリプティオとスブスクリプティオによってそこに発見された意味ともども、エンブレム的論拠として劇中人物の台詞に入ってくる。きわめて多種多様な方法で準備されて導入され、コンテクストに結びつけられ、きわめて多種多様なやり方で劇中の出来事に適合させられたり、等置させられたり、対置させられたりしながら、ピクトゥーラは、登場人物の語り手につぎのようにもちいられる。

語りかけた相手から疑われている事実が真実であることを示す証明方法として（たとえば、卵を見つめる駝鳥、炎を抱くサテュロス）。

現在の出来事の神学的解釈、および前もって解釈をあたえる励ましの言葉に対する根拠として（ぶどうの木の切り戻し、棕櫚の木にかける重し）。

状況を認識する道具として、また語り手の態度に対する規制として（涙を流す鰐、鰐を殺す鼠、鷲の卵を破壊する蟻）。

語りかけた相手を特定の行動へ促す要請に対する理由づけとして（針鼠をつかむ鎧で固めた手、樹幹を折っても若枝はいたわる風）。

語りかけた相手の否定的な態度に対する判断基準として、また糾弾の論拠として（鰐の涙、生まれると母胎を引き裂く蝮）。

語り手が正しい態度をとっていることの自己証明手段として（太陽めがけて飛ぶ鷲、ナイル河の鰐、火中のサラマンダー、犬が吠える月）。

話題になっている人物の模範的行動を賞賛する証明（燃える家のなかでも無傷の柱、脱皮する蛇）。

このようにエンブレム的範例の多種多様な利用目的をまとめてみたものの、これは完全さを期待したものではない。たしかにさらに増やすこともできるし、細かく分けることもできるだろう。しかし、こういった一覧表そのものよりもっと本質的なことは、いずれにせよこの一覧表がここで仲介しようとしている洞察だと思われる。劇の台詞は、しばしばエンブレム的表現法を経由してはじめて意味が通じる寓意によって全体が貫かれていることがわかる。バロック劇場の観客やその戯曲の読者の目の前には、行動し語る劇中人物がいわばエンブレム書の実践的利用者として現われるのである。あるときは真実の洞察をする能力を示し、あるときは誤謬や錯覚におちいり、あるときは変装や嘘を自在にあやつりながら、劇中人物はエンブレム的寓意やその意味と教訓を利用し、認識、意味付与、真理の定義、正しい判断への到達、自己証明、弁明などの道具として、また、現実のことを典型的・規範的な次元に関連づけたり、特殊なことを原則的な次元で確認したり、個々ばらばらなものを普遍的でつねに妥当する次元に高めたりする根拠としてもちいる。

月桂樹と稲妻

エンブレム書にすでに載っている寓意を劇のテクストにもちいるときのやり方と意図にとっては、それぞれのイメージの一般的な傾向が重要でないとはいえない。劇中人物が糾弾の台詞を吐こうというときに、この世でしかじかの状況ではこうなるものだといったことを価値判断抜きでわからせるような確認のエンブレムでは不適切だろうし、また模範的・公理的な意味方向をもったエンブレムでもまずいだろう（そのような方向の賞賛のエンブレムを反対の意味で使うことができるなら別だが）。また、劇中で賞賛の台詞をいうのにも、たんなる確認のエンブレムとか、非難すべき態度や行動を表わす威嚇のエンブレムでは、役に立たないだろう。しかし、そういった自明で一般的な適正条件はひとまず置いて、エンブレムを劇中のテクストにもちいるときのやり方と意図は、けっしてそれぞれの寓意の特殊な性格に左右されてはいないことがわかる。基本的には、むしろ個々の範例は、きわめて多種多様な形でエンブレム的論拠として使うことができる。エンブレムは、きわめて実践向きの道具なのである。同一の図像がさまざまな演劇テクストに現われるときのさまざまなやり方と意図を見れば、このことがとりわけよくわかるようになろう。

そのことをじつによく教えてくれる例が、月桂樹と稲妻である。この組合せは、グリューフィウスやローエンシュタイン、とりわけハルマンに頻繁にでてくる。稲妻が月桂樹を避けるということは、おそらく古代に広く流布していた考えに発している。☆52 カメラリウスは、稲妻が落ちても損なわれぬ月桂樹を描いたと

INTACTA VIRTUS.

図15

き、注釈のなかで古代の原典をはっきり挙げていてる。これは、悪には触れることのできない徳を証すものなのである[53]（図15）。

不可侵の徳（INTACTA VIRTUS）

すぐれた徳は、悪に損なわれることなく立つ。
恐ろしい稲妻が光っても、月桂樹が損なわれぬごとく。

ローエンシュタインのアグリッピーナが宮廷から追放され、部屋に幽閉されているところへ、皇帝からないがしろにされて傷ついた妃オクターウィアが訪ねてきて、アグリッピーナのところで一息ついて気持をとりなおし、心のなぐさみを得ようとするところがある。しかしアグリッピーナは、訪ねてきたこの妃にこう応じる。

この屋根が、月桂樹の木陰にでもなってくれないものか。
ネロの稲妻と激怒が、わたしたちを灰と死へと脅すとき、
あなたもわたしも、ここで心のなぐさみを見つけたいものだが[54]。

月桂樹は稲妻に当たらないという事実からでてくる結論として、月桂樹の木陰に入るか月桂樹の枝で身体を覆うかする者も、稲妻から守られるのである。このことは、ローエンシュタインのこの箇所の図像の使い方にとっても、また劇作家たちのテクスト全般に見られる月桂樹エンブレムのもちい方にとっても決定的であって、あくまでも古代の迷信に合致している。すでにプリニウス[55]やスエトニウス[56]が、またその後ウァレリアヌス[57]も語っていることであるが、ティベリウス帝は稲妻をたいへん怖がり、身を守るために雷雨のときは月桂冠をかぶった。カメラリウスも

このティベリウスの話を知っていたが[☆58]、彼の場合は、稲妻が落ちるとき月桂樹の木陰を求めるのは白鳥である――つまり、潔白は運命（フォルトゥーナ）の世界の脅迫に対し安全なのである[☆59]（図16）。

稲妻も驚せず（NIL FVLGVRA TERRENT.）

わたしは稲妻を恐れない。この月桂樹の枝が遠ざけてくれるからだ。
潔白は、運命の襲撃を見下す。

図16

NIL FVLGVRA TERRENT.

ローエンシュタインも、これと同じ使い方でイメージをもちいている。ただし、保護を求める者が月桂樹の木陰に入れば稲妻に対し安全なように、仮にわたしたちがこのわたしの屋根のもとに入ればネロの殺害の襲撃に対し安全だとするなら、わたしたち二人には、ここが心なぐさむ滞在場所となるだろうという。つまりこのイメージは、非現実の仮定法にもちいられていて、そうあって欲しいけれども現実はちがうといった状況を描いているわけである。このイメージはそのようなかたちをとりながら、完全な安全性という状態を代表しているにすぎない。エンブレムが平板化してたんなる隠喩になっているのである。これとまったく同じように、この悲劇のその後の第四幕に付した合唱隊（ライエン）でも、論争のなかで「愛」が「時」と「死」に対してこう主張する。

わたしの月桂樹の木陰に覆われるものは、
稲妻にも、時と死にも、驚きはしないからだ。☆60

しかし、この題材がもはやたんに比喩的な用法ではなく、エンブレム的用法にもちいられているのが、このローエンシュタイン劇の第三幕に見られるもうひとつのケースである。宮中の陰口と陰険な妬みに募るアグリッピーナの不安に対し、ネロがここで修辞的な問いを発する。

おれの月桂冠も、妬みを抱く者どもの稲妻から彼女を守れんのか、
おれの緋衣も、悪意の霧から彼女を守れんのか。☆61

こうやって劇中の出来事とエンブレム的な範例のあいだに等式が引かれる。ネロが頭に戴く月桂樹が、ここでエンブレム的論拠として彼の台詞へ入りこめるような寓意と結びつくのである。月桂樹は稲妻を防ぐ――したがって、月桂樹を戴く者は、つまり皇帝は、自分に庇護を求める者から嫉妬と悪意を遠ざけるであろう、と論証される。ハルマンの『テオドリクス』において、王の枢密顧問官たちが会議を開いている場に見られる寓意も、やはり同じ論証的性格を帯びている。もっともここでは、月桂樹の与える庇護ではなく、月桂樹そのものが損なわれない点だけを、証明方法として投入している。シンマクスとボエティウスが牢につながれている。テオドリクスの娘のアマロスンタ妃が父に、無実の人たちを解放してくださいとせがむ。この二人の囚人をなきものにしたがっている顧問官たちは、王が娘の求めに応じるのではないかと恐れる。しかしそのなかの一人、エヴァンダーは、そのような不安は杞憂だと見る。妃が努力しても、理からいって、王の決定に影響を及ぼすはずはない、と彼は考える。そこで彼は、三対のエンブレム的比喩によってこの確信を強め、王の態度についての彼の予想を証明する。太陽に耐

える目をもつ鷲の寓意、火に焼かれないサラマンダーの寓意、そして最後に、稲妻に損なわれることのない月桂樹の寓意の三つである。

鋭い鷲の目からは、
太陽の光も、高貴な力を吸いつくすことができない。
サラマンダーからは、火も、命を奪えない。
そして、何百もの斧をもつ赤い稲妻が落ちても、
月桂樹は、少しも傷つくことはない。
したがって、たとえ妃が何度も王にせがんで、
あの罪人たちの救済を求める骨折りをなされても、
王の賢いお口は（日々ご覧のとおり）、
妃に結論をお認めになることも、まして譲歩なさることもあるまい。[☆62]

このようにエンブレムを盾にとる興味深い例は、ローエンシュタインの『アグリッピーナ』の冒頭で自画自賛するネロが、自分の名誉ある行為を列挙してこのエンブレムをもちいているところにも見られる。

そしてネロの稲妻は、ギリシア人どもの月桂樹を焼きはらうのだ。[☆63]

寓意の知識がないと、ここではあくまで不可能なことが傲慢に主張されているのだという点が理解できない。というのも、月桂樹は稲妻にも損なわれないということを、読者はここで補って読む必要があるからだ。ネロがこの

ような誇張表現に訴えているのは、周知のありふれたことを凌駕する自分のすばらしさをことごとくひけらかそうとしているからだともいえよう。しかしたとえそうだとしても、エンブレムを知る者には、彼の猛々しい傲慢さがはっきりわかるはずである。

論点になるのが状況の規定や証明や主張ではなく、説得の試みである場合でも、月桂樹のエンブレムが登場する。ローエンシュタインの『イブラヒム・スルタン』第五幕で、失脚させられた宰相が庇護を求めてムフティの館へ逃げこむところがある。彼はさらに迫害を受けるのではないかと恐れ、免官の稲妻と落雷だけではことがすまないと考える。そこで彼は、その場に居あわせた者が「雷の矢」といったのを自分の嘆願の台詞に組みこみ、つぎのようなエンブレム的論拠を考えつく。

転落した者が嘆願いたす。
幸運と天は、たいがい矢を射ることなどしないものなれば、
貴殿に是非、転落した者をこれ以上の稲妻から守る月桂樹になっていただきたい[☆64]。

これは、庇護を求める者の嘆願を比喩の衣にくるんだ表現というだけにとどまらない。ムフティの前に、月桂樹のエンブレムが置かれる。それは、定言的命令、つまり寓意によって明らかとなっている普遍的な道徳律であり、宰相は、それがムフティ自身に対しても行動の指針になってほしいと求めているのである。このようにエンブレムの呼びかけに従い、月桂樹の顰(ひそみ)にならい、月桂樹と等しい守りとなっていただきたいという要請は、この場合、名誉のしるしとしての月桂樹の象徴的意味によって明らかに支えられている。

ところで、ハルマンも、悲劇『マリアムネ』のなかで月桂樹の寓意を起用したが、ただしここでは、範例の呈示していることがらが、人間の裁断とは無関係に実証されるようなかたちをとっている。論点はもはや要請ではなく、

確約である。第三幕で、マリアムネの母であるアレクサンドラと、アレクサンドラの父である司祭長ヒュルカーヌスが、被告としてヘロデ王の前に立つ。マリアムネとその一家全員を滅ぼそうとしてこの二人を背信の廉で告発するフェロラスに、アレクサンドラがこう異議を唱える。

アレクサンドラ　そなたたちの癪の種は、マリアムネ一人でしょう。
フェロラス　マリアムネに、おまえたちの悪徳まで守ってもらいたいのか？
アレクサンドラ　神聖なる月桂樹には、稲妻が落ちることはないもの。
フェロラス　神聖さもりっぱな月桂樹も、おまえたちにはふさわしくない。
アレクサンドラ　わたしたちは、そなたより神聖な血筋、良家の幹の家系です。☆65

フェロラスは、ここでこの被告たちの言い分を認めず、ひいてはこの被告たちのケースにエンブレムを適用する権利も否認しているが、実際は彼ら二人にたいへんふさわしい言い分と権利である。ところが、アレクサンドラが確信しているこの月桂樹の教えは、このあとに生ずることによって妥当しないことが判明する。起こりえないことが起こってしまうのである。つまり、稲妻が月桂樹に当たることになって、神を畏れるヒュルカーヌスは刑吏の絞首索によって命を失い、敬虔なアレクサンドラは投獄され、無実のマリアムネは首切り台で死ななければならない。エンブレムは、効力を失うかに見える。しかし、悲劇の最後になって、ヘロデの前に殺された者たちの亡霊が現われる。彼らの台詞のなかで、ハルマンは第三幕の寓意をまたとりあげるのである。捉えがたい神意が話題になる。マリアムネがこう語る。

マリアムネ　しかし、至高者よ、あなたのお裁きは、なんと究めがたいことか！

アリストブルス　（殺された彼女の兄）。
　　　　　　　　潔白を力強く守り、悪をつき殺すお裁き！
ヒュルカーヌス　わたしどもを苦しませるが、歓びの冠をも授けるお裁き。
マリアムネ　　　その歓びこそ、空しいこの世のあらゆる愛らしさをあざ笑う！
アリストブルス　そして、稲妻の矢を寄せつけぬ月桂樹を、わたしどもに授ける！[☆66]

　エンブレムの教えの妥当性は、なおも保持されつづけているのである。ただし、この世の彼岸、つまり舞台上の出来事の彼方ではじめてこの寓意は効力をもつのであって、このため人間の行動や劇中の事象については、いわば教導権を失ってしまったのである。まさに実例がこの領域では効力をもたない、つまり稲妻が月桂樹に当たるからこそ、この悲劇が生じている。[☆67]
　ハルマンの『ソフィア』では、異教のハドリアヌス帝がこの寓意の確約を確かめようとするが、ここではその確約の彼岸での実現すらも生じない。第二幕冒頭の皇帝の独白のところで、すでにそのことがはっきりする。

ヤヌスの神殿が閉ざされるのは、三度目だ。
カピトルの丘は、不動の安泰に花を咲かせている。
雷がわれわれの月桂樹に近寄ることはない。
要するに、ハドリアヌスは永遠に神と崇められる。
しかし、キリスト教徒が呼び起こす暗い靄、
荒々しい雷鳴、おぞましい稲妻が、
予の心のまわりに垂れこめるとき、

この甘美な幸せも、憤怒に変わる。[68]

ここで比喩的にいわれていることが、第四幕で実際に生じる。ハドリアヌスが、木に括られたソフィアに近づいて暴力を振るおうとすると、幕をあけたままの舞台に雷が落ち、皇帝は意識を失って地面に倒れ、囚われのソフィアは解放される。たしかにハドリアヌスは、エンブレムに反するこの出来事がキリスト教徒のこの女の魔女の術、手品だと説明しようとする。

おまえは、稲妻と雷鳴で月桂樹の冠を砕こうとするのか？
おまえは、魔術でおまえのキリストに崇めてもらおうというのか？
まったく！　悪魔めいたソフィアめ！[69]

実際はしかし、ここで劇中の事象そのものがエンブレム的範例を破棄してしまったのである。

舞台上の出来事によって寓意の教訓が否定されることを目的とする寓意の使用法は、ハルマンにはじめて見られるというわけではない。すでにグリューフィウスにも見られることであるが（彼の最後の悲劇『パピニアヌス』）、バシアーヌス帝が弟のゲタを刺し殺したところで、女官たちの合唱隊の長大な嘆きにつぎのような句がでてくる。

わたしどもの喜び！　大地の歓び！　この世の慰め！　ローマ人の希望！
思いがけぬ稲妻が、月桂樹を戴くあなたの頭に当ったのでしょうか！[70]

この言葉は、パピニアヌスが死んだ第五幕のあとの最終合唱隊でくりかえされる。

なんという地獄の雷が、月桂樹に当たったのか？
枝の下で、人びとが庇護と安らぎを見いだしていた樹に。[☆71]

この二回とも、合唱隊が厳然たる実際の出来事を反駁しようとして、疑問文に逃げこんでいる。いずれの場合も、疑問文がエンブレムの比喩をとりあげているが、ここではもはやいかにせよ通用しない。しかしエンブレムの比喩は、舞台上の出来事によって破棄される場合でもなお、それこそ破棄されることによって、エンブレムの継ぎ目がほころびた混乱の世界について証言している。反駁されたエンブレムは、途方もないことを、つまりそこで生じたことがまったく把握できないことを示すのである。

このようにエンブレムの内的世界の規定力が揺らぐことによって何がエンブレムに生ずるか、このことをハルマンの『カタリーナ』の一例は完全に明らかにしている。その第一幕で、女王が深い不安に突き落とされた夢を語るところがある。彼女を乗せてテームズ川を渡る小舟にユピテルが稲妻を落としたため、舟が炎上し沈没するという夢である。カタリーナの娘のマリア王女がそれに応えて、これまで夢にはなんの意味もなかったではありませんか、女王は不安な考えを追い払い、神の加護をお頼りください、という。そこでカタリーナが語る。

もちろん、わたしとて十分承知しております、
蒼穹の極におられるあらゆる皇帝のなかの皇帝には、
王冠をなす月桂樹の枝を
雷から守ってくださることができることは。
しかし、ああ、わたしの王冠には、大嵐が稲妻を落とそうとしている！[☆72]

神には月桂樹を稲妻から守ることができるのに、この最後の行を見ると、その稲妻がいかなるものなのか、疑しくなる。なにしろ「大嵐」に対し、神の加護の力もどうやらまるで役には立たないらしい。「雷」といっても、とりあえずは直接的、本来的な意味だけが念頭にあるのではなく、「大嵐」にもまず転義的な意味があるのではないか、と考えられるかもしれない。もしそうであれば、ここでも先の例と同じように、エンブレムの教えが妥当しないことが宣言されていることになろう。しかしこのくだりは、作者にとって望みどおりの明白さに達してはいなかった。そのうえ、カタリーナが確認している点、つまり、神には月桂樹を稲妻から守ることが「できる」という点、したがって、月桂樹が稲妻に当たるか否かは神の力次第、神のそのつどの決定次第だという点は、われわれの考察にとってさらに意味深いように思える。エンブレムとは、完全無欠であるかぎりは、そのレス・ピクタの事実性、およびそこに含まれた指示力のために、いわば神の世界秩序の支柱として現われているのである。つまり、そのように世界は秩序づけられているのであって、たとえば神は、稲妻が月桂樹を損ねることはないと断固として決定したということである。となると、おぼつかなく見捨てられ、予測できぬ危険に脅かされた人間の不安から発したカタリーナの「できる」という言葉は、エンブレム的な世界構想を破棄していることになる。

この道程の最後の一歩は（その場合、この一連の実例の首尾一貫性は、けっして年代順の歴史的発展過程がもとになっていない点に留意されたい）、エンブレム的論拠がエンブレムに反する経験に屈服するときである。つまり、最初からほかの可能性も考慮に入っているのである。ハルマンの『テオドリクス』において、カシオドルスが宮廷から逃げて修道院へ入ったとき、廷臣たちがそれを自己処罰と呼び、王がこう説明する。

月桂樹から逃げる者には、稲妻があたっても当然のこと。

しかし、カシオドルスに好意を抱く王女アマロスンタは、エンブレムに反する経験的論拠を挙げてこの攻撃を受け流す。

王さま、稲妻がこの高貴な樹に落ちることもよくあります。
激怒する馬は、金箔のくつわを噛みちぎります。
運命が欲すれば、宮殿も轟音を発します。[☆73]

『マリアムネ』悲劇にも、同様のことが見られる。嫉妬する者たちの中傷と王の寵愛の変わりやすさを恐れているサロメの夫ヨセフスに、ヘロデ王がこう説明する。

心配ごとはすべて捨て去れ！　王子たちに支えられ、
緋の王衣に包まれている者には、稲妻など予想できぬ。

しかしヨセフスは、これを渡し台詞にして寓意に仕立てあげ、反対の意味に逆転させながら、反エンブレムを論拠にしてこう語る。

月桂樹が雷そのものに当たることは、よくあることだ[☆74]！

シュレジアの劇作家たちにとって、月桂樹と稲妻の寓意は、注目すべき頻度で愛用されたエンブレム的範例のひとつである。これには、テーマ上の理由がある。劇とは――ハルスデルファーにならっていえば――「王侯、君主、偉大な貴顕たちの歴史」を扱うものなので[☆75]、いきおい月桂樹や勝利と名誉のしるしを使うことが当然のことだった。稲悲劇とは――グリューフィウスの言葉によると――「人間の事象のはかなさを提示」しようとするものなので[☆76]、稲妻が途方もない突然の運命の打撃を示す隠喩の役を買ってでる[☆77]。しかし、たとえこのように悲劇の構想にモティーフがあうため、月桂樹と稲妻のエンブレム的な結合がほかのエンブレムより頻繁に演劇テクストにでてくるとしても、まさにこういった一連の実例の特殊ケースに読みとれるのは、エンブレムが演劇に応用される点で根本的にエンブレムを規定していること、つまり、多彩きわまりない劇の状況において、語り手たちの多様きわまりない意図のために、多面的にもちいることが可能だという点である。

その場合に、いま挙げた一連の実例が示しているとおり、可能な利用法の尺度は、まさに劇中人物にとって(ここでは、悲劇作者にとって、というに等しいが)エンブレムの教えがあやしくなるにつれ、幅を獲得する。エンブレムの範例的妥当性が疑問に付され、それどころか効力を失わせることができるとき、はじめて寓意は信じがたいもの、把握できないもの、途方もないものの表現としてもちいることができるようになる。このようにエンブレムの規範が破棄されるのは、明らかに必然的に悲劇の志向から生じている。フォルトゥーナの女神が支配しているところ、つまり、打ち破りがたい運命が人間の庇護の希求と安全対策のすべてを打ち砕き、高位に登りつめた者の突然の恐ろしい失墜、世俗の権力と栄華の致命的な崩壊こそがすべてのねらいとなっているところでは、稲妻が月桂樹に当たらざるをえないのである。となると、このような観点から見ても、月桂樹と稲妻の寓意は、もっと広範囲にわたる意味を洞察する仲立ちになってくれる。確実な庇護と信頼できる安全性の確約というものは、バロック悲劇の世界観に原則的に反するので、劇中の出来事によって必然的に打ち破られるしかないのだが、そのような庇護と安全性の確約をきわめてはっきりと伝えているのが、稲妻に当たることなく庇護を求める者が近寄って安全を見いだす月桂樹なのである。しかし、そういった保証は、ある点ですべてのエンブレムが、その教えの内容とは無関係に与えている。つまり、どのエンブレムも、類似関係、意味関連、規範的秩序を規定することによって、行動を規制し方向を定める一助となる認識道具として現われるのである。エンブレム的範例が演劇テクストへ入りこむとき、つまり悲劇の不確実なフォルトゥーナの世界に入りこむときには、規範のア・プリオリな告知とそのとき実際に舞台上で起こることとのあいだに、緊張がはっきり見えるようになる。エンブレムは、その無垢を失うのである。というのも、実例のはっきりした教え、疑問の余地のない保証が疑問に付され、必ずしもすべての場合にわたって答えがその教えを承認し証明してくれるとはかぎらないからだ。エンブレム表現法そのもののなかにしばしばすでにそなわっているかのように思える点、つまり混沌とした世界において安全を求める努力と主張する意志という性格、[☆78]これは、劇中のコンテクストによって解き放たれて展開することがまれではない。そのときエンブレム的寓意は、意味と関連づけられて秩序づけられた世界のユートピア的構想に寄与するもの、つまり願望と希望のイメージであることが明らかになる。エンブレム的寓意の意味と照応の教えの妥当性は、個々別々の等式に還元されて現われる。いや、それどころか多くの場合、エンブレム的論拠はいまや修辞の道具として、自己欺瞞として、効力のない主張の試みとして出現する。ときにはそれこそ誤謬や詐欺として暴露されることすらある。

現代の危機意識をバロック時代に投影しかえす試みに対してはどれほど慎重な態度をとるにしても、しかし、推定せざるをえないことがある。バロック演劇のテクストにおけるエンブレム的範例の継承と処理のありかたは、さまざまな反対方向の見解の危機的衝突をかいま見せているのではあるまいか、という点である。たとえその後のエンブレム文献とバロックの劇文学が時代的に平行しているにしても、しかし、エンブレム表現法はバロック悲劇より古い。バロック悲劇は、エンブレム表現法とは半世紀か一世紀以上の隔たりがある。中世の意味思考と秩序思考を練りあげた世界観と世界の描写のさまざまな形式が、まだエンブレム表現法にも影響を及ぼしているとすれば、すでに見通しのきかなくなった不確実な状態という後代の観念を規定しているいくつかの点が、バロック悲劇の舞台にのせられた世界の出来事によって告げられている。アンドレーアス・グリューフィウスの悲劇『パピニアヌス』

で悲嘆に暮れる者たちの合唱隊がつぎのような叫びをあげるとき、二つの時代の人間の世界理解がぶつかりあっているのである。

思いがけぬ稲妻が、月桂冠を戴く頭に当たるとは！

ローエンシュタインの『ソフォニスベ』における寓意の戯れ

以上では、エンブレム的範例が演劇テクストに利用されるときの目的を体系的に概観する試みと、またそのエンブレム的範例の応用法を原則的に規定する試みを、エンブレム的範例の脈絡から離れざるをえない実例ケースで示してきた。その際、本論の研究目的に役立つ範囲にかぎって、つぎの点を多少なりともはっきりさせることができた。つまり、エンブレム的範例の客観的有効性は、その折々の語り手の認識や意図を上回っていること、そして、さらに大きな劇の脈絡におけるエンブレム的範例の任務も、それが起用されるその折々の状況を超えている点である。しかし、同一の戯曲のなかで多種多様な寓意がこぞって作用しあう可能性、そして、それらの寓意が全体としての劇に対してもつ意味を問うことは、まだ考慮してこなかった。そこで、こういった問いを追求してみれば、きわめて異なるさまざまな結果が生ずることになるだろう。というのも、エンブレム的範例がまばらに置かれて限られた射程しかもたないきわめて孤立した場合がある一方で、寓意が相互に関連しあって密接に続き、広範囲の意味を帯びる場合も見られるからである。以下において、原則的な可能性がとりわけ明白な形で認められるテクスト、一六八〇年のローエンシュタインの『ソフォニスベ』[☆79]を考察するにあたっても、以上の点をつねに考慮に入れておかなければならない。

この悲劇の第一幕冒頭（ここでは、もっぱら出来事の経過とそれに結びつけられたエンブレム的範例の観点からこの悲劇を論ずる）、ローマ側のアフリカ人同盟者マサニッサが、彼によって包囲されたヌミディアの首都の使節たちにこう宣告する。おまえたちの女王ソフォニスベと王シュファクスは、ローマとの同盟と平和を破ったからには、自滅するのだ、と。このことを説明するためにマサニッサは、開口一番、この劇の一行目で、

罪は、蛾が灯りのまわりに群がるように、破滅のまわりに群がる。☆80

と比喩を挙げる。この比喩は古代から伝わるもので、エンブレム作者たちによって受け継がれ、破滅的な情熱の寓意として頻繁に描かれたが、☆81ここに挙げたコロゼの場合には、夢中になって破滅する戦いに巻きこまれてしまう無思慮を表わしている☆82（図17）。

図17・18

マサニッサに対し、使節の一人、ヌミディア人のヒエムプサルが発言する。都を明け渡せという包囲軍の勝利を確信した脅迫的な要請に対し、彼は、包囲された側の大胆不敵な抵抗の意志を見せる。

揺るぎない不屈さのエンブレムとして、ユニウスが、☆83風と波に攻めたてられる巌を描いている（図18）。

ヒエムプサルはこのエンブレムをとりあげ、毅然たる自分に比える。

恐怖の言葉では、臆病な兎しか獲れぬ

もの。

荒々しい狩の角笛は、鹿を脅せても獅子は脅せぬ。
波も巌を脅せはしない。われわれは、逆上した脅迫にたじろぎはせぬ。☆84

この語り手が頼みとするのは、自分の抵抗力とハンニバルの援助、そして神の加護である。そのあと、マサニッサの反論はふたたびひとつの比喩をとりあげる。おそらくこのままのかたちではエンブレム作者たちに典拠は見つからないだろうが、それでもエンブレム的性格は明白である。

駝鳥は、恐怖にかられて首を穴に差し込むと、
おまえたちのように、狩人から逃れられると思うものだ。☆85

この比喩を支えているのは、ヌミディア人たちの首都への撤退、つまり包囲された首都キルタに閉じこもる人びとの状況である。しかし、この比喩にはそれ以上の意味がある。ソフォニスベとそのアフリカの王国は、狩で捕まった獣の役で現われるわけであるが、その場合、「狩人」とともにマサニッサやローマだけではなく、彼らの背後に本来の敵手が登場する。すなわち、権力と支配を求める戦いをあやつり、世界帝国の命運を統べる神の摂理、そして、そこから逃れようとしても結局は没落へいたる盲目性を意味するにすぎない巨大な「運命」である。☆86

この三つの寓意によって言及されているのは、第一幕ばかりか悲劇全体をも規定している基本テーマである。すなわち、罪と自滅（蛾と灯り）、英雄的抵抗とストア的不動心（波間の巌）、そして「運命」によって、つまり世界史の歩みによって定められている没落から逃れられると思っている人びとの盲目性（駝鳥と狩人）である。

マサニッサはここで、脅した使節たちをキルタに帰すまえに、戦いで捕虜になり鎖につながれたシュファクス王

を彼らの前に引きだされる。もちろん王は、彼らに断固として抵抗する義務を負わせる。ヒエムプサルは、人質として陣営に拘留させられる。そこでマサニッサは、彼をローマ人側へ寝返らせようとして、シュファクスの違約と非道について語ると、ヒエムプサルもついに屈し、都の明け渡しを約束する。ソフォニスベは、戦いに敗れて王が捕虜になったことを知り、そして最後に、帰還した使節たちから、包囲軍の最終通達を聞く。包囲軍は、都が降伏しないのなら、彼女の夫を処刑するつもりだ、という通達である。しかし彼女は、抵抗する決心を固める。シュファクスは、番人たちを買収して、都の彼女のもとへ戻る。そこで、ヌミディアのために神々の加護を得ようと、ローマ人捕虜二人を神殿で生け贄に奉げる。

第二幕の冒頭では、ヒエムプサルの裏切りの奸計によって、キルタは包囲軍の手に落ちている。シュファクスは牢に閉じこめられる。しかしソフォニスベは、アフリカ人マサニッサに懇願して、自分と自分の子供たちをローマ人の奴隷とするまえに殺してほしいという。すると、彼女の美しさを見て圧倒された勝利者は、彼女を救うと約束する。

彼女は、バジリスクのように、まなざしだけで火を点けるのか？
おれは、これほど大きな炎の火口を目にする前に、
焼かれて灰と化すのか？　おれは燃えあがる！　焼け死ぬ！☆87

バジリスクがまなざしで殺すことは、すでにプリニウスが言及しているところだが☆88、そのバジリスクの比喩によって、マサニッサはいわば燃えさかる恋情と同時に、死の危険への洞察を語っている。彼が抱きたがっているのは、「蛇」、「龍」である。彼はそのことを知っており、口にもだし、分別と自制をとりもどすよう自分自身にいい聞かせ、

決断の独白のなかでもう一度これらのエンブレムをとりあげる。

おまえは、蛾のように、承知の上で灼熱の火に飛びこむのか？[☆89]

図19

ここでは、彼がすでに第一幕冒頭でもちいたこの寓意が、その伝来のふつうの意味で現われる。この比喩は、もはや罪ある者の自己処罰を主張してはおらず、むしろどんな危険も無視する欲望者の自己破滅をあばく。[☆90] マサニッサは、恋情によってソフォニスベへの恋という破滅的な火のなかに引きずりこまれているので、自分がまるで灯りを渇望して焼死する蝶に等しいと思うのである。絶望的に誘惑に抗いながら、彼は、ウェニウスが一六〇八年に『愛のエンブレム集』で示していたことを目の当たりにする[☆91]（図19）。

欲望は短く破滅的（BREVIS ET DAMNOSA VOLUPTAS）

灯りは飛ぶ虫を喜ばせ、慕い寄るものを滅ぼす！
そのように最上の希望といえども、われわれには災いのもと。
夢中になって恋の炎のまわりを飛ぶ者は、
蝶のようなものではあるまいか？

「破滅的欲望」は、どんな分別よりも強い。マサニッサは、決断を下す独白の最後で、牢に閉じこめたシュファクスを殺すことにする。じゃまになる彼を殺して、勝利者の自分がソフォニスベをものにしようというのである。

ところが彼より先に、モール人の女王ソフォニスベ自身がローマ兵の服を着て、夫のいる牢獄へ忍びこんでいた。

なんということだ？　そなたは、ローマ兵になりはてたのか？

と度肝を抜かれたシュファクスが問うと、彼女は、エンブレム的格言によって自分の行動を説明して解釈し、弁明する。

あなた、愛はプロテウスの輩の生まれなのよ。
どんなものにも変身し、カメレオンのように、
どんな色にもなるのです。あなた、愛はわたしを
この服装に包み隠し、あなたに救いと助けを与えてくれる。☆92

アルチャーティは、そしてその後カメラリウスも、くるくる色(かんがえ)を変えてけっして色(かんがえ)をはっきり示さない偽善者の寓意としてカメレオンを描いていた。☆93 ソフォニスベは、ウェニウスが『愛のエンブレム集』でカメレオンにあたえた意味で切りだしている。そこでは、カメレオンを手にもつアモルの図像に付されたモットーに、「恋する者にはすべての色が似合う」とある。またそこには、ソフォニスベの台詞にいちじるしく似通ったスブスクリプティオ（恋する者のことが話題）の最後に、姿を変えるプロテウスの名も挙げられている。

あなたのためなら、わたしはプロテウスのようにさまざまな姿をとって、
カメレオンのように振る舞うと思し召せ。☆94

愛の命令とあれば、姿も役割も振る舞い方も、プロテウスのように変える、というカメレオンが称するエンブレムの標語が、以下の出来事をも規定してゆく。ソフォニスベ（「ああ、真実の誠の極致！」）と夫は、衣装を交換し、役割を変える。マサニッサがシュファクスを殺そうと牢に入ると、そこには解放されて逃亡した王のかわりに、鎖につながれたソフォニスベがいる。そのとき彼のほうが、色を変えて彼女と役割を交換せざるをえなくなる。鎖につながれた女王が、束縛されていない彼を「恋」の鎖に縛りつけるのである。☆95 彼は、自分自身を彼女の「いちばん低い奴隷にして僕」と呼び、「あなたが勝者、自分は敗者」だという。☆96 しかし、ソフォニスベ自身の態度も、カメレオンのエンブレムの圏内にある。最初のうちはまだシュファクスへの愛ゆえの打算的な偽装と思われていることが、遅くとも第三幕の結婚式の場面になると、マサニッサへの愛のため態度を変えたことがはっきりする。彼女は心をそそって誘惑し、このもう一人の男に夢中になって身を委ねる。

しかし、それに先だってマサニッサは恋を告白する。ソフォニスベが彼の愛情の誠実さ、強さ、変わりなさを疑うのに対し、彼は二度にわたってエンブレム的論拠をだしてくる。まず最初はこうである。

わたしは、力ずくで目をあなたから転じようとした。
しかし、わたしは感じたのだ。この目は鷲の種族のもの、
あなたは、美しい日輪だ、と。☆97

しばしばエンブレム作家たちは、鷲を描いている。太陽を見つめ、太陽に向かって飛ぶ鷲である。それどころか

鷲は、自分の雛たちを太陽へ向かわせ、雛の素性が正しいかどうか、そのたじろがぬまなざしで確かめる☆[98]。

ここに挙げたペルスの図では☆[99]（図20）、鷲が雛たちに高巣からこの太陽の試練を受けさせている。

これは、鷲の目だけが太陽の光に耐えられ、それどころか太陽の光を必要としているからである。そして、マサニッサが主張しているのも、まさにこの点なのである。わたしこそは、力ずくでもソフォニスベから目をそらせることができないからには、ちょうど鷲の目が太陽の輝く日輪のためにつくられているように、素性からしても定めからしても、生まれつき彼女のために、彼女と結ばれるためにつくられているのだ、と☆[100]。そのすぐあとでこの語り手は、モール人の女王と解きがたい結びつきの第二の証拠物件として、木蔦（きづた）の図像を投入する。木蔦は、エンブレム書では☆[101]、生涯にわたる一心同体、相思相愛、友情、さらには破滅的な愛情、犠牲死や忘恩の証拠として、蔓を樹木や壁にからませる。

図20

わたしは燃えている、そして燃えつづけよう！
木蔦は、木から離れられないものだ。
わたしは、あなたから離れては生きてゆけない！☆[102]

このようにしてマサニッサが目的を果たし、ソフォニスベが彼の宣誓と求婚に屈して婚約すると、火に飛びこむ蛾の警告の図像も忘れはて、それにかわってエンブレムの備蓄庫から一角獣がとりだされる。このユニコーンは、太古の伝統、おそらくオリエントの伝統に発し、とりわけ『ギリシアのフィシオロゴス』によって、この野獣が頭を処女の膝に横たえる形と結びつけられ（処女マリアの胎内にやすらう神の子を表わす寓意）、中世になると数えきれないほど多くの例証に見られるようになる[☆103]。それがエンブレム作家たちにも受け継がれ、たとえばカメラリウスでは図21のように現われる[☆104]。

ローエンシュタインのマサニッサは、これを引きあいにだす。それも、ソフォニスベと自分自身の前に。彼は、処女に征服されるしかなく屈してその膝に身を委ねる一角獣に自分をたとえて同一視しながら、その一角獣の実例的な振る舞いから、自分自身の行動の正当化を導きだす。権力者がみずから降伏するのは、もはや主観的恣意の行動として現われているのではない。超個人的な先例を引きあいにだすことで、この降伏はいっそう高い必然性と公正さが孕む威厳を求めているのである。そしてそれが、劇中人物のたんなる主張や自己正当化の限界、それどころか自己欺瞞の限界すらも超えてしまう。作者は、劇中の行為や個人の行動を実際にこの寓意に合わせることで、人物たちが主張することを保証する。まるでエンブレムの星座の強制を受けているかのように、作者はソフォニスベにカメレオンの振る舞いをくりかえさせ、マサニッサには火中に飛びこむ蝶、太陽に目を向ける鷲、木にからみつく木蔦の態度を反芻させる。こうして客観的な追体験の説得力によって、第二幕最後で壮大につぎのようなマサニッサの台詞が語られる。

わたしは、あなたの前にひれ伏す。

図21

わたしは、あなたの王国にわたしの魂を添えて返そう。
一角獣は、角を、おのれの権力の笏を、
このように婦人の膝に横たえる。[☆105]

この言葉によって、二人の決定的な立場が描きだされているのである。第三幕は、エンブレムの宣誓保証をもはや必要とはしていない。せいぜいのところマサニッサの狼狽した顧問官たちが、触れただけで人間や動物を硬直させてしまう魚のことを、警告として挙げる程度である（この魚は、古代の記述からエンブレム表現法に入ったもの[☆106]）。顧問官たちは、美しいモール人の女王との危険な結びつきから主人を引き離そうとし、主人が自信をもって、

わたしのようにしっかり立っている者なら、滑る危険などはない。

と主張するのに対して、

恋の刺激は、触っただけでも痺れさせる魚でございます。[☆107]

と気づかわしげに応えるのである。しかし、ことは進んでゆく。マサニッサとソフォニスベの結婚は挙行され、それがもとで起こったローマ軍司令官ラエリウスとの争いもなんとか収まる。ラエリウスが、神々の生け贄に供されたローマ人の報復に三人のヌミディア人捕虜を処刑するよう命じると、ソフォニスベがみずからこの判決を執行したいと申しでる。自分がローマ軍側にくら替えしたと自称していることを立証するためである。彼女は、犠牲者の一人がシュファクスであることを知って、驚きのあまり刀を落とす。シュファクスは、ローマ軍のいでたちでいた

ところを捕まえられていたのである。

第四幕では、スキピオがヌミディア征服出兵の勝利の報告を受け、シュファクスの尋問を行なう。シュファクスは、ローマ軍との盟約と和平を破っておきながら、この期に及んでソフォニスベこそ本来の責めを負うべき当人だと釈明する（「この蝮こそ……つねにわたしをローマとあなた方にけしかけた蛇なのだ」[☆108]）。しかしカメラリウスでは、蛇は自分の耳をふさいで、魔術師の呪文を聞かないようにして誘いには乗らない[☆109]（図22）。

スキピオは、この蛇のことを挙げながら、つまり、この帝王学のエンブレムが「賢明な支配者」に求めている要求に対しシュファクスが無力だったことを簡潔に確認しながら、彼を処分する。

蝮と疫病と火災を、
おのれ自身の胸に投げ入れ、屋根の下に運ぶ者は、
嘆き悲しむには価せぬ。賢明な支配者なら、
女の前では、おのれの決断と耳に栓をするものだ、
苦情をいう者にとり囲まれた蛇のように。[☆110]

シュファクスは、囚人として凱旋行列に連れだされるべくローマへ送られることになる。そこでスキピオは、この凱旋行列のためにソフォニスベも引き渡すよう求める。マサニッサは、しばらく激しく抵抗したあと、この賢明で冷静、厳格なローマ人スキピオに屈し、あの断固たるローマの敵、敗北して降伏したあの女王との結婚は、戦時法により無効だというスキピオの判決に従う。マサニッサは一人とり残され、千々に思い乱れる。ソフォニスベに抱く情熱、ローマ軍に対する激しいいきりたち、そして自分の従属関係に対する打算的な認識、これからのヌミディアの支配権がスキピオに服従するかどうかにかかっている力関係を配慮せざるをえない諦め、そういったくさぐさのことに心が引き裂かれ、絶望した彼は、以前に自分およびモール人の女王に二人の運命を互いに確認しあったときもちいたエンブレム、つまり太陽の目をもつ鷲のエンブレムをもう一度とりあげる。

ソフォニスベを手放せだと？　ソフォニスベと別れろだと？
わたしの目は、彼女とともに、光も見えなくならないだろうか？
太陽に鋭くしてもらわないと、鷲の目は見えなくなるのだ。[☆111]

このようにくりかえすことで、この寓意は、輪郭がいっそう鋭く堅固になる。鷲の目は、太陽を見るためにつくられているだけではない。太陽の光がなければ、見えなくなるのである。ここには、ある予感が関わっているようだ。彼、つまりマサニッサ自身は、鷲の雛が受ける太陽の試練を乗り切れない、という予感である。ローマ人に従属しない自由なアフリカの王国を鷲のように支配するためには、彼は、ローマのこの偉大な敵、太陽であるソフォニスベと別れるわけにはいかないはずだ——しかし、「運命」の強制にあって別れてしまう。彼女がいなければ、もはや彼女の光に鋭くしてもらえなくなれば、彼の目は実際に見えなくなり、「王冠を戴いてはいても、鎖につながれたまま戴く[☆112]」ことになる（とソフォニスベはのちになって語る）。

ローマ軍の命令に屈服する彼は、最後に、女王が結局「純愛には価しない」ことを証明するために鰐の図像をもちだすが、これはいかにも弱気の正当化、いや、それどころか痛々しい正当化の試みのように響く。

純愛には価しない。
鰐は、人間を食らうとき、悲しむのがならい。
彼女は、シュファクスを食らっても、
災いの鰐のように、目を濡らしはしない。☆113

これほど苦労して構成していても、比喩の各部分を合致させることに基本的に失敗している点は、作者の失策というだけのことではないのかもしれない。ソフォニスベはマサニッサの愛に価しないという。つまり、犠牲になったものに少なくとも涙を流す鰐よりもっと悪いという。彼女は、シュファクスの没落を泣くことすらしない。しかし、彼をむさぼり食ったのはいったい何者なのか。「災いの鰐」とは、シュファクスの没落の原因となった災いをもたらすソフォニスベ自身のことだ、とマサニッサは理解してもらいたがっている。しかし、この劇は、もうひとつ別の読み方のほうが考えやすい。つまりこの劇は、「災いの鰐（Unglücks Crocodil）」という複合語の支配名詞「鰐（Crocodil）」が、属格になっている「災い（Unglücks=不運）」そのものを表わす隠喩となるようにしているのである。シュファクスは、鰐=災い、つまり「運命」の犠牲になるのである。彼のことを泣かなかった女は、彼のことを滅ぼしもしなかったのであって、この可能性は、マサニッサ自身の言葉から認めざるをえない。エンブレムの鰐の比喩は、見せかけの綺想であることがわかる。

マサニッサは、毒杯をソフォニスベに送る。こうして彼は、彼女をローマ人の手に渡さないという約束を守るのである。

最後の第五幕冒頭、「太陽と月の神殿」で、女王は将来に起こることを知ろうとする。ディドの霊が、眠っている女王に、カルタゴの破壊とアフリカのローマ隷属化を告げるが、ローマの没落とオーストリア皇帝家の興隆も告げる（この悲劇は、皇帝レオポルト一世の結婚に際し上演され、その第二幕、第三幕、第五幕それぞれのあとの合唱隊（ライエン）が、オーストリア皇帝家を祝福する）。ここにいたってヌミディアの女王は、打ち勝てぬ敵、あらかじめ定められた歴史の歩み、つまり「運命」そのものに自分が征服され、もはやその手から逃れることは考えられない狩人に追いつめられたことを知る。第一幕で呈示された駝鳥の寓意が、その真意を実証したのである。いまや、彼女は戦いを放棄し、使者の手から毒杯を受けとる。使者は、つぎのように鉄床（かなとこ）のエンブレムで敬意を表しながら、彼女の前に歩み出る。

女王陛下。陛下の偉大なる英雄精神は、
運命に毅然として立ち向かい、

陛下の巌のごとき堅固な心は、鉄床（かなとこ）のように、
運命の打撃をほとんど感ぜず、わたしに道を開いてくださいます。☆114

鉄床は、ラ・ペリエールが徳行の賢者の恐れを知らぬ不屈の抵抗力の寓意として描いているが☆115（図23）、その鉄床と同じように、ソフォニスベの「英雄精神」は、運命の打撃に抵抗する。屈せずに「運命」に打ち勝って、彼女は自殺を選び、子どもたちといっしょに毒を仰ぐ。そこへ優柔不断なマサニッサがくるが、あとの祭りである。

待て、ソフォニスベ、なんたることだ。どこのバジリスクが、
おのれの毒ある死のまなざしを、自分自身の破滅に向けるものか？
そなたの狂気は、自殺行為によって死のうとするのか？☆116

図23

ヌミディアの女王とはじめて出会ったとき、マサニッサは、バジリスクのまなざしが自分に向けられたように感じたのだが[☆117]、そのバジリスクが、死をもたらすまなざしを自分自身に向けたのである。『クレオパトラ』劇にも、これと同じ台詞がある。

バジリスクの目は、遠くのものも殺す。
この毒獣の炎のまなざしは、嫉妬する者の切るような光線を、
　　間近の鏡から撥ね返し、おのれ自身を誹謗する。[☆118]

図24　危害者に危害（NOXA NOCENTI.）

NOXA NOCENTI.

カメラリウスも、このようにバジリスクを、自分で自分に報いをもたらす悪意のエンブレムとして描いていた[☆119]（図24）。

マサニッサは、絶望して自分の剣で自害しようとするが、スキピオが彼を押しとどめてなだめ、ソフォニスベのために彼が望むとおりの葬式を行なうことを許し、最後に彼をシュファクスの王国の支配者に任命する。周囲の者たちが「ローマとスキピオとマサニッサに栄えあれ」と叫ぶ声とともに、第五幕が幕を閉ざす。ローマの恩赦、スキピオの恩赦を受けたこの王は、「王冠を戴いてはいても、鎖につながれたまま戴く」ことになる。蝶の意図的な炎の死、カメレオンの恋の順応性、鷲のおのれの定めに対する勇敢な誠実さ、木蔦の解きがたい結びつき、一角獣の自己献

身を、彼は撤回する。つまり、失明した鷲となるのである。しかしソフォニスベは、罪に駆られた蛾の自滅、駝鳥の自己瞞着、カメレオンの無定見な移り気を超えて、さらには鰐の残酷さ、彼女が原因だとされる痺れさせる魚の危険性をも乗りこえて大きくなり、ついには死をもたらすバジリスクの力以上のものを代表するようになる。つまり、「運命」に打ちのめされたこの女性は、彼女に毒をもってきたマサニッサの使者の前に「鉄床のように」立つのである。そして、自分の忠実な従者たちのおびえた小心な説得に対し、自由を選び死の覚悟をした女王は、最後に自分の姿を荒れ狂う海の巌としてさしだす。

やめなさい、最愛の友たちよ、おびえた態度はやめなさい。
険しい巌と心は、嵐も運も避けはしませぬ。☆120

ここでもまたエンブレムが反復される。すでに第一幕で、ヒエムプサルがマサニッサの挑戦的な脅しに対し、巌の揺るぎない抵抗力を引きあいにだしていたのだった。もちろん、ヒエムプサル自身は裏切りを働くよう追いつめられ、キルタの都はマサニッサの手に落ち、ヌミディアはローマの支配に屈し、ソフォニスベは戦いと抵抗を放棄した。しかし、エンブレムの保証は妥当しない、と宣告しているように思えることが、実はようやく妥当するようにさせている。というのも、この女主人公は、没落してはじめてここで、抗えない「運命」に抵抗することができるのである。肉体が滅びてはじめて彼女は、自分が実は嵐の海の巌であることを示す。こうして劇中の行動、舞台上の人物たちの行動は、最後に、この悲劇を支配している背景のさまざまな寓意の戯れにぴったり適合することになる。

アルチャーティは、自分の子どもたちを殺す魔女メデイアを、けっして信用してはならない無慈悲な残虐さの寓

図25

意として描いている[☆121]（図25）。

同じようにエンブレム作者たちは、神話学や歴史上の数多くの人物を、人間のさまざまな行動の可能性の範例として呈示していた。そして、ローエンシュタインがクレオパトラを「魔法を使う当代のメデイア」といっているように[☆122]、バロックの悲劇作者たちは、数かぎりないケースで劇中人物たちをこのように重要で範例的な人物たちと等置した。

玉座に着いたソフォニスベは、絶望した侍女たちにとり囲まれて押しとどめられるが、マサニッサの使者がもってきた毒杯を求めて右手をのばす。この場景をローエンシュタインは、銅版画の口絵としてこの戯曲のテクストの冒頭に置いた（図版Iを参照のこと）。しかし、こうして彼はソフォニスベ自身を——英雄的な自決の不滅の名声を示す範例として——エンブレムの人物たちの位置に高めたのである。悲劇『クレオパトラ』には、ローマ軍要塞長官ユニウスが、窮迫したアントニウスに忠言して、皇帝に投降してエジプトの女王に毒杯を送れ、というところがある。ここでユニウスは、説得を試みてソフォニスベの「エンブレム的範例」を投入する。

アントニウス　女王が、毒と知りつつ受けとると思うのか?

ユニウス　ソフォニスベに、その名声を恥じ入らせたくないのであれば、受けとろう。
この女王は、毒杯に嬉々として口をつけたとき、
星々の黄金でおのれの墓碑を刻まれた方だ[☆123]。

図版Ⅰ　ローエンシュタイン『ソフォニスベ』タイトル図版（銅版画）

悲劇における比喩の使用に対するブライティンガーの批判

「ローエンシュタインの悲劇を思いだすだけでも、わたしは悪寒と嘔吐に襲われる。どれほど寛大な人でも、同時に愚かでなければ、これらの悲劇を読むと消耗性疾患に罹ってしまうだろう」。こんな言葉を、ヨハン・ヤーコプ・ブライティンガーは一七四〇年に述べている[124]。グリューフィウスに対しても、まずこれより穏便な判断を下すことはなかった。「ドイツの悲劇を思いだすと、わたしは恥ずかしい」[125]。この言葉は、バロック演劇全体に向けられていたのだった。

バロック演劇のテクストの何が、このチューリヒの批評家に反感を覚えさせたのか。そしてなぜ、とくに「ローエンシュタインの書法」がアリストテレスの要請に反して、恐れとあわれみではなく「悪寒と嘔吐」を彼に呼び起こしたのか。この点は、この弾劾判決が記されている審問のタイトルからしてすでにわかる。「悲劇における比喩の使用について」という題である[126]。ブライティンガーは、すべての文学を「詩の絵画」と規定していた[127]。彼がバロック演劇に抱いた関心も、啓蒙主義の文学理論家たちが詩の絵画と名づけたものに発していた。つまり、メタファー、婉曲な語り方、アレゴリー、シンボル的な文飾、比喩、あるいは——エンブレム的形象である。「あわせて思い起こしていただきたいことであるが」、と一七四〇年のブライティンガーの『続・批判的文学』には書かれている、「メタファーは、あらゆるシンボル的文飾のなかでもいちばん高貴で優れたものである。それはもっとも広く使われており、したがってまた言葉の貧しさを覆い隠すのにいちばん役立ち、そして話にもっとも大がかりな飾りをほどこすことができる。メタファーは、ことがらを理解させるだけでなく、似たようなエンブレム的形象のもとにことがらをじつにありありと見せてくれるので、これだけが絵画的文飾なのである」[128]。そして、さらにあとの箇所にはこう書かれている。「新しい対比をつくりだす権利、あるいは、まったく新しいエンブレム的形象ではあるが、しかし明確で適切な形象のもとに似たもの同士を提示する権利を、ほかの人からとりあげることができる者などいるだろうか。なんといっても、そういった権利こそ弁舌における楽しみのもっとも優れた源泉のひとつなのだから」[129]。たしかにエンブレム的形象ではあるが、しかし明確で適切な形象——ここにこそ、バロック悲劇に対するブライティンガーの批判は発している。この批判は、多くの点でゴットシェートの判断を受け継いでおり、またボードマーの発言に一致するものであるが、しかしさらに踏みこんであくまでもっと批判的に「エンブレム的形象」の使用を考えている。この批判にとっては、実際、「ローエンシュタインの書法」こそもっともやりがいのある標的だった。たしかに、『ソフォニスベ』の作者が死んでからその比喩の使用をブライティンガーが審問して弾劾するまでには、すでにほぼ六〇年が経過していた。しかし、ローエンシュタインの死後にも刊行された悲劇の諸版の出版年を見ると、この劇作家が一八世紀になってもまだいかに広く影響を及ぼしていたかがわかる。新版で一六八五年に『アグリッピーナ』と『エピカリス』と『イブラヒム・スルタン』が出され、一六八九年には『イブラヒム・バッサ』と『クレオパトラ』と『ソフォニスベ』、一七〇一年には『アグリッピーナ』と『エピカリス』と『イブラヒム・スルタン』、一七〇八年には『クレオパトラ』と『ソフォニスベ』、一七〇九年には『イブラヒム・バッサ』、一七二四年には『アグリッピーナ』と『エピカリス』と『クレオパトラ』と『ソフォニスベ』、一七三三年には『イブラヒム・スルタン』と『クレオパトラ』と『ソフォニスベ』、一七四八年には『クレオパトラ』、といった具合である。[☆130] このような出版企画を見ると、おそらく読者の需要とか大衆の趣味といったものもある程度推定できるだろう。そのうえさらに、「ローエンシュタインの書法」は一派を成していたのである。「後続の詩人たちはすべてローエンシュタインを模範にしたので」、とブライティンガーは説明している、「この堕落した趣味はいわば国民化されてしまい、この作家から何かを継承しなかった者はわずかしか残らなかった[☆131]」。

つまり、バロック後期の悲劇が展開させた比喩の使用は、彼にとってけっして骨董的な現象なのではなく、あくまでも当時の文学的生命に効力をもつ現象だったのである。そして、彼が演劇における「比喩の意図と使用」について語ったことがらは、われわれの考察にとって重要である。というのも、「エンブレムの時代」の末期に行なわれたこの批判的決算は、どれほどエンブレム的形象の使用を認識していたにしろ、まさにその意図の誤認、ないしは否認に立脚しているからである。しかも、ブライティンガーの異議は、変化した文体理想と新しい文学のありかたの考えから生まれており、このため（彼の批判をさらに批判しようと企てるや否や）、バロック演劇のテクストにおけるエンブレム的範例を支えていた文学的志向にも、間接的な光を投げかけてくれるからである。

ブライティンガーの異議は、三つの観点のもとにまとめることができる。第一は比喩の全般的な特質、第二は比喩の論証的性格、第三は劇中人物の口から語られる比喩の信憑性である。

そこでは、まずローエンシュタインの『クレオパトラ』からの引用が挙げられている[☆132]。アントニウスにはエジプトの支配権などない、というアウグストゥス帝について、当のアントニウスがこう語る。

彼は三分の一をとるがいい、
結婚という財産さえわたしの戦利品として残るならば。
しかし、毛玉のなかに隠れている虫（さなぎ）を
繭からとりだそうとするのは何者だ？
すでにずたずたとなった腸のなかに爪をさしこんだ虎を、
好意で強要しようとするのは何者だ？　ああ！　あの激しく熱した腕だ！
その腕が、倒れた野獣の穴と巣まで破壊した！
幹が砕かれ、根も切られ、
牡獅子が獲物と爪を失ったとき、
あの腕が、牝獅子の胸と子どもたちまで貪り食うのだ！
しかしさながら、マストがすでに岩礁に飛び散り、

すでに青い塩水が割れ目に入りこみ、
怒れる北風が朽ちた小舟を吹き壊し、
船頭が舟のかわりに細い板をつかみ、
櫓のかわりに腕をもちい、錨には脚を使い、
羅針盤には希望を用立てるように、
座礁した運の辛酸な呵責を、
この時代に乗りあげた権勢の難破を、
アントニウスは、堪え忍ぶよう観念するしかない。☆[133]

ブライティンガーは、こう判決を下す。「虫の比喩は、なんとも悪趣味、なんとも卑俗だ！　比喩が濫用されて、なんとむだに投げ合いをやっていることか！　なんというヒエログリフふうの謎めいた闇が、表現全体のうえにたれこめていることか！　この仮面は、こんなに大きく口を開いて、なんたるばか騒ぎをしていることか！」☆[134]。同じ口調の文体規定と評価が何度もくりかえされる。ブライティンガーは、さらにそのあとの箇所の「ローエンシュタインの比喩について」論じているところで☆[135]、「ローエンシュタインの書法の悪趣味はたいてい、異様で役立たず途方もない下品な比喩の稚拙な選択と無節操な濫用からきている」☆[136]ことを確認し、そのような文体を「一貫して完全に文飾的でヒエログリフ的」と呼んでいる☆[137]。彼は、ローエンシュタインの小説『アルミニウス』(二〇八ページ)から、「不幸な人びとは、過去の悪行を思いだすと、誰もがエジプトの感じる草のような性格を示す。この草は、人に触れられると枝をのけぞらせ、葉を縮め、それどころか干からびさせるのである」という一文を引用して、こう説明している。「この難解でヒエログリフ的な比喩を透かして見るに、ローエンシュタインのいわんとすることは、過去の悪行を思いだすと人間は感じやすくなって意気消沈するということである。ところが、このような考えは彼にとって

あまりにも地味に聞こえるので、彼はそれを異様な比喩につつみこみ、自分の考えの明断さよりも学のある博識をあなたがたにはめさせようとする。もしそうでもなければ、このように異様でめずらしい驚異の植物の特性にこれほど通暁しようと思った者などいるはずがあるまい！　汝ノ知ハ、汝ノ知ルコト以外ニ何モナシ、ソノコトヲ、ホカノ者ニ知ラシメヨ！　比喩はふつう、あることを説明するのに役立つものなのだから、ここの比喩は、明白な考えを難解な闇につつみこむというまったく特殊な用法である[☆138]」。

『アルミニウス』のテクストの奇妙なエジプトの草、「ローエンシュタインの書法」全般、そしてバロック時代の学者詩人たちすべては、「学のある博識」をしごく公然と誇示しているため、ブライティンガーの批評より六〇年前であっても、それを読者が見逃すことはほとんどありえなかった。読者がそのことに恐れをなさず、逆にそういった学識を評価して賛嘆したのであれば、当時の人びとは、明らかにそのような学識を高慢な虚栄の表現とは思わなかったのである。そのような学識は、まさに一風変わった突飛なものの博識に対する作家と読者の興味に従っており、またその興味に奉仕してもいた。あのさまざまな比喩も、このことに対応していたのである。ブライティンガーが指示したように、「比喩の絵画的な力と光と明断さを思考の表現のうえにふりまくこと[☆139]」、つまり絵を描く詩を説くブライティンガーなどの理論家たちが要求したように、具象性を得させることなどは、実際まったくこれらの比喩の意図するところではなかった。ルネサンス・ヒエログリフ学の遺産として、「エンブレム的形象」の百科全書は、博識に飾られた突飛なもの、秘密に満ちた異常なもの、謎めいて難解なものの魅力を秘めていたのである。人びとは、突飛で珍妙なイメージにすらも、いや、まさにそういったイメージにこそ思いがけぬ比喩の性格が発見できる明敏さを訓練し、またはめそやしもしたのだった。「異様で役立たず途方もない下品な比喩の無節操な濫用」に対するブライティンガーの異議は、その点で、マニエリスム的文体理想の価値を転倒させた擬古典主義の考えにもとづいている。彼が誤認したのは、エンブレム的形象の「使用」ではなく、その「意図」だった。というのも、謎めいている、難解だ、ヒエログリフ的だと彼がいう点は、このようにけっしてまちがってはいないからだ。ただ、そのような規定も、啓蒙主義の詩学では否定的な基準になっていた。この批評家は、作家とその時代には通用しなかった法則にもとづいて裁いているのである。

ところで、彼が断罪した比喩の謎めいた点とわかりにくい点は、形象の「ヒエログリフ的」な特質に起因しているだけではなく、それを演劇テクストにとりいれるやりかたともしばしば関連している。たとえばハルマンの『マリアムネ』第一幕のあとの合唱隊などで、支配者のためのこんな格言が見れられる。

国家が必要とするのだから、狐と獅子をもちいよ。[☆140]

ハウクヴィッツの作品では、マリア・ストゥアルダ［メアリー・スチュアート］の救出の努力がすべてむだ骨に終わるとき、ロスの司教がつぎのように語るが、これも同じように、ブライティンガーにならっていえば「謎めいた闇が、表現全体のうえにたれこめている」。

すべてがまったくむだなのか、おお、尊きお人、あなたを救おうと、
わたしがこれまでに行なったことは！　わたしの忠誠心もあなたには、
王女よ！　これほど役立たないのか？　狐も獅子も助けてはくれないのか？[☆141]

意とするところは、ハウクヴィッツの『ソリマン』のもうひとつの類似箇所がさらにはっきりさせてくれる。ロクソラネ女王はそこで、どうやって支配権を得たかを語ったあと、最後にこう説明する。

皇后となり、ソリマンの妻となったからは、

わたしはもはや、敵対する者を鎮圧するために、策略も、
特製の毒も、剣も、必要とはしない。というのも、狐がもつものを、
王冠を戴く獅子が、公然の力によって司るべきなのだから。☆142

具体性がここでは抽象的な規定によって補われている。これによって明らかになることであるが、（比喩そのものによっては明白に描かれない形ながら）狐の「エンブレム的形象」が密かな策略と賢さを表わし、獅子のそれが公然の力と強さを表わしている。実際、こういった意味をもった狐と獅子は、エンブレム作者たちに頻繁に見られる。たとえばラ・ペリエールは、王杖をもった支配者が綱につないだこの動物たちを連れ歩いているところを描いている。支配する君主が必要とする策略の賢さと、力あふれる強さの寓意なのである☆143（図26）。

このような背景を前にしてみると、ハルマンの比喩はわかりやすくなる。「国家が必要とするのだから、狐と獅子をもちいよ」という言葉が難解で謎めいた印象を与えるのは、もっぱらエンブレムの主題が圧縮、省略されているためである。しかし、「狐と獅子」という動物がたんに賢さと強さを具体的に表わす同義語だとされ、この動物たちを「もちいよ」という要請に見られる言葉の「稚拙な選択」が、本来意味されている抽象概念との関連によって説明されても、ハルマンの難解な省略は、けっして十分に理解されたわけではない。いわんとしていることはむしろ、狐と獅子の紋章的寓意が実例的にはっきり示しているとおり、策略に満ちた賢さを訓練し、絶大な力を発揮せよ、と国家理性は支

図26

配者に要求しているということである。その点では、エンブレム的形象に対するブライティンガーの「比喩」概念が、たんなる術語としてもすでに、エンブレム的「意図」を根本的に捉えそこなっているのではないかと、少なくとも疑ってみるだけのことはあるように思える。

エーリク・ルンディングが、きわめて似たような一例を論じている。ローエンシュタインのエピカリスが、ネロ帝のことをこう語るところがある。

支配の座に着いたとき、
彼は、鳩の性（さが）からバジリスクになったのです。[☆144]

ルンディングはこう説明する。「あらゆる香り、あらゆる宝石、それどころか太陽や月まで、彼は〈良い〉という概念を書き換えるためにもちだしてくる一方、冷たい、苦い、毒々しい、卑俗、醜いといった現象が、すべて〈悪い〉という言葉の代わりをなさなければならない。したがってローエンシュタインは、〈悪くなったネロ〉とはいわずに、〈鳩の性からバジリスクになった〉ネロという。このようにバロックの言語芸術の本質にとってきわめて決定的な事実をさらに精確に分析してみると、つぎのことを確認せざるをえない。……動物は、希薄化して抽象的な決まり文句になり、精神化されてアレゴリーになる。……〈蝮〉、〈蛇〉、〈いもり〉とかいった動物は、そのような過程を経て相互に同義語となるばかりではなく、〈毒〉、〈胆汁〉、〈酢〉、〈汚物〉とも同義的になる。このような希薄化過程の根本的に重要な最終結果は、抽象概念と具象概念のあいだの境界がローエンシュタインにとっては完全に消えてしまうということである。……このように事物世界から離反した言語がしばしば現実世界とは和解できぬ矛盾におちいるのも、当然のことである。ローエンシュタインが毒ある稲妻という場合、事実の観点から見ると当然、はなはだしい濫喩（カタクレーゼ）が生じる。しかし、〈毒〉や〈稲妻〉がローエンシュタインでは〈悪〉の意味であるのがふつうであることを考慮に入れれば、この結びつきもよくわかるようになる」[☆145]。

このような誤った判断は、ほとんど必然的といってよいほどエンブレム的性格の誤認、バロックの形象言語のエンブレム的な「意図」の誤認から生じており、たとえ否定的な評価を控えている場合でも、あくまでブライテインガーの批評を受け継いだところに位置している。具象的形象は、けっしてここでは抽象的概念を比喩的に「書き換え」、あるいは抽象的概念の「代わりをなす」役目を果たしているわけではないし、しかも、けっして具象概念と抽象概念の境界が消されるわけでもない。ネロが最初、鳩の性にならった振る舞いをし、そのあとバジリスクに等しくなるという場合、彼がたんに悪くなったという以上のこと、しかも、それとは別のことをいっているのである。エンブレム作者たちの作品では、鳩が平和で温和な、誠実で思いやりのある振る舞いの寓意として現われ[☆146]、バジリスクは、邪悪で死をもたらすものの典型として登場する[☆147]。この動物たちは、特定の行動様式の抽象的な表記に対する書き換えの代用としてではなく、指示能力をもった意味豊かな寓意として演劇テクストのなかに現われ、指示していることがらを、肯定的観点であれ否定的観点であれ、同時に規範的なものとして描きだしているのである。演劇テクストでエンブレム的主題を省略したかたちは、読者がエンブレムに通暁していることを前提にしており、読者につぎのようなことを示そうとしている。ネロは（最初は鳩の規範に従っていたが、支配者となるに及んで新しい法則のもとに入り、自分の本質と行動をバジリスクの範例の恐怖のイメージに従って示すようになる）、けっして孤立した偶然のケースではなく、類例的なケースなのだ、と。エンブレム的形象は実際、まさにこの意味において悲劇の脈絡のなかでもちいられている。つまり、皇帝が新しくなっても、ほとんど変わらないだろうし、よくもならないだろう、とエピカリスは結論づけているのである。したがって、エンブレム的形象言語は「希薄化して抽象的な決まり文句になった」とか、「事物世界から離反した」と見るだけでは十分ではない。エンブレム的形象言語をそのように直接、具体的現実へ関連づけてしまい、エンブレムに媒介されているものとして把握しないならば、同じものを意味するさまざまな形象は同義的なものだと誤解することになる。

ルンディングが引用しているローエンシュタインの「毒ある稲妻」という濫喩的使用も、ここでは毒と稲妻が同じように「悪」を意味していて同義語として使用されているのだと主張してみたところで、けっしてわかりやすくなるわけではない。『ソフォニスベ』のそのくだりは——アレゴリー人物「復讐」の台詞として——こう語っている。

わたしの嫉妬が金切り声をあげるときほどの毒ある稲妻は、
バジリスクと龍の目からも発しはしない。☆148

つまり、ここで念頭に置かれているのは、この寓意のもとになっているバジリスクのエンブレムに見られる睨み殺す視線のことであって、「毒ある」とは「死をもたらす」の意であり、「稲妻」とは、龍に目を向けられた者すべてが突然射すくめられる視線のことを表わしている。「現実世界と和解できぬ矛盾」ではなく、エンブレムの規範的世界によって現実と和解する媒介こそが、この大胆にしてヒエログリフ的な言語、難解な隠喩法にまで短縮する形象言語を規定しているのである。

エンブレム的形象の「謎めいた難解さ」から出てくるのが、バロック悲劇における比喩の使用に対するブライティンガーの批判の第二の観点である。というのも、彼は、エンブレム的形象のヒエログリフ的な性格のために、比較のための第三項（テルティウム・コンパラティオニス）があいまいになっていると見るからだ。二つのものを比較する尺度となるこの共通項のわかりやすさと説得力にこそ、彼はあらゆる比較の正当さがあるとするのである。ブライティンガーの意見によると、「二つのものの類似性と一致が……それらのものの名を挙げるだけで誰にでもすぐわからなくてはならないくらい明白である」場合にだけ、「ものは相互に比較できるだけでなく、ほんのわずかなあいまいさもなく完全に入れ替えることができるようになり、その結果、それぞれ一方が他方によってひとつの文飾の形象のなかで表象される」☆149。彼は、ローエンシュタインの比喩の論証的性格を完全に認識しているのだが、しかしエンブレム的形象の証明力は、あいまいさを残さぬ明断さによって比較されたものの一致が生ずるという点にすべてがかかっていると考えているので、それだけに右のごとき要請がブライティンガーにとってはいっそう重要なのである。しかも、「二つのものの類似性と一致」は偶然で外面的というだけであってはならず、ものごとの本質を突いていなくてはならないのであって、つまり、比較のための第三項として、疑いのない真実を「誰にでもすぐわか」るようにしなくてはならない。しかしブライティンガーは、そのすべての点でエンブレム的形象は機能を果たしていないと見る。彼は力をこめて、「比喩の使用と意図の点で全般的に見られる誤りを論駁」しようとする。「この誤りは、まさにローエンシュタインの書法に発している。われわれの詩人たちの大部分も比喩を誤用しており、まるでこれこそ基本だといわんばかりに、そうやって文章の真実を確かなものにしているが、そこにこの誤りの本質がある。しかし、わたしの主張によれば、たんなる比喩は、同時にある普遍的な異論の余地なき原則の類似の実例でもあるのでないかぎり、何かを証明する力などないのである」[☆150]。「ソクラテスが実例をふつう、ごく知られている日常茶飯に見られるものごとからとりあげていたこと、そしてそれらのものごとが異論の余地なき普遍的な道徳的定理にもとづいており、その定理から承服させるのにもっとも適した力を得ていたこと」が、ローエンシュタインとその後継者たちに対して擁護される。「彼らが道徳的定理の証明として挙げる実例ときたら、どれもこれも動植物の特性に関して選びに選んでやたら博識を凝らした博物誌の注釈からできていて、したがって一般に受け入れられる基本法則にはもとづいていない」[☆151]。

ブライティンガーは、エンブレム的形象の美学的な特質について検討するときと同じように、その論証的性格を定義しているこの場合でも、「比喩の使用」をきわめて精確に把握していた。ブライティンガーがつぎのように説明するとき、事象に関する点では、エンブレム的論拠とその使用法についてのわれわれの研究の成果とあくまで合致しているのである。「さらに滑稽なことに、ローエンシュタインが……舞台にのせる人物たちは、比喩ばかり使って考え、互いに比喩で罰したり、反駁したり、承服させたりする。比喩が彼らの基盤であり、空想力が彼らの分別なのである」[152]。ただしここでも、この啓蒙主義の理論家の批判は、比喩がその元来のエンブレム的次元を削られ、その点で誤解しているところに成り立っている。劇中人物が比喩をもちいて論証する場合、引き合いに出しているのは、けっしてたんなるレス・ピクタ［描かれたもの］、つまり現実そのもの、特定の「動植物の特性」そのものではなく、指示力を孕む先例、つまり、エンブレム作者のスブスクリプティオによってシグニフィカティオ［意味内容］が発見され伝達されたレス・シグニフィカンス［意味を指示するもの］なのである。「比喩」は、ある点ですでに「エンブレム的形象」そのものなのだ。ゴットフリート・ルートヴィヒは、一七〇三年の『現代ドイツ詩学』という教則本で——エンブレムの三部構成からはじめながら（彼は、まず第一に「ピクトゥーラ、図像」、第二に「レンマ、すなわちインスクリプティオ」、第三に「スブスクリプティオ、すなわちエピグラム」を要求している）——こう定義している。「ピクトゥーラは、しごく当然のことながら、真のエンブレムの説と考査においては前提部、すなわち命題と呼ぶことができるが、さながらという言葉を受け入れることができなくてはならない。これに対しスブスクリプティオは、はっきり述べられる場合であれ、語られることがない場合であれ、帰結部と応用を呈示し、ゆえにという言葉によって導入させることができなくてはならない」[153]。このようなエンブレムの「比喩」においては、スブスクリプティオによってレス・シグニフィカンスに拘束されたピクトゥーラの「さながら」に対し、しかしけっして同じようには拘束されない「ゆえに」が現われる。この「ゆえに」は、むしろ原則的な情報、ほかのさまざまなケースでもあらたに実証できる普遍妥当的な教訓、つまり、ほかのさまざまな実例であらたに具体的に示せる普遍妥当的教訓を与える。そして、レス・ピクタにあたる悲劇の人物、その行動、その劇中状況が比較されるとき、まさにその普遍妥当的教訓が与えられたり、主張されたりするのである。つねにこの比較は、比較されたものを上回る。つねにエンブレム的形象は、それに付随するスブスクリプティオも発動させる。スブスクリプティオが述べられたり暗示されたりすることがなくても、その知識が前提になっていることに変わりはない。こういった比喩のエンブレム的次元をもはや認めないか、あるいはもうその次元がわからなくなったために見えなくなった者は、「道徳的定理の証明」が提示されなくてはならないなどと思いかねない。しかし実際には、そこではまったく証明などが行なわれているわけではなく、むしろ真理が指示されるのである。この点を誤認している者は、当然、一見こじつけめいたエンブレム的論拠を不十分な根拠だといって非難せざるをえない。それどころか、人間行動の道徳上の問題に関心があるために、「動植物の特性」の範例を頭からなんの権限もないと決めつけざるをえない。ローエンシュタインは、「道徳的反省が鎌首をもたげてきても、歴史的なことがらを自然の出来事で類推する隠喩法によって押さえ」ようと努めている、とヴァルター・ベンヤミンは判断して、こう説明している。「こういった比喩というものは、道徳的過失がごく単純素朴に自然の行動をもちだすことで釈明できる場合にこそ、はじめてもっとも適切な意味を帯びることになる。〈倒れかかっている木からは、身をよけるものでございます〉という言葉を残して、斃れるまぎわのアグリッピーナに侍女のソシアは別れを告げる」[☆154]。しかし、道徳的実行が自然の行動（たとえば荒れ狂う海の厳）を引き合いに出すところでも、どうして比喩が「もっとも適切な意味」を帯びないはずがあろうか。実際は、エンブレム的比喩の類推の方法は、自然物をも道徳的ないし不道徳的な人間の行動の寓意に高めることによって、歴史の出来事と自然の出来事のあいだの柵をとりはらうのである。殺害者たちがアグリッピーナの寝室に押し入ったとき、侍女のソシアは女主人を見捨てて、自分だけは助かろうとするが、この場合、けっして道徳的な反省が押さえこまれているわけでもなければ、道徳的過失が正当化されているわけでもない。すでにアグリッピーナが、その直前の数行で、この侍女の絶望を個別的なケースから普遍妥当的な次元へ移していたのである。

さあ、学ぶがよい。他人の肩で腕を支えている者たちは、
いかに不安定な坐り方をしていることかを。
そして、不誠実なソシアよ、おまえまでわたしを悲惨なままに、

見捨てるのか？　偽善者たちは、不運の熱にあぶられ、
溶ける雪のように消えるのが習わしというもの。[☆155]

このとき、語る人物としてのソシアですらも、行動する人物としてのソシアを見下す。彼女はこの比喩によって、自分の行動に注釈を加え、絶望の世界のなかでは悪いこともしかたがない、といっているのである。

倒れかかっている木からは、身をよけるものでございます。[☆156]

以上によって、ブライティンガーの批判の第三の観点に触れることになる。これは、悲劇の登場人物による比喩の使用の信憑性を問題にしている。ブライティンガーは、ローエンシュタインの『クレオパトラ』からとった一例を挙げてこの点を展開している。

「アントニウスが第一幕最後の場面で、クレオパトラの美しさのために王冠と王笏を投げ捨て、艶めかしい恋のかぎりなく優しい動きが胸に感じられるので、彼の友人たちが反対して述べる意見をすべて聞き流しているところで、突然彼は、哲学的な表情をして、何が恋の愚かしさの本質なのかをわれわれに教える。

恋は、恋の王国を賢さで動揺させはしない。
鳥は、鳥もちを見ながらも、おびき寄せられる。
蛾は、灯りを見て、灯りに身を焦がす。
すばやい鹿でも、網を見て、網に捕まる。
舟乗りは、錨のない小舟に乗っているのを知っていても、

智恵で賢くなりはしないし、危険に臆することもない。
そのように、恋する者も、みずから明らかに苦境へ走る。

この比喩に富む教えによって、アントニウスは、クレオパトラを愛しつづける覚悟の決意を弁護しようとする。これに先だってアンテュルスが彼を説得しようとして、クレオパトラを失って感じるにちがいない苦痛も、忍耐と分別と時間がきっと癒やしてくれるだろうと忠告している。そこでアントニウスが、いま引用した台詞で彼に答え、恋の愚かしさと恋に伴う危険についてここで言及するわけである。彼は、そのようなことは歯牙にもかけず、これまで恋心の動きを一度も感じたことがなかった人間である。にもかかわらず彼は、ほかならぬここに挙げた台詞によってこう説明する。自分は、理性も洞察力もあるのに、クレオパトラのためには危険を恐れず、堂々と死に赴くつもりだ、と。つまりこれは、彼が理性的な規則と熟慮した決意に従っておのれの恋、つまりは愚かさに身を委ねたい、といったことを意味しているのだと思う。確カナル理性ト方法ヲモッテ、発狂ノ決意ヲスルのである[157]。

さて、この例は、ブライティンガーが本来やり玉にあげようとしていることがらを考慮すると、格別に適切な選択だとすらもいえない。というのも、まさにこの批評家が不満を鳴らす理性と情熱の矛盾は、ここでは情熱と理性のあいだに引き裂かれて右往左往している状態として作者が呈示しようとしているものにほかならないからだ。つぎのアントニウスの最初の言葉からしてすでに、この場面全体で何が問題になっているかを表わしている。

残念ながら、わたしは揺らいでいる！　いまになってドアと蝶番のあいだで[158]。

形象はすべて、「理性なき」動物の形象にしても、また舟乗りの形象にしても、明らかに誘惑に屈しているこの語り手を示す比喩であるが、彼が情熱に抗って自分の状況を知るだけの理性的な洞察力をもっていることは、まさに彼が呈示することのできる洞察に満ちた比喩によって裏書きされている。

にもかかわらず、ブライティンガーが何を標的にしていたかが明白になる。エンブレム的範例が演劇テクスト全般において適切なのかどうか、そして許されるのかどうか、という原則的な疑問に関して、彼は率先してこういう。「悲劇では、人物も節度ある心の動きと落ち着いた心情について語りながら登場させられるのだから、比喩はその点で十分出番がありうる」[☆159]。彼の判断によると、エンブレム的形象の使用は、落ち着いて冷静な思慮深い人物にのみ許されるわけであるが、それに反し、「激しく高まった情熱と動揺した心情には、ふたたび落ち着きをとりもどすまではふさわしくない」[☆160]。比喩の使用が許されるかどうかは、心理学的な信憑性があるかないかで決まる。自然の模倣とされる文学は、この観点でも「真実らしさ」の要請に従わされているのである。

ところで、ブライティンガーの意見によると、比喩の使用は、つねに「心情の冷静な状態をうかがわせ」ているのだから[☆161]、読者や観客が劇中人物の情熱的な感情から受けるはずの印象を必然的に弱めてしまわざるをえないことになる。「冷ややかさ」あるいは「冷ややかな扱い方」という点が、ローエンシュタインに対してもグリューフィウスに対してもたびたび非難の的となる。ということはまさに、劇中人物の情熱があふれるままに吐露されてはおらず、比喩を使用する自省のためにいわば冷却され制御されてしまい、情熱的な者も比喩を使用することで情念の嵐には超然たる態度をとっているということである。しかしまさにこの点をこそ、悲劇作家は多くの場合ねらっていたのである。グリューフィウスのパピニアヌスは、死の不安、一家の没落の苦しみ、うろたえる妻のプラウティアの絶望の噴出に対し、「重石(おもし)を乗せられれば乗せられるほど育つ」棕櫚の木というエンブレム的形象をもってくる[☆162]。ローエンシュタインのソフォニスベは、国の崩壊、マサニッサの裏切り、自分の最期、侍女たちの不安と小心を目の前にして、嵐に屈しない巌の比喩をもってくる[☆163]。心理学的な「真実らしさ」に固執するブライティンガーに欠けているのは、あの激しい緊張を追体験する力である。その緊張のなかでこそバロック悲劇の「偉大な精神」は、この世界にとらわれ、情念の嵐にさらされ、運命の打撃に打ちのめされながらも、同時にその世界に超然たる態度をとるときに、その本領を発揮するのである。

もちろん、これだけの情報では、けっしてすべてのケースに十分とはいえない。ブライティンガーの異議は、必然的にここでも、逆にバロック悲劇本来の意図を思い浮かばせる。その意図は、この批評家が演劇について前提としている観念とは根本的に異なっているのである。「とくに真実らしさに抵触するのは」、と彼は説明している、「怒りがいちばん激しくなるところで、怒りがおのれ自身を知って反省し、おのれの本質を範例によって、あるいはそのほかの方法で描きだしている点である」[☆164]。「怒りがいちばん激しくなるところで」怒りがおのれ自身を知って自分を描きだすばかりなのではない。極端な絶望や無思慮な情熱を描出するときにも、同じことが起こる。バシアヌスの兄弟殺しに驚いて度を失いながら、グリューフィウスの嘆き悲しむ女官たちの合唱隊は、それでも稲妻には当たらない月桂樹の範例を述べることができる[☆165]。そしてマサニッサは、ソフォニスベに対する情熱に打ちひしがれ、彼女の姿にわれを忘れ、もはや理性を働かせなくなっても、見つめて燃えあがらせるバジリスクの形象で自分の状況を描き、鷲や木蔦や一角獣の比喩で自己認識をすることができる[☆166]。実際、エンブレム的範例によってあらゆる「真実らしさ」が度外視されているそのようなところで効力を発揮している造形原理は、一七世紀には自明のことであったが、それとちょうど逆に、啓蒙されたこの批評家にはなじみのない原理なのである。行動し苦しみながら、劇中人物は実際の人間の写像としてバロック劇場の舞台に立っており、出来事に、自分をとりまく人物たちに、目を向けている。しかしながら、エンブレム的比喩で自分自身を映しだしながら、自分の状況を範例的な状況として規定しながら、劇中人物は個人の柵を打ち破り、いわば自分の役割を打ち捨てて、アントニウスとクレオパトラ、そしてソフォニスベとマサニッサという個人を凌駕する言葉や形象によって観客や読者に目を向ける[☆167]。この点もブライティンガーは知っていた。ここでも彼は、比喩の「使用」を理解していたのだが、その「意図」はまったく理解していなかった。「個人の性格は」、と彼はいう、「無視されており、心情の動きは完全に封殺され、また度を超している。そこで語っているのはアントニウスでもなければクレオパトラでもアウグストゥスでもメケナスでもなく、またアグリッピーナでもスキピオでもなければ、マサニッサでもシュファクスでもなく、もっぱらローエンシュタインがのべつまくなしに語っているのである。諸君がこの錚々たる名前を外に放りだしてしまえば、この作者の悲劇全体は、ローエンシュタインが自分自身を相手に話している独白か会話のほかには、なにも諸君の前には現われてこないだろう。ローエンシュタインが尋ね、ローエンシュタインが答えているのである。……こういったすべての点では、彼より前のアンドレーアス・グリューフィウスにしても、たいして変わりはない」☆168。ただし悲劇とは、グリューフィウスやローエンシュタイン、ハルマンやハウクヴィッツが一人自力で「自分自身を相手に話している」会話ですらない。「エンブレム的形象」の言語が劇中人物を超越しているように、そして寓意の戯れが劇中の出来事より上の一段と高い位置で行なわれるように、この言語は、劇作家の個人的能力をすらも凌駕している。劇作家は、既存の範例の管理者となり、その悲劇は、とうに知られたもの、模写されたもの、範例として規定されたものの実証となる。そして、これらのものは、舞台の出来事のなかであらたにみずからを供覧に呈し、「おのれ自身を知って反省し」、「おのれの本質を範例によって、あるいは別の方法で描き」だす。見せる劇(シャオシュピール)とは、ピクトゥーラであると同時にスブスクリプティオ、肉体であると同時に魂、図像であると同時に意味なのである。こうして、演劇テクストにおけるエンブレム的範例の考察は、演劇のエンブレム的構造そのものの認識に通ずることになる。

二項構成の文体の型

グリューフィウスの『レオ・アルメニウス』第四幕最後、暗殺者たちがレオ帝殺害計画を練るところで、謀反人たちの一人がこう語る。

海の巌のごとく、
そなたたちが、雷の斧にも、荒々しい運命の嵐にも、
恐れを感ぜずにおれば、そして、われらが立つ岩礁の
恐ろしい高みに、目がくらむことなどなければ、
われらは、暴君の力を奪いとっていることであろう。☆1

ローエンシュタインの『エピカリス』第二幕には、この悲劇の表題名の女主人公がスルピティウス・アスペルを励ましてネロに対する武装蜂起を決意させるこんな台詞がある。

悪い結果に終わろうとも、後世はほめ讃えてくれましょうぞ。
そなたたちは、名誉あるいさおしを大胆に行なった、とな。
幸運と勝利は大胆さの姉妹、と心得るがよい。
不運の - 波は、徳の - 巌にあたって砕けるもの。[☆2]

グリューフィウスの「嵐」は——ユニウスのエンブレムのピクトゥーラがはっきり示しているとおり[☆3]——ローエンシュタインの「波」と完全に一致している。また、『レオ・アルメニウス』の「荒々しい運命」も、『エピカリス』の「不運」のことにほかならない。しかし、グリューフィウスではまだ説明がゆきとどいていてすぐにわかる比喩も、ローエンシュタインになると短縮されて不明瞭になり、「徳の - 巌（Tugend-Fels）」にあたって砕ける「不運の - 波（Unglücks-Welle）」というように、「砕ける」という動詞で結ばれた二つの合成語としてひと括りに圧縮されている[☆4]。名詞の属格［「…の」を表わし、邦訳ではこの名詞は前半に置かれる］で連結されたこれらの合成語は、ボリアの『道徳紋章集』に見られるような「波」と「巌[☆5]」（図1）というレス・シグニフィカンス［意味を指示するもの］を、そのシグニフィカティオ［意味内容］とあわせて極端に簡略化したかたちでまとめあげている。そのシグニフィカティオは、試練や運命の打撃、つまりスブスクリプティオによって打ち寄せる波に発見されるフォルトゥーナの世界の「不運」、そして巌の寓意で発見される揺るぎない堅固な「徳」である。これらの合成語は、ピク

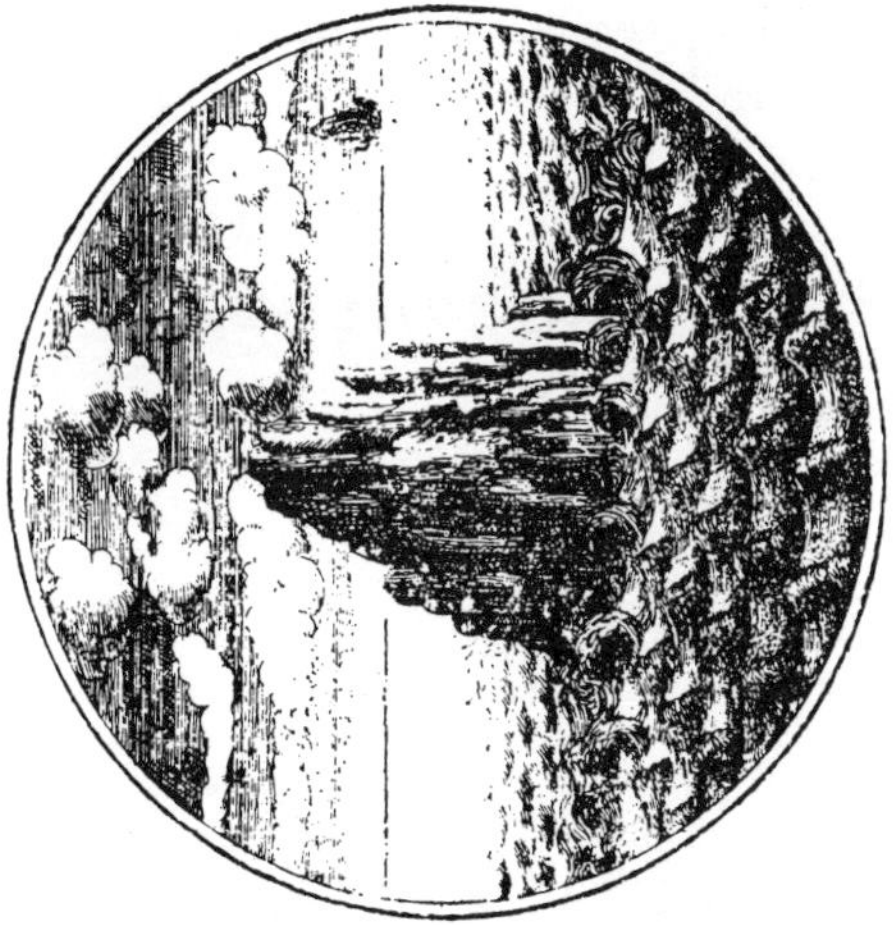
図1

トゥーラとスブスクリプティオを同時に含んでいることになる。

このような組み合わせをつくりだしてもちいることは、劇の文体が難解な圧縮された表現を好み、簡潔な重みと激情の凝縮を好む傾向のたかまりに合致している。したがって、グリューフィウス（およびその貧相な亜流のハウクヴィッツ）に比べると、ローエンシュタインやハルマンのほうが実例をはるかに多く見せてくれる。[☆6]『レオ・アルメニウス』の第一幕で、皇帝の顧問官であるエクサボリウスが傭兵隊長のミカエル・バルブスに向かって、そなたは支配者に従うのだ、王冠を手に入れようとしてはならない、と説得して彼にイカロスの範例を思いださせるところがある。

図2

野心に駆られ、
狂気と高慢を張りつけた翼で
軽やかな大空の広野へ飛び立つ者は、
灼熱の太陽の玉座に就かぬうち、
海で溺れ死ぬことだろう。[☆7]

海に墜落するイカロスは、死をもたらす傲慢の警告の寓意として、つまり健全な中庸を教える戒めとしてコロゼが描いている[☆8]（図2）。

イカロスの両肩から剝がれるのは、レス・ピクタ［描かれたもの］として高慢を表わす「狂気と高慢を張りつけた」翼、つまり高慢の翼である。同じようにローエンシュタインの『ソフォニスベ』でも、マサニッサが顧問官たちと議論するところで、顧問官たちが彼にソフォニスベと結びつくのをやめるように求め、シュファクスの運命を描いてみせる。

ボミルカル　王よ、シュファクスの件を鏡としてくだされ。
マサニッサ　彼は、高慢の-翼で高く舞い上がりすぎたから、失墜したのだ。
マナスタベル　ソフォニスベが、あの方を、高慢に駆り立てたのです。
マサニッサ　イカロスのごとき男に、太陽を責めることなどできるものか。
ボミルカル　あの太陽(おんな)は、血腥い太陽、鬼火、不吉の彗星です。☆9

図3

ハルマンの『アンティオクスとストラトニカ』では、王室顧問官たちが王子とその継母の結婚を非難して、助言を求める王にこう説明する。

たしかに広大な恋の-河が、
国王殿下になりましょうが、しかし嫉妬の-蛇が、
おびただしく広がらないともかぎりません。☆10

しかしいまの場合は、国の安寧のため、原則的に人間と神の法に反することでもやらなくてはならない、と顧問官たちはいう。「嫉妬の-蛇」☆11。この言葉によって、ここではカメラリウスのエンブレムの図像と意味が一括されている。そのエンブレムには、高まる嫉妬を

表わすレルネー河の蛇［ヘラクレスに退治されるヒュドラ］が登場する。この嫉妬にうち勝つには、ヘラクレスの力業を必要とするのである[☆12]（図3）。

「不運の‐波」、「徳の‐巌」、「高慢の‐翼」、「嫉妬の‐蛇」、これらの語はそれぞれ具象名詞と抽象名詞から合成されている――これはちょうど、図像とテクストで組み立てられたエンブレムの描写する機能と説明する機能、描出する機能と意味する機能に一致している[☆13]。このことが当てはまるのは、バロック時代の演劇テクストに現われる合成語名詞すべてというわけではけっしてないし、その大半にも及ばない。しかし、それでも目立って多く当てはまるのである[☆14]。たとえば「繁栄の‐穂（Wolfahrts-Eehren）」（Ähren［穂］であって、Ehren［名誉］にあらず）がローエンシュタインに見られ、また「希望の‐錨」がローエンシュタインとハルマンに、「希望の‐花」がハウクヴィッツに、「運命の‐羅針盤」がローエンシュタインとハルマンに、「苦悩の＝薊（あざみ）」がハルマンに、「生命の‐導線」がローエンシュタインとハルマンに、「命の‐糸」がローエンシュタインとハルマンとハウクヴィッツに、「恋の‐炎」と「恋の‐火」、「命の‐綱」がローエンシュタインとハルマンに、「命の‐ガラス」がローエンシュタインに、「命の＝小舟」がハルマンに、「恋の‐蠟燭」がローエンシュタインとハルマンに、「優美の‐矢筒」がローエンシュタインに、「名誉の＝冠」がグリューフィウスとローエンシュタインとハルマンに、「勝利冠」がグリューフィウスに、「勝利の‐冠」がローエンシュタインとハルマンに、「名誉の＝王冠」と「命の＝光」がグリューフィウスとローエンシュタインとハルマンに、「英知の‐光」がハルマンに、「名誉の‐百合」がローエンシュタインとハルマンに、「純潔の‐百合」と「無垢の‐百合」と「名誉の‐月桂冠」がハルマンに、「澱める不運の‐空気」がハウクヴィッツに、「寵愛の‐磁石」と「不運の‐海」と「不運の‐蛾」と「快楽の‐蝮」がローエンシュタインに、「勝利の‐棕櫚」がローエンシュタインとハルマンに、「疑惑の‐鞭と嫉妬の‐鞭」がローエンシュタインに、「恋の‐矢」がグリューフィウスとローエンシュタインとハルマンに、「中傷の‐矢」と「慈悲の‐港」がローエンシュタインに、「運命の‐車輪」がローエンシュタインとハルマンに、「快楽の‐略奪」と「徳の‐ヘンルーダ草」がローエンシュタインに、「寵愛の‐薔薇」がハルマンに、「人生の‐船」がグリューフィウスとローエンシュタインとハルマンに、「無垢の‐絹」がローエンシュタインに、「生命の‐太陽」がグリューフィウスに、「不運の‐嵐」がローエンシュタインとハルマンに、「寵愛の‐露」がハルマンに、「生命の‐蜜蠟」がローエンシュタインに見られるといった具合である。

最初に挙げた「不運の‐波」や「徳の‐巌」のように、こういった合成語を構成している具象語部分のほうにはエンブレムの描出するピクトゥーラが当てはまり、抽象語部分には説明するスブスクリプティオが当てはまる、といった具合に指摘できるのは、けっしてすべての場合というわけにはいかないし、いま例示した代表的なものでもむりがある。いずれにせよこのような指摘は、モティーフを同じくする合成語が実際に形成されるときの手本を示しているわけではない。このような指摘は、モティーフが一致している場合にだけ、ここでのみ重要な構造上の類推を認識しやすくしてくれる。この意味で「エンブレム的」といえる合成語であれば、すべて原則的に実際のエンブレムに移し変えられるだろう。実際、そのような合成語を同義の抽象概念と具象概念の結合とするのは、かなり不十分な定義でしかない。むしろこういった合成語は、相互に図像と意味を結合させているのであって、しかも、エンブレム表現法の定義のところで明確になったあのピクトゥーラの理念的優位という意味で結合させている。[☆15]したがってヴァルター・ベンヤミンは、「一七世紀のエンブレム的メタファー」について慧眼のある機知に富んだ発言をしているにもかかわらず、エンブレム的に構成された合成語の本質を逆転させていることになる。彼の説明はこうである。「そもそもバロック的な表現法といってよいようなこういった合成語の不自然さは、抽象概念を示す語への極端な退行に起因していることがほとんどである。そして一方でそのように組みこみ、他方で優雅な対照句を呈示する病癖はきわめて牢固たるものなので、抽象概念がたとえおさだまりのものと思えても、その抽象概念に具象概念を添えることがじつに並外れて多く、こうして新語が成立することになる。たとえば〈中傷の‐稲妻〉〈不遜の‐毒〉〈無垢の‐杉〉〈友誼の‐血〉といった具合である」。[☆16]たしかに残念ながらおさだまりの抽象概念ではあるが、ここではバロックの作家がその抽象概念に、もともと望んでいたアレゴリー的具象概念をつけ足すことによって、妥協やまにあわせの合成語ができあがっているというわけでは決してない。むしろバロックの作家は、具体的図像にいわば発見され、そこに読みとることが可能な、そしてそれによって証明される一段と高い意味として、抽象概念を具象概念と組み合わせ、たとえば「不運の‐波」、「徳の‐巌」、「高慢の‐翼」、「嫉妬の‐蛇」のような形にエンブレムを縮約するのである。

ところで、二つの名詞を統辞的に結びあわせる手段として、属格は直接つなげた合成語をつくるだけではなく、離して開いたかたちで接続することもある。グリューフィウスでは「Liebespfeil（恋の矢）」と並んで「der Pfeil der Liebe（恋の矢）」が登場するし、ローエンシュタインでは「Lebens-Drat（命の‐綱）」と並んで「Drat des Lebens（命の綱）」が、ハルマンでは「Keuschheits=Lilge（純潔の＝百合）」と並んで「der Keuschheit Lilgen=Bluhm（純潔の百合の＝花）」も出てくる。エンブレム的合成語には、このようにエンブレム的構造をもった開いた結合が加わるのである。

たえまなく永遠の循環をする時間という太古の寓意として、エンブレム作者たちは円環を描いている。[☆17] とくに円環をなす蛇がこの意味で頻繁に見られる。たとえばアノー[☆18]、クストー[☆19]、カメラリウス[☆20]、ウェニウス[☆21]、ロレンハーゲン[☆22]、ここで例に掲げるボリア[☆23]（図4）に見られる。

このような円環エンブレムの図像と意味は、時間の円環という言い回しに対応しているのだろうが、グリューフィウス

図4

の『レオ・アルメニウス』では、第二幕のあとの廷臣たちの合唱歌がこんな連ではじまる。

おお、汝、万物の流転よ、
たえまなき永遠よ、
時の円環（der zeiten ringe）を駆け巡るのは、
うつろい以外に何もないのか。[☆24]

『ゲオルギアのカタリーナ』の最後では、シャッハ・アバースがこの女主人公に求愛を拒まれたため彼女を薪の束で処刑させたものの、絶望して自分で自分の残虐行為をこう糾弾する。

図5

甘美な恋の松明（Der süssen Liebe Fackel）も、
決してあの堅固な心には触れなかった[☆25]！

そこでコロゼの本を見ると、アモルが松明をもっていて、女性がその松明に近寄ってくるところが見られるが、この松明は人間の心を熱で満たす恋の寓意である[☆26]（図5）。

こういったタイプの実例であれば、たとえば以下のようなものが挙げられよう。ローエンシュタインとハルマンの「運命のガラス球」、ハルマンの「理性の測鉛」、グリューフィウスの「純潔の花」や「いたいけな年の花」、ローエンシュタインの「わが青春の花」、「徳の羅針盤」、グリューフィウスの「悪徳の靄」、ハウクヴィッツの「徳の巌＝盤」、ローエンシュタインとハルマンの「欲望の炎」、ローエンシュタインの「隷属のくびき」、グリューフィウスの「盲目の恋のくびき」や「罪のくびき」、ローエンシュタインの「理性の鼻勒（びろく）」、「名声の明るい蠟燭」、ハルマンの「猥褻の黒い糞」、「無垢の水晶」、ローエンシュタインの「純潔の百合の-花」、「美の強力な磁石」、「快楽の蝮」、グリューフィウスの「わが棕櫚の名誉」、ローエンシュタインの「われらが忠誠の棕櫚」、ハルマンの「理性の覗き＝レンズ」、グリューフィウスの「良心の虫」。

このような文体の型にも当てはまることであるが、その使用頻度はバロック後期に増える。書かれた全体の量は増えていないのに、圧縮の度をさらに強めた合成語の数が増しているのである。メタファー的な基礎語によって述べられた事態が従属する名詞によっても同時に表現される形の、属格で結合したものをすべて考慮に入れると、つぎのような頻度の統計結果が得られる。グリューフィウスでは劇作品一一五三七行のうちこの種の合成語が一八個、開いた結合が一五〇個、ローエンシュタインでは一六七五八行のうち合成語二三九個、開いた結合五〇九個、ハルマンでは一三七七五行のうち合成語三九七個、開いた結合五二一個が見られる。[☆27]

ところで、エンブレム的合成語と同じように、開いた結合のケースでいま列挙したものも、またそれと同様のものもすべて、二項構成の語形の図像部分が基礎語、つまり支配名詞［邦訳では最後に置かれる語］として現われる。これに対し、属格で接続される意味標語は、従属名詞［邦訳では前半に現われる語］で表わされる。つなぎあわせる属格がこうして二語のあいだにつくりだすこの種の関係について、文法学者たちは同格の属格、正確にいえば「説明の属格（Genitivus explicativus）」と呼んでいる。[☆28] ヴィルマンスはこの属格の特性を、「従属語を背後でまどろみながらも具体的に生きいきと捉えることによって、比喩的な属性の選択が可能になった」ところに見る。[☆29] そして彼は支配名詞を、「支配された名詞を比喩的に表わすもの」として捉えようとしている。[☆30] インゲリート・ダールも同じようにこの支配名詞を、「属格で表現された概念を示すメタファー」と定義している。[☆31] 要するに「説明の属格」は、属格で表わされた普遍的事情（抽象名詞）がメタファー的属性（具象名詞）を添えられることで具体的に表わされる、つまり「説明」される、という趣旨で考えられている。ごらんのとおり、文体上の意図を考慮せずに資料を扱う文法の現象学は、本来歴史的な文法であれば満たせるはずの要求にどれほど達していないか、おわかりいただけよう。なにしろここで解明の対象となっている属格結合句は、いま挙げた文法が説明するのとはそれこそ正反対なのである。支配する基本語で表わされる具象名詞（図像標語）は、エンブレム的構造では理念上の優位が与えられており、属格でつなぎあわされる抽象名詞（意味標語）が添えられることによって釈義、解釈される、つまり「説明」される。引用した文法の定義が当てはまるタイプに「説明の属格」という名称を残しておきたいのならば、ここで考察した合成語と開いた結合句の例は、反対方向に機能する「エンブレム的属格」を示していることになる。

語の結合は、なにも接合の属格を必要とするわけではない。並列の接続詞［日本語の「と」に当たる接続詞］でも可能である。ローエンシュタインとハルマンの「勝利の-棕櫚」や「命の-糸」や「運命のガラス球」と並んで、ローエンシュタインには「勝利と棕櫚」や「糸と霊（「命」の意味）」や「運命とガラス」も登場する。このように二項を接続詞で結ぶ名詞の羅列も、とくにローエンシュタインの書法の特徴である。グリューフィウスより二、三倍ほども多用しているし、その数は彼自身の三項や四項の羅列、あるいは接続詞なしの羅列の数をはるかにうわまわっている。☆32

たとえば『クレオパトラ』第二幕で、ローマ軍隊長プロクレユスとクレオパトラの枢密顧問官アルキビウスが論争するところがある。プロクレユスが女王を非難中傷する。そこでアルキビウスがこう答える。

それなのに、犬と嫉妬は月と徳にほえるもの、
中傷されても、月と徳にはこたえぬというのに。☆33

So bellen Hund und Neid Gestirn und Tugend an/
Wiewohl die Lästerung ihr wenig schaden kann.

エーリク・ルンディングの説明によれば、「ローエンシュタインが比較の不変化詞［〈犬が月にほえるように、嫉妬が徳を中傷する〉というときにもちいられる同等の比較 so - wie］をもちいるかわりに、ただたんに〈それなのに、犬と嫉妬は月と徳にほえるもの〉と書くことができる」のは、「揮発過程」の結果であって、この過程で「抽象名詞と具象名詞の境界が、ローエンシュタインの場合、完全に消えてしまう」のだという[☆34]。ところで、この箇所は、比較対照の接続詞をじつによく示している。つまり、この導入の「それなのに（So）」は、中傷するプロクレユスをつぎにくるパラディグマに関連づけているのである［So は Wiewohl（というのに）を受けている］。しかしその場合、「月」にほえる「犬」と「徳」を非難する「嫉妬」のあいだに、明確に表わす「ように（so - wie）」が省略されているとしても、

図6

つまり比較の不変化詞という読解の補助が、圧縮する傾向のために消されているとしても、けっして具象と抽象の言語領域のあいだの境界がなくなっているということにはならない。むしろローエンシュタインの構文が比較の接続詞を省略できるのは、その構文が図像と意味の堅固なエンブレム的組み合わせにもとづいていて、それが比較する資格を保証してくれているからなのである。寛大さの優った徳に対しいたずらに怒り狂う嫉妬の寓意として、アルチャーティ[☆35]とカメラリウス[☆36]がすでに月にほえる犬を描いている。キリストと教会の敵の無益な憤怒と関連させて、同じ基本的な意味をもつ月にほえる犬がベザにも見られる[☆37]（図6）。

犬と無益な嫉妬——月と優れた徳、これは、エンブレムの図像と意味が言語で要約されたものといってよかろう。そして、まさにこのような要約をローエンシュタインは選んでいるのである。そうやって彼は、

不運の‐波は、徳の‐巌にあたって砕けるもの——

という一句と正確に対応する文をつくっている。ただしここでは、エンブレム的合成語のかわりに、開いた二項の接続詞の型がもちいられているだけのことである[☆38]。

悲劇『クレオパトラ』の第三幕には、さらにもうひとつの例が見られる。この例も、テーマに関してエンブレム作者たちの類似例に立ちかえらせてくれるため、構造上の照応を知るよすがとなる。眠っているアントニウスの前に、彼が処刑させた三人の王の亡霊が現われる。王たちは彼の良心を苛み、おそろしい復讐の脅威で驚かせて消耗させる。彼が目覚めるや、町からもたらされた凶報とクレオパトラの（嘘の）自殺の報告に見舞われる。そこでこう語る。

不安と蛭（ひる）は、たえず王の血管を苛まずにはいられないのか。
稲妻は、いつも宮廷にばかり落ちねばならないのか[☆39]。

そして、狂気すれすれになってこの絶望者はついに命を断つ。プリニウス[☆40]に刺激を受けたカメラリウス[☆41]は、蛭に襲われた鮭を描いている。鮭が——不安と絶望に猛り狂いながら——水中を暴れまわり、ついに陸にあがって息絶える図である（図7）。

いたるところに張りつく（HAERET VBIQVE）
おぞましい蛭が鮭を吸いつくすよりはやく、

図7

HAERET VBIQVE.

罪の意識が悪人を食いつくす

したがって、ローエンシュタインの「不安と蛭」は、蛭、苛む虫というレス・ピクタ、そして不安、良心の呵責というシグニフィカティオの双方をひとつの二連方式でひと括りにする。図像と意味がここでは接続詞による名詞羅列の型で現われているが、同一の場面で、処刑された亡霊たちが語るところでも、図像と意味がエンブレム的合成語となって現われる。

そなたの良心の‐虫（Gewissens-Wurm）が目覚めたのだ。☆42

最後に、グリューフィウスの『カルデーニオとツェリンデ』でも、

良心の虫（des Gewissens Wurm）がいつも犯人たちを苛むとき☆43

と、「エンブレム的属格」で結ばれる開いた結合句が現われる。

以上のとおり、グリューフィウスとハウクヴィッツの語り方にとって重要な、またローエンシュタインとハルマンの書法に特徴的な、名詞合成語や開いた名詞の属格結合や名詞羅列に見られる二項構成の文体の型は、具象的、比喩的単語を普遍的、抽象的概念と結合させる場合、エンブレム的形式原理に照応していることがわかる。ただし、こういった演劇作品のごく小規模な図像と意味の定式に認められることは、同じようなかたちで演劇作品のさらに大がかりな形態の構造上の特徴にも当てはまる。そこで、その方面に研究を進めることにしよう。

格言

スカリゲルは、悲劇の格言について、「それらは、いわばこの建物全体の柱石あるいは支柱のようなものである」[44]と語ったが、このことは、一七世紀の理論家たちにも依然として妥当する。たとえばハルスデルファーが一六四八年に、「訓言と箴言（Lehr= und Denckspüche）がいわば悲劇の大黒柱である」[45]とくりかえしている。

演劇テクストで格言は[46]、とりわけ論争のつばぜりあいが格言をまとめておびただしく繰りだす箇所で目立つようになる。これは、セネカからこれらの作家たちが学んだからである。彼らは、セネカのエピグラムふうの隔行対話を研究したのだった。劇の登場人物たちの異なる見解や意図がぶつかりあうとき、対決としての意見の論争が格言で争われるのである。その場合、対立が激しければ激しいほど、互いに話し手の抵抗は長びく――ひいては、格言の連なりも長くなる。断固たる観点が証明され認められるのは、個々の論証の説得力によるというより、むしろつねにあらたに返ってくるかわしの答えにうろたえず、つぎつぎに積みあげてゆく格言の重しで矛盾を突き、抵抗を圧殺しようとする話し手の息の長さによる。口をつぐんだ方が負けである。最後の言葉を吐く者が勝つ。格言がまだ格言に対抗されるかぎり、その双方が伯仲する。たとえばグリューフィウスの場合――

パピニアヌス　長き苦悩は、弱き者を強めるに役立つこと多し。
プラウティア　長き苦悩は、由々しき弱さを知らしめること多し。[47]

あるいはローエンシュタインの場合――

アントニウス　敬虔は、雲間を破る稲妻。
クレオパトラ　ああ！　敬虔だからとて、運命は曲げられぬもの。

アントニウス　神々は、一度ならず祈りを求めるもの。
クレオパトラ　神が奈落に蹴落とさんとする者に、神は耳を貸さぬもの。[☆48]

しかも格言は、もともと論破されもしなければ失効することもない。むしろ、いわば相殺されるのである。命題と反命題、攻撃と反撃。終止符を打たせれば勝ち。
もうひとつの第二の型のかわしの答えでも、格言はやはり無傷のままである。グリューフィウスの場合――スコットランドの使節が、

早く笑いすぎる者は、夕べをまたず泣きを見ること多し。

というと、クロムウェルはこう応ずる。

実例は、今日のうちにもストゥアルトの首に出現するであろう。[☆49]

ソフォニスベの腹心の者たちが女王に自殺を思いとどまらせようとする場面のローエンシュタインの場合――

ミキプサ　天は、くびきと鎖から解放させることができるもの。
ソフォニスベ　命－綱をみずから決然と断ち切るならばのことでしょう。[☆50]

あるいはハルマンの『テオドリクス』では――

エヴァンダー　女と下僕が支配するところ、王といえども勝てぬもの。

カシオドルス　だからこそ、わたしにかしづけば、そなたたちがみごとな勝利者。☆51

つまり、答える者は、格言が自分の反対意見にこそ合致するのだと主張することによって格言の正しさを裏づけ、格言のある部分をくりかえすことによって張りあう。しかし、答える者が修辞の劣る方の立場におちいっている気配が、それとなくうかがえる。そういった立場がもっとはっきりするのは（第三の型のかわしの答え）、対立者が格言の原則説明を突きつけられて根本的に反論できず、目下の特殊な状況を引き合いにだそうとするときである。グリューフィウスの場合――

パピニアヌス　真理に殉じて死ぬ者は、つねに苦難をあざ笑うもの。

クレアンダー　そのすげない拒絶をお聞きになって、殿はいかばかり激されようぞ。☆52

ローエンシュタインの場合――

アンテュルス　忍耐と理性と時間こそ、救いと助言をもたらすもの。

アントニウス　理性と時間がいまや統治せぬところでは、そうもいくまい。☆53

あるいはハルマンの場合――

カシオドルス　よかろう。処刑の剣は、復讐欲の覆いというべし。

エヴァンダー　処刑の剣は、いまのわれわれには、偽装の見かけなどではござらぬ。☆54

受け応えの第四の最後の型としては、優勢な格言に対抗する声を封じこめられないうちに、その格言の実際上の結論を疑う慎重な指摘が出される。反論の余地のない箴言の直説法現在の力を前にして、話し手はそのような指摘をしながら一歩退き、意気阻喪した疑惑の接続法（「ではあるまいか［würde］」で言い換える）をもちいる。たとえば、顧問官たちがレオ・アルメニウス帝にミカエル・バルブスの処刑を進言するときのグリューフィウスの場合――

エクサボリウス　首かき切れば、もはや身体は無害。

レオ・アルメニウス　余は、大勢の憎悪と敵意を背負い込むのではあるまいか。☆55

ところで、悲劇の隔行対話で積み重ねられる格言は、いわば劇の外にある経験を標語ふうの定式や大まかな規則に凝縮した総まとめの観を呈している。その点で対話の格言カタログは、ヨハン・クリストフ・メンリングがその師の悲劇から抽出し、一七一〇年に『ローエンシュタインの格言』という選集で出版した「深遠な言説、心にしみる言葉、精確な格言、賢者の主要国事規則と処世訓」に等しい。そのいずれの場合とも、格言はそれだけで独立していて、実際の出来事の文脈が欠けている。それらの格言も、そのような実際の出来事の文脈から「処世訓」として抽出されたものであり、そのような文脈があってはじめて格言を根拠づけ、支えることができるはずのものだろう。しかし、これらの格言は、そのように保証してくれるものもないまま、修辞のかけひきの薄明かりのなかにたたずみつづけ、『レオ・アルメニウス』では、皇帝の暗殺者たちが格言を三段つみ重ねて、

謀反人その二　最下層の民こそ、暴君の生死を統べる神。
謀反人その一　至高の神は、貧しい人びとを通して権利を施行するもの。
謀反人その三　そして、人びとを通して暴君とその一家を滅ぼすもの。

と語るのに対し、殺された皇帝の妃はこう応じるのである。

そこまでやすやすと、悪事を文(あや)で飾りたてることができるとは！[☆56]

こうなると——ハルスデルファーの公式を額面どおりにとって——「訓言と箴言」を悲劇の格言対決に求めることがそもそもできるのかどうか、ほとんど疑わしいように思えてくる。格言対決は、いずれにしてもはっきりとしている事象から引きだされた教えを示さないし、そのような事象を熟考するように教えながら考えさせることもない。そもそも観客には、打ち合いの応酬のテンポに乗ったうえで、さらに教えを受け入れ熟考するなどという暇がどこに残されているだろうか。格言の文(あや)で飾り、これ見よがしに格言をひけらかす隔行対話は、さながらこの時代が好んだ華麗な花火のように、轟きを発してはかき消える。ビルケンはこんな要請をかかげている。「数多くの教訓、さらに箴言も織りまぜるべきである。……なぜなら、劇は教えに富み、楽しみと並んで役にも立たなくてはならないからだ[☆57]」。この要請は、あきらかにもうひとつ別の形の格言使用法をめざしている。

『レオ・アルメニウス』の第四幕のあとに続く合唱隊で、司祭たちと女官たちがキリストの生誕を祝う儀式の合唱を唱えているあいだ、この深夜のミサに皇帝が祭壇で殺害者たちの刃に斃れる。つぎの第五幕第一場で、皇后がこの殉教の目撃者の報告を受ける。第二場で、「大勢の謀反人たち」が皇后の部屋に押し入り、殺害者の一人がこう語る。

残忍な暴政の、金剛石のように固いくびき、
荒々しい処刑の、岩のように重い苦しみ、
金属の王笏、血のうえに据えた玉座、
町と野を荒らし、すべてを食いつくす不安、
そして、激怒した君主がさらに犯したことの数々。
そのすべてが、われらの手で遅まきながらもついにかたづけられたのだ。
おまえたちの支配も、いまやつきはてた。野放しの狂暴も、
誰かまわず殴りかかる腕も、跡形なく消えた。
いまは学ぶがいい、支配していたおまえが従うのだ。そして心得るがいい、
奈落と天とのあいだは、しばしばほんの一夜にすぎぬ、とな。☆58

最初の六行は、起こったことを話題にしている。謀反人たちは、殉教という命題に対する反命題として暴君殺害をもちだす。そのあと、話し手は皇后に向かっていう。「おまえたちの支配も、いまやつきはてた」。これまで命令していた者が、いまは従うことを学ばねばならない。そして心得るがいい、

奈落と天のあいだは、しばしばほんの一夜にすぎぬ、とな。

この格言は、報告されたこと、起こったことを考えさせ、このような出来事の教えを箴言にまとめている。劇の

経緯も、ここではこの「訓言」を裏づけている。その教訓の妥当性は、対立する党派の見解に映しだされているような劇の経緯がはらむ二つの意味によってもあくまで動ずることはない。殉教かそれとも暴君殺害か——この二つのいずれであっても、支配者の死つまり高位の者のおそろしい突然の失墜は、突然の「人間の営みのはかなさ」[☆59]を表わす範例、寓意となる。たしかに、話し手が語りかけているのは皇后である。「いまは学ぶがいい」、「そして心得るがいい」と話し手は皇后に向かって語りかけている。しかし、この話し手の台詞にわりふられたこのはかなさの格言が、彼自身の役割の圏内を越えているように(この「謀反人」にとって重要なのは失墜それ自体ではなく、暴君の死のはず)、この格言はまた、話しかけられた皇后テオドシアの頭上をも通り過ぎてゆく(皇后はすでに先行場面で学んでいて、「神は、いつの日か、王座も王冠も王国も夫も召される」と言明していた)。「訓言と箴言」が向けられる相手は、ほかならぬ悲劇の観客、読者なのである。それまでは、舞台上の出来事と舞台上の報告が支配者の運命を劇の図像として観客に目の当たりに見せてきたわけであるが、ここにきて意味を固定するエピグラムの箴言までもが、観客に向かって語りかけられる。ピクトゥーラにスブスクリプティオがつけ加わるのである。エンブレム的構造がはっきり認められる。[☆60]

このように総括して説明し、解釈をほどこす格言は、劇の登場人物の役柄台詞や独白や対話に組みこまれ、バロック悲劇の描写、描出する部分を編みこみ、こうして描出と解釈のたえざる相互作用を生みだす。その場合に、格言が周囲のテクストから際立つ明瞭さの度合いはさまざまであるが、同じように格言の立場も、格言に関わり、かつ関わられる劇の描出に対応して多種多様である。ある場合は格言が——一種のインスクリプティオとして——先行し[☆61]、またある場合は——スブスクリプティオとして——劇のピクトゥーラのあとにくる。しかし、エンブレム形式をもっとも純粋に練りあげたかたちが現われるのは、あきらかに「訓言と箴言」が場面の最後にきて、先行する出来事を客観的、規範的次元に高める箇所である。たとえば、グリューフィウス悲劇の最初の場面でパピニアヌスが長々と自分を描出するところは、この「高邁な法学者」の個々の例から原理的で普遍妥当することを結論づけるつぎのような文章で終わっている。

　　　　　　　　　　　　　　　　　はなはだしい苦しみを、
和らげんと努める者が求めるのは、ほかならぬおのれ自身の死。
どんなことを試しても、一人も見つかるまい、
座礁しても助けてくれる正しき忠義の人なぞは。[☆62]

ローエンシュタインの『イブラヒム・スルタン』でも、亡霊たちの場面で、キオセムが牢獄から救いだして即位させた彼女自身の息子だというのに、その息子イブラヒムから彼女がいかなる危機で脅かされているか、先王アムラトの亡霊から知らされるところがあるが、この場面もつぎのような格言で終わる。

　　　　　　ああ！　キオセム、もう学ぶがいい、
この世の太陽たちは、鬼火でこそあれ、星辰ではないのだ。[☆63]

あるいはハルマンの『テオドリクス』でも、シンマクスとボエティウスが捕らえられ、平然と、いや、それどころか朗らかな気持で死刑判決の宣告を受け入れる場面は、ルスティキアヌスのこのような言葉で終わる。

　　　　不動の精神は、
狂暴な運命に斧を投げられても、笑うもの。[☆64]

そしてハウグヴィッツは、『ソリマン』でイブラヒムが自分に生じたことを報告する場面をつぎのような文句で締めくくる。

ありありと思い返してみると、よくわかる、
有為転変こそ、万物の目的なのだ。
わたしは、墜ちては登って立ち、立っては登って墜ちた。
そして、最後にわたしに残されたのはただひとつ、
この世のすべてには、つぎのごとく永遠の掟が記されているとの教え。
今日生じるものも、
明日は消え去る定め、
今日消え去るものも、
明日は生じる定め。☆65

幕の最後に格言が置かれることはもっと少ない。あきらかにそのような箇所では、つぎの節で論じることにする合唱隊がスブスクリプティオの役割を引き受けているからである。それはともかく、グリューフィウスの『カルドーニオとツェリンデ』に一例が見られる。第四幕が、つぎのような亡霊の言葉で閉じるのである。

おお、幸いなるかな、
命へいたる道を、死者の墓に示してもらえる者は。☆66

ただしこの格言は、もっぱらその直前の教会の場面に答えているのであって、第四幕全体に関わってはいない。ローエンシュタインの『アグリッピーナ』にしても同じである。最終幕の最後の場面で、魔術師ゾロアスターがいかがわしい魔術の儀式をやって、冥界の支配者と殺されたアグリッピーナの亡霊を呼びだしてなだめようとする。舞台に突進してくるのは、呼びだしを受けたアグリッピーナではなく、復讐の女神たちである。

ネロ　助けてくれ、天よ！　死ぬ！　奈落に飲み込まれる！

ゾロアスター　ああ！　わが聖域がわが棺でもあるというのか。
気絶する。汝ら死すべき者ども、学ぶがよい、
地獄と影を敬う者は、星々を汚し怒らせるのだ。☆67

この最終行の「訓言と箴言」も、幕に対する格言ではなく、もっぱら最後の場面に対する格言を提示しているのであって、これほどはっきりしている例もめずらしいほど明確に、本来の相手に向けられている。それにしても、「汝ら死すべき者ども、学ぶがよい」という一句は、あの「エンブレム的」な格言使用法の意図に基本的に一致している。と同時にここでは、劇の登場人物が描出する者であると同時に、自分で描出したものを解釈する者でもある、という二重の役割をもって登場していることがことのほかはっきりわかる。いかなる真実らしさにも頓着せずに、ローエンシュタインはこともあろうに気絶するゾロアスター自身に教訓を垂れさせる。それも、彼の陰惨な降霊術の恐怖の図像から観客が読みとるべき教訓である。この地獄の祭司が、劇が催されている最後の瞬間でも回心してよりよき洞察に達し、その洞察を格言で表明する、などといったことは、ほとんど人を満足させることのない苦しまぎれの弁明の構成だといってよいかもしれない。しかし、このような弁明の構成は、この人物の信憑性がここではより高い描出原理に従っているのを隠しているにすぎない。ゾロアスターが気絶してばったりと地面に倒れ、ロ

もきけないでいるのに、そのゾロアスターが行動に囚われた者の無力さを見下し、より高い洞察の代弁者としてこの格言を言い放ちながら、自分自身の姿、自分自身の役割をエンブレム的・模範的な次元に組みこむのである。

最後に、場面と関連づけられた格言を幕の最後に使用しているものとしては、ハルマンも一例を示している。『マリアムネ』の最後の行は、合唱隊がはじまるまえでこう語られる。

「亡霊一同　死すべき者たちよ、このように暴君どもは苛まれる、
「魂と国から高貴な徳を追放するときは。☆68

„Alle Geister: So werden / Sterbliche / gequählet die Tyrannen /
„Wenn sie aus Seel' und Reich die ädle Tugend bannen.

これに先だって、ヘロデ王に殺された者たちの亡霊が王を襲い、恐ろしい復讐で脅して将来の災いの恐怖の幻影を目の当たりに見せる。そのあとにこの格言がつづき、劇のピクトゥーラとしての舞台の出来事を規定し、その普遍妥当的な意味を告げるのである。

こうした実例は、すべてつぎの点を認めさせてくれる。「訓言と箴言」を「柱石、あるいは支柱」、つまり「悲劇の大黒柱」とする理論的定義は、たんに「教えに富んだ」演劇におけるその重要性を示す隠喩的な表現であるにとどまらず、同時にごく文字どおりに受けとるべき指摘でもあって、劇の構造に対するその意味を教えてくれる。「エンブレム的」格言とは、劇の構成における支えの要素、つまり、支柱と支柱のあいだに場面の図像が張られるその支柱、舞台上の出来事が範例の出来事として築かれる台柱なのである。したがって訓言の本質は、その外面的な現象に映しだされている。ハルマンは、先行の描写する台詞に対し、暴君に関する説明の格言に字面でも、つまり行のはじめに引用符をつけたり（右の引用で再現しておいたとおり）、活字を太くしたりして際立たせるのである。こう

やって彼は、支えの柱を目に見えるように浮きださせる。

たしかに、これは散発的なケースであろう。一六世紀のルネサンス悲劇や新ラテン語の学校劇は、格言を引用符や太字で明示するのがなにもめずらしいことではなかったが、一七世紀になるとそういった習慣がふたたび後退する。しかし、それ相応に残っている。そのような習慣がまだ行なわれているケースは、格言にいずれにしても内在している性格をあきらかにしてくれる。たとえば、スブスクリプティオ‐格言を劇のピクトゥーラから際立たせる引用符、「格言の小鉤[☆69]（gnomischen Häkchen）」［原典では „ であるが、訳文では「で表記した］がマルティン・オーピッツの『アンティゴネー』の翻訳にはまだ出てくるし、散発的ながらローエンシュタインの『イブラヒム・バッサ』初版でも[☆70]、またハウクヴィッツでは何度も現われる[☆71]。ローエンシュタインの『イブラヒム・バッサ』の第一幕第四場冒頭(四〇五行から四一三行)は、この引用符のもちいられ方を示す一例となるかもしれない。太守のソリマンが、かつて重用していたことのある逃亡中の将軍イブラヒムを捕らえて投獄させるが、そのあと太守の宮廷で二人の高官、アハマトとハリー・バッサがこの件について話をする。まずアハマトが会話の口火を切る。

ハリーどのは、この悲＝劇を苦痛も涙もなしに、
平然と見ておられるか？　**ハリー**　わたしとて心が深く痛み、
ひどく狼狽する。あの領主が石と鉄のなかに立ちつくされるのを、
入獄なされるのを、この目で見るとなれば。
それも昨日までは、ビザンツの人びとがおそれおののき栄光を求めて、
ほめたたえていた領主とあれば。**アハマト**　そのように雷雨は、
山頂をつねに轟かすものだ。谷にはいつくばるものが、
「安らいでいるときにも。悲惨が描き記すは、

「空しい君主の名にあふれた日＝誌。
そなたはかつて、イブラヒムどのの行ないをこれほど深く
「考えたことはあるまい？　晴れの日に、
「日＝輪の光を、心に留める者なし。
「闇に光り消え、太陽の顔の覆われるときのみ、
「心に留めるもの。今度の実例は教えてくれる、
わたしとそなたにさし迫っていることを。最前そなたが、
鋭い言葉を発するやいなや、すでに帝の耳は、
「いたく傷ついておったぞ。ハリー　長き宮仕え、
「なまなかにできぬもの、しかしわたしとそなたには乗り切れよう。
アハマト　なるほど、ならばイブラヒムどのも、許されて放免される。☆72

アハマトの冒頭の問いは、先行場面の劇中の出来事に対する会話相手の感情の反応に向けられている(四〇五、六行)。ハリーが答えながら、事件の経緯を簡潔に思いかえす(四〇六行から四一〇行)。そのあとアハマトが、その経緯を自然の事象に平行させ(四一〇行から四一二行)、そうすることによってこの「悲＝劇」をときたま起こる次元の領域から、範例的な意味が内在している比喩能力のある次元の領域へと移す。ここで最初の「格言の小鉤」[訳文では「で表記]が現われる(行の先端に置かれているが、ここでは――よくあることながら――行全体ではなく、行の後半にのみかかっている)。つまり、中間休止(ツェズーア)[当時の悲劇は原則としてすべてアレキサンダー詩格がもちいられ、各行一二ないし一三音節の中央で必ずなんらかの切れ目が入る]のあとに最初の格言、すなわち悲惨に突き落とされたイブラヒムの図像に対するスブスクリプティオがはじまる(四一二行から四一三行)。そのあと、話し手はまた出来事の次元にもどり、失墜し

たイブラヒムに対するハリーの態度を忖度するが（四一四行から四一五行）、その態度の原因を求める反省的な問いに自分で答をだす。すなわち、ふたたび引用符でしるしをつけて図像にくるんだ二番目の格言、つまりこの期に及んではじめてイブラヒムの価値を正しく知るハリーのピクトゥーラに対するスブスクリプティオがその答えである[☆73]（四一五行目から四一八行目）。アハマトの最後の文は、あらためて劇の経緯に向けられ、イブラヒムの「実例」を自分自身とハリーに関連づける。つい先ほど、実際ハリーは、不機嫌になったソリマンにおびえたのである（四一八行から四二一行）。ハリーの応対は引用符で際立たせられ、三番目の格言、つまり帝の危険な間近にいるこの二人の廷臣の図像に対するスブスクリプティオとなる（四二一行から四二二行）。最後にアハマトが、そこからイブラヒムを判断するために生ずる結論を出して、劇の出来事へ舞いもどるので、「格言の小鉤」はつけられていない（四二三行）。

一七世紀の演劇は、たいていこの種の読解補助記号をもちいなくなるが、それでも意味次元への描写次元の変換、ピクトゥーラとスブスクリプティオの境界を明記するほかの可能性が残されている。コロン（あるいは同じ意味で使われるセミコロン）で箴言が明示される場合がよくある。また、「ここをご覧あれ」といって要約が行なわれる場合のように、指示的な決まり文句が観客や読者の視線を劇の図像へ向けさせる。「肝に銘じよ（Merkt）」、「学ぶがいい（Lernt）」、「考えてもみよ、……ことを（Denckt, daß）」、「思ってもみよ、……ことを（Glaubt, daß）」といった具合に、導入の命令形が銘文（Merkspruch）や「訓言（Lernspruch）と箴言（Denkspruch）」がくるに先だって、その種類を規定する。格言はまた、個人である劇中人物の人称代名詞が、一般化する格言ふうの関係代名詞に変えられることによっても明示されることが多い［以下の引用文では、アントニウス個人を指して語られる最後の文が人称代名詞 du（そなたは）を使わず、不定関係代名詞 wer（およそ……する者は）をもちいて一般化した言い方をとっている］。

さあ！　アントニウス、覚悟なされよ！　その剣も染めるのです、
高貴なる奴隷の鮮血が、こびりついたその剣を。

一突きにやるのです！ およそ誉れ高く死ぬ者は、存分に生きたことになりましょうぞ[☆74]。

Auf! rüste dich Anton! auch diesen Dolch zu färben /

An dem das frische Blutt des edlen Sklaven klebt.

Stoß ein! wer rühmlich stirbt / der hat genug gelebt.

ことわざふうに覚えやすく、簡潔でわかりやすい表現が、格言であることを示している。なにしろ格言が言明していることは、読者が心に留めておくべきことがらであり、観客が心に抱いて劇場からもち帰るべきことがらだからである。このようなエピグラムふうの簡潔な表現もまた、ふんだんに図像をちりばめ言葉を自在にあやつる舞台上のピクトゥーラの大仰な呈示からスブスクリプティオの言明をきわだたせている。しかし、これはたんに形式のうえで差をつけているというだけのことではない。そこでは、言語形式そのものに演劇のエンブレム的意図が表明されている。舞台上の目の前に現われる多面的で矛盾だらけの混乱した現実に対し、簡潔な格言が一段と高い真実の明確で堅固な形式を対置するのである。この真実の形式は、出来事の足元を見つめ、劇の登場人物と行為があてどなく駆けぬけてゆくはかない時間に拮抗し、認識が生ずるための空間と時間をつくりだす。人間事象のはかなさとうつろいやすさにあらがい、石柱とも支柱ともなって悲劇を不易と永続のなかに固定するのである。

幕と合唱隊（ライエン）

バロック時代最初のドイツ語悲劇、アンドレーアス・グリューフィウスの『君主殺害の悲劇、題してレオ・アルメニウス』は、一六五〇年に初版が出されたが、一七世紀の劇作家たちがこの悲劇というジャンルにもちいることになる構成形式を示したのも、これが最初である。五幕に分かれ、いわゆるアブハンドルング（Abhandlung）と称する「幕」は（最終幕をのぞいて）、オランダ語の用法を模したいわゆるライエン（Reyen）と称する「合唱隊」で締めくくられる。このような構成形式の特徴、つまり幕と合唱隊が織りなす関係をめぐる問題にも、まずは『レオ・アルメニウス』が答えをだしてくれよう。

グリューフィウスは、その後に書く劇とは異なって、いわゆるアインガング（Eingang）という表記の「場」にこの作品を小分けしている。第一幕第一場、皇帝レオ・アルメニウスに不満を抱くビザンツの軍司令官たちの一団を前にして、将軍のミカエル・バルブスが暴君のレオを激しく糾弾する。[☆75] 彼の弾劾演説がねらうのは武力転覆である。そしてその演説を発端に、聞き手たちも語りだす。彼らはミカエルの剣に手をかざして誓いをたてる。

君主の激怒した力を、軽い灰にするのだ。

第二場、枢密顧問官のエクサボリウスと親衛隊長のニカンダーが皇帝に報告を奏上する。反乱をもくろんでいるミカエル・バルブスは、どれほど懇願、勧告、警告をしてみても耳を貸そうとしない、と二人は説明し、謀反を想定してこの危険な敵を即刻亡き者にするよう進言する。しかし、レオは世論を考慮して、功労のあるこの男を裁判の判決なしに殺させることをためらう。

もし判決なく死ねば、あの男を悼む者がでようぞ。

ニカンダーがそれに応える。

王たる者、軽率な言葉には問答無用となさるべきかと存じます。

それに対し皇帝。

軽率な言葉のひとつくらいで、軽率な反乱が起こることもそうはない。

皇帝は顧問官たちに、将軍を支配者に服従させるよう最後の試みをせよ、といってこう締めくくる。「もう一度、説得いたせ」。もし善意の言葉がまたしてもむだに終わるのであれば、彼を逮捕して命を奪え。

第三場でエクサボリウスと二人だけ舞台にとどまるニカンダーは、裏切り者たちをうまく説得できそうもないと考える。謀反人たちがすでに武装蜂起の準備をしている一方で、彼はこう説明する。

われわれは、夢のなかで、彼らを言葉であやそうとしている。
しかしエクサボリウスどの、なぜ耳の聞こえぬ者たちに話しかけるのだ?
蛇が彼らの耳をふさいでいる。剣で安泰をはかるしかあるまい。[☆76]

しかしエクサボリウスは、皇帝の命令に固執する。第四場で、彼はミカエル・バルブスと話しあう。

エクサボリウス　わが友よ! あけすけな口が、そなたにとんでもない災いを招く。
遠くでわれわれの話しを誰かに聞かれたら、そなたは生きたまま死も同然。

ミカエル　嘆かわしいが、もはや話すわけにはいかない。
残念ながら、それ以上のことは、犯罪と見なされる。
無思慮な言葉ひとつでも、処刑の剣と杭に値する。

しかし彼は、エクサボリウスのこのような洞察にも、いかなる非難にも、耳を貸さずに聞き流す。かえって逆上し、享楽好きで怠惰な血に飢えた暴君の支配者に対し、無思慮きわまりない憤怒の非難を浴びせ、最後にあけすけにこう脅迫する。

やつの王笏も王冠も血も、この剣に懸かっている。
この剣が、力づくで、やつの身体を冷えた墓に横たえてくれる。
あやつは暴君、黒々とした悪意に満ちている以上、
この剣で、やつの血管の憤怒の泉を貫いてくれる。

すると、最後の第五場で、この会話を緞帳の陰で盗み聞きしていたニカンダーが、皇帝の護衛兵といっしょに部屋に押し入ってくる。彼はミカエル・バルブスから武器を奪い、鎖につないで牢へ引きずってゆかせる。彼の命は失われたかに見え、刑吏の斧による死は確実と思われる。

幕を表わす「アプハンドルング」とは、行為（ハンドルング）の進行、劇の出来事の遂行、といったほどの意味であるが、ひいては同時にそのような出来事の描出、つまり特定のテーマを論じる（アプハンデルン）ことを意味する。☆77 この『レオ・アルメニウス』第一幕が五つの場全体で論じているテーマとは、あきらかに人間の言語がもつ二層の能力であろう。舞台という現場で進行する行為が目の前に描きだすのは、いかに言葉の力がいわば幸不幸いずれの作用をも及ぼす能力をもつものか、いかに善を達成することもできれば悪を招来することもできるか、いかに命を維持することもできれば死をもたらすこともできるか、という点である。このような第一幕の主要テーマにグリューフィウスがいかに注意を凝らしているか、この点はテクストの変更がはっきり示している。最後の場で親衛隊にとりおさえられ鎖につながれた

将軍が、絶望の怒りにかられ、なぜ護衛兵たちがこのように自分に立ち向かってくるのか、「何がきさまたちをわしにけしかけるのか」と尋ねる。この悲劇の初版では、護衛兵の一人が「そなたの不当な見栄だ！　そなたの君主殺害だ！」[☆78]と答える。「不当な見栄」とは、法に反するミカエルの自己顕示、大逆罪のことであり、「君主殺害」は彼の無思慮な言葉の内容を指す。『レオ・アルメニウス』の第二版以降、グリューフィウスはこれに対しもうひとつ別の稿、「そなたの不当な見栄だ！　そなた自身の口だ」[☆79]をとるようになった。このため、ミカエルがいったことの以前の内容は、事象そのものの、つまり、自分自身の言葉による自己破滅という事象の背後に後退することになる。この幕がはっきり呈示しているとおり、そしていま護衛兵の一人もいうとおり、人間の舌にこそ生と死がかかっている。

この幕のあとに、「命題」（一六行）、「反命題」（一六行）、「追命題」（一四行）に分かれた「廷臣たちの合唱隊」が続く。この廷臣たちは、先行する場面の出来事に関わっておらず、参加することも居合わせることもなかった人物たちである。ここにきてはじめて登場する。つまり、第一幕のあとという特定の場所に外部から加わるため、宮廷衣装をまとって現われるものの、実際はあくまで劇の経緯とは別の次元にいる合唱の歌い手なのである。彼らが歌うことも この幕とはなんら関係がなく、先行の出来事にもなにひとつ言及しないし、劇中の登場人物の誰一人として名前が挙げられるわけではない。このためハンス・シュタインベルクは、「したがってこの合唱歌の演劇的意味は、休憩をやりすごす助けをする以外にはありえない」[☆80]と結論づけた。実は、まさに合唱隊を幕からこのように際立たせることこそ、この悲劇特有の、そしてこうした演劇タイプに特徴的な、両方の部分を結合する形式を築いているのである。

この三部の合唱歌の「命題」は、こんな言葉ではじまる。

この自然の驚異、この賢すぎる動物、

その舌こそ、比類なきもの。

命題は、言語に感謝すべき業、すなわち人間の技術的成果、立法、神の啓示、歴史伝承を挙げることによって、言語を賞賛する。最後にこう歌われる。

末期の死も驚く友情、
未開の民をしつけてきた力、
人間の命そのもの、すべてその舌にもとづく。

そのあと「反命題」がこのような言葉ではじまる。

しかるに、舌ほど鋭いものはない！
哀れなるわれらを、舌ほど深く転落させるものはない。
おお、天よ、沈黙を与えたまえ！
言葉に厚かましく、語りに自由すぎる者に。

ここでは、エクサボリウスが将軍のミカエル・バルブスに与えた警告、「あけすけな口が、そなたにとんでもない災いを招く」が残響している。言葉の力がみずからに招き寄せることのできる不幸な結果を、この嘆きの詩連がいくつも積み重ねる。血なまぐさい悪行、魔術、謬説、戦争、さらに宗派争い、悪徳の勝利、と挙げてゆく。

なんと多くの者を、舌は墓に突き落としたことか！
人間の死は、各人の舌にもとづく。

「追命題」は、聴衆に向かってこう歌いだす。

生ける汝ら、学ぶがいい、おのれの口に枷することを！
口にこそ、救いと災いが住む、
いまわしきこと、ほむべきことが住む。
言葉で利益を求める者は、一言ごとに考えよ。

「命題」と「反命題」は、それぞれ合唱隊の半数ずつによって歌われると考えられるが、「追命題」でその双方がいっしょに唱和する。二つのアンチテーゼを結びあわせるのである。

舌こそ、その刃、
守れども傷つける。
炎は焼きつくせども、
快く暖めてくれる。
槌は建てれども壊す。
薔薇は香れども臭う。
河は水を与えるも溺死さす。

薬は治せども毒となる。
失敗あれば成功もある道。

このように導入されながら、「命題」と「反命題」の最終行がひとつになって、「追命題」と合唱隊を締めくくるつぎの一句が歌われる。

人間よ、汝の生死はつねに汝の舌次第。

図8

この一句は、合唱歌の思想詩の精髄であるばかりではなく、同時に先行の劇の出来事で働いていた掟、そこに読みとれ、そこからこの合唱隊によって展開される掟、つまり、この幕の中心テーマであり、この幕のシグニフィカティオなのである。

「人間よ、汝の生死はつねに汝の舌次第」――これをラテン語でいえば、Lingua homini et vitam praebet et interitum（「舌は、人間に生死をもたらす」）となるだろう。そして、まさにこの一句こそ、エンブレム作者たちの本に出てくるのである。古代の原典[☆81]に拠りながら、カメラリウス[☆82]（図8）がアクキ貝を採ろうとしている漁夫を描いている。

漁夫が海に沈める網には、小貝がいくつもつけられている。まだ海中にいる三個の大きなアクキ貝が、餌のこの小貝を食べようとして、貝をこじ開けてなかに舌をさしこんでいる。小貝がぱくりと口を閉ざし、獲物をしっかりはさむ。こうやって漁夫はアクキ貝をつかまえ、陸にあげる。舌は、アクキ貝が餌をとって生きるための道具なのに、いまや死をもたらす。このピクトゥーラの下に、カメラリウスはこうスプスクリプティオをつけている。

アクキ貝は、舌で生き、舌で死ぬ。
舌は、人間に生死をもたらす。[83]

悲劇作家の合唱隊とエンブレム作者のエピグラムのあいだには、文字どおりの合致が見られる。グリューフィウスがこの場合カメラリウスに刺激を受けたことは、完全にありえないこととは思えないけれども、しかし――わたしの知るかぎりでは――けっして確実に証明できるわけではない。どちらのテクストも、それぞれ別個の仲介者の影響を受けているということもありうるだろう。[84] とはいえ、依存関係の問題は決定的なことではないといってよかろう。なにしろここで発見された内容の一致そのものは（このほかさらに、合唱隊の歌詞といくつかのエンブレムのエピグラムのあいだには、おびただしい数の部分的な類似がある[85]）、まったく本来的に重要なことではない。むしろこの一致は、それが構造的な類似を示していることではじめて決定的な洞察を与えてくれる。「廷臣たちの合唱隊」は、先行する幕に対する関係という点から見て、ピクトゥーラに対する関係という観点でエンブレム作者のスプスクリプティオに合致しているのである。カメラリウスがレス・シグニフィカンス――言葉も動きもない貝採りという図像――から導きだしてスプスクリプティオで伝えることがら、それがここでは――ハルスデルファーの演劇定義を採用すれば[86]――ミカエル・バルブスと皇帝レオ・アルメニウスとのあいだの劇的事件の「本質的な（つまり意味のある）、みずからを語る生きた絵画」から展開され、合唱隊で告げられている。[87]

エンブレムのピクトゥーラとスクリプトゥーラと同様、悲劇の幕と合唱隊は明確に区別されている。アレクサンダー詩格で書かれた劇中の出来事の台詞のあとに、合唱パートが続くが、これはたいていもっと短い弱強格(イアンボス)に変えたかたちで歌われ、おそらく舞台背後で演奏される楽器を伴奏とすることもある。太字と「格言の小鉤」が格言のスブスクリプティオの性格を際立たせることがあるように、韻律の変換と歌による上演は、合唱隊が立ついわば別の——おそらくこういってよいだろうが——一段と高い次元をはっきり示している。しかし、ほかならぬこの幕と合唱隊の区別にこそ、同時に両者の結びつきがある。というのも、ここでは描出と説明、特殊と普遍、図像と意味が区別されているが（つまり、それぞれの独自の性格によってたしかめられる）が、しかしその双方が補足現象となってはじめて相互に特徴的な全体を形づくっているからである。このように結びついているという意味では、もし合唱隊がなければ、幕のピクトゥーラはいわば「無意味」に終わるし、もし幕がなければ、合唱隊のスブスクリプティオも「無対象」のまま現われるだけだろう。相互に関連づけられてこそ、二つの部分は本来の意味を獲得する。つまり悲劇の幕と合唱隊は、エンブレムの形式原理に従っているのである。☆88

グリューフィウスが『レオ・アルメニウス』の最初の合唱隊にもちいている三部オード形式は、ギリシア悲劇の合唱隊を思いださせるが、バロック悲劇の合唱隊はそれとはおよそかけ離れており、外面的現象から見ても、また劇での機能から見ても、原則的に異なっている。しかし、アイスキュロスやソポクレスやエウリピデスでも、合唱隊が舞台上の出来事を省察し、劇の登場人物や経緯を実例として、つまり普遍的に妥当する規範的なものとして規定しているところがしばしば見られる。☆89 バロックの劇作家たちは、それよりもっとはっきりと自分たちの幕と合唱隊のエンブレム的構想を示してくれる裏づけを、セネカ派に見いだしていた。いくつかの連からなる歌の形式で書かれたバロックの合唱隊はそのセネカの合唱隊を思わせるし、また悲劇の五幕もセネカの幕配分を思いださせる。☆90 もちろんセネカの場合にしても、ギリシアの劇作品と同様、合唱隊は劇が進行しているあいだ舞台から去らず、したがって——わずかな例外をのぞき——上演中ずっと同じ人物たちによって演じられる。ただ、合唱隊が言葉を発するのは、たいてい幕の最後、つまり四回の幕間休憩のときだけになる。このため、合唱隊は劇の出来事から分離する。そして先行する本筋に原理的な考察を結びつけ、エピグラムの格言ふうの形式へ向かいながら、エンブレム的構造の数多くの前駆形態を帯びることもめずらしくない。中世後期の宗教劇やルネサンス劇の合唱隊でも、寓意的・譬え話的な面、道徳的・教育的な面への傾向が、劇中の出来事からくりひろげられる省察や教訓にいきつくことが多い。最後に、人文主義のラテン語学校劇やイエズス会劇も、幕や合唱隊の扱い方は、グリューフィウスが『レオ・アルメニウス』の第一幕と最初の合唱隊で見せている状態に合致しているところが多々見られる。

幕間の合唱隊は、「先行の話から引きだされる教えを把握させ、いくつかの韻文により一声部ないしは多声部できわめて明確に聞かせるべきである」[☆91]とハルスデルファーは要請していた。事実、グリューフィウス劇では、幕と同じ次元で単純に劇中の出来事をいわば継続させているように思える合唱隊はたったひとつしか見られない。[☆92]それに対しもっと多いのは、合唱隊が出来事とは距離をとっているものの、本筋の次元から完全には分離しておらず、エンブレム的説明のかわりに、スブスクリプティオに近い態度表明をひとつだけ劇中の出来事に対し与えているケースである。[☆93]また、幕がたしかに刺激を与えているものの、しかし実際には、普遍的で原則的な次元に向けられた合唱隊の省察の範例にはなっていないものも、しばしば見うけられる。[☆94]幕と合唱隊の理想タイプのエンブレム的構造が純粋なかたちで見られるのは、グリューフィウスの『レオ・アルメニウス』第一幕と第二幕、『カタリーナ』第一幕、『パピニアヌス』第三幕であるが、いま挙げたかたちはすべて、それが多かれ少なかれ不完全なかたちをまとったものである。

ハウクヴィッツも、こういった先例に従っていた。彼の『マリア・ストゥアルダ』第一幕は、「君臨するイギリス女王」エリザベートが御前会議でマリア・ストゥアルダの処刑を決定し、フランスの使節との謁見でいかなる懇願や異議を受けてもこの決定をまげない様子を描いている。そのあとに宮廷貴族たちの合唱隊が続く。エリザベート女王の図像（「人びとは、まさにブリテンのパラスを見つめる」）に合唱隊がスブスクリプティオを、つまり連からなる歌を付す。その歌の最後には、「格言の小鉤」で明示された訓言が現われる。

それゆえ、ただのつくりごとにすぎない、
われらが女の弱さなどと申すのは。
しはしば天界は、女たちを通し、
もっとも弱い肉体を通し、
もっとも強い男を通すより
あまたのことを成就してきたのだ。
「女とは、意志を飼い慣らすとき、
「男の腕力と知恵をあざ笑うもの。[☆95]

さらにハウクヴィッツの『マリア・ストゥアルダ』第二幕、第三幕、第四幕、『ソリマン』第四幕に見られる幕と合唱隊の関係も同様である。[☆96]

これまでに挙げてきた合唱隊は、配役がすべて先行する幕の現実に近いところにいる人物たちで占められている。廷臣、司祭と乙女たち、女官、捕虜仲間、土地貴族の若者、少数例ではあるが殺された者たちの亡霊、といった具合である。そしてつねに、三部のオードか連に分けられた歌謡形式をとっている。[☆97] しかし、不規則に分けられた韻文構成をもつと同時に、まったく異なった性格の人物、たとえばアレゴリー人物の宗教と異端、徳、死と愛、時間、人間と四季、女神テーミス、激情が擬人化された「狂乱」といった人物を登場させる合唱隊も見られる。こういった合唱隊は、幕の舞台進行から分離し、それ自体が演劇的出来事をくりひろげる。合唱歌タイプのほかに、ミニチュア版の寓意的歌唱劇(ジンクシュピール)のタイプが現われるのである。これは、イタリアの宮廷で一五世紀の末以降、幕間に音楽で伴奏した黙劇を演じ、歌と踊りを伴う壮麗なアレゴリー的・神話的な豪華さにまで展開させた、あの壮大な間奏曲のささやかな末裔である。グリューフィウスでは（そしてハウクヴィッツの色あせた亜流作品では）、そのような歌唱劇合唱隊はまだあくまで少数にとどまっている。[☆98] それがローエンシュタインになるとふつうになる。[☆99] まだ幕の現場に近いところにいる何名かの囚われたキリスト教徒、サラセン人僧侶、エジプト人庭師の男女、竈の女神(ウェスタ)の巫女、預言者、水浴する女などは、おびただしい数の神話的、アレゴリー的人物のはるか背後に退いてしまう。皇帝、女王、女君主、貴顕、廷臣、軍人たちが幕の最後で舞台から立ち去ると、古代の神々の世界や伝説の世界の人物たち、アレゴリー的擬人化の正義、復讐と報恩、時間、眠りと死、幸運と宿命、擬人化された大陸、山と河、美徳と悪徳、情動と感覚といった登場人物が、歌って演技しながら舞台に入ってくる。[☆100] オペラの要素が劇の幕と幕のあいだに挿入され、ハルマンがローエンシュタインの遺産を受け継ぐと、その要素が悲劇を覆いつくして滅ぼしてしまう。[☆101] このためオスヴァルト・ムリスは、「ローエンシュタインの〈合唱隊(ライエン)〉は、本来のドラマとはほとんど関係がないか、あるいはまったく関係がない」という結論を出し、合唱隊は「主要部と弛緩しきった関係をかろうじて結んでいるだけの」、「観衆を陽気に楽しませる」ための「付けたり」にすぎないとした。[☆102] しかしもっと精確に考察してみると、実はここでも、幕と合唱隊の関係がエンブレムの形式原理に従っていて、いずれにしても休憩のあいだに劇場の観衆を「陽気に楽しませる」ことにきわめて重要な意図を結びつけていることがわかる。

ローエンシュタインの『クレオパトラ』第二幕のあとの合唱隊では、[☆103] メルクリウスがユノとパラスとウェヌスを牧人パリスの前に、つまり「神々の審判者」の前につれてくる。この三人の女神のうちいちばん美しい者に、この「神々の審判者」はエリスの黄金のりんごを与えることになっている。ユノは彼に「アジア全土の王笏」を与えると約束し、パラスは「無限の月桂冠」を、ウェヌスはヘレナの愛を与えると約束する。つまりパリスは、支配権か英知か官能の幸せかを迫られて、そのうちのひとつを選び、選ばれずに怒った女神たちは（「狂ったか！　王笏をもつ賢者なら、みだらな女がどれほどいようが無視するものを」）、彼の愚かな決断から生じるであろう災いを予言する。

これと同じ場面を、エンブレム作者たちも描いていた。そのひとつ、バルテルミー・アノー[104]は、これを愚かな誤審の寓意としている。

ありあまる富、無知、愚かな若さは、
　心をあざむき、感覚を盲いにする。
それゆえ、名誉と徳を好まず、楽しい快楽を好む。
　これを教えるのが、パリスの審判。

と、彼のスブスクリプティオは述べている。サンブクス[105]の解釈では、パリスの審判とは、自分自身の決断によって破滅する人間の盲目性と軽率さの範例であるとしている。ソト[106]は、「審判者の軽率が勝利者」というモットーの下にパリスの審判を呈示している(図9)。もちろん、ローエンシュタインの合唱隊には、エンブレム作者たちがこのようにパリスの図像にほどこす説明がいっさい欠けている。彼はピクトゥーラだけを目の前に差しだすだけで、スブスクリプティオは語らない。しかし、このため孤立した合唱隊はエンブレム的構造をとるにいたっていないものの、合唱隊が幕に関連づけられるやいなや、エンブレム的構造が見えてくる。それ自体で完結しているとはいえ、幕間劇はたんなる「付けたり」とはいえないかたちをとって先行する劇中の出来事と結びつけられている。というのも『クレオパトラ』の第一幕では、軍事上優位に立つアウグストゥスがアントニウスに「和平案」を呈示するよう手配していたからである。その提案とは、アントニウスがクレオパトラを捨てて彼女のエジプト王国を去ること、そのかわり彼のほかの覇権領域は保証する、というものである。

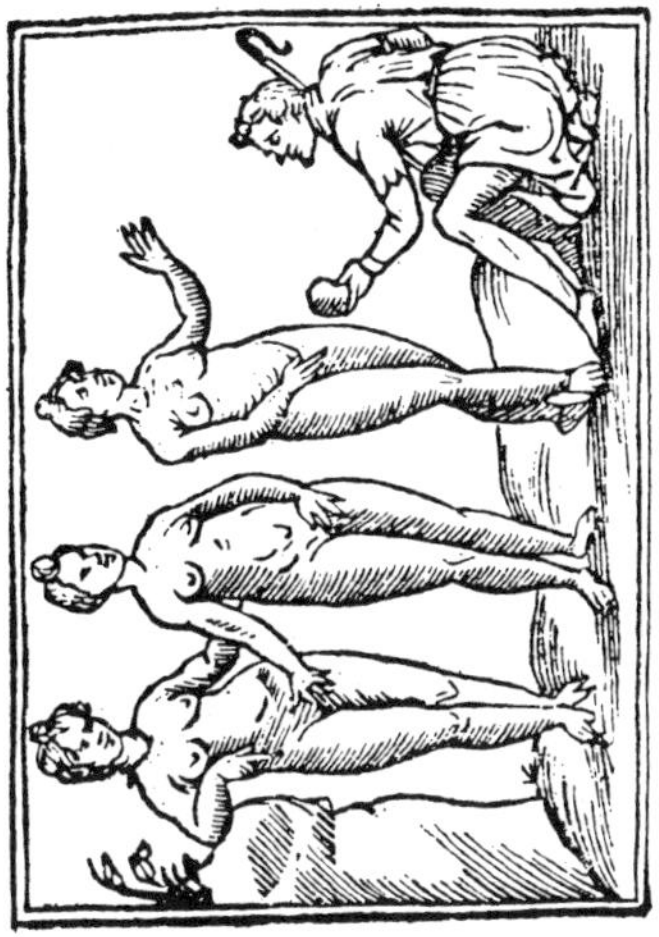

図9

シリアとコルキスは、そのまま彼に従属するがいい、
アラビアは、甘い香煙を彼に染みこませるがいい、
ギリシアとポントス、全アジアは、彼を敬うがいい。[☆107]

この提案に乗るということは、アントニウスにとって実際、エジプト女王が彼に贈る「楽しい快楽」のかわりに、支配と英知を選ぶことを意味することになる。弁舌のかぎりを尽くして顧問官たちはなんとか自分たちの主人を「理性」に導こうとする。すでに皇帝の使節がつぎの点を考慮するよう促していた。

一人の女の愛は、
すぐ崩れる砂糖にすぎませぬが、王笏は黄金。[☆108]

そこで今度は、顧問官たちがこうくりかえす。

世界一の美女といえど、王笏には値しませぬ。[☆109]

そして戒めの壮大な範例を挙げる。

いかに多くのトロヤが、ヘレナによって滅びることか。[☆110]

そのあとの第二幕で、クレオパトラがアントニウスの前に立ちはだかり、ちょうどウェヌスが動揺するパリスのまえで裸になるように（「ご覧あれ！　美の女神は投げ捨てます／ほかの者たちが胸ふくらませるこれを」）、エジプト女王は、「ここにふくらむは、はだけた乳房」という。そこでアントニウスは選択の決断をする。使節は、皇帝の提案が拒否されたと伝えられ、アントニウスがこうして「恋情のために玉座と英知を捨てる」のだと、きわめてはっきり明言する。使節はさらにこう付け加える。

ヘレナによって新しいトロヤが燃えあがるのが見える。☆111

このあとに続く合唱隊は、なるほどたしかに単純な合唱歌と考えることができるかもしれない。つまり、グリューフィウスの合唱隊の意味で、エンブレムのスブスクリプティオだといえよう。劇中の出来事という図像の下に、合唱隊が講釈のスブスクリプティオを置き、ちょうどエンブレム作者たちがパリスの審判の図像から引きだすのと同じ認識をアントニウスの態度からとりだし、教訓を導いているといってよいかもしれない。しかしながら、ローエンシュタインの場合、実際に生じているのは、まさに幕中のアントニウスの図像に付されたこのスブスクリプティオがあらためて図像によって具象化され、劇の出来事に、つまり幕間劇のパリスの場面に移しかえられているということである。合唱隊は、幕中で起こったことの解釈をもはや直接に語るのではなく、そのような出来事の原像を見せることによって間接的に描きだす。エンブレム作者たちが考えていたようなパリスとは、理性的でない判断者、自分で自分の災いを選んでしまう者の原型である。たとえいつであれ、またどこであれ、そのように選び、判断し、裁くならば、トロヤは燃えるしかない。だからこそローエンシュタイン自身の劇概要には、「合唱隊は、アントニウスを模写するパリスの審判を演じる」☆112と書かれているのである。この場面が舞台に現われるとき、それはアントニウスの図像に対するスブスクリプティオの代理となる。いや、それどころかスブスクリプティオそのものである。つまり、舞台の出来事の具体的な言語に移され、もはや語られずに演じられるシグニフィカティオなのである。図像のない概念的な「訓言と箴言」があらためて図像に移しかえられるとき[113]、これと同じかたちで場面を考察させるものが合唱隊に現われる(これまたとくにローエンシュタインとハルマンの場合である)。そして、これと照応するものが、エンブレムを応用した絵画にも頻繁に見られる。この場合――とりわけ一八世紀に――は、主要な図像、つまり中心に位置するレス・ピクタに、たいていスブスクリプティオを欠いたままもちいられる「解釈的」エンブレム図像が付され、そうやってこのエンブレム図像がいわば主要図像に対するエピグラムの機能を引き受けているわけである。[114]

この『クレオパトラ』の二番目の合唱隊に非常に似ている例が、『ソフォニスベ』の四番目の合唱隊である。[115] マサニッサが幕中で、スキピオに味方しヌミディアの女王を敵にする決断をくだす。合唱隊は、ジル・コロゼ[116](図10)が――ほかのエンブレム作者たちと同様――描きだした岐路に立つヘラクレスを描く。

図10

左の方で「快楽」がたち去ろうとしている。彼女の「ナデシコをもった手」、「造花」をローエンシュタインの合唱隊も挙げている。ヘラクレスは、裸足で茨のうえを歩く「徳」のあとについて――合唱隊がいうように――「徳のあざみの道」をいく。右の方から一人の乙女が、ローエンシュタインのいう「枯れることのない冠」を彼に手渡している。悲劇の幕では、スキピオの言葉によってこの場面があらかじめこう示唆されている。

ヘラクレスは、巨人にも、
獅子にも、蛇にも、もはや心と力を発揮しなかったとき、
岐路に立って、快楽を避けた。[117]

逆に、合唱隊も幕に遡って解釈しており、「徳」がヘラクレスにこう語る。

王座にのぼるがいい。かしこでは、もう一人の者が汝に従う。
ヌミディアの国が、マサニッサに王冠を授けるのだ。

マサニッサを「模写する」ヘラクレス。このことはむろんドラマの構成において、決して説得力をもつようにはみえない。また岐路に立つヘラクレスのモデルで具体的に描かれるスプスクリプティオ、つまり美徳の道を選ぶ者には永遠の名声が与えられるというスプスクリプティオは、マサニッサにはまったくふさわしくない[☆118]。実際、スプスクリプティオはここで、幕の出来事を超えた領域をめざしているのである。ヘラクレスは「枯れることのない冠」をつぎのように「レオポルト皇帝の精神」に譲渡する。

徳は、わたしに退位するよう合図している。
王座にのぼり、冠を受けとられよ。
わたしは、進んでそなたを敬おう！
わたしを、そなたの庇護と寵愛に受け入れたまえ、
偉大なるレオポルト陛下。

以上に詳しく考察した二つの合唱隊は、いかにローエンシュタインの悲劇では一方で「本質的な、みずからを語る生きた絵画」としての幕が、そして他方でミニチュア版の解釈的な歌唱劇、つまり合唱隊という演じられるスプ

スクリプティオが、一体となってエンブレム的に構造化された形態をつくりあげているか、その完全な実例を示している。ローエンシュタインの合唱隊には、先行する劇中の出来事にもっとゆるやかなかたちでしか結びついておらず、このためそれ自体が独立した幕間劇になっているものが多い。[119]そのような一例は、すでにグリューフイウスも『カルデーニオとツェリンデ』の三番目の合唱隊で示していた。ここでは、幕と合唱隊の結びつきが欠けているものの、いかにエンブレム形式の傾向が幕間劇そのものをめざしているか、合唱隊がはっきり見せている。「時間」が人間の人生の各年齢の姿をとった四つの季節をつぎつぎと「人間」の前で通過させる。その四つの季節のうちひとつを「人間」は選ばなくてはならないのだが、そのつどもっとよいのが現われるのではないかと期待しているうち、結局、「人間」には冬である高齢だけしか残らない。そのあとで合唱隊が、エンブレム的教訓をこの幕間劇のピクトゥーラからつぎのように引きだす。

世界広しといえど、時ほど貴い宝はない。
身のほどに応じて時を捉え、
時を正しくもちいる者は、死と苦難と嫉妬にうち勝ち、
おのれ自身に永遠の王座をうち建てる。[120]

ローエンシュタインの合唱隊は、そのほかいくつかのケースでも、たしかに劇中の出来事と密接な関係があるとはいえ、そのスブスクリプティオの性格は、多かれ少なかれあいまいに形成されている。アレゴリー的な場面が、いわば前戯[121]を上位のランクで演じ、類似する行動[122]や後戯[123]をさらに高い次元で演ずる。その場合でも、合唱隊それ自体をエンブレム形式に導く傾向が見られる。ローエンシュタインの『アグリッピーナ』第五幕の概要はこう解説している。「ネロは、魔法使いを通し、死者を犠牲にささげて、殺した母の亡霊を呼びだし和解しようとするが、出現し

た復讐の女神たち(フーリエ)やオレステスとアルクマイオンの亡霊に驚かされ、魔法使いとともに失神する。合唱隊では、復讐の女神たちが疚しい良心の拷問をありありと見せる」。オレステスとアルクマイオン（母親殺しネロの「模写」）が合唱隊のこの後戯で拷問にかけられ、最後に亡霊たちと復讐の女神たち全員の結びの一句がつぎのようにエンブレム的総括を引きだす。

死すべき者どもよ、学ぶがいい、傷ついた良心は、
このように責め苦を受け、首を吊られ、八つ裂きにされるのだ。☆124

こういった上位ランクの幕間劇は、劇中人物の心のなかで働いていた衝動力を目に見えるようにすることによって、いわば幕の講釈をほどこすことがしばしばある。☆125 合唱隊が情動の教えを実地に移し、超人格的な諸力として外部から人間に襲いかかって人間の態度を規定する「情念」や「狂乱」が抗争する劇を、合唱隊が演ずる。たとえばハウクヴィッツの「狂ったソリマンをめぐる情念の合唱隊☆126」は、つぎのようにきわめて特徴的な連ではじまる。

人間どもは、われら抜きで評価されるが、
われらこそ大理石の柱、沈黙の偶像。
われらは、人間のこころを、
健やかにもすれば、病気にもする。
いかなる人間の行為も事態も、
われらの源と底からたちのぼる。
死すべき人間の営みは、

われらの力に支配される。

これらすべては、幕と歌唱劇＝合唱隊の理想とされるタイプのエンブレム的構造の多かれ少なかれ不完全な形態であって、その純粋なかたちとしては、グリューフィウスの『カタリーナ』第四幕、『カルデーニオとツェリンデ』第一幕[☆127]、ローエンシュタインの『イブラヒム・バッサ』第一幕、『クレオパトラ』第二幕、第三幕、第四幕[☆128]、『アグリッピーナ』第四幕、『ソフォニスベ』第四幕に姿を現わしている。

ハルマンは、このような先例と密接につながっていた。ローエンシュタインの『アグリッピーナ』の第四合唱隊の概要[☆129]をほとんど文字どおりくりかえしながら、ハルマンは牧人劇『アドニスとロシベラ』の第二合唱隊の「総括と概要」にこう記している[☆130]。「合唱隊では、自然が植えつけたきわめて激しい愛が（その愛の教訓は、自分の娘ロシベラに対して爆発するシルヴァンダーの度はずれたおそろしい嫉妬に向けられる）、妄想と怒りによって地獄の復讐の女神に姿を変えるが、妄想と怒りは自分たちの従者たちといっしょに大喜びで勝利の踊りを舞う」。事実、先行する幕ではシルヴァンダーの実例に即して、父親の（「自然が植えつけた」）愛が「妄想」と「怒り」の影響を受けて憎悪と破壊の怒りに逆転することがあることを描いていた。ハルマンは、合唱隊がアレゴリー劇の形で具体的に描くこのスブスクリプティオを「教訓」と名づけているが、これによってエンブレム的構造をきわめて明確に示唆しているのである。「音楽による最終合唱隊とバレー」という題をハルマンはこの幕間劇に付したが、彼の作品に頻繁に見られるように、ここでもオペラの世界へ向かう特徴が看取できる。とはいえ、エンブレムの形式原理がこのような牧人劇の領域でも貫徹できるのである。

以上のことは、「ローエンシュタインの書法」に従う一八世紀初期のオペラをざっと見るだけでも、実証することができる。悲劇が目の当たりに見せてくれる事象と合致する注目すべき点がうかがえるのである。実際、エルトマン・ノイマイスターが一七〇七年に刊行した詩学では、演劇の構造形態からレチタティーヴォとアリアをはっきりと歴史的に導きだしていた。「しかし以前の時代は、オペラをちがったふうに見ていた」と彼は書いている、「というのも、そのころはレチタティーヴォにもっぱら長い詩句をつけていたし、アリアのかわりに完全な合唱隊、つまりいわゆるライエンがあったからである。しかし、比類なきグアリーニが、サヴォイのカルロ・エマヌエル公爵の床入りの儀に際し、ホフマンスヴァルダウとアプシャッツがドイツ語に訳した牧人劇フィドーを上演して以来、わたしがそもそも名前を正しく思いだすかぎりでは合唱隊長のケスティが、格言と教訓を一種のアリアのあとに置いたのだった。爾来、そのようなものがすべての人の耳に残り、詩人たちはこの事情をひきつづき斟酌するようになって、ついには快いレチタティーヴォを発案するにいたり、格言があるべきところに、それにかわってアリアを案出したのである」[☆131]。使用頻度の点から見てもアリアはいわば悲劇の格言と合唱隊の中間に位置する。アリアの補足物がレチタティーヴォであるが、これは劇中の出来事を論じ、アリアのかたちをとったスブスクリプティオを築いているのである。この時代のオペラ理論家たちも、あくまでエンブレムのスブスクリプティオの意味でアリアの機能を定義していた。フーノルトはこう説明している。「アリアによって優雅さを品よく表現するなら、アリアが恰好であることをわたしは喜んで認める。しかし、ことの性質に応じて感じのよい比喩、迫力のある格言、巧妙な隠喩、アレゴリーなどがアリアで呈示されるならば申し分ない」[☆132]。これよりさらにはっきり表明したのがノイマイスターで、アリアは「先に語られたことやこれから語られるべきことの一般的格言、あるいは特殊な感情、あるいは教訓をつねに含んでいなくてはならない」[☆133]といっている。演劇では、先行する劇中の出来事のテクストから格言を太字で際立たせることができたし、合唱隊が韻律を変えて幕と区別されたが、それがいまやバルトルト・ファイントではこういわれている。「アリアは、ほとんどオペラではレチタティーヴォの説明であり、詩情のもっとも優美で技巧的な要素、演劇の精神にして魂である。わたしがすでに二年前に語ったことであるが、アリアはたんなる韻律や太い印字でレチタティーヴォと区別する必要はなく、教訓、アレゴリー、格言、比喩をあらかじめ含み、またレチタティーヴォで語られたことに対して、あるいはあらたな教えをめぐって、示唆か助言を与える応用を結論に含まなくてはならない」[☆134]。

このようにリブレットは、レチタティーヴォとアリアのエンブレム的構造の実例を豊富に示している。たとえばファイン自身の一七〇六年の『狂えるマサニエロ、あるいはナポリの漁夫暴動』では、第二幕第三場[☆135]で盗賊の頭ペローネが従者をつれて登場し、そのあと王に対するナポリの漁夫たちの反乱を指導する漁夫マサニエロが登場する。この場面は、ドン・アントニオが暴徒たちに対抗して破れ、奴隷になるというレチタティーヴォではじまる。つぎのマサニエロの結論、彼がペローネに命ずる指図は、革命を妨害して搾取政権を擁護しようとする貴族全員に対し向けられている。

マサニエロ　いつだって血まみれの針鼠だ。
足で踏んづけてこい、こいつは喉を、あいつは心臓を、
と踏んづけまくって、しまいには、やつらの龍の魂が、
不安でおののきながら、もとに帰るようにするんだ、
やつらが最初に出てきたところにな。
ペローネ　わかる、おまえが怒るのも、もっともなことだ。

この場は、作者自身が『オペラについての考え』のなかで「格言と比喩」による「レチタティーヴォの説明」の実例として引用しているアリアで閉じる[☆136]。レチタティーヴォが、暴君によって搾取され傷つけられた者たちの激しい怒りをピクトゥーラとしてオペラの舞台に載せたとするなら、今度はアリアが、つぎのようにナポリの漁夫たちを描きだしながら、そのスブスクリプティオを据える。

忍耐があまりにも酷く傷つけられ、
怒りに駆り立てられるとき、
勇猛な獅子は戦うものだ、
檻に閉じこめられないうちに。
そして獅子を引きずりだす者は、
怒れる獅子にしばしば八つ裂きにされる。[☆137]

悲劇の幕と合唱隊の性格について、ヴァルター・ベンヤミンはこう説明していた。「バロック劇の合唱隊は、古代劇の合唱隊のような幕間劇というより、むしろ幕を囲む枠であって、この枠と幕の関係は、ちょうどルネサンスの印刷本の縁取り装飾と本文版面の関係に等しい。この枠のなかでもっぱら見せるだけの部分をなす幕の本質が際立つ。このため、バロック悲劇の合唱隊はギリシア悲劇の合唱隊より豊かにくりひろげられ、幕との結びつきもいっそうゆるやかであるのをつねとする」[☆138]。もちろんこの説明では、現象の一面、つまり幕のピクトゥーラの性格、「もっぱら見せるだけの部分をなす幕の本質」しか認識されていない。ベンヤミンは合唱隊をアレゴリー的というが[☆139]、彼の著作の別の箇所ではエンブレム的要素をあくまで内包していることの術語も、ここではもっぱらつぎのように比較的厳密な意味でのアレゴリー的なものを念頭に置いている。「アレゴリー的なものは、なにも幕間劇にしか見られないわけではないが、やはりそれが頂点に達するのは、肉体と化した美徳や悪徳など擬人化された特性が登場する幕間劇である」[☆140]。しかし合唱隊を、「縁取り装飾」にたとえられるアレゴリー的な「幕を囲む枠」とする定義は、その本来の意味を見誤っており、この点では、頻繁に持ちだされる見解、つまり合唱隊の意味は幕間の休憩を橋渡しすることに尽きるとする見解とさして変わらない。というのも、合唱隊は装飾とか埋め草以上のものであって、どうしても必要不可欠な全体の一部だからである。このことを知るために必要なのは、合唱隊が幕中の出来事に一種の道徳的考察を与えると見なすことだけではない。それだけの場合は、「バロック悲劇にとって合唱歌はもはや不可欠な部分ではなく、出来事を外から査定する道徳的省察なのである」[☆141]といったテーゼが相変わらず出てくる。むしろ必要なのは、バロック悲劇の概念とは異なる演劇概念の観点から考察したり定義したりすることをきっぱりやめることである。一般に演劇は、つぎのようなことが要求されている。演劇は、対話的な状況に閉じこめたままにしておくこと。つまり、それ自体が完結した劇であって、作者とは決別していること（なぜなら、劇中人物の地平を踏み越えるような言葉は、もはや語ってはならないのだから）。そして、役者を除去していること（なぜなら、役者は、役者によって具体的に演じられる人物として登場するから）。さらに、観客は、のぞき見るだけの者として扱うこと（なぜなら、舞台の登場人物は、観客の存在も観客席との壁がないことも無視することを義務づけられているのだから）。要するに人びとは、劇の場景のなかにとどまるものだけを悲劇の「不可欠な部分」として見ようとしているのである。しかしこれでは、合唱隊をジャンルとは異質の要素であるとして、つまり外からの補足部分であるとして誤解するしかない。まずエンブレム的構造を洞察することではじめて、そのような誤解を解く一助が得られるのである。合唱隊が「もはや不可欠な部分ではない」とするのは、本筋、つまり劇中のピクトゥーラしか見ないからである。しかし、エンブレムが「図像のなかにとどまる」ことがないように、エンブレム的演劇は本筋だけに限定されているわけではない。エンブレムがそもそもピクトゥーラとスクリプトゥーラとの結合によってはじめて双方の部分を包括する全体を形成することができるように、幕と合唱隊の不可欠な土台によってはじめて悲劇という有機体が形成されるのである。悲劇は、幕がなければいわば身体なしに現われることになろうが、合唱隊がなければ魂なしのままだろう。このことを当時の演劇作者たちは知っていた。パオロ・ジョーヴィオは、インプレーサの定義のなかで図像を「身体」、モットーを「魂」と定義した[☆142]。ハルスデルファーは、エンブレムの記述のなかで「図像、つまりフィグールそれ自体」を「身体」、それに対しその意味を「寓意の魂」と呼び、その魂の「翻訳者」として現われるのがスクリプトゥーラだとしている[☆143]。ハルマンは、合唱隊こそが「各幕の主要部にあたうかぎり注意を向けさせられた劇の魂と呼んでも不当ではない[☆144]」と書いたし、エルトマン・ノイマイスターは、「アリアはオペラの魂なのだから、アリアを忘れないこと[☆145]」と説明していたのである。

無言劇

海につき落とされたアリオンを海豚（いるか）が陸に運ぶところを、エンブレム作者たちはたびたび描いている（図11）。このピクトゥーラの下に、アルチャーティ[☆146]はつぎのようなエピグラムを置いた。

図11

アリオンは、海豚（いるか）に乗って海を渡る、
　歌声が、海豚の耳にやさしく触れて手なずける。
動物の心は、人間の貪欲ほどに猛々しくはない。
　われわれは、人間に襲われても、魚たちが救いだしてくれる。

ローエンシュタインの『アグリッピーナ』第三幕は、ネロが母親のアグリッピーナと離別するところで終わる。彼は母親を船旅に送りだしたのだが、この船旅で彼女を殺そうとする。巧妙な機械仕掛けによって、彼女の乗った船が遠洋で壊れることになっているのである。その様子を合唱隊が描きだす。山と海の女神たちの歌が船の難破とアグリッピーナの救助を描くことによって、合唱隊は幕の続きを示す[☆147]。しかし、あきらかに問題は描くことだけにつきない。

怒れる方々よ、あそこに目を凝らしなさい、
目を向けるべきはあそこです。
いま、船の屋形が沈む——

と山の女神たちの台詞にあるが、この台詞によって山の女神たちは、あたかも現実に見ることができるかのように、海の女神たちと観客の視線を出来事に向けさせる。実際、合唱隊のト書きには、「舞台は、静かな海上の星空のもとで起こるアグリッピーナの難破を描きだす」とある。この演出は、場景の図像を見せることでしかまず実現できなかっただろう。ローエンシュタインは、この悲劇の版本の冒頭に一枚の銅版画口絵を載せていた。その絵は、左側にアグリッピーナの殺害を描き（のちに劇中で行なわれる）、右側にネロが彼女の寝室へ入ってゆくところを表わし（劇では先行する）、最後に窓を通した奥の背景に、自然の星空のもとで起こる難破を見せている。このような構図の切りとり方から見ると、あきらかにこの演出は——おそらく絵が布に描かれて木枠に張られたのだろうが——、第三合唱隊のあいだ、奥舞台で見せるようになっていたのだろう。つまりここは、山と海の女神たちの合唱隊が、出来事の生々しい描写、出来事への興奮した関与によって、いわば筋へ転換するピクトゥーラなのである。ネロの計画していたとおり船が壊れ、アグリッピーナは海に落ちるが、そこへ海豚（いるか）がすばやくやってきて、彼女を背中に乗せて陸に運ぶ——

世界は、こぞって判決を下すことができよう、
邪悪な子どもは、波より猛々しい、と。

これは、奥舞台に目で見ることのできるピクトゥーラの下に合唱隊が据えるスブスクリプティオなのである。「星

空のもとで起こるアグリッピーナの難破」を描出する場景の図像、そしてそれを説明する合唱隊の詩句は、そのままでエンブレムのモデルに合致している。

このような絵画、活人画、黙劇場面、あるいは――それらを表わすハルマンの言い方をとるならば――「無言劇(stille Vorstellung)」は、けっしてドイツ語劇の舞台にしか見られないわけではない。たとえば、この点ではイタリアの刺激に従うエリザベス朝悲劇など、これをはるかに頻繁にもちいている。とくにこういった「黙劇（ダム・ショウ）」がエンブレム的特徴を帯びるのは、それが本筋の場面では省略された部分を補足する役目を果たしている箇所だけにかぎらず、さらに後続の出来事の道徳的・教育的精髄を示し、その目的のためにたとえば「合唱隊（コーラス）」とか「呈示者（プレゼンター）」といわれる語り手によって説明、解釈される箇所である。☆148 また、中世の道徳劇から発達したネーデルランドの「修辞家（レデレイケル）たち」の歌唱劇も、同じように活人画や描かれた絵を奥舞台で呈示する。この「呈示（フェルトニング）」は、その後とくにヤン・フォスによってオランダのバロック演劇に導入された。そこからヤーコプ・マーゼンが刺激を受け、合唱隊のかわりに「無言舞台（スケナ・ムータ）」をもちいるようになった。☆149 そしてこの「無言舞台（スケナ・ムータ）」が――背景音楽をともなうことが多く、詩句でも注釈される――一七世紀中葉からイエズス会演劇では以前のプロローグ口上役のかわりとなり、そのあとに演じられる劇の教訓内容を描いてみせるようになる。☆150

ドイツでネーデルランドの「呈示」とイエズス会の「無言舞台」の先例に従うようになるのは、ハルマンの一六六九年から七三年にかけての劇である。☆151 彼は、グリューフィウスやローエンシュタインに見られる散発的な試みの域をはるかに越えている。無言の場景が夢と幻の場面としてはじめのうちは本筋の脈絡と結びついているのだが、ハルマンはそれを本筋の脈絡から解き放ち、背景の幕を開くと現われる「内舞台」という奥の舞台で、独立した「無言劇」として呈示するのである。

ハルマンに見られるこの種の場景は、総計六五のうち三三の場景が未来の出来事をうかがわせるものである。劇中ではその未来の出来事そのものがもはや描かれず、劇中で演じられたことが結末ではらむ意味をはっきり示す。

それらはたいてい作品の終わりか最後の場面、あるいは幕を締めくくる合唱隊のところで現われ、『マリアムネ』と『カタリーナ』では罪人をせき立てることになる報復を登場させ、『アンティオクスとストラトニカ』ではのちにこの二人の幸せを確固たるものにする出来事を描き、『ソフィア』ではこの女主人公の彼岸での変容を描きだす。おそらくこう想定してまずまちがいはなかろうが、こういった無言劇は描かれた絵として示され、木枠に張られたその絵がすばやく奥舞台に移動されたり、あるいはとりはらわれてそのつどうしろに控えているつぎの絵が現われたりするようにできたのだろう。もしそのようにしなければ、きわめてすばやく行なわれることの多い場景の交換がまず不可能になるだろう。「紹介する」人物の台詞へピクトゥーラを挿入するとき、場景が入れ替わるのである。たしかにしばしば題材からして、実際の人物が演じる活人画ではむりなことがある。たとえば、『カタリーナ』の最終場面の無言劇に付したハルマンのト書きにはこうある。「カトリックの信仰のためにヘンリクスの指示で処刑された殉教者たち七万二〇〇〇人の魂が、キリストの裁判席の前でヘンリクスの魂を訴える」[152]。

ハルマンの無言場面には、以上とは異なる第二グループがある[153]。彼の牧人劇『アドニスとロシベラ』には、最初の無言劇用に対話の渡し台詞に関連づけたト書きがつぎのように記されている。「この言葉のところで内舞台が開き、実際の人物たちによってつぎの四つの範例が同時に演じられる」[154]。ハルマンがここで「範例」と呼んでいるものは、他の箇所では「訓話（ヒストーリエ）」とも呼ばれているが、これは聖書や古代神話、歴史、文学からとった前例のことである。それらが場の内部で現われるところでは、そのつど一団となって「同時に演じられる」が、合唱隊に組みこまれている場合には、すばやく連続してつぎつぎに演じられる。それらはよく議論の論拠としてもちいられ、論争する人物たちの主張を支えて裏づける目的をもつ。『アドニスとロシベラ』の第二合唱隊、「愛」と「怒り」と「妄想」の抗争では、五つの無言劇がそういった目的に投じられている。度を越えた復讐の寓意としてアノーが描いているプロクネの凶行[155]（図12）、つまり、夫の食事に供するためにわが子を切り刻む女の範例を、この合唱隊では「怒り」が

「愛」につぎのように差しだす。

わたしの蛇の髪、武器を詰めこんだ服は、
しばしばもっとも賢いソロモンに着用される。
プロクネはわが子を切り刻むのだから、
おまえの輝きは、罵と侮り以外になにひとつまとわない。

図12

そしてト書きがこう記されている。「内舞台では、プロクネがわが子イテュスをこま切れに刻む様子が演じられる」。[☆156]

この類の無言劇は、劇中のテクストのなかにしばしば添えられ、実際には演じられないか、演じる必要もなかったものがある。たとえばローエンシュタインの『ソフォニスベ』の第一合唱隊では、「争い」が人間の「心の動き」たちのあいだに一個の黄金のりんごを投げ、その「心の動き」のうちいちばん強いものがそのりんごを得ることになっている。そこで「愛」が最初にこう語る。

争うまでもない、その褒美はわたしのもの。
何千回もの勝利が、わたしに冠と証しを与えている。
ピュグマリオンの図像と実例が教えるとおり、
愛は象牙にすら命を与え、惚れこませるもの。[☆157]

これ以上いっさいテクストを変えなくとも、あとはたとえば、ホルツヴァルトが示してみせたようなピュグマリオンの図像[☆158]（図13）を、奥舞台で呈示するように求めるト書きさえつけ加えれば、ハルマンの例と完全に一致することだろう。おそらくローエンシュタイン自身、この合唱隊では無言劇の可能性を考えていたのだろう。しかし、こういった劇作上の思惑とは無関係に、奥舞台の無言「範例」図は、範例に富む言語そのものにもすでに素地があって、基本的にはまさにそれが約束していることの実現を示すのである。ハルマンの『埋葬謝辞』は、この点をきわめて明確にしてくれる。たとえば「快楽」について、そこではこう語られている。「たいていこの邪神は悪魔に変身し、この世の楽園を鬼の墓穴に変えるので、快楽の天国と思っていたものも、それを愛する者に手痛い被害を与えて、永劫に燃えさかる地獄に変えられてしまっている。サルダナパルス王をその遊女ともども火の犠牲に供したものは何か。快楽である。ユリアを悲惨に追いやったのは何か。快楽である。クリスティエルヌスから王冠を奪ったのは何か。快楽である。スルタン・イブラヒムから王国と命を奪ったのは何か。快楽である」[☆159]。

図13

ハルマンの無言劇の「範例」ないしは「訓話」は、たんに議論の論拠の役を果たしているばかりではない。これとはちがったケースでは、はっきりと幕の劇中の出来事と関連づけられていて、幕の基本思想と教訓内容をふたたび——しかも文字どおりの意味で——図像に置き換える。第二幕四場でシルヴァンダーは、娘のロジベラがアドニスに恋していることに怒り、娘の命を脅す。彼が哀願する娘に向かっていくと、第五場で牧人のヒエロフィロが一人舞台に取り残されてこう語る[☆160]。

　　父の手にかかって、
愛するただ一人の娘は、いちばん美しい盛りに死なねばならぬのか？
ああ！　分別は猛り狂う怒りに屈するしかないのか？
自然ですらも、この狂乱を前にしては、
ただの奴隷でいるしかないのか？　おお、嘆きにみちた災い！
どうしことだ？　ここに現われたのは、カドモスの竜の歯か？
　　メデイアの怒れる剣か？　ベッソスの殺人者の弓か？
　　ロムルスの槍か？　ネロの毒杯か？
　　アトレウスの人殺しの宴か？　カラカラの刃か？

図14

　カドモスが龍の歯をまくと、そこから互いに戦いあう戦士たちが生えてくるところ[☆161]（図14）、あるいはメデイアが自分の子供たちを殺すところ[☆162]をエンブレム作者たちが描いたように、これらの図像はいま、等身大に拡大され、役者たちによって演ぜられ、奥舞台で呈示される。ハルマンのト書きにはこうある。「この言葉のところで内舞台が開き、つぎの七つの範例が同時に演じられる。第一は、カドモスがさまざまな龍の歯を大地にまき、そこから大勢の甲冑の男たちが生まれ、互いに切って刺しあう様子。第二は、怒り狂うメデイアがわが子を刺し殺し、すでに二人が彼女の足元に横たわっている様子」等

々。七つの無言劇はすべて──この点で劇中の出来事と関連があるのだが──われを忘れて身近な者や身内の者を殺しかねない荒れ狂う怒りに対する警告の範例をさしだす。ヒエロフィロはそれを受け入れ、それにつづけて語る台詞とビオラの伴奏つきの歌でこれらの活人画にスブスクリプティオを添える。

怒りにわれを忘れる人間とはなにもの？
神と世界を悲しませるケルベロス、
おのれの心の拷問部屋にして死刑執行人、
必ず勝つのは、侮辱と墓石の苦痛！☆163

無言劇と詩句による説明の注釈という直接目に見えるエンブレム的構造は、同時にまた、先行する部分で話題になった幕のピクトゥーラの性格を間接的に裏書きしている。ローエンシュタインの『クレオパトラ』第三幕では、アントニウスとその奴隷エロスが自殺でこと果てる。それに続く合唱隊の運命の女神の歌は、この出来事を、人生の脆さ、そしてあらかじめ人間に定められた死の逃れがたさを示す範例として解釈する。しかし、アントニウスの死には、この合唱隊では無視されている状況が一役かっている。彼の自殺はクレオパトラの仕業なのである。彼女は、彼の星運が沈むことを知っている。アウグストゥスは、もし彼女がアントニウスを死に至らしめれば、彼女を愛し王冠を与えると約束していたのである。そこで彼女は策略をもちいる。自殺したふりをして、アントニウスが彼女の死の報告を聞いて自制心をすべて失い、短刀をみずからの心臓に突き刺すようにするのである。この悪知恵と関連させて、以上のすべてが行なわれる第三幕のピクトゥーラに対するスブスクリプティオを、クレオパトラ自身がこの計画をくりひろげるときにすでにこう語っている。

月桂冠は、賢い女たちを飾りたがるのがつねのこと。
どんな男の知恵も、たいてい失敗するしかない[☆164]！

ところでハルマンの場合は、『アドニスとロシベラ』の第三合唱隊で二人の「哲学者」の異議に対し、「女の策略」が権力を主張しようとする[☆165]。四つの活人画が「内舞台」で証拠物件として呈示される。ユーディットとホロフェルネス、デリラとサムソン、セミラミスとニルス——そしてアントニウスとクレオパトラである。男の力と分別を打ち負かす女の賢さと策略、それを示すこれらの範例の最後の一組に対して、ト書きがこう記されている。「ここでアントニウスは、策略の眠り薬で死んだと思ったクレオパトラを見つめながら、短剣を自分の胸に刺す。彼の足元には、死んだ彼の奴隷エロスが横たわっている」。合唱隊の最後の詩句とともに、そこから教訓が導きだされる。

このように女の策略はつねに勝つ[☆166]！

ローエンシュタインの場合もハルマンの場合もまったく同じように述べられる格言のスブスクリプティオは、アントニウスの自殺をいずれも卓越した「女の策略」を示す寓意としている。この二つの例のちがいは、エンブレム的構造ではなく、ピクトゥーラの描き方だけである。ハルマンの無言劇は、劇の描写を引き合いにだしてくることが多く、印刷されていて一部はブレスラウでも上演された戯曲、つまりよく知られた戯曲[☆167]を引き合いにだすことがあるのだが、彼は「みずからを語る生きた絵画」であるこの場を奥舞台の動かない無言劇へ移し変えている。幕をその図像的核心へ還元するのである。このように「内舞台の範例」が劇中の演出にもピクトゥーラの性格をはっきり見せ、この時代が演劇の構造を理解し応用していたエンブレムの相を実証している。

二重表題

射手に矢を射られる鉄床（かなとこ）を、ジョルジェット・ド・モントネが揺るぎない抵抗力の寓意として描いている☆168（図15）。弓矢がすべて鉄床ではじき飛ばされ、鉄床に対して向けられるどんな苦労もむだに終わる。そのようにキリストとその共同体も、この世の攻撃に揺るぎなく耐える。

銑鉄の堅固な鉄床が、
　鋭い刀にも、尖った矢にも、

けっして打ち砕かれることなく、
　刃向かうものすべてを、
たちまち打ち破るごとく、
　全世界が兵卒をひき連れ、
キリストとその子に対し、
　あらがってみてもむだなこと。

図15

カメラリウスは、「植物」のエンブレム集のなかに、うまごやしの木（cytisus）を描いている☆169（図16）。左から雪嵐が木に吹き降ろし、右から太陽の光が木にじりじり照りつける。しかし、冬の寒さにも夏の暑さにも、木は平然としている。こうしてこの木は、度量の大きさの寓意として、どんな運命の打撃ももののともしないことを教えている。

炎暑にも、寒気にも、雪にもすくすく育つうまごやしの木は、
いかなる災いも寄せつけぬ度量の大きさを教える。

図16

モントネは鉱物の対象に即して、カメラリウスは植物に即して示しているが、これをピエール・クストーは人間に即して、つまりアブデラ生まれの哲人アナクサルコスの例で描いている[☆170]（図17）。キプロスの僭主の命令で、彼は拷問吏によって臼のなかで突き砕かれる。

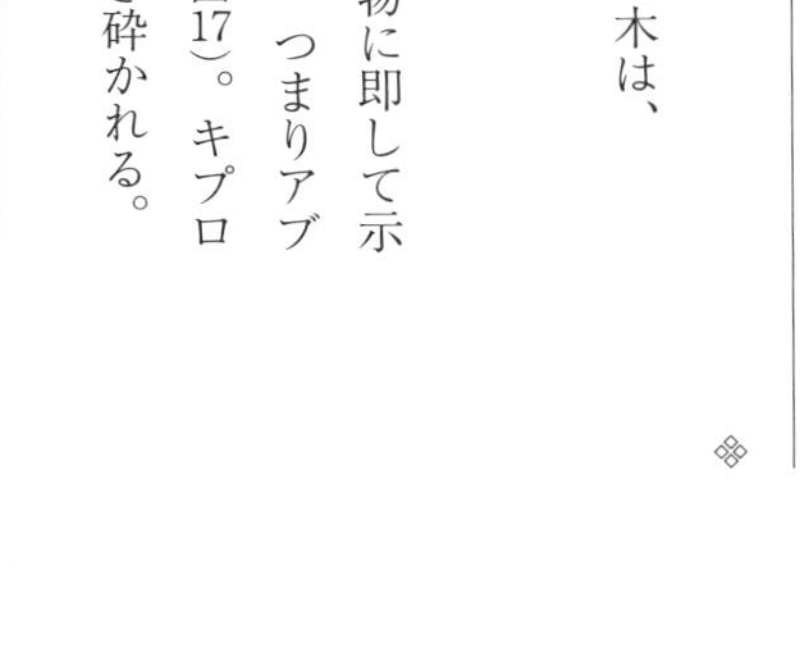

図17

しかし、彼のストア的不動心は打ち砕かれることがなく、拷問でその不動心を実証して死ぬ[☆171]。

キプロスの剛毅なアナクサルコスは、潜主の拷問を、
ものともせず、突然の死も恐れない。
突け、もっともっと、と彼はいう。おまえがつぶすのは、
わたしの外箱だ。おまえの処刑は、わたしの内側まで届かない。

このように鉄床、三つ葉の漼木、臼で突かれる哲学者がいずれも同じようにはっきり示すのは、恒常心（constantia）である。矢を霰のように浴びても、

冬の嵐や夏の炎暑にさらされても、拷問吏に突かれても、恒常心は実証の試練に耐える。[☆172] この三例のピクトゥーラとシグニフィカティオをごく簡潔な定式にまとめようとするなら、こう書くことができるだろう。鉄床、うまごやしの木、アブデラのアナクサルコスと実証された恒常心。

アンドレーアス・グリューフィウスは、一六四七年の劇において、一六二四年に実際にあったグルジアのカタリーナ女王の殉教を描いた。女王は、長年ペルシアの宮廷に囚われの身で暮らし、いかなる約束にも脅しにも負けず、シャッハ・アバースの欲望に対し貞節とキリスト教徒の信仰を守りとおし、ついに拷問と火刑の苦しみのなかで恒常心を実証してみせる。この悲劇にグリューフィウスの与えた題が『グルジアのカタリーナ、あるいは実証された恒常心』だった。この二重表題の「あるいは」というのは、「実証された恒常心の実例としてのカタリーナ」という意味を表わしている。たとえばグリューフィウス自身、このことを読者への序文の冒頭でこう表現している。「カタリーナがいまわれわれ祖国の舞台に登場し、その肉体と苦しみをもって、当節はどんど前代未聞の筆舌に尽くしがたい恒常心の実例を演じてみせる」[☆173]。エンブレム作者たちの場合に、小さな木版画が鉄床やうまごやしの木やアブデラのアナクサルコスで表わしていることが、グリューフィウスになると、大がかりな舞台によって一七世紀の歴史の範例、つまりグルジアのカタリーナの実例に即して演じられる。[☆174] 劇のピクトゥーラとそのシグニフィカティオが、二重表題で表わされているのである。二重表題は、悲劇のエンブレム的構造を反映し、定式化する。

恒常心のエンブレムを特徴づけているのは、受動的で静的な要素である。動じず揺るがぬ不動心という点で、鉄床とうまごやしの木とアナクサルコス、そしてあの荒海の巌は等しい。このことは、カタリーナにも、またグリューフィウス悲劇の主人公全般にも、まったく同様にあてはまる。「神と婚約した魂は」と囚われの女官たちの合唱隊は歌う、「不動の王座に坐りたまう」[☆175]。本来能動的な役割は敵役に、つまり矢、冬の嵐と太陽の灼熱、拷問吏――そしてペルシア王にわりふられる。しかし、この敵対があってこそ主人公の不動心が示され、あきらかにされ、実証されるのである。だからこそ、『カタリーナ』ではこういわれている。

人間を脅すことによって、
その人の果敢な勇気がはっきりわかる。[☆176]

あるいは『パピニアヌス』でも、同様にこういわれる。

誰にその強靭な精神がわかろうか？　誰にその損なわれぬ徳がわかろうか？
もし激しい苦しみ、残忍な敵の剣、悪徳の毒舌、
怒りと灼熱によって、実証されるのでなければ。[☆177]

しかしカタリーナは、鉄床のように矢を撥ね返すことはなく、彼女の肉体も、うまごやしの木のように灼熱に損なわれぬままでいることはない。死刑執行人が灼熱の火ばさみを彼女に当てると、血しぶきがあがり、骨から焼け爛れた肉が剝がれる。[☆178]彼女の「恒常心」は精神の恒常心であって、恒常なき肉によってこそそれが実証される。カタリーナは、同一の者としてではなく、殉教のなかから変容を遂げた者、輝かしい者となって現われる。そして、司祭たちはつぎのことを知る。彼女の死によって、

苦しめられた教会は、この露に潤い、
彼女が損なわれぬときより多くの果実を、実らせることであろう。[☆179]

同じようにカメラリウスの場合は、[180]「踏まれていっそう美しく蘇生する（PVLCHRIOR ATTRITA RESURGO.)」というモットーを付して足で踏みつけられたクロッカスが以前より美しくまた背を伸ばす（図18）。

ミルテの木は、嵐に揺すぶられるといっそう多くの貴重な樹液、ゴム樹脂を流す。「揺すぶられていっそう豊かに」[181]というモットーである。オリーブの木は、切り戻されるといっそう豊かに実を結ぶ。[182] ルートヴィヒスブルクの宮殿の彩の間の絵に付したインスクリプティオは、「傷ついて大きくなる」という文面である。[183] そこには、樹冠を切られて新芽を吹く柳の木が描かれている。アナクサルコスの言葉も、この方向を示している。

PVLCHRIOR ATTRITA RESURGO.

図18

突け、もっともっと、と彼はいう。おまえがつぶすのは、
わたしの外箱だ。おまえの処刑は、わたしの内側まで届かない。

そしてカタリーナも、離別の台詞でこう語る。

サロメ、わたしは自由です！ 長いあいだの牢獄の桎梏を、
至高者が断ち切ってくださる！ そして死と拷問が支配する
この地から、わたしを念願の王国に導いてくださる。[184]

「神と婚約した魂」の恒常心が恒常ならぬ肉体で実証されることによって、死は、死からの解放となる。このような事象の弁証法も、二重表題のスブスクリプティオ部、つまり「実証された恒常心」には含まれているのである。

「悲劇の題名は、主要人物から、またさらに（oder auch）、すべてがめざすべき教訓からとらなくてはならない」とハルスデルファーは要求している[185]。この指示の oder auch という言葉が、二つのうちどちらかを選ぶ選言的な「あるいは」ではなく、二つを並べる連結的な「またさらに」だと理解すると、「悲劇の題名」には構造的な性格があって、二つの部分からなる表題には演劇の内的形式がはっきり現われていることになる。この種の「エンブレム的」二重表題は、しばしばすでに民衆劇や人文主義演劇に現われている。これはその後、修道会演劇で広くもちいられるようになる。ドイツのイエズス会演劇で新設された修道会学校において上演された最初の戯曲は、レーヴィン・ブレヒトの『エウリプス、あるいは万象のむなしさについて』だった[186]。その後の一六世紀と一七世紀の劇は、つぎのようにこの例を数かぎりなくくりかえす[187]。『ゼノー、あるいは不幸な名誉心』——『メルキア、あるいは戴冠の信心』——『美徳、あるいはキリスト教徒の勇敢さ』——『レオ・アルメニウス、あるいは罰せられた無信心[188]』——『テオフィルス、神に対する人間の愛……テオフィルス、すなわち神に対する人間の愛。歌われる劇のかたちでミュンヘンの選帝公ギムナジウムの生徒による上演』——『聖マルケルス殉教者。あるいはキリスト教の信仰の愛の力、聖殉教者マルケルスから引きだされ実証され、イエズス会侯爵ギムナジウムによって上演。ノイブルクにて』——『結婚の誠実の努力、あるいはアンスベルタ、過酷な囚われの身の夫ベルトゥルフスの誠実な解放者、レオポルドゥスおよびマルガレーテ両皇帝陛下に恭順なる敬意を表わし、ウィーン・イエズス会皇帝アカデミー・コレギウムに学ぶ生徒たちにより公開劇場にて上演[189]』。イエズス会のこれらの二重表題に対しては、すでにヤーコプ・ツァイトラーが一八九一年に、かなりエンブレム的に理解した解釈をしている。「二部構成のパターンは、イエズス会喜劇と修道会演劇の外的形式だけではなく、内的形式をも形づくる。この事実は、たいてい喜劇の表題にもすでに現れている。かつての民衆劇と同じように、修道会演劇も大部分が二つの表題をもっているのである。そのひとつは内容の表題であり——固有名詞が多い——活動の題材を示す。もうひとつは、演じられる出来事によって具体的に示すべき命題を——聖書の句や詩篇を思わせるものが多い——語っている。しかし、このような慣行はさらに進行する。この慣行は、風変わりなバロック形式を世界観の組織的産物として理解することを教えてくれる。つまり、カトリックの修道会生活と学校生活のすべての基礎となっている世界観、〈過ぎ去りゆくものは、すべてひとつの比喩にすぎない〉という世界観である。比喩の形式が、カトリック演劇すべての根なのである[☆190]」。

もちろん二重表題にしても、またそれによって指摘される劇構造にしても、カトリック修道会演劇の特権ではない。イエズス会士に刺激を受けて、プロテスタントのシュレジア劇作家たちも、『ゲオルギアのカタリーナ、あるいは実証された恒常心』といったように二重表題を同じように掲げている。グリューフィウスの『レオ・アルメニウス、あるいは君主殺害[☆191]』と『殺された陛下、あるいはカロルス・ストゥアルドゥス』という表題においてすら、「君主殺害」と「殺された陛下」はピクトゥーラというよりスブスクリプティオに入れることができる。これらの題は、君主殺害がグリューフィウスにとって原則的に神の欲する世界秩序に対する犯罪的陰謀として現われている点で、劇中の出来事についての事実に関わる情報以上のことを与えているのである。ローエンシュタインが二重表題をすべて放棄していることは[☆192]、彼の戯曲の道徳上の多義性から説明するのがいちばんてっとりばやいかもしれない。スブスクリプティオは、劇の表題に入ってくる場合でも、誰もが意見の一致をみるピクトゥーラの倫理を要求し、「すべてがめざすべき教訓」を公式化しようとする。このためハルマンは、二部構成表題の習慣をふたたび受け継ぎ、たとえばある牧人劇を『勝利をおさめる貞節、あるいは誠実なウラーニア』と名づけ、ある悲劇を『天上の愛、あるいは不屈の殉教者ソフィア』と題している。しかも、彼が自分の選集版の序言[☆193]でこの表題に付した注釈は示唆に富む。「ソフィア（教会史でよく知られた方）に関しては、神を畏れる読者なら、ここでキリスト教の恒常心の希有の実例のために演ぜられることがらから、看て取られることであろう。みだらな肉、誘惑の世界、脅威の死、おぞましい悪魔が、一人の無力の女性によって征服され、また計り知れぬ富と名誉、きわめて快い歓楽と贈り物、残虐きわまりない拷問と刑吏が、ごくいたいけな子どもたちによって征服される。一言でいえば、天上の愛が地上の愛を克服する」。同じようにこの序言には、たとえば『聡明な愛、あるいは至福のアドニスと満ち足りたロシベラ』といった表題のスブスクリプティオの部分が「この牧人劇の主目的」として「記される」。プログラムとしてしか伝わらないハルマン後期の戯曲には、これがつぎのように継続される。『勝利をおさめる正義、あるいは満ち足りたアレクサンダー大王』――『暴君の支配欲、あるいは無慈悲なラオディーチェ』――『運命の舞台、あるいは勇敢なヘラクリウス』[☆194]。最後に、ハウクヴィッツは、この点でもシュレジアの先例を模倣している。『有罪の無罪、あるいはマリア・ストゥアルダ』と『打ち勝つ徳、あるいは惑わされてもふたたび改悛したソリマン』である。二重表題の使用は、さらにはるか一八世紀にも及ぶが、しかし次第にエンブレム的内容はこういった定式から消えてゆく。ただしオペラは、この観点でも悲劇の遺産を受け継ぎ、エンブレム的内容をなおしばらく保持している。「けっして忘れてはならないことを」と、一七〇七年のエルトマン・ノイマイスターの詩学には記されている、「さらにつけ加えておきたい。オペラはどのように表題をつけたらよいのかという点である。しかしこれは簡単だ。つぎのように一人か二人の主要人物に従って、劇中でもっとも優れた者の名で、ベレロフォン、と題をつけるか、あるいはこのベレロフォンにさらに表題をつけることができるように作品の内容に従って、天に守られた（報いられた）無垢と徳、と題するのである。しばしばその二つが組み合わされることもある。つまり、天に守られた無垢と徳をベレロフォンがオペラで演じる、といった具合である」[☆195]。

『ゲオルギアのカタリーナ、あるいは実証された恒常心』、この二重表題とともに、本章の最初の節でわれわれが注目した二項構成の名詞並列が舞い戻ってくる。円環が閉じる。最初の節で、劇中人物がもちいる修辞的なかたち

——具体的レス・ピクタ、レス・シグニフィカンスをその概念的・抽象的意味内容と一緒にひとつの二項構成の形式へはめこむかたち（「犬と嫉妬」）——として現われたものが、もっとも高い次元で、つまり作者によって置かれる二項構成の表題でくりかえされる。この表題は、舞台の出来事全体をそのシグニフィカティオと一緒に悲劇の表題のなかに写しだし、いわば最後の審級で、これらの劇の構造を規定するエンブレム的形式原理を裏づけている。

第5章　エンブレム舞台としての劇場

詩は絵のごとく

一七世紀においても、劇作家たちが心をくだいたのは二つの作用であった。一方で舞台上演に織り込んだはかない一時の栄冠を求め、その一方で後世に印刷で伝える書物によって約束される永続的な名声を求めたのである。[☆1]したがって、その劇は、上演台本であると同時に読み物でもあって、その双方それぞれの使用目的と作用可能性がそこに設定されており、それをテクストにも読み取ることができる。たとえば悲劇の注釈部は、読まれることを想定している一方で、舞台状況や上演技術上の観点を顧慮している点[☆2]は劇場での上演に向けられている。ほかの上演方法をとる戯曲ではまったく認められないか、あるいはそれほどはっきり認められないような芸術作品の特定の局面が、読者に対しても劇場観客に対しても、そのつど、現われるのである。演劇も——それなりにエンブレムと同様[☆3]——図像とテクストで構成される芸術作品に属するということは、当時の版本の銅版画が示唆しているところだが、しかし供覧舞台にいたってはじめてそれが完全に目に見えるようになる。当時の理論家たちは、演劇とは語る絵画だと定義したが、その場合に前提としているのが供覧舞台の劇場演出なのである。

絵画は黙する詩、詩は語る絵画というプルタルコスによって伝えられたシモニデスの格言[☆4]、また「詩は絵のごとく」という言い回しに短縮された（このためまるで誤解された）ホラティウスの意見[☆5]は、独特なかたちでエンブレム作者にも演劇理論家にも継承される。バルテルミー・アノーは一五五二年に自分のエンブレム集を『描かれた詩。詩は絵画のごとくなるだろう』（PICTA POESIS. VT PICTURA POESIS ERIT）と名づけている。マティアス・ホルツヴァルトは一五八一年に『エンブレムの試み、またはラテンゲルマンの描かれた詩』（EMBLEMATUM Tyrocinia: Sive PICTA POESIS LATINOGERMANICA）と題している。またダニエル・マナサーは一六三〇年に「詩は黙し、絵は語り、ひそかな出来事が歌われ、目にとめられなかったことが描かれるだろう」といっている。☆6 他方、バロック時代の詩論は、ルネサンス時代の理論家たちに従って、この言い回しを詩芸術の本質規定にもちいている。

子どもですら、ほとんどが知っている、
あなたの芸術とわたしの芸術が従兄弟同士であることは。

と、オーピッツはブレスラウの画家バルトロモイス・シュトローベルへ捧げた頌歌で書いている。

これは、その昔、カイロネイアの人〔プルタルコス〕が語ったこと。
この人には、ギリシアやローマといえども、
賢さの高い値打ちを支払うことはできぬ。
曰く、あなたがたの高貴な絵は黙せる詩、
そして、詩は語る絵画にして生ける像。☆7

ブーフナーは、自著の『ドイツ詩芸術入門』にモットーとして、「詩は話す絵であり、絵は黙せる詩である」というシモニデスの引用を最初に掲げている。☆8 絵画も詩も、自然の模倣という課題をもつ以上、等しく「写しとる」芸

術として血縁同士に見えるからである[☆9]。当時の多くの詩論には、こういった言い回しが再三見られる。とりわけニュルンベルクでは、詩芸術を言葉の絵画とする説が受け継がれ、展開された。と同時にしかし、当地のハルスデルファーがあちこちで述べている意見では、「詩は絵のごとく」の等式が根本的に疑問視されている。それも、ほかならぬシモニデスの区別したちがいが手がかりにされている。「詩は語る絵画、絵画は黙せる詩といわれる[☆10]」とハルスデルファーは確認している。しかし、絵画は実際には沈黙したままであり、詩は実際の絵を目前に見せることはまったくできない――「なぜなら舌は絵を描けないし、絵は語れないからだ[☆11]」。「ふつう絵画には、それに霊感を与え活気づかせる声が欠けており、詩にはそれを目前に描く魅力的な画像が欠けている[☆12]」。ハルスデルファーは、自分にとって「活気づかせ」てくれるように思えるただひとつの「絵画」を挙げる。それがエンブレム、すなわち「標題が通訳[☆13]」として添えられ、その点で「たんに絵画だけにおさまっているか、あるいは描かれたものとして文字で述べられる[☆14]」ほかの芸術作品とは異なる寓意画なのである。彼は、実際に画像を眼前に描いて本当に「絵を描く」ことができる「詩」はただひとつしか知らない。それが演劇――見る劇、「生きた絵画」としての演劇なのである。「なぜなら舌は絵を描けないし、絵は語れないが、しかしどちらも舞台の生動する人物によって得られるからだ[☆15]」。したがって、絵画と詩の伝来の等式に対するハルスデルファーの批判的省察は、結局、寓意画芸術と舞台作品の合致という考えに達するわけで、これだけが絵画芸術と言語芸術の結合という要請を本来の意味で満たすことになる。

昔の「詩は絵のごとく」という決まり文句は、新しい意味を帯び、寓意画の図像とテクストを生動する劇に移行させる演劇のエンブレム的性格を定義する。たとえばハルスデルファーは、『対話劇』の第五部[☆16]でこう説明している。

「悲劇と喜劇は、詩人が描き出すみずから語る生きた本質的な絵画である。ふつう絵画には、それに霊感を与え活気づかせる声が欠けており、詩には、それを眼前に描く魅力的な画像が欠けている。悲劇と喜劇では、ふつう画像でも文字でも成し遂げられない適切な身振りによって絵が語り、あらゆることがはるかに活動的に観客と聞き手に示される。そこにこそ、詩芸術の究極の傑作と最高の完全性がある[☆17]」。

絵から劇へ

一七〇三年に刊行された詩論『ギムナジウムと学校で学ぶ若者のために』のなかで、ゴットフリート・ルートヴィヒは「エンブレム的詩句」の二種類を区別した。図像を解釈する詩句、および演技を説明する詩句の二種類である。それにもとづいて彼はこう注釈している。「グレゴリウスやそのほかの行列の幾つかの箇所では、仮装した人物と彼らのエンブレム的表章によっていわば劇を呈示するのがふつうであり、そのような場合には、第一の種類と第二の種類のエンブレム的なドイツ語詩句がめずらしくない☆18」。このように仮装した人物がエンブレム的表章をもち、説明し場景を解釈する詩句によって「いわば劇を呈示」しようとする行列は、あきらかにエンブレム作者がエピグラムによって説明するピクトゥーラと詩にあたる舞台作品とのあいだで中間の位置を占めており、実際、「詩は絵のごとく」の性格、つまり演劇のエンブレム的構造に対し、いわば発生論上の証拠を示している☆19。

ルートヴィヒが目にしたような祝祭行列は、一六九九年にゲルリッツで催されている。印刷されたプログラムを通じて☆20、ギムナジウムの校長ザームエル・グロッサーが市民にこう告示している。木曜日、カンタータのあと、「ゲルリッツ・ギムナジウムで学ぶ若者」が、古い習慣に従って学校聖人を祝って行なうグレゴリウス祭行列において、「今世紀末のここ数年に克服された戦争の苦しみと再び花咲き出ずる平和の喜びを……さまざまな場面で披瀝する」。この四ページにわたる行列プログラムは、そこで見物できるものをこう伝えている。「エリス、すなわち戦意、白牛にまたがるエウロペ」、およびそのほか「嫉妬、吝嗇、偽証、偽善」の神話的人物、「平和と正義」、およびそのほかの寓意的人物、「教育階級からは、何名かの追放された聖職者と学校教師」、「一群の緑と白の衣装の牧人」、一群の「農民の結婚式の人たち」、およびそのほか諸階級の代表者と議員たち、といった具合である。これらの行列の意味がテクストによって説明される。人物たちがもつ「エンブレム的表章」に、あるいは行列といっしょに運ばれる板に、テクストが書かれたのである。プログラムがそのテクストをこう伝えている。「エリスすなわち黄金の林檎を手にした争い好きの女神、そこにはヨーロッパ帝国と書かれている」。あるいはまた、「軍人階級からは、ローマ・ドイツ帝国の表章を備え、随行者を従えた一人の人物。その盾には、二頭の鷲が灼熱の太陽光線と有害な月明かりについてつぎの言葉によって苦情を呈している。ナゼ双方ノ星ガワタシニ光ヲ放ツノカ、ワタシハ知ラナイ。すなわち、太陽と月［フランスとトルコ］がわたしを煩わせるので、わたしはほとんど身を守ることができない」。――ゲルリッツのプログラムは、このように語らぬ人物たちの行列を説明したりその人物たちが携えている「寓意画」を解釈したりするテクストを「標語と添え書き説明」と呼んでいる。このようにエンブレム書のピクトゥーラやスクリプトゥーラとの関連が明らかになってくると、舞台劇に対するアレゴリー的・エンブレム的行列の親和性も同時にそれとなくわかってくる。「この行列全体の本来の意図は」とプログラムの最後には記されている、「定められた時間に、詩的演劇の形式でもさらに詳しく説明される」。

事実、一六九九年五月二二日と二三日にそのような劇がゲルリッツで上演された。『ヨーロッパの今世紀末のこの数年に克服された戦争の苦しみと花開く平和の喜び』という劇である。そのテクストは伝わっていないが、それでもグロッサーの編集したプログラムが残っていて[☆21]、これはきわめてはっきりと以前のあのグレゴリウス祭行列と関連している。「われわれの公開行列において今世紀末のここ数年に克服された戦争の苦しみといま再び花咲き出ずる平和の喜びが何名かの無言の人物によって呈示されたあと、いまや三年目にしてドイツ語劇では開かれたことのないわれわれの舞台が再び踏まれ、公開の行列を、語る人物によってさらに上演する機会が与えられるであろう」。この上演プログラムの内容告示は、祝祭行列でくりだしていた無言の人物、「寓意画と添え書き説明」の見世物がどのように演劇へ移し替えられたのか、じつに明瞭な情報を与えてくれる。「第一幕。女神エリスが、ヨーロッパ帝国という言葉が書かれた黄金の林檎を投げる。それをエウロペが見つけ、自分のいちばん年長の息子アクゥイローに与える決心をする。息子はそれを慎んで受けとるものの、そこから生ずるやっかいごとをすでに予見する。ほかの二人の兄弟、スソフォルスとタルクは、これを嫉妬し」などなど。しかし、行列のエリスが劇の「幕」のなかに入ってくるように、グレゴリウス祭行列のプログラムに挙げられているアレゴリー人物たちは、演劇の合唱隊を形成する。「最後に」とプログラムは劇場上演のために注記している、「さまざまな合唱隊も、不和、偽善、偽証、吝嗇、嫉妬と戦って勝つ真理、楽しみ、平和として登場する」。このようにザームエル・グロッサーのプログラムは、エンブレムの形象から行列の見世物を経て、演劇の舞台作品へとなめらかに移行する過程を描きだしているのである。動かない人物が行動しはじめ、板に書かれた無言の「添え書き説明」が劇場で語られるようになるとき、描出の仕方が変わるけれども、エンブレムの性格は不変である。この不変な点がなによりもまず呈示の形態の変化を可能にし、こうして演劇の基礎がつくりあげられる。

仮装した人物や活人画やパントマイム場面が「いわば演劇を呈示」しようとする「街頭演劇」は、ヨーロッパ中で一四世紀から一七世紀にいたるまで知られている。そこでは昔の民衆的な祝祭行列が催され、その後、無言の描出を伴なう宗教的な行列と行列劇が生まれ、代弁者の説明文や演じるものが手にもつ銘帯によって、行列の意味が伝えられる[☆22]。そしてついに、華々しい行列と山車の劇を伴なう大々的な凱旋(トリオンフォ)のルネサンスの祝祭が生ずる。ここでは、活人画を乗せた山車が通りにくりだされ、その見世物の意味が伝令官の言葉や文字板や盾の銘によって説明される[☆23]。君主や領主が盛大にひとつの都市へ入場するとき——中世後期以来すでに——街角や市場や広場、さらには水上にすら仮設舞台がしつらえられ、そこで活人画が演じられた[☆24]。こういった形態の街頭演劇は、ドイツではそれほどではないものの、とくにフランス、ネーデルランド、イギリスで発達した。ことわざふうの表現、寓意画、アレゴリー人物、神話や聖書や歴史の場面によって、入城する君主に敬意と祝意を表わし、さらには君主の統治と結びついた都市の希望を告げるのである。表現形態が、描かれた絵から小規模の演劇へ到達している。ジョージ・R・カーノドルは、この展開を調べたところ、つぎのように確認することができた。「絵から語られる劇へいたる展開では、いくつかの段階の輪郭を地域ごとに、またある程度までは歴史的に描くことができる。しかし、演劇的手法がさらに多く導入されるようになっても、単純な段階の習わしが消えることはなかった。そして一六世紀になると[一七世紀にいたるまで同様のことが当てはまる」、ありとあらゆる形態が、もっとも単純なものからもっとも複雑なものにいたるまで、同一の行事に併存しているのが見られるといえよう[☆25]。仮設舞台で絵が示され、描かれた人物の手にする銘帯によって説明されたり、題名や、板に描かれた絵の下に書かれた何行かの文によって解釈されたりする場合には、エンブレム作者のピクトゥーラとインスクリプティオとスブスクリプティオとの近さがまだきわめて顕著に見られる。書かれた注釈に代わって、しばしばかなり小規模の脇舞台に立って絵にふさわしい仮装をした語り手、つまり解説者にして解釈者が登場し、そして絵が木や蠟の人形にかわり、ついには生きた演技者にかわる。この演技者は、まだ動かない活人画場面のなかに踏みとどまっているか、あるいは無言のパントマイム演技に目覚めるかのどちらかであるが、このときに達成された形態は、演劇の黙劇(ダム・ショウ)や見せ場(フェルトーニング)や無言上演の形式で生きのびていく。しかし(グロッサーの言葉を借りていえば)「公開の行列を、語る人物によってもさらに上演し」はじめ、標題と解釈者が伝えることを演技する人物自身が口で語るとき、絵から劇への最後の一歩が踏みだされたのである[☆26]。

とくに示唆に富むのがネーデルランドの状況である。ここでは、エンブレム表現法から街頭演劇の活人画へ、さらには舞台劇へ向かうすべての演技形態が、同じ興行団体によって保存されているのである。一四世紀末にかけてはブラバントで、一五世紀末にはネーデルランド北部で、道化師ギルドと教会の合唱協会と宗教の信心会から修辞家(レデレイケル)たちの「修辞学委員会(カメルス・ファン・レトリカ)」が形成されていた。これらの委員会は、一六世紀と一七世紀前半に最盛期を迎え、偉大なネーデルランドの劇文学に進路を与えている。ブレデロやホーフトやフォンデルが修辞家たちと密接に結びつき、自身、委員会の会員だった。その彼らからバロック時代のドイツ演劇、つまりオランダ演劇の学校に通うシュレジアの悲劇作家たちとの直接的な結びつきが出てきている[☆27]。このようなギルドふうに組織された修辞家委員会が各々もっている紋章は[☆28]、たいていキリスト教の象徴的表現による動物や植物に発する名称を示し、その後、しばしば聖書のモティーフを引き継いだ寓意を呈示し、最後には、それと関連づけられてそこから発展した標語ふうの格言を呈示する。これはエンブレム形式にいちじるしく近い[☆29]。君主の入城、公式の祝典、いわゆる国の宝石と銘打って委員会それぞれが争った祝祭的な競合の折りには、修辞家たちが（しばしば画家たちの組合ルーカス・ギルドと組んで）上演を開催した[30]。そのときには以下の形式がみなひとしく仮設舞台の上に現われた。まだ一七世紀初頭のものも知られている韻を踏んだ銘文つきの絵に描かれた寓意、木偶や蠟人形による無言の演出、生きた演技者のパントマイム場面、まだ実際の演劇的筋をもたない一種の紙芝居を見せるアレゴリー的・教育的、教訓劇的な釈義劇、対話による説明や省察を通して注釈がほどこされる後置舞台での無言演出、そして最後に本格的な舞台劇である。しばしばこのような修辞家たちの劇には、もっと単純で絵に近い演出形式がまだとりいれられている。演技の最中に劇中の出来事が押し黙って活人画に凝固し、飾り壁掛けに大きな文字でスブスクリプティオが現われ[31]（Ende aen tapijt sal gespelt sijn met grote letteren gescreven）、舞台進行を寓意として理解させ、その原則的意味を認識させるのである。

寓意画をともなう山車劇と「仮装人物」の行列は、エンブレム表現法の宝庫から「表章」をとりだしてきたのだったが、こうして通りを練り歩き、市場や広場で停止し、そこに設けた仮設舞台で街頭演劇の活人画やパントマイムを披露し、最後には大きな演劇舞台へいたり、そこに自分たちの持参金を貢いでエンブレム劇場を設立することになる。

エンブレム劇場

祝祭行列の「仮装人物」たちが身につけていたような「エンブレム的表章」は、バロック劇場の舞台では、言語によるイメージと比喩と実例と論拠となって劇中人物の台詞へ入り込む。しかしエンブレム的表章は、必ずしもすべてのケースで台詞の聴覚的な性格のために視覚的性格を失うわけではない。印刷された作品の口絵の銅版画は、描かれている人物の手や足元に示されることがめずらしくないエンブレム的小道具、つまりあらゆる王冠、王笏、棕櫚の枝によって、また矢筒、矢、弓、たいまつ、大鎌、砂時計やそのほかさらに多くのものによって、しばしばそれらの劇の実際の舞台面を彷彿とさせてくれる。それと関連しそうなト書きはほとんど見られない。しかし多くの場合、舞台の演技には「エンブレム的表章」も関与していたことが、演劇のテクストそのものからわかる。

人間の心に当たって恋を燃えあがらせるアモルの矢は、エンブレム作者が頻繁に描いていた。[☆32] 身を焦がす情熱の寓意画としては、ユニウスが燃える蠟燭を描いている。[☆33] 馬勒は、ロレンハーゲンの場合[☆34]などでは、感情の制御と鎮静を表わしている。こういったエンブレム的ピクトゥーラがローエンシュタインの『イブラヒム・バッサ』の第二合唱隊で挙げられているが（そこでは「欲望と理性がその力と強さゆえに」戦いあう[☆35]）、その場合、それらが同時にまた見せられたこと、つまり人物たちによって「表章」としてもちだされ舞台で呈示されたことが、役割のテクストからわかる。

まず「欲望」がこう語る。

これが矢、そしてこれが蠟燭。
　蠟燭は、欲望の炎によって、
人間の身体と感覚と心に
　魔法をかけ、火をつけることができる。

そこで「理性」が応じる。

これが馬勒、そしてこれが散水器。
　馬勒は、おまえの矢と戦い、
散水器は、欲望の炎と熱を消し、
　吹き飛ばして鎮める。[☆36]

同様のことがハルマンの『テオドリクス』にも見られる。第五幕でカシオドルスが王宮を去り、修道院に戻るところで、彼は別れにあたって召使いに指輪を贈る。この贈り物によってカシオドルスがこの忠実なアミュンタスに与えるのは、その働きぶりへのたんなるねぎらいやこれまでの主人の思い出以上のものであることが、カシオドルスの言葉からはっきりうかがえる。この指輪はエンブレムなのである。ヤコブス・ア・ブルックは、指輪を無限なもの、永続するものの寓意画として解釈していた[☆37]（図1）。したがってカシオドルスは、指輪をキリスト教徒の生き方を教えるものとして従者に与えるのである。

図1　わたしが求めるのは無常にあらず

受けとってくれ。そして指輪を見るたびに考えるがいい、
どうやって永劫の地獄の苦しみから逃れられるかを[☆38]。

このような指輪は、ヨハン・ゲオルク・ブライヤーの混成劇『エルネリンデ』にも出てくるが、そこでは、バロック演劇が小道具にはめったに認めることのないような意味を劇の筋に対して孕んでいる。この劇の三つの幕全部に指輪が現われるのである。イギリス王ハインリヒは、ノルフォルクの美しい王女エルネリンデが自分自身の娘だとはまだ知らずに、彼女をひそかに妻に娶りたがって、侍従のフィランダーにこの指輪を渡す。侍従は、王女が自分自身の妹だとは知らず、王女と結婚することを王に申しでていた。そこでフィランダーは、王の委託によってエルネリンデに指輪を手渡し、主君にその報告をする。王女は、ひそかに彼女が愛していて最後に結婚することになる自分の秘書のフェルラモントにこの指輪を与える。ところが王は、フェルラモントの手にその指輪を見つけると、秘書と思われているこの男にエルネリンデが愛を捧げていたのだという猜疑心が裏づけられたと見る。ここでも指輪が、あくまでエンブレム的な小道具になっているのである。ダイアモンドが飾られているこの指輪は、エンブレム作者たちが打ち砕けぬ堅牢さと揺るぎない恒常心の寓意画として描いていた。[☆39] このためロレンハーゲンは、嵐の海に抵抗する巌といっしょにダイアモンドを描いている[☆40]（図2）。

図2　徳は困苦を知らず

王が鎖といっしょにダイアモンドの指輪を侍従に渡すところですでに、説明文がこの小道具のエンブレム的意味を指示している。「このダイアモンドは、堅実さが手にこそあれ、心に頑固さはないことを示している。この二つをとってエルネリンデにもってゆくがいい。そうすれば彼女は、王がいかに彼女を高く敬っているか、気づくだろう[☆41]」。このことは、そのあとこの場面でエルネリンデとフェルラモントのあいだでもっとはっきりと話題になる。エルネリンデは、鏡の横に描かれているこの秘書の肖像を見て、彼にこう語る。「あなたが壊れやすいガラスの横に描かれていると、わたし、あなたの変わらぬ心にも疑いを抱いてしまいますわ。どうかお願い、この肖像の原物［つまりフェルラモント］にこのダイアモンドの堅牢さを身につけていただきたいの。（彼に指輪を渡す）」。そこでフェルラモントが応える。「ああ！　わたしに指輪をくださる方は、指輪の堅牢さなどと比べものになりましょうか。お嬢様、慎んで身につけさせていただきます。この無限の円には、わたしの永遠の義務の寓意が認められます[☆42]」。

グリューフィウスの『グルジアのカタリーナ』で「永遠」がプロローグを述べるために舞台に登場するとき、床は一面、小道具で覆われている。その様子は、一六五五年にヴォーラウの公爵の宮廷で上演された舞台面を描いた銅版画からうかがえるが[43]、グリューフィウスが記したト書きにも、「舞台は、死体、絵、王冠、王笏、剣などが一面に置かれている[44]」と指示されている。それらは、特定の王の「王冠」でもなければ、特定の人物の「死体」でもない。誰のものとは特定されずに、それらは陳列品として舞台装具に属し、劇場を「人が絞首索と処刑杭と死と戯れる拷問部屋」として[45]、「死滅の舞台」として認識させているのである[46]。

このためヴァルター・ベンヤミンは、こう説明していた。「一七世紀の悲劇にとって、死体は最上のエンブレム的小道具そのものになる[47]」。劇の行動が突き進む先は、処刑、殉教死、自殺、暴君殺害などのたんなる実行なのではなく、それらが目にはっきり見える結果、つまり、血をなみなみと注いだグラス、刎ねた生首、引き裂かれた身体、拷問された者や殺された者の死体なのである。それらが厳かな行列で舞台に運ばれる。華麗に棺台に置かれる。「傷口のありさまをよく見せろ[48]」と、ネロがアグリッピーナの血まみれの死体を眺めて描くように、死体の光景は観客の心に刻まれなくてはならないのである。「イラース、この曲がった鉄具で、アントニウスの脳髄を鼻からきれいに引きずりだしておくれ[49]」と、クレオパトラが死んだアントニウスを解剖してミイラにさせるように、このような情景が観客の記憶に残るようにしたいのである。というのも、死体の呈示は、アントニウスやカロルス・ストゥアルドゥスが死んだこと以上のことを意味しようとしているからだ。エンブレムは解釈する。だからこそ、クレオパトラは棺台に載せられた者を目の前にしてこう語る。

盲目の運命の軽やかな車輪を信用する者、
おのれの徳の基盤にまっすぐな塔を立てない者、

この世の君主たちを地上の神々と呼ぶ者、
おのれ以外のくさぐさのことを知り、おのれ自身におのれを認識しない者、
王笏のガラス、王座の地盤の氷に身を支えている者、
さあ、ここで学ぶがいい、このように揺らいで坐っているのだ、
頂点に立つ者は[☆50]。

だからこそ、カロルス・ストゥアルドゥスについてこう語られる。

いま彼は、死体を
ブリテンの供覧舞台に供すのだ。恐ろしいしるし、
驚異の絵、ブリテンの上に目覚めた
この苦しみの模範のために。さきほど王は亡くなられ、
いまその王国は死滅する[☆51]。

そして、ハウグヴィッツの悲劇で死の定めを受けたイブラヒムがビロードの黒衣をまとい、処刑の準備をして死体を供覧舞台に供する心構えをするために厳かな「喪の宴」をとっているあいだ、合唱隊がこんなスブスクリプティオを歌う。

トルコ王国は、
およそ屠殺台に等しい。

そして王宮の部屋部屋は、
殺人と屠殺の墓穴に比して当然。[☆52]

葬宴の血なまぐさく陰うつな儀式や処刑場面や喪の行列で厳かに開示舞台で企てられているのは、劇中人物を個人的、私的次元に制限する枠を破壊し、それらを供覧の場景（ビルト）へ凝固させることである。この破壊と凝固の二つによってはじめてエンブレム的な死体の地位、つまり持続的、妥当的、意味指示的な次元への死体の昇格が築かれる。しかしこの二つ、つまり個人的な枠の克服と場景の固定は、劇の概要では死体に演じさせている「語らぬ人物」あるいは「沈黙した人物」ばかりではなく、[☆53]「語る人物」と「演技する人物」にもあてはまる特徴である。劇の小道具と同様、劇中人物も供覧の構成部分なのである。役者がこの二つを舞台上で見せるという意味だけにとどまらない。むしろ、その演技者が自分自身を供覧に呈す人物としてその二つを観客の前に示さなくてはならないのである。エンブレム的小道具には、さらに「これが矢、これが蠟燭」といった指示的な言い方であらかじめ示す人物たちが介助する。しかしエンブレム的な人物は、「わたしを見よ！」と、自分自身を指し示す。というのも、そのような人物は、個人的な次元に囚われた状態より上に自分を高め、自分の意味を把握し、それを口に出して語るからである。自分自身をピクトゥーラとして呈示し、それと同時におのれのスブスクリプティオを告げる。たとえばグリューフィウスのレオ・アルメニウスは、舞台と観客席にいる判官たちの前に歩みでる。判官たちは彼を見つめる。そこで彼はこう語る。

名誉の険しい道を歩み、
誠の徳の偽りなき輝きを愛する者、
ひたすら祖国のために死んで生きようとし、

しかるべき感謝を人から得ようと思う者、
重い王笏の軟弱な黄金で身を支え、
とるに足らぬ塵から至高の名声へと高め、
苦しみながら支えてきた心を、礎にする者は、
さあ、余を見るがいい[☆54]！

「そなたたち、さあ、わたしをご覧あれ」と、この悲劇の最後で、苦痛に打ちひしがれていまや分別を失った妃のテオドシアも語ることになる[☆55]。『パピニアヌス』劇で息子の死体の脇に立ちつくす皇后である母ユーリアにしても同じである。「王笏と宮殿のなんたるかを知らない者は、さあ、わたしをとくとご覧あれ[☆56]」。ローエンシュタインの『イブラヒム・バッサ』第三幕の投獄されたイサベレも同様である。

狼狽せる死すべき者どもよ、いく久しい年月にわたり、
喜びと苦しみを分かちあうそなたたち、義務に従い
棺に葬るまえに、悲惨な者たちよ、わたしをご覧あれ、
いかに恐れおののく者といえども、わたしに比べられるものかどうかを[☆57]！

このような紋切り型が役の台詞に現われない場合でも、つねに悲劇の中心人物がそのような要請を携えて舞台に登場する。そして、王座や拷問の場や首切り場をとりかこみ、殺害を嘆き、暴君を呪い、殉教者を讃える同党の者たち、親族たち、仕えの者たち、捕縛された仲間たちといった一団が、同じように「この方をとくと見よ！」と要請する。このような劇構成は、筋の力学や個人化して動機づける性格描写とは関わりがなく、むしろ範例的な人物、

実例的な事象を見せること、そしてその意味を告げること、つまり形象による印象の力、修辞的な雄弁に関わっているのである。[☆58] 生きたピクトゥーラ、語るイコン、演技するイマーゴとして（エンブレム作者が描出する図像部に対して述べるのを受け継ぐために）、劇中人物が供覧舞台に立つ。そのように作者は劇中人物を描きだし、そのように当時の人びとは劇中人物を理解したのである。グリューフィウスが悲劇『カロルス・ストゥアルドゥス』に利用した書物で、一六四八年にイギリスではじめて出版され、おびただしく版を重ねて広まったチャールス一世に関する書物のラテン語訳は、『エイコーン・バシリケー』すなわちカロルス王の像』と題している。[☆59] このタイトルは、「エンブレムの時代」のイメージのなかで、歴史人物ですらそれを有し維持している形象の性格をきわめてはっきりと示している。いや、それどころかこの性格は、劇作家が歴史の題材を舞台に載せるとき、はじめて実際に実現される。しかし、『カロルス王の像』が本来の意味でもグリューフィウスの源になっている。この書物には、二面構成の口絵銅版画が添えられていて（図版Ⅱ）、その描き方は、この書物の著者とこの悲劇の作家がカロルス・ストゥアルドゥス像に与えたエンブレム的性格を認めさせてくれる。というのも、銅版画の左面には、エンブレム作者たちに頻繁に見られる風と波に攻めたてられる巌と重しのついた棕櫚の木が描かれていて、[☆60] 一方右面には、王の像が描かれている。ひざまずく王の足元には王冠がころがっていて、その上に「輝かしいが重い［王冠］（Splendidam at gravem）」とインスクリプティオが置かれており、王冠の内側には「無常（Vanitas）」という言葉が読める。右手にカロルスは殉教者の茨の王冠をもち、その上には「わたしは刺したが励ました（Asperam at levem）」、中には「恩寵（Gratia）」と記されている。そして彼のまなざしは天に向けられていて、その天の雲の上には永遠の命の浮遊する王冠が描かれていて、「至福と永遠（Beatam et Aeternam）」および「栄光（Gloria）」と記されている。あきらかにグリューフィウスは、原典のこの図の描き方から王冠の三対を自分の劇の図像言語（Bildersprache）に移しかえたのだろう。三段階の寓意のもとに、この悲劇からわかるとおり、カロルスを受難のキリストと形象によって（figurale）一致させているのである。[☆61] しかし、三度の戴冠をする王には、巌と棕櫚のエンブレムが同等の意味によって配分されている。銅版画

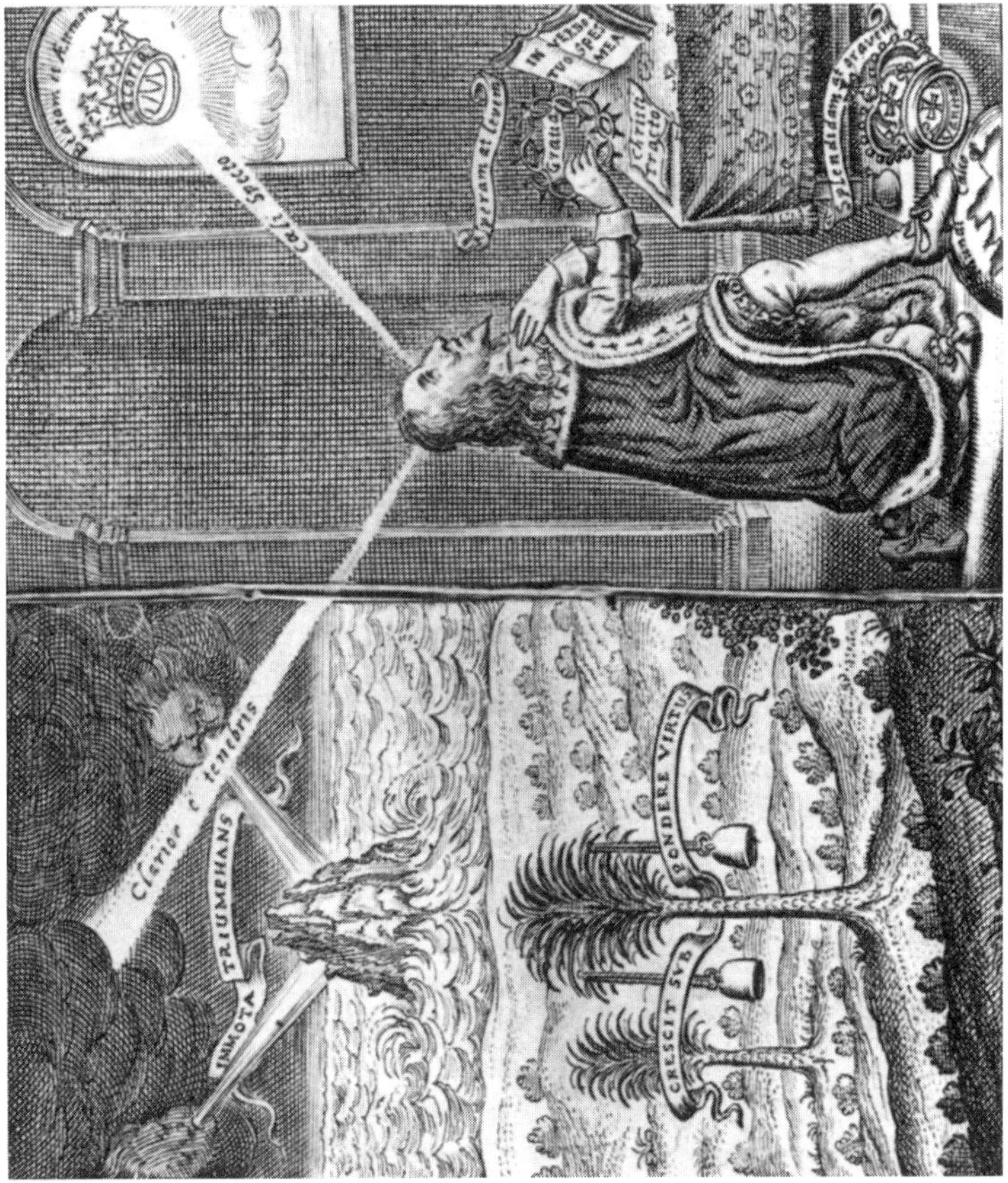

図版II 『エイコーン・バシリケー、すなわちカロルス王の像』のタイトル・ページの銅版画

には、嵐に吹かれる荒海に打ち勝つ巌の図像に対し「不動の勝利（IMMOTA TRIUMPHANS）」というスクリプトゥーラが書かれている。

ああ、ブリテンよ！　ああ！　悲しいかな！　見るがよい、巌が揺らぐさま、
荒海が襲いかかるさまを。☆62

と、悲劇でも謀反人たちが戴冠した国王陛下の命をねらうところで書かれている。そして「シレーネたちの合唱隊」がこう歌う。

波によって、波の動きよりも激しく、
俊敏な嵐を呼び起こす者たちは荒れ狂い、東が西を襲い、
崖は裂けんばかりに、浅瀬は高まり、
アンフィトリオンの前城も、もうこれ以上持ちこたえようとしないのは、
　すべてが雪崩をうって、
一瞬にくずれる定めにあるからなのか☆63？

しかし王は、この嵐に揺るぎもせず、毅然として殉教によって永遠の至福の勝利へと歩む。棕櫚に掛かる銘帯には、「徳は重しによって高まる（CRESCIT SVB PONDERE VIRTUS）」と記されている。この棕櫚の木が、それを下に引き下げようとする重しによってはじめて十全な高さまで育つように、悲劇の主人公も、受難を通してはじめて本来の偉大さに達し、彼の戴く王冠は「重しによって」はじめて殉教の王冠、永遠の生命の王冠に変容する。

大地よ、おまえに属するものをわたしから奪うがいい！
永遠の王冠こそ、これからはわたしが得るもの。

とカロルスは、首を断頭台へ載せるときにいい放つ。すると、彼の受難に同席する女官たちの一人が、こう応える。

この方に幸いあれ！　この方の王冠は、離別によってかくも大きくなる。[☆64]

「不動の勝利」――「徳は重しによって高まる」。「カロルス王の像」が口絵銅版画の巌と棕櫚のピクトゥーラの隣に描かれているように、グリューフィウス悲劇のカロルス・ストゥアルドゥスも、キリストのまねびの「みずから語る生きた」エンブレムとして舞台に登場し、「わたしをとくと見よ！」と語る。

このように劇中の供覧の舞台面や人物がみずからエンブレムであることを自覚することに対し、ローエンシュタインはもっとも明晰な表現を見いだした。エピカリスが悲劇の最終幕で、ネロがむさぼるように楽しんでいる拷問を終わらせるために自害するとき、彼女自身、自分とこの暴君が供覧舞台に置かれているのを知っている。彼女は、実際にすでに舞台に見られることを未来の劇として描写するのだが、彼女の描写は、未来の仮説的な語り方によって、現在の出来事に対するスブスクリプティオをこう述べる。

エピカリスがもうとうに死にはて、
後世が彼女の神殿に奉拝し、
彼女の記念像が永遠の名前となっているであろうとき、

そして、人びとがわたしとそなたを供覧舞台に登場させるであろうときには、
ネロは汚辱によって、わたしは徳によって生きるであろう。[☆65]

バロック劇場のピクトゥーラの性格は、なにも小道具や劇中人物に現われるだけではなく、同じ形で舞台全体をも規定している。そもそも供覧舞台は、「本質的な、みずから語る生きた絵画」なのである。このことは、この時代に発展する前面舞台形式がすでに示している――また、一七世紀にもまだ頻繁に利用されるルネサンス後期の絵舞台や、それにバロックの書き割り舞台もそうである。舞台フロントを備えた固定の舞台枠が、しばしばおびただしく装飾され、アレゴリー的な、あるいは神話的な人物やエンブレムにも占められて、舞台上の出来事を囲いこみ、図像として呈示する。この舞台枠は、イタリアから発し、たとえばウィーンのイエズス会劇やイニゴー・ジョーンズ以降のイギリス演劇、ネーデルラントの修辞家舞台、アムステルダムの劇場（シュホウブルフ）、さらに一七世紀ドイツのギムナジウムの学校劇を規定している。

舞台はこうしてピクトゥーラとして現われるが、インプレーサ集やエンブレム書では逆にピクトゥーラが舞台そつくりの枠の中に現われる。

ジロラモ・ルスケッリの『図説インプレーサ集』[☆66]のそのような描き方（図3）を、ブリュッゲに一六五二年のものとして残されているイエズス会劇の『ユダス・マカベウス』のある上演の舞台図（図版Ⅲ）と比べてみると、あるいはまたたとえば二三一ページに複製したテオドルス・ベザのエンブレム[☆67]（図4）を、一六六二年のウィーンのあるオペラ上演の再現図[☆68]（図版Ⅳ）と並べてみると、この対応関係がはっきりする。エンブレム的形象はミニチュア舞台として現われ、いっぽう劇の供覧舞台は、巨大な規模に拡張されたエンブレム的形象であることがわかる。こういった類似の意識は、演劇の構想だけでなく、エンブレム書にも反映している。ギヨーム・ド・ラ・ペリエールは、一五三九年に自分のエンブレムの版本を『優れた機械の劇場』と呼び、ジャン・ジャック・ボワサールは一五九六年

に『人生劇場』というタイトルを選び、グレゴリウス・クレッピシウスは一六二三年に自分の集成をまさに『エンブレム劇場』と呼んでいる。[☆69] この類のエンブレム書のタイトルは、原則的な関連を示している。実際、ジョージ・R・カーノドルの研究[☆70]以来、ヨーロッパのルネサンス演劇とバロック演劇の多種多様な舞台形式と舞台面は、中世後期とルネサンス初期の造形芸術がつくりあげ、一六世紀と一七世紀の舞台建築家が継承し、三次元に移して活気づけたさまざまな刺激と模範に、きわめて広範囲にわたり依拠している。[☆71] 図像から劇へと発展するのである。この発展は、劇にその図像の性格を運びこんでいる。

しかしこの劇場は、あくまでもエンブレム的な意味で図像なのである。図像が意味するのだ。そしてこの劇場は、けっしてまず舞台上で生ずるその折りおりの個別的な劇中の出来事から意味を獲得するのではない。舞台そのものが寓意画的な性格を帯びている。劇場は、技術装置の備蓄庫として、それ自体がエンブレム劇場なのである。このことにわれわれの目を開かせてくれたのはリヒャルト・アレヴィンだった。[☆72]

オペラのために発展したルネサンスとバロックの舞台の基本形式は、イタリアからあっというまにヨーロッパじゅうに広まった。つまり、遠近法画法によってつぎつぎに重ねられる平面の書き割り、かすみ、背景図によって、空間を奥へと広げる枠舞台である。この舞台上で実際の演技空間、つまり三次元の演技空間が終わり、遠近法で描かれた平面に移行するところ、そこは観客の目からはわからない。実際の建物とそこから続く絵のあいだの境界、石と画布とのあいだの境界は消える。五感はあてにならない。人がすでに錯覚だと思っているところ、つまり書き割り、衣装、化粧、仮面、変装が現実の場合もある。まだ現実だと思っているところが、錯覚なのかもしれない。非現実がこのように現実として仮装していると同時に、現実が偽りの仮象として疑われている。このようにこのイリュージョン劇場の遠近法の書き割りと背景図は、観客の視線を底なしの不確実さへ向けさせる。

さらに回転舞台と書き割りの技術によって、舞台面を何度も変化させたり、舞台をすばやく転換させたりすることができるようになる。そういった技術がこうして華々しいやり方で見る快楽を満足させ、多様な変化を楽しませ

図版Ⅲ　一六五二年にブリュッゲで上演されたイエズス会劇『ユダス・マカベウス』の舞台図

図3

図4

図版IV　一六六二年にウィーンで上演された
オペラ『ラダミストのゼノビア』の舞台図

たのだった。しかしまた、このような変転技術は、もっと深い意味を孕んだ真剣さをも示す。簡単にすばやく動かせる書き割りをもってしてはじめて、舞台と状況の入れ替えが電光石火のごとき変動として示されることになる。たったいままで目の前に確固として立っていたもの、どう見ても確実性と持続性を示していたものが、もうつぎの瞬間には脆さを現わす。書き割りは運命の女神フォルトゥーナの小道具として現われ、劇場は、この女神の支配下で生ずる突然の予期せぬ急変の見せ場として現われる。車輪についてかつてグリューフィウスが語ったとおり、車輪とは「われわれの有為転変のまことの似姿」であって、「車輪は、ほとんど静止せず、あるいはけっして静止することなく、こちらの部分が上かと思うと下に見えるように、われわれの状態もすべて変化する」☆73。一挙に舞台の状態を変えて一瞬にして宮殿を牢獄に、遊園を荒野に、王座の間を処刑場に転換する回転舞台と書き割りも、こういった「われわれの有為転変のまことの似姿」なのである。

とりわけ大がかりなオペラの舞台や、イエズス会士ニコラウス・フォン・アヴァンチーニの華麗な劇が催されたウィーンの大講堂舞台が備えていた技術装置には、ついに飛行・浮遊機械まであって、これによって演技空間が劇場の天井にまで広がる。そしてこの飛行機械、上部舞台に対応するのがいわゆる迫りである。劇中人物が演技する舞台平面の上に高所空間が開かれるように、その下には深みの領域が口を開く。劇場は、人間が人間と向きあって立つ地平線の領域を超え、舞台上の出来事をその上下に位置する次元と垂直に関わらせる。悲劇『グルギアのカタリーナ』の幕が開くと、「舞台は、一面に死体と像と王冠と王笏と剣などが横たわっている。舞台の上に天が開け、舞台の下に地獄が開ける。永遠が天から降りてきて、舞台にとどまる」☆74。

しかし、バロックのイリュージョン舞台がものごとの偽りの仮象、不確実さ、非現実を目に見えるようにすることによって——バロックの転換舞台が存在するものすべての予期せぬ脆さ、有為転変、はかなさを目の当たりに見せつけることによって——そして、バロックの垂直劇場が彼岸の空間、つまり天国と地獄を劇の演技にとりこむことによって、劇場はエンブレム的供覧舞台となる。つまり、神に基づけられた人間の恒常心と英雄的な揺るぎなさを実証する場として「世界の完璧な模写であるばかりか、完全な寓意画でも」[☆75]ある。劇場という寓意画において、この時代そのものが世界を解釈し、人生をこう理解していた。人生とは、役割劇にして仮面劇、つまり天上の主とその宮廷を前にして演じる人間の劇であって、その最後には死神が舞台の演技者を呼びだし、それぞれ自分の役をうまく演じた者を神が見かけの偽りのはかなさから神の現実へと受け入れる。[☆76]舞台の演技は、「われわれの人生の似姿」なのである。この言葉を表題としたアンドレーアス・グリューフィウスのソネットは、劇場のエンブレムに対してもひとつのスブスクリプティオをほどこしている。

時の戯れたる人間は、ここに生きるがゆえに演技する。
この世の舞台で生きるゆえ。人間は坐ってもぐらつく。
昇る者あれば落ちる者あり、宮殿を求める者あれば
　あばら屋を求める者あり、支配する者あればあくせくする者あり。
　昨日あったものは消え、いま運に乗るものは
明日にも没落する。先ほどの緑の枝は
いまや枯れて死す。われらはあわれにもただの客、
　その華奢な脇腹に、鋭い剣が揺れている。
われらの肉は同じとて、身分は同じにあらず、
真紅の王衣を纏う者あれば、砂地に穴を掘るものあれど、
　ついに飾りをはがされ、死神がわれらを等しくする。
さあ、この真剣な劇を演じるがいい、まだ時をしのぶあいだは。
そして学ぶがいい、人生の饗宴に別れを告げるとき、

王冠、知恵、権勢、財産は虚飾にすぎぬことを。[77]

文学に対するエンブレム表現法の重要性、モチーフを媒介し形式を規定する作用、ひいてはエンブレム表現法から得られると思われる解明する力、理解を助ける機能は、まぎれもなく演劇文学だけに限られてはいない。じつにさまざまなジャンル、とりわけバロック詩の諸ジャンルにとって、文学研究の広範で重要な領域がそこには開けている。

しかし、ハルスデルファーが「みずから語る生きた絵」と呼んだ演劇は、おそらくほかのジャンルよりエンブレムに近いところにある。それゆえエンブレム表現法とバロック演劇のあいだには、とりわけ構造的な類似が、ほかのケースよりもはっきりと現われ、より広範に及ぶと推定してよい。

ローマ古典古代と中世後期の文学の伝統を基礎に、一六世紀と一七世紀、つまりヘルダーがまさに「ほとんどエンブレムの時代と名づけたい」[78]といったこの時代は、たしかにエンブレム的と呼んでもよい演劇文学のひとつの形式タイプを練りあげた。[79]セネカの悲劇、中世末期のアレゴリー的、寓話的、教育的な劇、道徳劇、最後に幕間劇、凱旋行列にひそむこの形式の前提は、インプレーサ集やエンブレム書そのものとまったく同じように、ヨーロッパ共通の財産だった。したがって、ここで――あくまで範例的に意図した研究によって――一七世紀のドイツ劇文学に即して説明したことの多くは、イタリア、スペイン、フランス、ネーデルランド、イギリスの演劇にも、また国境を超えたラテン語のイエズス会の舞台作品にも当てはまる。しばしば本研究がドイツ以外の文献に踏みこんだのは、そのことを少なくとも暗示しようとしたからである。

エンブレム的タイプは、ほかの演劇ジャンルではほんの兆しかみられないことが多く、確かに時としてここに述べたのとは別の形式で現われることもあるが、ドイツ語の圏内では一七世紀の悲劇においてもっとも純粋に、そしてもっとも完全に実現された。そこでは、バロックの供覧舞台、つまりエンブレム劇場を世界劇場として登場させる世界と舞台の同一視が、劇の演劇的主題のなかですら行なわれている。ハルスデルファーの言葉によれば、「王、君主、貴顕たちの物語」を扱うのが高尚な演劇ジャンルである。[☆80] しかし、そういった人物とともに、歴史上の人物も舞台に登場する。演劇の舞台は宮廷政治の領域であり、そこでは情け容赦なく支配権を求めて争われ、権力欲と悪徳がその犠牲者たちを巻きこみ、高位に昇った者が突然恐ろしいかたちで深みに失墜する。というのも、人びとは血なまぐさい国家事件にこそ、あらゆる人間存在の本質が体現されているところを見たからである。「もっぱら王の意志、殺害、絶望、子殺し、親殺し、激情、近親相姦、戦争、謀反、嘆き、呻き、溜息といったことを扱う[☆81]」悲劇は、歴史劇である——実際、この時代には歴史そのものに悲劇という名がつけられているとおりである。劇作家たちは、注釈部で原典目録を挙げて舞台の出来事の歴史的事実を証明しようとしているが、その歴史的事実があってこそ、劇の証言の価値が築かれ、劇中のレス・ピクタのシグニフィカティオが信じられるのである。[☆82] 恣意的に虚構されたものではなく、事実だけにしかエンブレムの資格はないということは、悲劇にも当てはまる。劇作家が歴史上の伝承をしばしば訂正し、現実を型にはめすぎ、様式化するにしても、そのようにするのは、そのなかに認められながらも、まだ曇った現実のなかにとらわれている高い意味を一段と明確に見えるようにするためにほかならない。

ヨハン・ゲオルク・ブライアーは一六六六年に、シュヴァルツブルク伯爵家の起源と歴史を描き出した祝祭劇『ヴィッテキント家』についてこのように書きそえている。「歴史のなかでさまざまな時代に起こったことが、すべてこの歌唱劇のなかに、いわば図版や絵画のように、同時に示される[☆83]」。すべての歴史が、エンブレムの供覧舞台ではこのようなかたちで扱われる。演劇が歴史を「いわば図版や絵画のように」目の当たりに見せるとき、歴史は本来の歴史的性格を失い、凝固して形象となる。「さまざまな時代に起こった」ことは、時代から引き剝がされ、実例の連なり、つまりつねに妥当するものを収めるエンブレム集に入れられる。しかし、このように現在の出来事や身近な出来事をとうに過ぎ去った出来事や遠隔の出来事と等しなみに把える歴史のエンブレム化は、エンブレム的な現実把握すべての本質を演劇において明確にしてくれる。このエンブレム化は、現実から現実性を奪い、現実を演劇においてエンブレム的形象に浄化し、現実からひとつの肖像をつくりだすことによって、現実の力を骨抜きにする。過ぎ去るものを芸術作品の持続性のなかへ移し、エピカリスが語ったとおり「記憶像」として「舞台へ」のせることによって、「人間のことがら」をはかなさと死からとりあげる。個々ばらばらなものを普遍的な次元へ、恣意的なものを原則的な次元へ関連づけ、存在するものすべてをもう一度同時に意味あるものとして公示することによって、無意味さから救いだす。こうして演劇は、世界をエンブレム的な供覧舞台にのせる。世界を克服するために、つまり、世界を人間の精神に従わせるために。

一六五七年にヤーコプ・マーゼンは記している。[☆84]「そしてそれゆえ演劇の輪郭はエンブレムあるいは寓意画に似ている。それらはタブローが提出するのとは別の神秘を意味しているのである」。

原註

第1章　シュレジアの劇作家たちの出典

☆1――文献表77（=本書末尾の文献表番号）、一七二ページ（第一幕四三六行以下）。

☆2――さまざまな版と翻訳については、サアベドラの一九二七年マドリッド版のV. Garcia de Diegoによる序論に詳しい。

☆3――引用は、最初のドイツ語の翻訳による。文献表34、四八四ページ。

☆4――傍点は著者による。

☆5――文献表77、二二一ページ（第三幕六五四行以下）。

☆6――文献表34、四〇三ページ。

☆7――文献表77、二二〇ページ（第三幕六〇六行）。

☆8――文献表7、第二八番。

☆9――ここでは、一五五〇年の最初の完全版（二一一個のエンブレム入り）による。文献表2、五八ページ。

☆10――クラウス・ギュンター・ユスト編ローエンシュタインの版の一覧表（文献表77、三二一ページ）における挙示。先にあげたようなたんなる指示のほかに、ときどきサアベドラのテクストがでてくることもある。それを見るとわかるとおり、ローエンシュタインはラテン語の（一六四九年以降に出た）翻訳のひとつをもちいており、ときどき短縮したり要約したりしながら、まちがって引用していることもあった。

☆11――文献表63、一〇八、一一八、一六三、そして（以下の引用は）六三二ページ。

☆12――文献表41、一一七ページ。

☆13――文献表10、第一五番。

☆14――文献表25、第五二番。五〇ページの図を参照のこと。

☆15――文献表6、一〇ページ、第九番。

☆16――文献表10、第一三番。

☆17――文献表64。

☆18――文献表110、一五〇ページ。

☆19――ドレクセリウス『弔辞集』文献表64、四〇、二二二ページ。サアベドラは一五一、三〇九ページ。匿名は一〇五ページ（一八〇ページに再出、イッセルブルク文献表23、第一四番）と一三〇ページ。フェッロは五ページ以下。ハルスデルファーは二一、二二二、二七五ページ。サアベドラは四二、一三九以下（四六一以下に再出）、一七六、一八三、一九一以下（四六五に再出）、二二三、二二三以下のページ。

☆20――彼はこのようなインプレーサを二五もちいており、そのうちの三つは異なる二箇所でもちいられている。

☆21――文献表17、第二部六七ページ。

☆22――文献表18、八五ページ以下。

☆23――文献表10、第一八番。ここでは、駝鳥が地面に置かれた卵を息で孵化させている。六四ページの図版を参照のこと。

☆24――文献表64、一四一ページ以下。

☆25――文献表65、七八ページ（『ソフィア』第一幕八六行に対する注）、一一一ページ（『マリアムネ』第一幕四七四行に対する注）、一一四ページ（『マリアムネ』第三幕二〇行に対する注）。

☆26――文献表72、四三ページ（第三幕六九行）と九〇ページ（四三ページ六九行に対する注）。

☆27――文献表54。

☆28――同書、三四七ページ。

☆29――同書、三四八ページ。「接ぎ穂」のエンブレムは、のちにフランツィスキー自身の書物にもう一度、『宗教的遊星の栄光の力と作用』（Glantz Krafft und Würckung der Geistlichen Wandel=Sterne. Nürnberg 1678）という祈禱書に出てくる。そこには、一二五〇から五一ページにかけてピクトゥーラがあり、一二九三ページ以下につぎのようなテクストが見られる。「捕らえられたスコットランド女王メアリー・スチュアートには、かつてよき友人たちによって、いくつかの寓意画が捧げられた。その下には紐に縛られても花を咲かせる接ぎ穂が描かれていて、Per vincula cresco すなわち、紐に縛られてわたしは成長する、という標題が添えられていた。このことは、つぎのような神の言葉から、信仰によってはるかに確実に敬虔なキリスト教徒の心に刻まれる。すなわち、十字架の鎖につながれたキリスト教徒は、縛られることによって成長し大きくなる。神は、聖なる洗礼によってわれわれを生命の木である神の子に接がれたのち、この世のいまわしい塵、あまたのいとわしいことでわれわれのまわりを覆われ、あまたの恥辱のぼろきれでくるまれ、病や苦痛やありとあらゆる災いをいわば紐できつく結ばれるが、それによってかえってわれわれは、われわれの宗教的な樹幹、すなわちキリストにふさわしく育つことができるのである」。

☆30――文献表3、三六ページ。
☆31――文献表22、第二巻、第一三番。
☆32――文献表25、第八一番、および文献表二六、第二八番。
☆33――文献表28、第九一番。
☆34――文献表8、第三番。
☆35――文献表38、O8ページおよびN3ページ。
☆36――文献表43、四／五ページ。
☆37――文献表13、第四二番、および文献表12、Prot. 45, 3。
☆38――文献表1、B3。六九ページの図版を参照のこと。
☆39――文献表26、第八三番。
☆40――研究の現状とおびただしい未研究の問題について、一九四六年にヘンリー・ステジメイアーがすばらしい簡潔な概観を提示した（文献表94）。
☆41――このような関連にはじめて注目したのは、ヴァルター・ベンヤミンだった。彼の『ドイツ悲哀劇の根源』（一九二八年、文献表99）をここで強調してあげておきたい。

第2章　エンブレム表現法概説

☆1――『娯楽草紙』（Zerstreute Blätter）ズーファン版第一六巻、一六一ページ以下。
☆2――これについてはとくにヘンリー・グリーン、文献表88、およびジョルジ・デュプレッシ、文献表85。
☆3――SYMBOLA ET EMBLEMATA Jussa atque auspiciis SACERRIMAE SUAE MAJESTATIS Augustissimi ac Serenissimi IMPERATORIS MOSCHOVIAE Magni Domini Czaris, et Magni Ducis Petri Alexeidis, totius Magnae, Parvae & Albae Rossiae, nec non aliarum multarum Potestatum atque Dominiorum Orientalium, Occidentalium Aquilonariumque SUPREMI MONARCHAE, excusa. Amsterdam 1705.
☆4――文献表93。エンブレム書の文献については、プラーツのほかにヘンリー・グリーン、文献表88、アンネ・ゲラルト・クリスティアーン・ド・フリース、文献表96、ローズマリー・フリーマン、文献表86、ヨン・ラントヴェール、文献表

90をあげなくてはならないだろう。そのほか、重要な資料が図書館や古書店や競売のカタログに出ており、ステジメイアーがその膨大な量のカタログをまとめている。文献表94、二九ページ以下（註二一）を参照のこと。

☆5——文献表46、二三四ページ。

☆6——これに関しては本書第5章の註☆82を参照のこと。

☆7——文献表89、ここは八八／九六段。

☆8——文献表1、B・8b。

☆9——文献表1、C7およびE7b。

☆10——同書、C8およびE3。

☆11——ヘクシャー／ヴィルト、文献表89、九五段。

☆12——文献表10、第五六番。

☆13——文献表66、五二／五九ページ。また、文献表67、一七〇ページも参照のこと。一六六三年にユストゥス・ゲオルク・ショッテルはこの定義を受けている。『ドイツ標準語詳論』（Justus-Georg Schottel: Ausführliche Arbeit Von der Teutschen HauptSprache. p. 1106）。さらにツェードラーの『学問芸術大百科事典』（Zedlers Grosses Universal-Lexikon Aller Wissenschafften und Künste. Bd. 37, 1743, Sp. 1690）も同様に、「図絵が寓意画の身体、テクストが魂であるのは、前者が多種多様なしばしば矛盾する意味をもつことがあっても、その意味が標題や添え書きによって区別され制限されるからだ」としている。

☆14——後述四六ページ以下を参照のこと。

☆15——文献表25、第六一番。

☆16——文献表9、第七三番。

☆17——ボフスラウス・バルビヌス文献表46、二三二ページ。

☆18——マックス・ルーベンゾーン、文献表116、LIXページ。さらにマリオ・プラーツ、文献表92、二二ページ。

☆19——文献表92、二〇ページ以下。

☆20——文献表67、一七八ページ。

☆21——文献表42、八三ページ。

☆22——文献表38、a5vページ。

☆23——同書、a5vページ以下。

☆24——同書、A5ページ。
☆25——文献表11、第四五番。
☆26——文献表38、b2vページ以下。
☆27——ヤーコプ・フリードリヒ・ライマン、後述三三ページ以下を参照のこと。
☆28——マルクワルト・ギュディウス『書簡集』(Marquard Gudius: Epistolae, Utrecht 1697)九六ページ。
☆29——この箇所の「歴史(historia)」を理解するには、カール・ギーロ、文献表87、一五四ページを参照のこと。
☆30——文献表38、a5ページ以下。
☆31——文献表66、七三ページ。
☆32——文献表3、九三ページ。
☆33——文献表3、九二ページ。
☆34——ツェードラーの『学問芸術大百科事典』(Zedler. Bd. 31, 1742, Sp. 241-242)「彼の才能はじつに大きいというべきで、才能の輝きは高齢になっても見られる。専門的なことがらに対する彼の判断は正確だし、その博識たるや並外れている。……彼の友人のなかにはとりわけ有名なライプニッツ氏がいて、生涯にわたってしばしば彼を訪れ、頻繁に手紙を交わしていた」。
☆35——文献表81、八五ページ以下。
☆36——記念版ゲーテ全集第三八巻、二六一ページ。
☆37——「寓意画(Sinnbild)」の章、六六八ページ、「アレゴリー(Allegorie)」の章、四七ページ。——このちがいは、けっしてあらゆる理論家に見られるわけではない。たとえばヤーコプ・マーゼンはこう定義していた。「エンブレムの素材は、理にかなうものであり、その様態と活動なら詩的につくられたものであろうと、ほんとうのものであろうと、なんでもよい。なぜなら、別の箇所でも指摘したように、図像は存在する必要がなく、意味を指示することができるようなものであればよいからだ」(文献表79、七ページ)。
☆38——『弁論家の教育』(Institutio oratoria, VIII, 6, §44)
☆39——文献表25、第一六番。
☆40——文献表24、五一ページ、第四五番。子どもと老人は、このエジプトの言葉が人間のあらゆる年齢にあてはまることを表現している。ユニウスはここでイシス神殿の碑銘のヒエログリフについてのプルタルコスの記述によっている(Plutarch: De Isis et Osiride. 32.『エジプト神イシスとオシリスの伝説について』柳沼重剛訳、岩波文庫、一九九六年、六三ページ以下、三三項)。

☆41——詳細な研究は、カール・ギーロ、文献表87、およびルートヴィヒ・フォルクマン、文献表95。

☆42——ホラポッロ、I58, I44, 56, II20を参照のこと。

☆43——文献表67、一七八ページ。

☆44——文献表81、一六〇ページ。

☆45——とくにヘルムート・ローゼンフェルトはこのような事情を強調していた。文献表115、五四ページ。

☆46——文献表81、一五九ページ。

☆47——文献表45、第八八番。

☆48——文献表2、三三ページ。

☆49——文献表44、第二部第一六番。

☆50——文献表51、一一三ページ。これについてはカール・ギーロ、文献表87、一〇七ページ以下を参照のこと。

☆51——文献表35、四ページ。

☆52——文献表53、a3rおよびa6rページ。

☆53——文献表67、一七〇ページ。ここでもハルスデルファーは、ジョーヴィオのインプレーサの定義に従っている。後述四六ページ以下参照のこと。

☆54——文献表92、一八ページ。

☆55——文献表105、一七一ページ。

☆56——同書、一七ページ。

☆57——同書、一〇一ページ。

☆58——同書、一七六ページ以下。

☆59——後述七〇ページ参照のこと。

☆60——文献表43、三二六ページ以下。

☆61——文献表38、a8rページ以下。

☆62——文献表91、一六ページ。

☆63——文献表38、b6rページ。

☆64——文献表71、一〇七ページ。

☆65——これについてはルートヴィヒ・フォルクマン、文献表95、四二ページ、およびマリオ・プラーツ、文献表92、第二章を参照のこと。

☆66——文献表53、b2r ページ。

☆67——文献表18、九ページ。

☆68——文献表38、b2 ページ。

☆69——文献表69、一九一ページ以下。

☆70——文献表10、第一六番および第一〇〇番の指示を参照のこと。

☆71——これについては、ハインツ・G・ヤンチュ、文献表107、とりわけ原理的な第三部をあわせて参照のこと。フリードリヒ・オーリ（文献表114、二一ページ）がはっきりとこの関連を指摘している。「中世をひと飛びにして古代に遡るルネサンスのエンブレム書が、アレゴリーの辞書と肩をならべ、そのキリスト教的寓意を押しのけるかに見えたにしろ、バロック時代も、一七世紀のフィリッポ・ピチネッリの象徴世界のような、ヴィンケルマンにいたるまで生きつづけるエンブレム表現法をふたたび中世のアレゴリー精神で浸透させた」。

☆72——PL CCX 579.

☆73——これについてはフリードリヒ・オーリ、文献表114。

☆74——ラ・ペリエール、文献表25、第五二番。

☆75——カメラリウス、文献表9、第二三番。

☆76——カメラリウス、文献表9、第六八番。

☆77——ラ・ペリエール、文献表26、第二三番。

☆78——ツィンクグレフ、文献表45、第三二番。

☆79——カメラリウス、文献表10、第一三番。

☆80——ホルツヴァルト、文献表21、第四二番。

☆81——コロゼ、文献表14、Bvb。あるいはラ・ペリエール文献表25、第八二番。

☆82——カメラリウス、文献表8、第二六番。

☆83——コロゼ、文献表14、14,Ivib.

☆84——カメラリウス、文献表9、第四八番。

☆85——ズーファン版『娯楽草紙』第一六巻、二三〇ページ。

☆86――C・L・フェルノウ編『ヴィンケルマン作品集』(Winckelmann's Werke. Hrg. C.L. Fernow, Dresden 1808) 第一巻、一八三ページ以下。

☆87――同書第二巻、四四一および四七四ページ。

☆88――ハンス・ルペルト編『ゲーテ蔵書カタログ』(Goethes Bibliothek, Katalog. bearb. v. Hans Ruppert, Weimar 1958, Nr. 1465) を参照のこと。

☆89――これについてはアルトゥール・ヘンケル『遍歴の嵐の歌』(Arthur Henkel: Wandrers Sturmlied. Frankfurt/M. 1962) のとくに四〇ページ以下を参照のこと。

☆90――『ヤーコプ・ベルヌーイ全集』(Jacobi Bernoulli: Opera, Genf 1744) 第一巻、五〇二ページ。

☆91――エーバーハルト・ブーフヴァルト『象徴的物理学』(Eberhard Buchwald: Symbolische Physik. Berlin 1949) 四二ページ以下。

☆92――同書、四四ページ。

☆93――文献表38、H5ページ。

☆94――文献表45、第五九番。

☆95――文献表34、三八八ページ。

☆96――Lib. V, III 10, p. 1105.

☆97――『弁論家の教育』(De institutione oratoria II 4, 27-28)。

☆98――Obras compl. ed. Hoyo. 1960, p. 490.

☆99――文献表71、一〇八ページ。

☆100――エンブレム表現法の応用については、ヴィリアム・S・ヘクシャーとカール‐アウグスト・ヴィルトの概観、文献表89、一九三/二二二段を参照。エンブレムの範例が壮大な絵画へ与えた影響をよく教えてくれる実例としては、ハンス・カウフマン (Hans Kauffmann) がルーベンスのすいかずらの園庭に与えたアルチャーティの影響に即して示している (『形式と内容・オットー・シュミット記念論集』Form und Inhalt. Festschrift für Otto Schmitt. Stuttgart, 1950, pp. 257-274)。

☆101――興味深い実例をベルンハルト・マイアーが指摘している。(『一六世紀の音楽における〈象形文字的な要素〉』Bernhard Meier: 'Hieroglyphisches' in der Musik des 16. Jahrhunderts. この論文は、G・ライヘルト、M・ユスト編「一九六二年カッセル国際音楽学会議報告」Bericht über den Internationalen Musikwissenschaftl. Kongreß Kassel 1962. Hrg. G. Reichert u.

M. Just, Kassel 1963 の一二七ページ以下に所収)。レオナルドゥス・バレ、クレキヨン、ローレ、バード、ラッソー、シュッツなどの音楽では、永遠を表わす言葉（永遠、つねに、長期間など）に循環音型の音響像がもちだされる。循環を音楽にもちいる背後には、円、環、ウロボロス（蛇の環）といったシンボルに見られる永遠の意味がある。本書一四五、二一八ページの挿図を参照のこと。

☆102——エラスムス・フランツィスキー『永遠に滅びぬ名声を求める人びとの、魂を蘇らせる平安の時……』(Erasmus Francisci: Derer Die nach der ewigen und beständigen Ruhe trachten / Seelenlabende Ruhstunden..., III. Teile, Osnabrück 1676-79)。『天界の魂の蒼穹に輝く宗教的遊星の栄光の力と作用。……六四の考察とそれぞれに添えた寓意画による提示……』(Glantz Krafft und Würckung der Geistlichen Wandel=Sterne / Welche am Firmament himmlicher Seelen leuchten... In vier und sechzig Beobachtungen / samt deren beyfügigen Sinnbildern / fürgestellt... Nürnberg 1678)。『賢者たちの燃える灯り。無常の細心な照明、魂の慎重な見張り、死に対する心の準備について。三六の思索および同数の寓意画によって、確実な眠りにあらがって灯す……』(Die Brennende Lampen der Klugen; Zu Sorgfältiger Beleuchtung der Sterblichkeit / fürsichtiger Bewachung der Seelen / und vorbereitlicher Rüstung deß Gemüts gegen den Tod; Mit Sechs und dreissig Bedenckungen / auch gleich so vielen Sinnbildern / wider den Schlaff der Sicherheit angezündet..., Nürnberg 1679)。『恩寵時代をあざ笑える者たちに対する必定の永遠の嘆き。……詳細な記述および数多くの寓意画と銅版画によって提示……』(Das Unfehlbare Weh der Ewigkeit für die Verächter der Gnaden=Zeit... so wol mit ausführlicher Beschreibung / als vielen Sinn=Bildern / und Kupffer=Figuren / Vorgestellt.., Nürnberg 1682)。『永遠をあざ笑える者たちに対する永遠の名誉と歓喜に満ちた幸福……』(Das Ehr- und Freuden=reiche Wol der Ewigkeit / für die Verächter der Eitelkeit..., Nürnberg 1683）など。
ヨハン・ミヒャエル・ディルヘル『目と心の楽しみ。すなわち日曜祭日福音書のエンブレムによる瞑想』(Johann Michael Dilherr: Augen= und Hertzens=Lust. Das ist / Emblematische Fürstellung der Sonn= und Festtäglichen Evangelien..., Nürnberg 1661. クリスティアン・アルノルトの歌つき)。および『聖なる使徒書簡の教え、光、導きと喜び。すなわち聖なる日曜祭日使徒書簡のエンブレムによる瞑想』（Heilig=Epistolischer Bericht / Licht / Geleit / und Freud. Das ist / Emblematische Fürstellung Der Heiligen Sonn= und Festtäglichen Episteln..., Nürnberg 1663. ヨハン・クリスティアン・アルンシュヴァンガーの歌つき)。

クリスティアン・スクリヴェリウス『ゴットホルトの偶然の祈禱四〇〇。人為と自然の多彩なことがらを考察しながら、神の栄誉と心の改善と敬神の修練のためのさまざまなきっかけでつくられた……』（Christian Scriver: Gottholds zufälliger Andachten Vier Hundert / Bey Betrachtung mancherley Dinge der Kunst und Natur / in unterschiedenen Veranlassungen zur Ehre Gottes / Besserung deß Gemüths / und Ubung der Gottseligkeit geschöpffet. 4 Aufl. Leipzig 1679)。スクリウェリウスは、エンブレム的構造の仲介者として、とりわけブロッケスにとって重要である。ブロッケスは『この世の楽しみ』(Irdischen Vergnügen II, 476) で、ゴットホルトの著作に付随的ながらもはっきり言及している。

☆103——『エンブレム教理問答』(Emblematischer Katechismus. Nürnberg 1683)。編者のJ・L・Pが序文で教理問答のエンブレム的な扱い方に対して行なっている理由づけは、注目に値する。「このようなエンブレム的な教え方は、今日ほとんど慣例になっているが、特別の優美さを与え、目と心の双方をいざなって楽しませ、精神を活気づけて燃えあがらせ、ものごとを説明して啓発し、いっそうよく心に刻みつける。さながら目に見えるもののすべてがそうであるように。」(一三ページ以下)。

☆104——『エンブレムの賛辞と弔辞の雄弁家。彼は、種類ごとに優美な寓意画によってみごとに式辞を捧げる基本的な指南を与えるのみならず、エンブレムの配置と入念さの膨大な蓄えを、人物たちのあらゆる性格と死の事例に関連づける。これによって練達の聴衆には必要不可欠な発明、配置、入念さの技術を教え、激情にいっそう大きな光をあてるが、未熟な演説者には劣ることなき演説家を贈り物にする』(Emblematischer Lob= und Trauer=Redner / Welcher Nicht nur gründliche Anleitung giebet nach unterschiedenen Arten durch anmuthige Sinnbilder glücklich zu parentieren; sondern auch Einen sehr grossen Vorrath von Emblematischen Dispositionibus und Elaborationibus auff alle Arten derer Personen und Fälle des Todes communiciret: Um hierdurch seinen geübten Zuhörern in denen höchstnöthigen Artificiis Inveniendi, Disponendi, Elaborandi und Affectus movendi ein grössers Licht; ungeübten Rednern aber einen nicht geringen Redner Schatz zu schencken. Leipzig. 発行年記載なし［1705］)。

☆105——マリオ・プラーツは、この点でまったく配慮のないヘンリー・グリーンの『シェイクスピアとエンブレム作者たち』(Henry Green: Shakespeare and the Emblem Writers. London 1870) に対する彼の批判と関連して、つぎのように説明している。「エンブレム作者たちが、自分の構成に対し古代の歴史家や弁護や証明をあげるとき、すでに見てきたとおり、彼らの作品と文献箇所との一致は、たいていの場合、錯覚であることがわかる。類似性は、共通の原典によって生じている」。文献表92、一八八ページ。

☆106——『詳解ドイツ韻文詩法基本指導』(Gründliche Anleitung zur Teutschen accuraten Reim= und DichtKunst, Nürnberg 1704)、二一三ページ以下。

☆107——まさにこの局面がはっきり強調されている。ヤーコプ・カッツのエンブレムの著作は、ネーデルランド市民階級の家庭愛読書となっていたが、その彼がこう説明している。エンブレム表現法では、人びとは「つねに現にあるより多くのことを読み、現に見るよりさらに多くのことを考える」(『意味深い著作と思考、オランダ語からの翻訳版』Jacob Cats: Sinnreiche Wercke und Gedichte / Aus dem Niederländischen übersetzet, Hamburg 1710. 第一部「寓意画に関する著者の序文」tt2r ページ)。ハルスデルファーも、エンブレムは「描かれたり書かれたりしていることより多くのことを示し、それによってさらに熟考するにふさわしいきっかけを与える」(文献表66、五一ページ) とはっきり述べており、さらにツェードラーの『学問芸術大百科事典』(Zedler. Bd. 37, 1743, Sp. 1690) にも、つぎのような言葉が見られる。「寓意画、ラテン語でエンブレマ、フランス語でエンブレム、ドヴィーズは、図像と若干の添え書きによって隠された意味をあきらかにする絵画であり、この隠された意味は、さらに熟考させるきっかけとなる」。のちにヘルダーが「思考像」として翻訳したエンブレム集も、これに合致する(『娯楽草紙』、ズーファン版第一六巻、一六四ページ)。

第3章 演劇テクストにおけるエンブレムの範例

☆1――文献表10、第一八番。
☆2――前掲一四ページの図版を参照のこと。
☆3――文献表77、一八四ページ(第二幕二〇行以下)。
☆4――文献表74、五七四ページ、三二行以下。
☆5――ローエンシュタイン自身、同じ寓意がもちいられている『ソフォニスベ』第一幕五四七行以下の注で、プルタルコスを挙げている(文献表76、三六五ページ)。
☆6――文献表3、二七ページ。
☆7――文献表15、一四〇/一四二ページ。本書六六ページの図版を参照のこと。
☆8――文献表12、5, I。
☆9――文献表6、六五ページ(第六四番)。
☆10――文献表22、第二部第四五番。
☆11――文献表26、第四一番。
☆12――文献表62、五五三ページ。ここに引用したテクストのもとの原文は明らかに誤植である。引用のとおりwildではなくmildが正しい。フォンデルにおいてもそのようになっている(文献表83、第三巻、八一二ページ、一四一行)。グリュフィウスもmildという言葉の古語としての原義においてこの言葉を選んでいる。すなわち「気前のよい、多産である」という意味において。

☆13——文献表61、一三〇ページ（第四幕二八六行以下）。

☆14——文献表1、B3。その後にラ・ペリエール、文献表26、第八三番、あるいはロレンハーゲン、文献表31、第一八番、文献表32、第三八番にも出てくる。さらに、石の重しを乗せられる棕櫚の寓意画がテュボティウスに二回現われる。グリューフィウスが彼の選集を知っており、利用したことは実証できる（前述一一ページ以下を参照のこと）。

☆15——文献表75、一五八ページ（第三幕一九行以下）。ローエンシュタインの『エピカリス』、文献表77、二一三ページ（第三幕三八〇行以下）、および『クレオパトラ』、文献表76、八四ページ（第三幕一一九行以下）にも類似箇所があり、ハルマンの『マリアムネ』、文献表65、三〇ページ（第二幕三七三行以下）と同様、エンブレム作者たちに頻繁に出てくるセイレーンの寓意画に鰐の寓意画が結びつけられている。

☆16——文献表11、第六七番。笑いながら愛する人を破滅させるアモルと対をなすものとして鰐を描いているウェニウス（文献表43、二一六／二一七ページ）も参照のこと。

☆17——ローベルト・ラインシュ編『動物譚——ノルマンディーの詩人ギヨーム・ル・クレルクの動物の本』（Le Bestiaire. Das Thierbuch des normannischen Dichters Guillaume le Clerc. Hrg. Robert Reinsch. Leipzig 1892. =altfrz. Bibliothek Bd. 14）二九四ページ以下、一六五一／一六七〇行を参照のこと。

☆18——『海棲爬虫類の塩分分泌』（Salt Glands in Marine Reptiles. In: Nature: A Weekly Journal of Science. Vol. 182, pp. 783-85, Sept. 20, 1958）。

☆19——本書の第2章、三三ページの引用（第六節一）を参照のこと。

☆20——Blake Lee Spahr は、本書第一版に対する書評（German. Review XLII, 1967, p. 67）で、この動物生理学に関する余論を「ばかげている」と非難した。彼にそう言われると白状せざるをえないが、私はこの余論で、イロニーの意図がまったくないわけでもないのである。

☆21——文献表9、第九九番。このエンブレムに対するカメラリウスの註に「マングースは、……一般にファラオのねずみと呼ばれる」とある。プリニウス『博物誌』第八巻九〇節を参照のこと。

☆22——文献表14、Hiiib. 同じようにすでにアルチャーティ（文献表1、C 7b）でも、「最小のものさえも恐れるべし」というモットーで、鷲の卵を破壊する黄金虫が現われている。

☆23——文献表74、六〇七ページ以下（第五幕三一九行以下）。

☆24——文献表77、一七八ページ（第一幕六三三行以下）。

☆25——サアベドラ、文献表34、第五九番。すでに二五年前、ヤコブス・ア・ブルックにまったく同じものが見られ、サアベドラは彼を利用していたと思われる。『エピカリス』に付されたローエンシュタインの注（文献表77、二七六ページ）を参照のこと。同一のエンブレムがハルマンの『テオドリクス』にもちいられている。文献表65、九八ページ（第五幕一六六行以下）。

☆26――文献表76、一四六ページ（第五幕六三一行以下）。

☆27――文献表28、第五八番。

☆28――文献表64、一二四／一二六ページ。

☆29――前掲、七一ページ参照のこと。

☆30――文献表65、一〇〇ページ（第五幕七七五行以下）。

☆31――文献表74、六〇九行以下（第五幕四〇一行以下）。

☆32――文献表4、第三二番。

☆33――文献表11、第九一番。

☆34――文献表36、第五一番。

☆35――文献表74、六〇三ページ以下（第五幕一五四行と一五七行）。

☆36――後掲、一〇八ページ以下を参照のこと。

☆37――タウレルス、文献表38、K7ページ。「鰐はナイル川に棲む」。

☆38――文献表43、二二八／二二九ページ）。――同じエンブレムがカメラリウス、文献表11、第六九番、ヘインシウス、文献表20、第三〇番、カッツ、文献表13、第一六番にもある。

☆39――文献表65、二ページ（第一幕二四行以下および三三行以下）。

☆40――同書、七二ページ（第五幕二四五ページ以下）。

☆41――文献表75、三五ページ（第二幕七四ページ、八〇ページ以下、八二ページ以下）。

☆42――文献表75、三六ページ（第二幕一一二行以下）。

☆43――文献表2、一七八ページ。

☆44――文献表4、第二二番（後掲、一四九ページを参照のこと）。

☆45――文献表9、第六一番。

☆46――文献表60、一二五ページ（第五幕四三行以下）。

☆47――文献表41、一一〇ページ。

☆48——文献表63、一六三ページ以下。
☆49——文献表72、五八ページ（第三幕三二三行以下）。
☆50——文献表28、第四一番。
☆51——文献表11、第八二番。
☆52——たとえばプルタルコス『食卓歓談集』（Plutarch: Quaestiones convivales）第二巻四問（柳沼重剛編訳、岩波文庫、一九八七年、一二二ページ）。
☆53——文献表8、第三五番。
☆54——文献表74、五四九ページ（第一幕三三七行以下）。
☆55——『博物誌』第一五巻一三五節。
☆56——『ローマ皇帝伝』（Vitae Caesarum）のティベリウス六九節。
☆57——『ヒエログリフ集』（Hieroglyphica）L, XV。
☆58——文献表8、第三五番の注を参照のこと。
☆59——文献表10、第二五番。
☆60——文献表74、五九六ページ（第四幕三四五ページ以下）。
☆61——同書、五八四ページ（第三幕四二五ページ以下）。
☆62——文献表65、二ページ（第一幕二九行以下）。——ハルマンの弔辞集でも、月桂樹のエンブレムがサラマンダーと結びついてもちいられている。文献表64、二〇五ページを参照のこと。
☆63——文献表74、五四一ページ（第一幕五行）。
☆64——文献表75、二〇三ページ（第五幕三七五行以下）。
☆65——文献表65、四二ページ（第三幕一五〇行以下）。
☆66——文献表65、一〇二ページ以下（第五幕八五三行以下）。
☆67——このエンブレムは、ローエンシュタインの『エピカリス』の論争でも同じように扱われている。「セネカ——王侯たちの月桂樹は、雷にも当たらない。ナタリス——ロムルスは雷に当たって死んだことを認めるがいい。セネカ——しかし、神々の会議に受け入れられた」（文献表77、一七六ページ、第一幕五四九行以下）。
☆68——文献表65、六五ページ（第二幕二一行以下）。
☆69——同書、五三ページ（第四幕二八七ページ以下）。

☆70——文献表61、一九一ページ（第二幕二八六行以下）。

☆71——同書、二五二ページ以下（第五幕四七六行以下）。

☆72——文献表65、三ページ（第一幕第二場）。

☆73——文献表65、一〇四ページ（第五幕三五六行以下）。

☆74——同書、一一ページ（第一幕三三八行以下）。ハウクヴィッツの『ソリマン』にも、不屈の寓意、つまり荒れ狂う波に囲まれても微動だにしない巌の寓意を扱っているところで類似の例が見られる。トルコの太守がイザベラに求婚してききいれられないとき、太守は彼女にこういう。「ともあれ、そんなふうに頑なな態度をとっているがいい。しかし結局は、速い波の潮が巌を征服するだろう」（文献表72、一三ページ、第一幕三三九行以下）。

☆75——文献表70、七一ページ。

☆76——文献表56、四六八ページ、二五行以下。

☆77——ゲーアハルト・フリッケ、文献表103、五四ページ以下。

☆78——本書五一ページ以下を参照のこと。

☆79——完成したのも、またおそらくハプスブルク家のレオポルト一世とスペイン王女マルガレーテ・テレジアの結婚に際して初演されたのも、一六六六年。

☆80——文献表76、二六〇ページ（第一幕一行）。——エンブレム作者たちが与えていた意味（本書一〇六ページ以下を参照のこと）とは異なり、ローエンシュタインは『イブラヒム・スルタン』でも、この寓意を罪人の自己破滅の描写にもちいている。叛徒たちに罷免されたアハメトが、よりによって彼の殺害を決めたサルタン親衛隊のムフティの家に逃亡し、そこで絞殺されることになる。「蛾は灯りを求めるが、大好きな炎に死棺を見いだす。そしてアハメトは、ここにわれわれが集っているので、あなたの家を庇護に選んだ」（文献表75、二〇二ページ、第五幕三五〇行以下）。

☆81——ユニウス、文献表24、第四九番。カメラリウス、文献表10、第九七番。ウェニウス、文献表43、一〇二／一〇三ページ。ロレンハーゲン、文献表31、第四〇番および第六四番。

☆82——文献表14、Liib。

☆83——文献表24、第五九番。同一のモティーフはとりわけラ・ペリエール、文献表26、第七三番、ボリア、文献表6、一八ページ、第一七番（本書一四〇ページを参照のこと）、ソト、文献表37、79bページ、コバルビアス、文献表16、第三部第八七番。

☆84——文献表76、二六一ページ（第一幕三〇行以下）。

☆85——同書、二六二ページ（第一幕六六行以下）。カメラリウスは、他人に見られないように雪のなかに頭を突っこんでいる雉を示している。文献表10、第五三番。

☆86——この悲劇のこのような解釈については、ヴォルフガング・カイザー『歴史悲劇としてのローエンシュタインのソフォニスベ』（Wolfgang Kayser: Lohensteins Sophonisbe als geschichtliche Tragödie. In: Germ.-Roman. Monatsschrift 1941）二〇ページ以下を参照のこと。

☆87——文献表76、二八三ページ（第二幕一六九行以下）。

☆88——『博物誌』第二九章六六節。

☆89——文献表76、二八三ページ（第二幕一七七行）。

☆90——この寓意の同じような使い方がローエンシュタインの『クレオパトラ』にも見られる。文献表76、五一ページ（第一幕九四五行）。

☆91——文献表43、一〇二／一〇三ページ。

☆92——文献表76、二八五ページ（第二幕二五九ページ以下）。

☆93——アルチャーティ、文献表2、六一ページ。カメラリウス、文献表9、第九〇番。

☆94——文献表43、六二／六三ページ。

☆95——文献表76、二八七ページ（第二幕三〇六ページ以下）を参照のこと。ソフォニスベの台詞、「あの人〔シュファクス〕の鎖を砕き、ソフォニスベの首にはめる。この鎖によって、わたし自身は、マサニッサをわたしの誠のしるしとして、愛の糸に結びつけることにいたしましょう」。さらに三〇八ページ（第三幕四三五ページ以下）、「ソフォニスベがマサニッサに魔法をかけて縛った彼女の鎖から、彼を救いだす」。

☆96——文献表76、二八八ページ（第二幕三五六行および三六六行）。

☆97——同書、二八八ページ（第二幕三七五行以下）。

☆98——たとえばサンブクス、文献表35、二八ページ。ボリア、文献表6、七ページ（第六番）。ロイスナー、文献表30、第一部第八番。カメラリウス、文献表10、第四番、六番、九番、一四番。ソト、文献表37、七七ページ。コバルビアス、文献表16、第一部第七九番。

☆99——文献表29、一二ページ。

☆100——これについては、『アグリッピーナ』におけるこの寓意の使用、文献表74、五八四ページ（第三幕四三三行以下）を参照のこと。

☆101——ラ・ペリエール、文献表25、第八二番、コロゼ、文献表14、Bvb、アノー、文献表3、五三ページ、カメラリウス、文献表8、第二六番と第五四番を参照のこと。

☆102——文献表76、二八九ページ(第二幕三七九行以下)。

☆103——カール・コーエン『一角獣の文学史』(Carl Cohen: Zur literarischen Geschichte des Einhorns. Berlin 1896)、カール・グスタフ・ユング『心理学と錬金術』(Carl Gustav Jung: Psychologie und Alchemie. Zürich 1944. =Psycholog. Abhandlungen Bd. V)五八五ページ以下、グスタフ・ルネ・ホッケ『迷宮としての世界』(Gustav René Hocke: Die Welt als Labyrinth. Hamburg 1957. =rowohlts deutsche enzyklopädie 50/51)、一九一ページ以下を参照のこと。ローエンシュタイン自身は、サミュエル・ボカルトゥス(Samuel Bochartus: Hierozoicon Sive bipertitum opus De Animalibus Sacrae Scripturae, London 1663. Paris Prior, Lib. III, Cap. XXVI, Sp. 930-948)を利用しており、『ソフォニスベ』第二幕四三三行の注では、そこからエウスタティウス、イスパニアのイシドルス、ヨハン・ツェツェスの発言を伝えている(文献表76、三六八ページ以下を参照のこと)。

☆104——文献表9、第一三番。

☆105——文献表76、二九〇ページ(第二幕四三一行以下)。

☆106——プリニウス『博物誌』第九巻一四三節、一五一節。アリストテレス『動物誌』六二〇bなど。——カメラリウス、文献表11、第四〇番。

☆107——文献表76、二九七ページ(第三幕四六行以下)。

☆108——同書、三一五ページ(第四幕七八行以下)。

☆109——文献表11、第八五番。

☆110——文献表76、三一五ページ(第四幕八四行以下)。同じ寓意がローエンシュタインの『クレオパトラ』(文献表76、六二ページ、第二幕一六三ページ)にも現われる。また、ハルマンの『ソフィア』(文献表65、四ページ、第一幕一〇五行以下)では、つぎのように否定的なかたちでもちいられている。ソフィアに関するアレクサンダー司教の台詞、「彼女は、たしかにキリスト教徒たちの無垢を皇帝に説いている。しかし皇帝は、堅く耳を閉ざしながら聞いている。苦情をいう者にいっさい耳を貸さない蛇のように」。グリューフィウスがもちいているところに関しては、後述一六八ページを参照のこと。

☆111——文献表76、三三三ページ(第四幕三六六行以下)。

☆112——同書、三三七ページ(第五幕一三三行)。ロルフ・タロトは(Rolf Tarot: Zu Lohensteins Sophonisbe. In: Euphorion 59, 1965.

p. 27f）ソフォニスベとマサニッサを「欲望に理性がおびやかされることの実例」と解釈している（同書八四ページ）。その解釈では、ソフォニスベが「非難すべき行為を実例として演じ」（九六ページ）、破滅を自分の罪に対する罰として耐え忍ぶが、一方、情念に盲目となったマサニッサは、スキピオの影響下に、最後にようやく理性へ到達する。この見方を、タロートは本書第一版に対する書評（Anzeiger f. dt. Altertum LXXVI, 1965. p. 72ff.）で、マサニッサのエンブレムの論拠をサンブクスの鷲のエンブレムに関連づけることで守ろうとしている。このエンブレム（文献表35、二八ページ）では「賢しらにすぎる」というモットーの下に、太陽を見つめる鷲が描かれ、同様に太陽を見ている人間の姿、そして背景には雲から落ちてくるイカロスが描かれている。スブスクリプティオはこう書かれている。

目でまっすぐ太陽神（ポイボス）の光を見つめ、
　おのれの眼光で太陽神の光に優ろうとする者は、盲目になる。
なんと虚しい努力だ、おまえの眼光を天の光の仲間にしたて、
　輝く神をおまえの目でそそのかそうとするとは。
そのようなことは、偉大な雷神（ユピテル）の鷲にのみ可能なこと。
　鷲はおのれの眼光を研ぎすますが、それでも太陽神には勝てぬ。
あまえは高すぎる望みを捨て、与えられた運命のまま自分を幸せと呼び、
　おのれの欲するすべては、すでに与えられていると思いなせ。
パエトンよ、おまえに至上の権力はふさわしくない。
　イカロスも、めざす天の高みから墜落したのだ。

そこでタロートはこう説明する。「しかし注目すべきは、マサニッサのエンブレムの論拠が、サンブクスの鷲のエンブレムを顧慮すると、アイロニカルにあやしくなってくることである。その論拠の台詞では完全に隠されていることがらが、つまり思いあがった鷲のまなざしとイカロスの運命の関係が、サンブクスのスブスクリプティオではっきり示されている。そしてすでに、イカロスのエンブレムとの連携（第三幕五／八行）が打ち立てられている。イカロスのイメージのもとに、この悲劇におけるシュファクスの宿命がつぎのように解されているのである。

ボミルカル　　王よ、シュファクスの件を鏡としてくだされ。

マサニッサ　あいつは、高慢の翼で高く舞い上がりすぎたから、失墜したのだ。
マナスタベル　ソフォニスベが、あの方を、高慢に駆り立てたのです。
マサニッサ　イカロスのごとき男に、太陽を責めることなどできるものか。

ここでシュファクスに対し下している判決を、マサニッサは鷲のエンブレムで暗黙のうちに自分自身に下していたのである」(同書七八ページ以下)。タロトはこのように理解した鷲のエンブレムを、マサニッサが使っている木蔦のエンブレムと、破滅をもたらす情愛を示す光に飛びこむ蛾のエンブレムに関連させてつぎのように結論づけている。「出来事の経過のコンテクストから〈語り手が正しい行為をしていることの自己確認の手段〉として示されることがらは、内的な意味連関のコンテクストからは、マサニッサの盲目性、あつかましさ、傲慢さ、つまり鷲の視力を自慢して暴挙におよぶイカロスの傲慢さであることが明らかになる。……マサニッサが結局、木蔦のように木もろとも破滅しないとするならば、それはスキピオの介入のおかげである。スキピオは危険におちいったイカロス‐マサニッサを、破滅の太陽‐ソフォニスベから守り、マサニッサが理性にかなった――そしてヌミディアの王の尊厳へ――たちもどることを可能にする」(七九ページ)。実際は、サンブクスのエンブレムはローエンシュタインの戯曲と関係づけることができない。そのエンブレムで描かれている者は、スブスクリプティオによれば太陽神に勝ろうとし(このことは鷲にあてはまらないし、ソフォニスベを自分の太陽とするマサニッサにもあてはまらない)、太陽をみつめて盲いる(しかし、鷲とマサニッサの目は太陽に研ぎすまされるのである)。だからマサニッサが自分を鷲と比較するのは、けっして「不遜」や「イカロスの傲慢」の証しとして現われることはないし、「思いあがった鷲のまなざしとイカロスの運命の結びつき」が劇中ではっきり見えることはない。マサニッサがソフォニスベと別れ、滅亡を共にしないことが「政治的理性」の行為であることは、完全にたしかである。しかし彼には、ソフォニスベの本質をなす点、偉大さが欠けている。

☆113――同書、三二五ページ(第四幕四三三行以下)。――涙を流す鰐については、前述七〇ページを参照のこと。

☆114――文献表76、三四〇ページ(第五幕二六七行以下)。

☆115――文献表25、第六七番。このほかに鉄床のエンブレムの典拠には以下のものがある。ラ・ペリエール、同書、第三一番。サンブクス、文献表35、一一六ページ。モントネ、文献表28、第一四番。ベザ、文献表4、第五番。ボリア、文献表6、三七ページ(第三六番)。コバルビアス、文献表16、第三部第七八番。

☆116――文献表76、三四七ページ(第五幕五〇八行以下)。

☆117——前述一〇五ページを参照のこと。さらに、二度目のところでは、シュファクスを「バジリスクのまなざし」と呼んでいた。文献表76、三一六ページ（第四幕一一六行）。

☆118——文献表76、一二七ページ（第四幕六一〇行以下）。

☆119——文献表11、第七九番。

☆120——文献表76、三四四ページ（第五幕四〇二行以下）。本書一〇三ページと一四〇ページの図版を参照のこと。

☆121——文献表1、E8b。

☆122——文献表76、九三ページ（第三幕四〇五行）。

☆123——文献表76、五三ページ（第一幕一〇〇七行以下）。

☆124——文献表49、二二一ページ。

☆125——同書、二二〇ページ。

☆126——『比喩の本質、意図、使用に関する批判論』（文献表49）の第七章、一九〇／二三七ページ。

☆127——たとえば、文献表50の表題「文学（Dichtkunst）」と副題「詩的絵画（Poetische Mahlerey）」を参照のこと。

☆128——文献表50、三二〇ページ。

☆129——同書、三三四ページ。

☆130——ここでアスタリスクをつけた版は、もちろん同じ一七〇八年の版の残部からつくられたものである。

☆131——文献表49、四六二ページ。

☆132——ブライティンガー、文献表49、一二四ページの場合。

☆133——文献表76、一三ページ以下（第一幕一三ページ以下）。

☆134——文献表49、一二四ページ。

☆135——『比喩の本質、意図、使用に関する批判論』の第一五章、四五九／四九〇ページ。

☆136——文献表49、四六三ページ。

☆137——同書、四六二ページ。

☆138——文献表49、四六三ページ以下。

☆139——文献表50、三三二ページ。

☆140——文献表65、一七ページ（第一幕四八六行）。

☆141——文献表72、四二ページ（第三幕一六行以下）。

☆142——同書、四八ページ（第三幕五一行以下）。

☆143——文献表25、第二二番。これについてはさらにマキアヴェッリ『君主論』第一八章を参照のこと。

☆144——文献表77、一七二ページ（第一幕四三三行以下）。

☆145——文献表111、一四九ページ以下。

☆146——たとえばカメラリウス、文献表10、第五九／六四番。

☆147——本書一一五ページ以下を参照のこと。

☆148——文献表76、二七七（第一幕五六五行以下）。

☆149——文献表50、三三二ページ以下。

☆150——文献表49、四七九ページ。

☆151——同書、四八八ページ以下。

☆152——文献表49、四七〇ページ。このことはもちろん、「ローエンシュタインの書き方」全般、つまり悲劇ばかりか小説『アルミニウス』にもあてはまる。ブライティンガーは、この小説からはじめ、そこからつぎのように一例を挙げている。「たとえば二八一ページで、父が娘のアルジーノエ姫に、王子より身分の低い者と結婚するのは品性に反するということを実証したいときには、こんな具合に推論してゆく。〈アルジーノエをわが娘と思わねばならぬ以上、わたしは彼女に期待する。棗椰子の木にからみつくかと思えば、すぐまた榛の木にからみつくような、そんな卑しい者にも似た木蔦のごとき女であって欲しくはないのだ。高貴な植物ならば、頭を天に向けるもの。薔薇は、太陽がでているときにのみ花開く。椰子は、卑しい植物といっしょには育たぬ。生命のない磁石ですら、いと高く尊ばれている北極星より劣った星にはふり向かぬ。となれば、ポレモン家が(これが結論)、卑しいマホル家の後裔を厭っても当然のことであろう〉」。

☆153——文献表78、二二〇ページ。

☆154——文献表99、八六ページ以下。

☆155——はかなさと移ろいやすさの寓意としての陽光に溶ける雪は、サンブクスが描いている。文献表35、四二ページ。

☆156——文献表74、六〇二ページ以下（第五幕一一三行以下）。

☆157——文献表49、二二五ページ以下。

☆158——文献表76、四九ページ（第一幕八八三行）。

☆159——文献表49、一九〇ページ（内容説明の表現）。

ジ以下を参照のこと。
七四ページ以下を参照のこと。
以下。すでに一〇年前にゴットシェートが同じように語っていた。文献表55、とくに五七九
こと。

おけるエンブレム構造

二〇ページ、三七行以下。
一九七ページ（第二幕四六七行以下）。

☆3　〇三ページを参照のこと。

☆4——運の＝波」だけはグリューフィウスにも見られる。文献表61、二一八ページ（第五幕三六八行）。

☆5——文献表6、一八ページ（第一七番）。広く流布したこの寓意は、グリューフィウスが論拠に利用したテュポティウスの集成にもしばしば登場する。文献表39の二九、三六、一〇八ページ、文献表41、一〇二ページ。

☆6——頻度統計は、本書一四七ページを参照のこと。

☆7——文献表56、四八一ページ、一二行以下。

☆8——文献表14、**Kb**。

☆9——文献表76、二九五ページ（第三幕五行以下）。

☆10——文献表65、六四ページ（第五幕三五〇行以下）。

☆11——ローエンシュタインの『クレオパトラ』（文献表76、六八ページ、第二幕三六〇行以下）、「蛇の嫉妬は、すべての徳にからみつく」を参照のこと。——蛇と嫉妬のエンブレム的結合に対応して、毒蛇に対する予防薬のヘンルーダ草は、徳の不可侵性と同時に嫉妬に対する良心の不可侵性を表わす。たとえば、ゲオルク・グレーフリンガーの『セラドンの

変わらぬ愛』(Georg Greflinger: Seladons Beständige Liebe. Frankfurt/M. 1644)の口絵銅版画とそこに付されたつぎの説明を参照のこと。フローラは「嫉妬の嚙みつきに特に煩わされることがない。彼女はヘンルーダ草と良心に守られているので、蛇の嫉妬に嚙まれることなどありえない」。

☆12——文献表11、第七五番。

☆13——これについては、本書二三ページを参照のこと。

☆14——ヴァルター・マルティンが、わずかながらも代表的なテクストの抜粋に即して行った計算によれば(文献表112、四八ページ)、ローエンシュタインの場合、現実的な名詞と隠喩的な名詞からなる合成語は、合成語名詞全体の二七・三パーセントを占めるという結果がでている。

☆15——本書二八ページ以下を参照のこと。

☆16——文献表99の二二二と二二三ページ。

☆17——ブルック、文献表7、第九番を参照のこと。

☆18——文献表3、九ページ。

☆19——文献表15、二五五ページ。

☆20——文献表11、第八三番。

☆21——文献表43、一ページ。

☆22——文献表31、第四五番と第九〇番。文献表32、第二三番。

☆23——文献表6、三〇ページ(第二九番)。

☆24——文献表56、五〇〇ページ、四行以下。ハルマンも同じ意味で指輪を劇の小道具にもちいており、『テオドリクス』(文献表65、九六ページ、第五幕一一八行以下)では、カシオドルスが指輪を従者に離別の贈り物にしてこういう。「納めておけ。そしておまえがこの指輪を見るときは、いつも永遠の地獄の苦しみから逃れられると思うがいい」。

☆25——文献表57、一〇一ページ(第五幕三六九行)。ローエンシュタインの『アグリッピーナ』(文献表74、五七五ページ、第三幕七六行)、ハルマンの『マリアムネ』(文献表65、五ページ、第一幕一三七行)、ハルマンの『アドニスとロシベラ』(同書、六三ページ、第四幕第二場)の「恋の=松明」を参照のこと。

☆26——文献表14、Hviiib。

☆27——この数字データは、ユルゲン・クルーゼの未公刊の国費研究『グリューフィウスとローエンシュタインとハルマンの劇における属格メタファー』(Jürgen Kruse: Die Genitiv-Metapher in den Dramen von Gryphius, Lohenstein und Hallmann.

Göttingen 1962）からとらせていただいた。この研究では属格の問題も詳しく触れられている。

☆28——たとえばオットー・ベハーグル『ドイツ語統辞法』（Otto Behaghel: Deutsche Syntax. Heidelberg 1923）、第一巻五二〇ページ以下を参照のこと。

☆29——W・ヴィルマンス『ドイツ語文法』第三巻（W. Wilmanns: Deutsche Grammatik. III, 2. Straßburg 1909）、五八〇ページ。

☆30——同書、五八二ページ。

☆31——インゲリート・ダール『簡約ドイツ語統辞法』（Ingerid Dal: Kurze deutsche Syntax. Tübingen 1952）、二九ページ。

☆32——ヴァルター・マルティン、文献表112、三九ページ以下を参照のこと。そこでは、ローエンシュタインの劇の五〇〇行のうち接続詞つきの二項羅列が六二、接続詞なしの二項羅列が一三、それ以上の項の羅列が接続詞つきとなしをあわせて一五である。

☆33——文献表76、七三ページ（第二幕五三九行以下）。

☆34——文献表111、一四九ページ以下。この点については、本書一二七ページを参照のこと。

☆35——本書八二ページの図版を参照のこと。

☆36——文献表9、第六一番。

☆37——文献表4、第二二番。

☆38——ここではあきらかに、このような文体の型はリヒャルト・アレヴィンがオーピッツの特徴としているような（文献表97、四三ページを参照のこと）、「脱個別化と集約化の性格」および同義語で書き換える不確定性の性格を、帯びてはいない。

☆39——文献表76、九五ページ（第三幕四七三行以下）。

☆40——『博物誌』第九巻、六八節を参照のこと。

☆41——文献表11、第二二番。

☆42——文献表76、九〇ページ（第三幕三一〇行）。

☆43——文献表59、一二一ページ（第四幕二八三行）。

☆44——文献表82、第三巻、一四五ページ、第一段。

☆45——文献表70、八一ページ（II, II）。

☆46——グリューフィウスに見られる格言の使用については、ヒュー・パウエル（Hugh Pawell）編『カロルス・ストゥアルドゥス』（Carolus Stuardus-Ausgabe, Leicester 1955）LXXXIVページの編者序文、およびヘルベルト・ヘックマン、文献表

104とくに一八五ページ以下と二〇六ページ以下を参照されたい。ローエンシュタインの格言については、クラウス・ギュンター・ユスト、文献表108、六六ページ以下を参照のこと。

☆47――文献表61、二二九ページ（第四幕二七五行以下）。

☆48――文献表76、三九ページ（第一幕五四九行以下）。

☆49――文献表60、一〇九ページ（第三幕六八九行以下）。

☆50――文献表76、三四三ページ（第五幕三六七行以下）。

☆51――文献表65、三三ページ（第二幕二五八行以下）。

☆52――文献表61、二一四ページ以下（第三幕四七二行以下）。

☆53――文献表76、五一ページ（第一幕九四一行以下）。

☆54――文献表65、『テオドリクス』、三一ページ（第二幕一九三行以下）。

☆55――文献表56、四七五ページ、二四行以下。

☆56――文献表56、五三〇ページ、八行以下。

☆57――文献表47、三三三ページ以下。

☆58――文献表56、五二八ページ、二二行以下。

☆59――『レオ・アルメニウス』に付したグリューフィウスの序文、文献表56、四六八ページ、二五行以下を参照のこと。

☆60――この事情は、すでにヴァルター・ベンヤミンがきわめて明確にこう規定している。「対話の台詞は、登場人物たちが互いに関わりあうアレゴリー的状況に即して呼び出されるエンブレム的下部文面にすぎないこともめずらしくない。要するに格言は、舞台面を説明する下部文面として舞台面がアレゴリー的なものであることを示しているのである。この意味で実際、クライがヘロデ劇の序文で述べているとおり、格言を〈導入された美しい箴言〉というのはきわめて適切といえる。……しかし、本来のエンブレム的箴言にとどまらず、しばしば台詞全体がもともとアレゴリー的な銅版画の下部に書かれたもののように響くことがある」。さらにあとではこう述べている。「アレゴリー的な格言は、銘帯に比べられる。あるいはまた、枠、つまり周囲から切り離された不可欠の囲いなのだといってよいかもしれない。筋がつねに変わりながら断続的にその枠のなかに入りこみ、そのなかでエンブレム的主題として現われるのである」（文献表99、二二〇／二二二ページ）。

☆61――「格言的解釈の支配」と呼んでいるクラウス・ギュンター・ユスト（文献表108、六八ページ）を参照のこと。

☆62――文献表61、一七五ページ（第一幕一五七行以下）。

☆63——文献表75、一八六ページ（第四幕三五三行以下）。

☆64——文献表65、八一ページ（第四幕五七五行以下）。

☆65——文献表72、六二ページ（第四幕一四一行以下）。

☆66——文献表59、一二四ページ（第四幕三八三行以下）。

☆67——文献表74、六一九ページ（第五幕七八一行以下）。

☆68——文献表65、一〇三ページ（第五幕八六七行以下）。

☆69——リヒャルト・アレヴィン、文献表97、五ページ以下を参照のこと。

☆70——初版で行の冒頭に引用符がつけられているところは、第一幕の三七五／三七九行、四一二／一三行、四一五／四一八行、四二一／二二行、四四一／四四三行、四七一／四七八行、第二幕の六一／六二行。一六五三年のこの初版にもとづくクラウス・ギュンター・ユスト編の新版『イブラヒム・バッサ』も「格言の小鉤」を消去してしまったが、初版はおそらくもう若干の部数しか現存していないと思われるので、以下にテクストの一部を実例として省略しないもとの初版のかたちで挙げておくことにする。

☆71——『マリア・ストゥアルダ』第一幕一三一行／一三四行、四六一／六二行、第二幕一四四行／一四七行、第三幕九一／九八行。『ソリマン』第一幕五七／六九行。

☆72——第一幕四〇五／四二三行。オリジナルではBiiijページ以下。

☆73——図像のない格言は、エンブレム構造に対応している。つまり格言は、舞台上の出来事の図像から原則的で概念的・抽象的な意味を展開させる。しかし、「訓言と箴言」をふたたび具象的・具体的なものに移し変える格言、つまり「訓言と箴言」をあらたに具象化する格言もグリューフィウスに見られるし、ローエンシュタイン、とりわけハルマンにはさらに頻繁に見られる。この点については、後述一八二ページを見られたい。

☆74——『クレオパトラ』、文献表76、九九ページ（第三幕六一〇行以下）。

☆75——文献表56、四七一ページ以下。

☆76——耳をふさぐ蛇のエンブレムについては、前述一一二ページを参照のこと。

☆77——クラウス・ギュンター・ユスト（文献表108、三四ページ）を参照のこと。「〈アブハンドルング〉とは、劇形式によって特定のテーマを論じること、範例的な出来事の呈示」。

☆78——文献表56、四八三ページ、一二行以下。

☆79——Deutscher Gedichte / Erster Theil. Breslau 1657. p. 16.

☆80——文献表119、一八ページ。

☆81——アリストテレス『動物誌』547a、ウィトルウィウス『建築術』第七章一三、プリニウス『博物誌』第九章一三二節、オッピアヌス『漁業の書』第五巻五九八以下、ユリウス・ポルクス、I, 4。

☆82——文献表11、第六一番。

☆83——同じエンブレムが、一六八〇年になっても、エラスムス・フランツィスキーの修養書『王冠、あるいは魂を蘇生させる安息の時の完全な詳述』第五〇節（Erasmus Francisci: Die Krone / oder Völlige Außführung / Seel=labender Ruhstunden. pp. 1003-1009）にみられる。フランツィスキーの標題「舌の巻き添え」は、昔のインスクリプティオに合致しており、エピグラムの代わりに詳細な散文の注釈が、紙面全体を占める図版に添えたスブスクリプティオをなしているが、この図版は、あきらかにカメラリウスの先例にならって描かれたもの。

☆84——たとえば、ウルガタ聖書「箴言」第一八章二一節、「死と生は舌に支配される」（カメラリウスは、注釈でこの箇所を挙げている）。——「ベン=シラの知恵」第五章一五節、「名誉も不名誉も言葉より来たり、人の舌はその滅びなり」。——同書、第三七章二一節、「心の変わりゆく兆しとして、運命に四つのこと現わる。すなわち善と悪、生と死なり。これらを常に治むるものは舌なり」。

☆85——合唱隊が、「野卑な民をしつけた力は、……舌にもとづく」と語っている。アルチャーティは（文献表1、E6、さらに明確なのが文献表2、一九四ページ）、ヘラクレスを描いている。ヘラクレスの舌からは糸、あるいは細い鎖が人間たちの耳につながっていて、ヘラクレスは言葉の力で人間たちを導き、正しいふるまいと礼節を教える。「偉大なヘラクレスは、腕力ではなく舌でガリアの民に法を与えたといわれている」（同じエンブレムがアキッレ・ボッキ、文献表5、II, XLIIIとラウレンティウス・ハエクタヌス、文献表19、第四三番にもある）。——「学ぶがいい、生ける者たちよ、おまえたちの舌に轡をはめることを」、「言葉によって利益を求める者は、一言語るたびに、とくと考えよ」と合唱隊は命じる。コロゼは（文献表14、Diiib）、殻をもつカタツムリの図に即し、黙っている者がいかに安全に暮らせるかを示している。ユニウスは（文献表24、第一八番）、言葉との正しいつきあい方の寓意として、耳を通して受胎し、かなりたってからようやく口から子どもを産むイタチを描いている。カメラリウスは（文献表10、第一二番）、飛んでいる鶴が石を嘴にくわえ、待ち伏せている鷲を鳴き声でおびき寄せて殺されないようにするところを描いている。「命を落とさぬように、多弁な舌を閉じこめよ」。——「幸いも災いも」、「罰せられることも、報いられることも」、舌次第であり、「燃やす」こともあれば「よく暖めてくれる」こともある炎、「治してくれることもあれば毒にもなる」薬とは、言葉のことだ、と合唱隊は語る。ユニウスは（文献表24、第三一番）、鳥と山羊と人間が食べるクリスマスローズを描いている。「クリスマスローズは、われわれを殺すが、山羊と鳥はそれを食べて太る。同じ火でも、われわれにとって暖の元にもなれば、所有者の破滅にもなる。弁舌は、同じ一人の人間にとって、罪にもなれば罪にならぬときもある。薬は、死をもたらすこともあれば救いをもたらすこともある」。

☆86――文献表68、二六ページ（CCIV）。

☆87――この場合にわかることであるが（ほかのケースではもっとはっきりしている）、幕は、その劇中の出来事が一般的に小さな木版画よりはるかに複雑な現象を描きだしているため、けっしてエンブレム作者のピクトゥーラがそのエピグラムにかみあうようには合唱隊とうまくかみあってはいない。

☆88――このことは、合唱隊が挿入されることによって、劇の各幕がそれぞれ際立たせられているあり方と同じである。図像とテクストから構成され、それ自体で完結したエンブレムの各単位は、番号順につづいてゆくが、それと同じようにここでも、幕と合唱隊によって構成される演劇の「エンブレム」が、つぎつぎに続く。ここに挙げた例（『レオ・アルメニウス』第一幕）では、この傾向がとりわけ明確になっている。第一幕の合唱隊は、そのあとミカエルの「舌」がけっして彼に死をもたらさないことがわかるだけに――皇帝は処刑をのばし、そのため最後に自分自身が革命の犠牲者になる――いっそうはっきりとほかのすべての出来事から際立っている。

☆89――アウグスト・ラーム『ソフォクレスの現存する劇における合唱歌と筋の関連について』（August Rahm: Über den Zusammenhang zwischen Chorliedern und Handlung in den erhaltenen Dramen des Sophokles. Diss. Erlangen 1906）六二ページ以下、およびヴァルター・ヘルク『ギリシャ悲劇の合唱歌とその筋との関係』（Walter Helg: Das Chorlied der griechischen Tragödie in seinem Verhältnis zur Handlung. Diss. Zürich 1950）三二ページ以下を参照のこと。

☆90――これについては、ビルケン（文献表47、三二六ページ以下）のつぎの言葉を参照のこと。「第三の主要部は、合唱、あるいは幕間の歌である。これは、すべての幕のあとのあいだに挿入され、一人ないしは数人の人物によって音楽にあわせて歌われるのをつねとする。これらの歌は、ふつう先行する劇中人物があわせもっていた美徳と悪徳を話題にし、美徳をほめたたえ、悪徳を非難する。この点にかけては、優れたセネカがおそらく師であった。これらの歌は、観客に劇から学ぶべきことがらを示す役目だけでなく、役者が必要に応じて着替える時間をとるのに役立つ」。――同書、三三二ページにはこうある。「劇は、かつてはすべて決まった語り方、しかもふつうイアンボスかトロカイオスの詩句で書かれたが、しかし合唱は琴の歌で、セネカによってたいていサッポー詩句かコールイアンボス詩句で書かれた。われわれのセネカ、ダニエル・カスパー氏〔ローエンシュタイン〕もこれにならい、その優れたドイツ語の劇では、われわれがイアンボスの六脚と呼び、またほかの人びとが五脚と長いトロカイオスと呼ぶ叙事詩体をもちいた。

☆91——文献表70、七四ページ。

☆92——『レオ・アルメニウス』第四幕。しかしこの場合ですら、慣例の合唱隊の扱い方によって強められ、「司祭と乙女たちの合唱隊」がさらに筋を進めながら、同時にエンブレム的スブスクリプティオの意味でその筋を乗り越えていないかどうか、問うてみるべきであろう。——『パピニアヌス』の最後の「女官たちの合唱隊」は問題外である（この戯曲は、合唱隊を唯一五つそなえたグリューフィウス悲劇だといわれてきたが、これは誤り）。この合唱隊は、筋につながる本来的な合唱隊には属さず、実際グリューフィウスも、この悲劇の内容要約のところでは、合唱隊の名ではいっさい記載していない。『レオ・アルメニウス』の第三幕で皇帝に子守歌を歌う「楽士と歌手の合唱隊」と同じように、これも合唱隊とはいわれているものの、いっさい合唱隊として扱われてはいない人物群で、完全に劇中の出来事の領域に入っており、すでに第二幕の内部でも、またそのあとの第五幕の内部でも、ゲタやパピニアヌスの屍を嘆き悲しみ、戯曲の幕切れで最後の言葉を正規のアレキサンドラン詩行で語るのであって、これはけして歌われることがなかった。

☆93——『カロルス・ストゥアルドゥス』第一幕、第二幕、第三幕、『カタリーナ』第二幕、第三幕、『カルデーニオとツェリンデ』第二幕。

☆94——『レオ・アルメニウス』第三幕、『カルデーニオとツェリンデ』第四幕、『パピニアヌス』第一幕。

☆95——文献表72、三一ページ（第一幕四五五行以下）。弱者による思いがけない危険な力についての同様の教示は、エンブレム作者によって、アモルを刺す蜜蜂のエンブレム（アルチャーティ文献表1、E4b）や、鷲の卵を砕く蟻（コロゼ文献表14、Hiiib、本書七三ページの図版を参照）、あるいは自分の上にある大理石を割って伸びるイチジクの木（カメラリウス文献表8、第二二番）のエンブレムからとりだされている。

☆96——もし制限をつければ、さらに『ソリマン』第三幕も挙げられよう。ただそこでは、エンブレム的説明が単純な筋の報告の背後にかなり後退している。

☆97——例外は（ハウクヴィッツでは、合唱隊の人物も形式も例外に当たる）、グリューフィウスの『カロルス・ストゥアルドゥス』第二幕、全知のシレーネの合唱歌が歌われるハウクヴィッツの『マリア・ストゥアルダ』第三幕、さらに「宗教の合唱隊」が出てくる『マリア・ストゥアルダ』第四幕だけである。

☆98——グリューフィウスの『カロルス・ストゥアルドゥス』第四幕、『カタリーナ』第四幕、『カルデーニオとツェリンデ』第三幕、『パピニアヌス』第二幕、第四幕。——ハウクヴィッツの『ソリマン』第二幕。

☆99——例外は、『イブラヒム・バッサ』第一幕、第三幕、『エピカリス』第一幕、『イブラヒム・スルタン』第三幕だけである。ここでは、合唱隊が「リアル」な登場人物たちに占められており、幕を描き出す劇中の出来事の次元にとどまりつづけている。

☆100——こういった合唱隊の登場人物は、歴史的な関連にとって重要であり、大部分が一五、六世紀の道徳劇や、それに依存している人文主義者のアレゴリー劇の人物圏に由来している。

☆101——イエズス会演劇の展開が、これときわめて似たような経過をたどる。合唱を欠いた演技だけの初期のあと、折にふれ筋としっかり結びついて挿入される歌が発展していって、それが、幕切れで固定した出番をもつ合唱隊になる。その後この合唱歌は、アレゴリー人物たちが担うようになるにつれ、後期の壮大なスペクタクル作品に挿入された華麗で幕間劇ふうのオペラに近い歌唱劇に育ってゆく(ヴィリー・フレミング、文献表102、二三二ページ以下を参照のこと)。

☆102——『ダニエル・C・フォン・ローエンシュタインの悲劇における演劇技術と言語』(Oswald Muris: Dramatische Technik und Sprache in den Trauerspielen Daniel Ca.s von Lohenstein. Diss. Greifswald 1911) 八三/八四ページ。

☆103——文献表76、七七ページ以下。

☆104——文献表3、六五ページ。

☆105——文献表35、一三一ページ以下。

☆106——文献表37、36b。

☆107——文献表76、四七ページ(第一幕八一七行以下)。

☆108——文献表76、四九ページ(第一幕八八一行以下)。

☆109——同書、五〇ページ(第一幕九〇九行)。——先に引用したきわめて似通った内容の怒ったユノーとパラスの台詞を参照のこと。

☆110——同書、五二ページ(第一幕九六三行)。——「そなたとそなたの燃えさかるトロヤは、そなたの呪わしい不敵さを後悔しなくてはならなくなろう」と語るユノーとパリスの合唱隊に対応。

☆111——同書、七二ページ(第二幕五〇一/五〇五行)。

☆112——文献表76、一九ページ。——合唱隊による幕の劇中事件の「模写」は、しばしば論争的構造形態をとるようになる。対話的な論争詩の古い伝統は、これによって演劇で継続される。しかし、スブスクリプティオとしての「模写」は、特殊な劇中の出来事をエンブレム的・普遍妥当的な次元へたかめようとしている点で、当然ながら、神話学的なモデル状況を対決と決断にもちいる傾向を示す。パリスの審判は、『クレオパトラ』の第二幕以外にも、『ソフォニスベ』第四幕でも使われている。岐路に立つヘラクレスは『イブラヒム・バッサ』第二幕と『ソフォニスベ』第四幕、エリスと黄金のりんごは『ソフォニスベ』第一幕と『イブラヒム・スルタン』第五幕にも。

☆113——第4章原註☆73を参照のこと。

☆114——これについては、ヘクシャー／ヴィルト、文献表89、九二段以下、および一九九段以下を参照のこと。

☆115——文献表76、三二七ページ以下。

☆116——文献表14、Kviiiv。

☆117——文献表76、三三一ページ（第四幕二八九行以下）。

☆118——第3章原註☆112を参照のこと。

☆119——『イブラヒム・バッサ』第四幕、『クレオパトラ』第一幕、『アグリッピーナ』第一幕、第二幕、『エピカリス』第三幕、第四幕、『イブラヒム・スルタン』第二幕、第五幕。

☆120——文献表59、一一二ページ（第三幕二六一行以下）。

☆121——『エピカリス』第二幕、『イブレヒム・スルタン』第一幕。すでにグリューフィウスが『パピニアヌス』第二幕と第四幕で示している。つまりここでは、合唱隊が劇中の出来事より先行している。

☆122——『イブラヒム・スルタン』第四幕、グリューフィウス『カロルス・ストゥアルドゥス』第四幕。この形式は、イエズス会演劇にきわめて頻繁に現われる。たとえば、幕では聖書の人物、アブラハムとイサクがでてくるが、合唱隊では神話上の類似の出来事になって、ペルセウスとアンドロメダがでてくる（これについては、ヤーコプ・ツァイトラー、文献表120、一七ページ以下を参照のこと）。

☆123——『クレオパトラ』第五幕、『アグリッピーナ』第五幕、『ソフォニスベ』第二幕、第五幕。

☆124——文献表74、六二一ページ（第五幕八五五行以下）。

☆125——『ソフォニスベ』第一幕、第三幕。ハルマンにはおびただしく実例が見られる。

☆126——『ソリマン』第二幕（文献表65、四一ページ以下）。

☆127——『カルデーニオとツェリンデ』第一幕は、アレゴリー劇がここでは演じられず、一種の報告によって、つまりボローニアの若者たちによって描かれる点で、特殊ケースである。

☆128——『イブラヒム・バッサ』第二幕では、またこれよりさらにはっきりと『クレオパトラ』第四幕では、合唱隊が（幕ですでに示されていた「ことがらの、供覧‐劇とはっきり関連づけられて）逆のスプスクリプティオを演じている。これは、否定的な事態の図像から肯定的な教訓を導きだす数多くのエンブレムに合致する。

☆129——文献表74、一六ページ。

☆130——文献表65、A6v。

☆131——文献表80、三九四ページ以下（CCLIII/CCLIV）。
☆132——文献表73、二四ページ。
☆133——文献表80、四〇八ページ以下（CCCXXIV）。
☆134——『オペラについての考え』、文献表52、九五ページ。
☆135——文献表52、二八一ページ以下。
☆136——文献表52、九六ページ。
☆137——レチタティーヴォとアリアのエンブレム的構造原理は、たとえば『狂えるマサニエロ』第三幕第二場（同書、三〇〇ページ）でも同じ程度に明確である。
☆138——文献表99、一二八ページ。
☆139——同書、一二二ページ。「合唱隊と幕間劇では、悲劇のアレゴリー的構造がきわめてはっきり浮きでているので、見る者はけっして見逃すことはありえなかった」。
☆140——同書、一二三ページ。
☆141——ヘルベルト・ヘックマン、文献表104、一二〇ページ。同趣旨のヒュー・パウエルの発言がここで言及されているが、この言及は誤解にもとづいている。
☆142——前述四六ページ以下を参照のこと。
☆143——前述二四ページを参照のこと。
☆144——ハルマン『勝利を誇る徳、あるいは誠実なウラーニア』（Johann Christian Hallmann: Siegprangende Tugend Oder Getrewe Urania. Breslau 1667）「読者へ」の序文、a5r ページ以下。
☆145——文献表80、四〇八ページ（CCCXXIII）。バルトホルト・ファイントも同様、前述一八七ページを参照のこと。
☆146——文献表1、A6。
☆147——文献表74、五八四ページ以下。
☆148——たとえば、ヴォルフガング・クレーメン（文献表100、五一ページ）を参照のこと。『ゴーボダック』（Gorboduc）について、「黙劇は、個々の幕に先だって置かれる。そこでは、イタリアの先例にならって、後続の場面の教訓内容がアレゴリー的・エンブレム的なかたちでパントマイムふうにあらかじめ解釈される」。あるいは『ロクリーネの哀悼悲劇』（The Lamentable Tragedie of Locrine）の各幕冒頭のプロローグについて（クレーメン、文献表100、九〇ページ）、そこでは「女神アテネがそのつど、神話的な場面（第二幕、第四幕、第五幕）か動物寓話の場面（第一幕、第三幕）をもつ黙劇を、エンブレム的、あるいはアレゴリー的に解釈する」。

☆149――最初は『テレスビウス――寓話的喜悲劇』(Jacob Masen: Telesbius. Comico-tragoedia parabolica)。上演は一六四七／四八年、ミュンスター。

☆150――「無言舞台」は、しばしば合唱隊によって演じられ、その場合は説明者として合唱指揮者が登場する。一六六一年のミュンスターでは、「合唱隊は、さまざまな先例によって、共通の繁栄が平和と真の宗教のもとにしかないことを描く」(ヴィリー・フレミング、文献表102、一九〇ページ以下)。

☆151――無言劇が出てくる数は『マリアムネ』で八、『アントニクスとストラトニカ』で六、『ソフィア』で六、『カタリーナ』で一六、『アドニスとロシベラ』で二九。ハルマンの前期と後期の戯曲では、このような無言場面が見られない。

☆152――文献表65、Bv。

☆153――ここで話題にするのは、『ソフィア』の第三合唱隊の第一、第二、第六無言劇(第三、第四、第五無言劇は、先に挙げたグループに属す)、および『アドニスとロシベラ』の第一幕第七場、第二幕第五場、第二と第三の合唱隊に現われる二九箇所の無言劇。

☆154――文献表65、一八ページ。

☆155――文献表3、七三ページ。プロクネの脇には、図の右に、わが子たちを殺しているメデイアが描かれている。このエンブレムは、ハルマンの無言劇を「内舞台」にかけるのと同じ範例の束を見せている。

☆156――文献表65、三九ページ。

☆157――文献表76、二七五ページ(第一幕五二一行以下)。そのあとの情動の一三の各連それぞれも、同じような実例を挙げている。

☆158――文献表21、第三四番。

☆159――文献表64、四二八ページ以下。この箇所の指摘は、イルゼ・ホフマンの未刊行国費研究『ヨハン・クリスティアン・ハルマンの劇における合唱隊と無言劇』(Ilse Hoffmann: Reyen und stille Vorstellungen in den Dramen Johann Christian Hallmanns. Göttingen 1958)に負っている。

☆160――文献表65、三三ページ以下。

☆161――この図はアルチャーティ『エンブレム集』、一五九一年リヨン版の第一八五番、二二〇ページ。

☆162――前掲一一八ページの図版を参照のこと。

☆163――文献表65、三四ページ(歌の第二連)。

☆164——文献表76、七〇ページ（第一幕四三〇行以下）。
☆165——文献表65、A8v。劇の概要には、「その教訓は、策略を抱くロシベラとパンドラにねらいがある」と書かれている。
☆166——同書、六〇ページ以下。
☆167——これについては、クルト・コーリッツ、文献表110、一二一ページ。
☆168——文献表28、第一四番。ラ・ペリエールの鉄床エンブレムは、前掲一一五ページの図版を参照のこと。
☆169——文献表8、第六六番。
☆170——文献表15、一二三ページ。
☆171——ヴァレリウス・マクシムス、III, 3 § 4を参照のこと。
☆172——これと同じような意味をもつエンブレムは、そのほかおびただしい数にのぼる。たとえば、ユニウスの荒波の巌のエンブレム（前掲一〇三ページの図版を参照のこと）、ボリアのエンブレム（前掲一四〇ページの図版を参照のこと）、水底から再び出てくるカメラリウスの水鳥（前掲一四ページの図版を参照のこと）、同作者で、カルダン式懸垂装置によってどんなに動いても軸が水平のまま静止している球体の籠のなかの鳥、「たとえこの地球が速く回転しても、強靱な精神はそれ自体不動のまま」（文献表10、第八八番）。
☆173——文献表57、三ページ。
☆174——これについては、エーリヒ・トゥルンツ『ドイツ・バロックの世界像と文学』（Erich Trunz: Weltbild und Dichtung im deutschen Barock ‹Aus der Welt des Barock› Stuttgart 1957）、一二六ページを参照のこと。バロック演劇は「よく歴史上の題材をもちいるが、それは歴史（現代的な意味での歴史）を描き出すためではなく、普遍的な道徳的様相を解明するためである。このために歴史から〈範例〉が選びだされる。このためバロック的な二重表題が生まれる。一方の表題が普遍的様相を、もう一方の表題が現実の〈範例〉を挙げる。たとえば『ゲオルギアのカタリーナ、あるいは実証された恒常心』（Catharina von Georgien oder Bewährete Beständigkeit）（グリューフィウス）とか『敬虔の勝利、あるいは潜主マクセンティウスの征服者フラウィウス・コンスタンティウス大帝』（Pietas victrix sive Flavius Constantius magnus de Maxentio tyranno victor）（アヴァンチーニ）といった具合である」。
☆175——文献表57、三九ページ（第一幕八六七／八七一行）。
☆176——同書、三九ページ（第一幕八七三行以下）。
☆177——文献表61、一二八ページ（第四幕一四〇行以下）。
☆178——文献表57、九〇ページ（第五幕七三行以下）。

☆179——文献表57、九七ページ（第五幕二四三行以下）。つぎのローエンシュタインの『エピカリス』（文献表77、二三一ページ、第四幕二二二行以下）を参照のこと。「波の激流が高貴な真珠を美しくする。海の泡と塩が珊瑚を赤く染めるにちがいない。徳は艱難に会ってこそさらに輝くはずではないか。名声は牢に閉じこめられてこそ花咲くはずではないか。星は夜に輝き、マルク山の黄金は暗い坑道がふさわしい。水晶と銀は、輝きを実証する前には、炎と刃で滅びる必要がある」。

☆180——文献表8、第七五番。

☆181——同書、第一一番。

☆182——同書、第六番。

☆183——『シュレスヴィヒ・ホルシュタイン州の芸術記念碑』第五巻、二五六ページ、第六九番（Die Kunstdenkmäler des Landes Schleswig-Holstein. Bd. [Kreis Eckernförde] München/Berlin 1950, p. 256, No. 69）。

☆184——文献表57、八一ページ（第四幕三〇五行以下）。

☆185——文献表70、八〇ページ。

☆186——印刷は一五四九年、それ以前にレーヴェンで上演、その後一五五五年にヴィーンとケルン、一五六〇年にミュンヘンとプラハ、一五六三年にインスブルック、一五六五年にトリーア、一五六六年にディリンゲンで上演。——ヨハネス・ミュラー、文献表113、第一巻、八ページ以下を参照のこと。

☆187——修道会演劇研究の表題一覧では、紙面の都合で不完全にしか引用されないことが多く、その場合、二重表題の二番目の部分が省略されるので、注意が必要。

☆188——引用はヤーコプ・ツァイトラー、文献表120、三四ページ以下。

☆189——引用はエーミル・ヴェラー『劇芸術の領域におけるイエズス会士の業績』（Emil Weller: Die Leistungen der Jesuiten auf dem Gebiete der dramatischen Kunst. In: Serapeum, Jg. 25-27, 1864ff.）第一九九、三七四、四四〇番。

☆190——文献表120、二〇ページ。

☆191——これは一六五七年以降の諸版。一六五〇年の初版では『君主殺害の悲劇、題してレオ・アルメニウス』、そのあとの一六五二年では『レオ・アルメニウス、あるいは悲惨な君主殺害悲劇』。

☆192——ヴァルター・ベンヤミンの二重表題の解釈は、おそらくやはりつかみそこなっているだろうが、こう書いている。「バロック悲劇の呈示するものが、アレゴリー的な類型学であることは、二重表題が好まれていたことをみるだけでもあきらかである。どうしてローエンシュタインだけがこの方法を使わなかったのかという問題はとくに考察に値しよう。

二重表題の一方は具体的事象に、他方はこれについてのアレゴリー的な意味に向けられている。」（文献表99、二一九ページ）。

☆193——文献表65、四ページ。

☆194——引用はホルスト・シュテーガー『ヨハン・クリスティアン・ハルマン——生涯と作品』（Horst Steger: Johann Christian Hallmann. Sein Leben und seine Werke. Diss. Leipzig 1909）。——ハルマンの劇場プログラム集は、ブレスラウ市立図書館に所蔵されてシュテーガーやその後の人びともまだ利用できたが、一九四五年以降、紛失した。

☆195——文献表80、四一四ページ（CCCL）。

第5章　エンブレム舞台としての劇場

☆1——この点は、わかりやすいかなり異なる理由から、イエズス会演劇と巡回劇だけは例外である。

☆2——これに関しては、とくにヴィリー・フレミング、文献表101を参照のこと。

☆3——本書一九ページ以下を参照のこと。

☆4——プルタルコス『アテーナイ人の栄光について』（Plutarch: De gloria Atheniensium iii, 346f-347c）、「シモニデスは、絵は黙する詩、詩は語る絵だという」。

☆5——テクストをすべて挙げれば、「詩は絵のごとく、近くから見るといいものもあれば、遠く離れるといいものもあり、薄暗い影をよろこぶものもあれば、白日のもとで見られるのを望んで、批評をする者の鋭い批判を恐れないものもあるかと思えば、また、ものによっては一度しかよろこばれないものもあり、何度見ても飽きないものもあるのがふつうである」（ホラティウス『詩論』、Horaz: De arte poetica V, 361-65）。

☆6——これについては、ローベルト・J・クレメンツ、文献表84、一七三ページ以下を参照のこと。

☆7——オーピッツ『ドイツ詩集』（Opitz: Deütscher Poëmatum. Breslau 1629）第二巻三七九ページ。

☆8——アウグスト・ブーフナー『簡約ドイツ詩芸術入門』（August Buchners kurzer Weg=Weiser zur Deutschen Tichtkunst. Jena 1663）、一ページ。

☆9——ブーフナーの同書四五ページ、「絵画ほど詩に近い血縁関係にある芸術はない。そのいずれもが自然を模倣するからだ」を参照のこと。

☆10——文献表71、一〇一ページ。

☆11——文献表70、七三ページ。

☆12——文献表68、二六ページ（CCIV）。

☆13——文献表66、五九ページ。前述二四ページを参照のこと。

☆14——文献表67、一七八ページ。

☆15——文献表70、七三ページ。同じような定義が一九世紀初期にも、ゲーテのヴァイマール宮廷劇場のための手記に見られる。ゲーテの『俳優のための規則』（Regeln für Schauspieler 1803）は「場面絵画」という言葉をもちいており、つぎのように確認している。「劇場は図像のないタブローと見なすことができ、そこでは俳優が点景をなす」（ヴァイマール版ゲーテ全集第一部第四〇巻、一六六ページ以下）。「プロゼルピーナ」論文（一八一五年）はタブローを「実際の人物による描かれた絵の模倣」と定義し、ヴァイマールの上演の最後についてつぎのように報告している。「プロゼルピーナがくかえし運命の女神の寵愛を受けてとりかえしのつかない自分の運命を知り、夫の接近を予感しながら、きわめて激しい身振りで呪いの言葉を吐きはじめるうちに背景が開くと、冥府が現われて絵画に凝固し、と同時に女王の彼女も凝固して絵の一部になる」（ヴァイマール版ゲーテ全集第一部第四〇巻、一一七／一一八ページ）。

☆16——文献表68、二六ページ（CCIV）。

☆17——W・A・P・スミトがフォンデル解釈の前置きで述べている原則的な説明も、同じ方向をたどっている（文献表117、五五五ページ）。「舞台上ではエンブレムが実際に絵、つまり生きた人と動きと語りとなり、こうしてもっとも適切な形で現実のエンブレムの二つの補足部分、イメージと言葉の結合が行なわれる。この視点から見ると、舞台上の演技とはもっとも理想的なエンブレムといってよいかもしれない。したがって、フォンデルがシモニデスの有名な格言〈詩は絵のごとく〉から出発して自分の劇を話す絵と見なしているのは、なにも驚くべきことではない。そこでは、状況、つまり舞台上に見える世界が、さまざまな独白、対話、合唱隊の省察によって説明、解釈されるのである。こういった演劇では、ダイナミックな行動、こと細かい心理学に活動の余地がないことはあきらかである。行動があまりにも多すぎると、十分な議論ができなくなって、中心問題に対するさまざまな態度を明らかにしたり、その一般的な局面を指摘したり、神の普遍的な掟にしたがって判断したりするのに必要な論争も不可能になるだろう」。ただしスミトは、フォンデルの「もっともエンブレム的な時代」（一六三九年の『エレクトラ』翻訳から一六五四年の『ルシフェル』まで）の作品研究においては、フォンデルが劇の登場人物の性格と行動に普遍的な意味を与え、舞台上の出来事を普遍的な救済真理の実例へ高めていることの内容的な実証にもっぱら論述を限定している。

☆18——文献表78、二二五ページ。

☆19——このような媒介的な中間形態は、あきらかにボフスラウス・バルビヌスが「エンブレム表現の朗唱」と呼んでいる学校教育での朗唱練習でもある。彼は、このような演劇形態に接近している上演がエンブレムの表章と図像の解釈であり、と同時にそのような解釈は舞台でも演じることができると定義している。「別種のエンブレムの朗唱というものがある。エンブレムおよびピクトゥーラが説明されたり、エンブレム自体が舞台で演じられたりするときである。たとえば、黄金の剣は無垢の高貴さ、鉄の剣は暴力の無力さを表わそうとする。このような朗唱的ジャンルをR・P・エドムンドゥス・カンピアヌスはプラハで修辞学を教えていたとき好んだ。〈黙劇〉といわれるディアローグでは、多くのことが黙ったまま演じられ、あとから説明された。そこでは三幕目で、一人の少年が矢の束を折ろうとする。何本もの矢を全部いっしょに折ろうとするのではなく、一本ずつたやすく折り終え、〈全部では不可能ながら、一本ずつなら折れる〉と格言が置かれる」（文献表46、二五九ページ以下）。

☆20——引用はゲルリッツ市立美術館の版本による（Abt. Oberlausitzische Bibl. d. Wissenschaften. Signatur: B VII 2o 71 No. 21)。

☆21——引用はゲルリッツ市立美術館の版本による（Abt. Oberlausitzische Bibl. d. Wissenschaften. Signatur: Progr. Lus. I 497)。

☆22——これに関しては、ヴォルフガング・F・ミヒャエル『ドイツにおける宗教行列劇』(Wolfgang, F., Michael: Die Geistlichen Prozessionsspiele in Deutschland. Baitimore/Göttingen 1947 =Hesperia N. 22)、とくに六二ページ以下を参照のこと。

☆23——ヴェルナー・ヴァイスバッハ『トリオンフィ』(Werner Weisbach: Trionfi. Berlin 1919)　およびリヒャルト・アレヴィン、文献表98、一九ページ以下を参照のこと。

☆24——J・ホイジンガ『中世の秋』（J. Huizinga: Herbst des Mittelalters. Dtsch. Fassg. Hrg. Kurt Köster, 7. Aufl. Stuttgart 1953）三ページ以下、一七ページ以下、二八三ページ以下を参照のこと。

☆25——文献表109、六三ページ。以下の説明については、カーノドルの叙述五二／一〇八ページ、とくに六三／七〇ページを参照のこと。

☆26——カーノドル、文献表109、六四ページ。「絵から小劇への進展を完成させたこの段階は、一五世紀の第二四半期にイギリスとフランスとフランドルで同じように達成された」。絵から劇へのこの歩みは、つぎの一世紀半にたえずあらたに行なわれる。フーベルト・ベッヒャー（「イエズス会劇の精神発展史」Hubert Becher: Die geistige Entwicklungsgeschichte des Jesuitendramas. In: Deutsche Vierteljahrschrift f. Lit. wiss. u. Geistesgeschichte 1941. この論文掲載誌では三〇八ページ）は、つぎのように指摘している。一七〇〇年前後になっても「ミュンヘンのラングとノイマイルが純粋に宗教的な内容の新しい形態の演劇、いわゆるメディタツィオーを創作している。活人画あるいは描かれた宗教画が舞台にのせられる。合唱と交互歌唱では、幕間劇の流儀にならって、この画の連なりの教訓的な意味やもちあがる心の感情が説明される。活人画から人が筋にも移行するので、メディタツィオーは昔の神秘劇や秘蹟劇に似るか同じものになる」。

☆27——とくにフォンデルに関しては、その作品をグリューフィウスがアムステルダムの劇場で見ており、彼の『兄弟』(Gebroeders)の翻訳もしているが、そのうえフォンデル自身がエンブレム表現法に直接の関心を抱いていたことが重要である。W・A・P・スミト(文献表117、五五四ページ)はこう説明している。「一七世紀には、それもおそらくとくにネーデルランドでは、エンブレムで思考し日常生活をエンブレム的な方法で解釈する一般的傾向があった。フォンデルはこの流行に関与していた。若いころ、彼はエンブレム本二冊のために詩を書いたし、後期の作品でも、象徴的解釈と寓意的イメージへの偏愛をまだ見せていた」。

☆28——エルンスト・フリードリッヒ・フォン・モンロイが実例を挙げている。文献表91、三四ページ以下。

☆29——エーリッヒ・トゥルンツ(「一七世紀ネーデルランドの文学と国民性」Erich Trunz: Dichtung und Volkstum in den Niederlanden im 17. Jahrhundert. Schriften d. dtsch. Akad. i. München 1937, Heft 27)、六ページを参照のこと。「ブラバント人とオランダ人の修辞家の〈盾〉に添えられる紋章文学という愛好されたジャンルは、アルチャーティ以前のエンブレム表現であった」。

☆30——修辞家たちについての最近の研究は文献表91、七六ページ以下を参照(H. M. Erffaによる解説)。

☆31——ヴィレム・マリアヌス・ヘンドリク・フメレン、文献表106、および修辞家委員会の演劇('Een esbattement van sMenschen sin en verganckelycke schooheit')についての彼の研究(同文献一九ページ)を参照のこと。

☆32——たとえばウェニウス、文献表43、九ページ、あるいはロレンハーゲン、文献表32、第六九番。

☆33——文献表24、第四〇番。

☆34——文献表32、第三五番(定規とともに)。

☆35——文献表75、八四ページ(概要)。

☆36——同書、四一ページ(第二幕二五九行以下)。

☆37——文献表7、第九番。

☆38——文献表65、九六ページ(第五幕一一九行以下)。上述一四五ページを参照のこと。

☆39——たとえばユニウス、文献表24、第五一番、レベ・ド・バタイユ、文献表27、第二九番、タウレルス、文献表38、G6ページ、ロレンハーゲン、文献表32、第三七番を参照のこと。

☆40——文献表32、第六〇番。

☆41——『エルネリンデあるいは四度の花嫁』(Ernelinde Oder Die Viermahl Braut)、文献表48、七ページ。

☆42——同書、七三ページ以下。

☆43——文献表58、二枚目の銅版画。ヴィリー・フレミング版の複写、文献表101、口絵1の図1。
☆44——文献表57、九ページ。
☆45——同書、一一ページ（第一幕六六行以下）。
☆46——同書、一二ページ（第一幕八一行）。
☆47——文献表99、二四七ページ。
☆48——『アグリッピーナ』、文献表74、六〇四ページ（第五幕一七七行）。
☆49——『クレオパトラ』、文献表76、一二七ページ（第五幕二〇行以下）。
☆50——同書、一二六ページ以下（第五幕一行以下）。
☆51——文献表60、一〇四ページ（第三幕四八五行以下）。
☆52——『ソリマン』、文献表72、六六ページ（第四幕二四一行以下）。ハウクヴィッツは、この合唱隊のよりよい知識に抗って、処刑の約束を最後にもはや果たすことはせず、暴君の流血の命令を撤回し、「改悛したソリマンを呈示する」が、これは悲劇の徹底性の亜流的軟化を表わしている。
☆53——グリューフィウスの『カロルス・ストゥアルドゥス』やハルマンの『マリアムネ』の劇概要を参照のこと。
☆54——文献表56、四八五ページ、一〇行以下。
☆55——同書、五三三ページ、九行。
☆56——文献表61、一九三ページ（第二幕三三三行以下）。
☆57——文献表75、四四ページ（第三幕一行以下）。
☆58——あくまでもこの意味でヴォルフガング・クレーメンは、舞台演出と劇の台詞をシェイクスピア以前のイギリスの悲劇においても「見せる図像」、そして「図像の下部文面」と呼んでいた（文献表100、八二、一五一、二三〇、二三五ページなどを参照のこと）。
☆59——著者が誰かは議論の余地がある（チャールス一世かゴードン司教か）。グリューフィウスは、「わたし」の形式で書かれているこの書は王自身の筆になると考えていた。彼が用いたのは、一六四九年に成立したラテン語訳。第二幕五〇行、第四幕六五行、第四幕六六行に付した「カロルスについての短注」が示唆してくれる。
☆60——たとえばユニウス（本書一〇三ページの図）やボリア（一四〇ページの図）の厳、アルチャーティの棕櫚（六九ページの図）。
☆61——これについては、アルブレヒト・シェーネ『言語造形力としての世俗化』（Albrecht Schöne: Säkularisation als sprachbildende

Kraft. =Palaestra Bd. 226. 2. Aufl. Göttingen 1968)、三七―九一ページ

☆62――文献表60、七七ページ（第二幕一二三行以下）。

☆63――同書、八九ページ（第二幕五三九行以下）。

☆64――同書、一三六ページ（第五幕四四七行以下）。同じ考えが「短注」の最後に述べられている。「わたしは閉じよう」とグリューフィウスはそこで述べている、「カロルス王の生と死の記述者がもちいた記憶に値する言葉で。〈両院の議員たちは、何度も王に、王を偉大な栄光の王にしてさしあげたいと嘆願書や布告や宣言で約束していた。彼らはそこで実際に約束を守り、はかなくつらい茨の冠（最初に王のために準備していた冠）を不朽の名誉の王冠に換えた〉」（同書、一五九ページ）。

☆65――文献表77、二六九ページ（第五幕七二八行以下）。

☆66――文献表33、三八ページ。

☆67――文献表4、第三三番。

☆68――『ラダミストのセノビア』（La Zenobia di Radamisto）、台本ノリス、音楽バラッティ、舞台図ルドヴィコ・ブルナキーニ。図版は第二幕の一場面。

☆69――これについては、ローベルト・J・クレメンツ、文献表84、一九〇ページ以下を参照のこと。

☆70――『美術から劇場へ』、文献表109。

☆71――レンブラントの夜警についてのヴェイツェ・ゲルベンス・ヘリンガの興味深い試論も、図像と舞台との照応にもとづいている（『レンブラントが制作したのは一六四二年。夜警。アムステル領主ハイスブレヒト』Wytze Gerbens Hellinga: Rembrandt fecit 1642. De Nachtwacht. Gysbrecht van Aemstel. Amsterdam 1956）。フォンデルの『アムステル領主ハイスブレヒト』および一六三八年にこの悲劇の上演で杮落としをした新しいアムステルダム劇場の舞台形式と絵画とのあいだにヘリンガが発見した関係は、おびただしい細部においてエンブレムの媒介を示している。

☆72――以下の論述に対しては、文献表98、とくに四八／七〇ページを参照のこと。

☆73――『埋葬謝辞』（DISSERTATIONES FUNEBRES）、文献表63、三五五ページ、三五六ページ以下。

☆74――舞台指示のト書き。文献表57、九ページ。

☆75――リヒャルト・アレヴィン、文献表98、五七ページ。

☆76――コリントの信徒への手紙一、第四章九節。グリューフィウスも同様に、「聖なる天使はこぞってわれらの苦痛を見物する。天使にとってわれらは見世物になったのだ」（文献表63、三六三ページ）。

☆77——引用は一六四三年の初版による。一六五七年版以降は、「いつもの将棋で」という副題が付けられている。——このグリューフィウスの詩句と密接に関連しているところ（および示唆に富む変形）を示しているのが、『ソフォニスベ』に付したローエンシュタインの献呈詩。悲劇がきわめて印象的に人生の劇に関連づけられている。たとえば「しかしなにより、人間は時の劇。運が人間を弄び、人間はあらゆることを弄ぶ」。また「しかし、宮廷を本分に選んだ者の人生ほど、劇と舞台を描きだす人生もない」。あるいは「われらの短い時は、虚構以外のなにものでもない。登場する者あれば退場する者もいる劇なのだ」。（文献表76、一四四ページ以下、七三行以下、一六九行以下、一四三行以下）。

☆78——ズーファン版、第一六巻、一三〇ページ。

☆79——このことによって的確にとらえられるべきは、決して成立史的な由来ではなく、構造の類似の規定なのであって、この点を強調しておくことは、つぎのように Blake Lee Spahr がもちだしてきた批判（German. Review XLII, 1967, p. 66）を顧慮すると、やはりどうしても必要と思われる。「エンブレムの機能を確定したあと、シェーネはひと飛びにこの機能を〈エンブレム的構造〉と呼び、さらに全体としてばかりか演劇の欠かせない各部分でも、この構造をバロック演劇の根底となる基礎として前提にしている。……たとえ描出と解釈のこの二重機能を認めたとしても（シェーネの論証はきわめて説得力があるが）、エンブレムと演劇はどちらも自然と人間の現象から転義的な含意を導くバロック的傾向が実現したものである、と見なすほうが、論理的な展開の前提であるように思えるだろう。そのバロック的傾向は、とりわけ中世の道徳的説話に根をもち、さらに直接的にプロテスタントの説教の文学世界と接触している。演劇は、とくにドイツの〈供覧劇〉のバロック的演劇形式では、エンブレムから派生したものというより、むしろエンブレムと平行するものと見なしたほうが、適切に説明できることはたしかである」。

☆80——文献表70、七一ページ。

☆81——マルティーン・オーピッツ『ドイツ詩学の書』（Martin Opitz: Buch von der Deutschen Poeterey. Breslau 1624. p. Djjr）。

☆82——このことによってつぎのヴェルナー・エッゲルスの反論もかたがつく。「ただし、もしこのことが、幕で図像が与えられ合唱隊でスブスクリプティオが与えられているというふうに理解されなければならないのだとなると、われわれは、これらの劇を全体としてエンブレム的図像というのには躊躇をおぼえる。幕が呈示する場景（図像）は、あまりにも歴史編纂資料にもとづいて描きだされているので（この点で場景は、真実らしさ［verisimilitudo］が求められている）、エンブレム的なものの概念には適合しないのである」（『アンドレーアス・グリューフィウスの悲劇における現実と真実』［Werner Eggers: Wirklichkeit und Wahrheit im Trauerspiel von Andreas Gryphius. Heidelberg 1967, p. 57, Anm. 19］）。エッゲルスは上にみるように、まことに不十分な「エンブレム的なものの概念」しか有しておらず、まさに幕の歴史性はエンブレムの図像の潜在的事実性に合致するのである。

ロルフ・タロトの本書第一版に対する書評（Anzeiger f. dt. Altertum LXXVI, 1965, p. 72ff.）からは、同意しつつ以下の指摘を借用してもよいと思われる。劇作家の注釈部は、歴史的事実性を信じさせるその機能により、エンブレム書の散文の注釈に「構造的並行性」を見いだす。つまりエンブレム書は、古代の権威を出典にあげて引き合いに出すことによって、信じがたいレス・ピクタの事実性を証明しようとしているのである。

もっとも、これに関してタロトが問題にしている箇所、散文の注釈は「本来の完結したエンブレムには属さない基本的に不必要な添えものであって、いわば覚え書きとして出てくる」（本書二一ページ）という文は、以上の考察によってのみ支えられている。まったく同じことが、演劇の注釈部と完結したドラマの関係にあてはまる。（グリューフィウスは『パピニアヌス』の注釈について以下のように記している。「それに劣らずわたしも、ぜひ必要と思っているというよりほかの人びとのために、このわたしの悲劇でこのわずかなことを思いだしていただきたいと思ったのである」。文献表61、二五五ページ）。

☆83——文献表48、内容概要、Ａ４ページ。「ドイツ文学展開シリーズ」の「バロック演劇」（DLE, Barockdrama）第六巻、二一一ページにも再収録。

☆84——PALAESTRA Eloquentiae Ligatae. DRAMATICA. Pars III. & vltima. Köln 1657, Liber II, Capvt XIX, p. 179.

文献表

この書誌の番号は、本文の原註の「文献表」番号に照応する。まれにしか利用せずここに載せなかった書物は、原註のなかで完全な書誌をあげてある。
エンブレム表現法の研究資料については、その分野から本書で幾度か明確に引用されたものだけを記載したが、以下のエンブレム集成における広範な書誌をも参照されたい。

EMBLEMATA
Handbuch zur Sinnbildkunst des XVI. und XVII Jahrhunderts.
Herausgegeben von Arthur Henkel und Albrecht Schöne. Stuttgart 1967.

EMBLEMBÜCHER UND IMPRESENSAMMLUNGEN

Alciati, Andrea :
1——VIRI CLARISSMI D. Andree Alciati Iurisconsultiss. Mediol. ad D. Chonradum Peutingerum Augustanum, Iurisconsultum Emblematum liber. Augsburg 1531. アンドレア・アルチャーティ『エンブレム集』伊藤博明訳、ありな書房、二〇〇〇年。
2——EABLEMATA D. A. ALCIATI, denuo ab ipso Autore recognita, ac, quae desiderabantur, imaginibus locupletata. Accesserunt noua aliquot ab Autore Emblemata suis quoque eiconibus insignita. Lyon 1550.

Aneau, Barthélemy :
3——PICTA POESIS. VT PICTVRA POESIS ERIT. Lyon 1552.

Beze, Théodore de :
4——ICONES, id est VERAE IMAGINES VIRORVM DOCTRINA SIMUL ET PIETATE ILLVSTRIUM, QVORVM PRAEcipuè ministerio partim bonarum literarum studia sunt restituta, partim vera Religio in variis orbis Christiani regionibus, nostra patrúmque memoria fuit instaurata: additis eorundum vitae & operae descriptionibus, quibus adiectae sunt nonnullae picturae quas EMBLEMATA vocant. Genf

1580.

Bocchi, Achille :

5———SYMBOLICARVM QVAESTIONVM DE VNIVERSO GENERE QVAS SERIO LVDEBAT LIBRI QVINQVE. Bologna 1555.

Boria, Juan de:

6———EMPRESAS MORALES A LA S. C. R. M. DEL REY DON PHELIPE NVESTRO SEÑOR DIrigidas, por DON IVAN DE BORIA DE Sv Consejo y su Embaxador cercala M. Caesarea del Emperador RVDOLPHO II. Prag 1581.

Bruck, Jacobus à (genannt Angermundt) :

7———EMBLEMATA MORALIA & BELLICA. Straßburg 1615.

Camerarius, Joachim :

8———SYMBOLORVM et EMBLEMATVM Ex RE HERBARIA DESVMTORVM CENTVRIA VNA COLLECTA. In quibus rariores Stirpium proprietates historiae ac Sententiae memorabiles non paucae breuiter exponuntur. Nürnberg 1590.

9———SYMBOLORVM et EMBLEMATVM Ex ANIMALIBVS QVADRVPEDIBVS DESVMTORVM CENTVRIA ALTERA COLLECTA. Exponuntur in hoc libro rariores tum animalium proprietates tum historiae ac sententiae memorabiles. Nürnberg 1595.

10———SYMBOLORVM et EMBLEMATVM Ex VOLATILIBVS ET INSECTIS DESVMTORVM CENTVRIA TERTIA COLLECTA. IN QVA MVLTAE RARIORES PROPRIETATES Ac HISTORIAE ET SENTENTIAE MEMORABILES EXPONVNTVR. Nürnberg 1596.

11———SYMBOLORVM ET EMBLEMATVM Ex AQVATILIBVS ET REPTILIBVS Desumptorum Centuria Quarta. In qua itidem res memorabiles plurimae exponuntur. Nürnberg 1604.

Cats, Jacob :

12———PROTEUS ofte Minne-beelden Verandert IN Sinne-beelden. Rotterdam 1627.

13———EMBLEMATA MORALIA ET AECONOMICA. Rotterdam 1627.

Corrozet, Gilles :

14——HecatonGRAPHIE. C'est à dire les descriptions de cent figures & hystoires, contenants plusieurs appophthegmes, prouerbes, sentences & dictz tant des anciens, que des modernes. Paris 1543 (Erstausgabe 1540).

Coustau, Pierre :

15——PETRI COSTALII PEGMA. Cum narrationibus philosophicis. Lyon 1555.

Covarrubias Orozco, Sebastián de :

16——EMBLEMAS MOLALES. Madrid 1610.

Ferro, Giovanni :

17——TEATRO D'IMPRESE. Venedig 1623.

Giovio, Paolo :

18——DIALOGO DELL' IMPRESE MILITARI ET AMOROSE DI MONSIGNOR GIOVIO Vescouo di Nocera; Con vn Ragionamento di Messer Lodouico Domenichi, nel medesimo soggetto. CON LA TAVOLA. Lyon 1559 (Erstausgabe, ohne Abbildungen,1555).

Haechtanus, Laurentius :

19——Mikrokosmos PARVVS MVNDVS. Antwerpen 1579.

Heinsius, Daniel :

20——HET AMBACHT Van CVPIDO, Op een nieuw ouersien ende verbetert Door THEOCRITVM à GANDA. Leyden 1615.

Holtzwart, Mathias :

21——EMBLELMATVM Tyrocinia: Sive PICTA POESIS LATINOGERMANICA. Das ist. Eingeblümete Zierwerck / oder Gemälpoesy.

Innhaltend Allerhand Geheymnuß-Lehren / durch Kunstfündige Gemäl angepracht / vnd Poetisch erkläret. Jedermänniglichen / beydes zu Sittlicher Besserung des Lebehs / vnd Künstlicher Arbeyt vorständig vnd ergetzlich. Sampt eyner Vorred von Vrsprung / Gebrauch vnd Nutz der Emblematen. Straßburg 1581.

Horozco y Covarrubias, Juan de :
22——EMBLEMAS MORALES. Segovia 1589.

Isselburg, Peter :
23——EMBLEMATA POLITICA In aulà magma Curiae Noribergensis depicta. Quae sacra VIRTVTVM suggerunt MONITA PRVDENTER administrandi FORTITERQVE defendendi Rempublicam. o. O. u. J. (Nürnberg 1617).

Junius, Hadrianus (Adriaan de Jonge) :
24——EMBLEMATA. EIVSDEM AENIGMATUM LIBELLUS. Antwerpen 1585 (Erstausgabe 1565).

La Perrière, Guillaume de :
25——Le TheaTRE DES BONS ENgins, auquel sont contenuz cent Emblemes moraulx. Paris 1539.
26——LA MOROSOPHIE de Guillaume de la Perriere Tolosain, Contenant Cent Emblemes moraux, illustrez de Cent Tetrastiques Latins, reduitz en autant de Quatrains Françoys. Lyon 1553.

Lebey de Batilly, Denis :
27——DIONYSII LEBEI-BATILLII REGII MEDIOMATRICVM PRAESIDIS EMBLEMATA. Frankfurt a. M. 1596.

Montenay, Georgette de :
28——MONVMENTA EMBLEMATVM CHRISTIANORVM VIRTVTVM TVM Politicarum, tum Oeconomicarum chorum CENTVRIA VNA adumbrantia. RHYTHMIS GALLICIS ELEgantissimis primùm conscripta, Figuris aeneis incisa, & ad instar ALBI AMICORVM exhibita. ET NVNC INTERPRETATIOne Metrica, Latina, Hispanica, Italica, Germanica, Anglica & Belgica, donata. Frankfurt a. M.

1619 (Erstausgabe 157I).

Pers, Dirck Pietersz. :

29——BELLEROPHON, Of LUST tot WIISHEIT: Door Sinne-Beelden leerlijck vertoont. Waer by zijn geboeght De Vrolijcke Stemmen: Of, Stichtige en vermaecklijcke Liedekens en Dichten, genomen uyt de geoorlofde Vrolijckheyd, tot opweckinge der goede zeden. Waer by oock URANIA of HEMELSANGH, zijnde het tweede-deel van de Lust tot Wijsheyt, kan werden gevoeght. Van nieuws vermeerdert / en met de alderschoonste Voysen op Musijck-nooten gepast / en met Konst-platen geciert. Amsterdam o. J. (1633. - Erstausgabe 1614).

Reusner, Nicolas :

30——EMBLEMATA. PARTIM ETHICA, ET PHYSICA: PARTIM verò Historica, & Hieroglyphica, sed ad virtutis, morumque doctrinam omnia ingeniosè traducta. Frankfurt 1581.

Rollenhagen, Gabriel :

31——NVCLEVS EMBLEMATVM SELECTISSIMORVM, QVAE ITALI VVLGO IMPRESAS vocant priuata industria studio singulari, vndique conquisitus, non paucis venustis inuentionibus auctus, additis carminib., illustratus A GABLIELE ROLLENHAGI0 MAGDEBVRGENSE. o. J. (Arnheim 1611).

32——GABRIELIS ROLLENHAGII selectorum Emblematum CENTURIA SECUNDA. Arnheim 1613.

Ruscelli, Girolamo :

33——LE IMPRESE ILLVSTRI DEL S.or IERONIMO RVSCELLI. AGGIVNTOVI NVOVAMte. IL QVARTO LIBELO DA VINCENZO RVSCELLI DA VITERBO. Venedig 1584 (Erstausgabe 1566).

Saavedra Fajardo, Diego de :

34——EIN ABRISS Eines Christlich-Politischen PRINTZENS / In CI. Sinn-bildern vnd mercklichen Symbolischen Sprüchen / gestelt von / A. DIDACO SAAVEDRA FAXARDO Spanischen Ritter & c. Zu vor auss dem Spanischen ins Lateinisch : nun ins Deutsch versetzt.

Amsterdam 1655 (spanische Originalausgabe München 1640).

Sambucus, Joannes :
35——EMBLEMATA, ET ALIQVOT NVMMI ANTIQVI OPERIS. ALTERA EDITIO. Antwerpen 1566 (Erstausgabe 1564).

Schoonhovius, Florentius :
36——Emblemata. Partim Moralia partim etiam Civilia. Cum latiori eorundem ejusdem Auctoris interpretatione. Accedunt et alia quaedam Poëmatia in alijs Poëmatum suorum libris non contenta. Gouda 1618.

Soto, Hernando de :
37——EMBLEMAS. MORALIZADAS. Madrid 1599.

Taurellus, Nicolaus :
38——EMBLEMATA PHYSICO-ETHICA, hoc est, NATVRAE MORVM moderatricis picta praecepta, à NICOLAO TAURELLO Montbelgardensi, Physices & Medic. in Altdorfens. Noric. Academia Professore observata. Editio secunda. Nürnberg 1602 (Erstausgabe 1595).

Typotius, Jacobus :
39——SYMBOLA Diuina & Humana PONTIFICVM IMPERATORVM REGUM. Tomus Primus. Prag 1601.
40——SYMBOLA uaria Diuersorum PRINCIPVM Sacrosanc Ecclesiae & Sacri Imperij ROMANI. TOMVS SECVNDVS. Prag 1602.
41——SYMBOLA VARIA DIVERSORVM PRINCIPVM. TOMVS TERTIVS. Prag 1603.

Udemans, Cornelis :
42——De waekende oog op de onsekerheyt des menschen levens... Hier by sijn noch door den selfden Autheur gevoegt Eenige Emblemata ofte Sinnedichten. Gravenhage 1643.

Veen, Otto van (Vaenius) :
43 — AMORVM EMBLEMATA, FIGVRIS AENEIS INCISA STVDI0 OTHONIS VAENI. Antwerpen 1608.

Visscher, Roemer :
44 — ZINNE-POPPEN; Alle verciert met Rijmen, en sommighe met Proze: Door zijn Dochter ANNA ROEMERS. Amsterdam o. J. (etwa 1620; Erstausgabe 1614).

Zincgref, Julius Wilhelm :
45 — EMBLEMATVM ETHICO-POLITICORVM CENTVRIA. o. O. (Heidelberg) 1619.

TEXTE

Balbinus, Bohuslaus :
46 — VERISIMILIA HVMANIORVM DISCIPLINARVM SEV IVDICIVM PRIVATVM DE OMNI LITERARVM (QUAS HVMANIORES APPELLANT) ARTIFICIO. Augsburg 1710 (Erstdruck 1687).

Birken, Sigmund von :
47 — Teutsche Rede-bind- und Dicht-Kunst / oder Kurze Anweisung zur Teutschen Poesy. Nürnberg 1679.

Bleyer, Johann Georg :
48 — Filidors Trauer- Lust- und MischSpiele. Erster Theil. Jena 1665. (Verfasserfrage nicht eindeutig geklärt; in Frage kommt auch Kaspar Stieler).

Breitinger, Johann Jacob :
49 — Critische Abhandlung Von der Natur den Absichten und dem Gebrauche der Gleichnisse. Mit Beyspielen aus den Schriften der berühmtesten alten und neuen Scribenten erläutert. Durch Johann Jacob Bodmer besorget und zum Drucke befördert. Zürich 1740.

50——Fortsetzung der Critischen Dichtkunst Worinnen die Poetische Mahlerey Jn Absicht auf den Ausdruck und die Farben abgehandelt wird, mit einer Vorrede von Johann Jacob Bodemer. Zürich/Leipzig 1740.

Erasmus, Desiderius :
51——Erasmi Roterodami Adagiorum Chiliades tres, ac centuriae fere totidem. Basel 1513 (Erstdruck 1508).

Feind, Barthold :
52——Deutsche Gedichte / Bestehend in Musicalischen Schau-Spielen / Lob- Glückwünschungs- Verliebten und Moralischen Gedichten / Ernst- und schertzhafften Sinn- und Grabschrifften / Satyren / Cantaten und allerhand Gattungen. Sammt einer Vorrede Von dem Temperament und Gemühts-Beschaffenheit eines Poeten / und Gedancken von der Opera. Erster Theil. Stade 1708.

Fischart, Johann :
53——Kurtzer vnd Woldienlicher Vorbericht / von Vrsprung / Namen vnd Gebrauch der Emblematen / oder Eingeblömeten Zierwercken (zu Mathias Holtzwart: Lit.-Verz. 21).

Francisci, Erasmus :
54——Der Zweyte Traur-Saal steigender und fallender HERREN: Oder Auf- und Untergangs der GROSSEN Andrer Theil. Nürnberg 1669.

Gottsched, Johann Christoph :
55——Versuch einer Critischen Dichtkunst vor die Deutschen; Darinnen erstlich die allgemeinen Regeln der Poesie, hernach alle besondere Gattungen der Gedichte, abgehandelt und mit Exempeln erläutert werden: Uberall aber gezeiget wird Daß das innere Wesen der Poesie in einer Nachahmung der Natur bestehe. Leipzig 1730.

Gryphius, Andreas :
56——LEO ARMENIUS. In: Das Zeitalter des Barock. Texte und Zeugnisse. Hrg. Albrecht Schöne. München 1963 (Die Deutsche Literatur Bd.III), S. 468ff.

57 —— CATHARINA von Georgien Oder Bewehrete Beständikeit. Hrg. Willi Flemming. 3.Aufl. Tübingen 1955 (Neudrucke deutscher Literaturwerke Nr. 261 bis 262).

58 —— Feste Theatrali Tragiche per la Catharina di Giorgia del Sig Andrea Gryphii Dedicate A Lodovica Duchessa di Ligniz, Brieg e Wohlaw, Principessa d'Anhalt, Contessa d'Ascania, Signora de Zerbst e Bernburg; Rappresentate da Vigilio Castore Budorgese, Inventore Fatte coll acqua forte da Giouan Using Pittore MDCLV (Acht Kupferstiche zur <Catharina von Georgien>, ohne den Text des Dramas publiziert. Titel in der linken Ecke des ersten Kupfers).

59 —— Cardenio und Celinde oder Unglücklich Verlibete. Trauer-Spiel. In: Das schlesische Kunstdrama. Hrg. Willi Flemming. Leipzig 1930 (Deutsche Literatur i. Entwicklungsreihen, Barockdrama Bd. I), S. 75ff.

60 —— Ermordete Majestät. Oder CAROLUS STUARDUS König von Groß Britanien. (2. Fassung von 1657.) In: Andreas Gryphius, Gesamtausgabe der deutschsprachigen Werke, Bd. 4 (Trauerspiele I). Hrg. Hugh Powell. Tübingen 1964, S. 53ff.

61 —— Großmüttiger Rechts-Gelehrter Oder Sterbender AEMILIUS PAULUS PAPINIANUS. In: Andreas Gryphius, Gesamtausgabe der deutschsprachigen Werke, Bd. 4 (Trauerspiele I). Hrg. Hugh Powell. Tübingen 1964. S. 161ff.

62 —— Die Sieben Brüder / Oder Die Gibeoniter / Aus Vondels Niederländischen in das Hoch=Deutsche übersetzet. In: Andreas Gryphius, Teutsche Gedichte. Breslau/Leipzig 1698, S. 543ff.

63 —— DISSERTATIONES FUNEBRES, Oder Leich=Abdanckungen. Frankfurt/Leipzig 1698 (Erstdruck 1666).

Hallmann, Johann Christian :

64 —— Leich=Reden / Todten=Gedichte und Aus dem Italiänischen übersetzte Grab-Schrifften. Frankfurt/Leipzig 1682.

65 —— Trauer= Freuden= und Schäffer=Spiele / Nebst Einer Beschreibung Aller Obristen Hertzoge über das gantze Land Schlesien. Breslau o. J. (1684).

Harsdörffer, Georg Philipp :

66 —— FRAVENZJMMER GESPRECHSPIELE / so bey Ehr= und Tugendliebenden Gesellschaften / mit nutzlicher Ergetzlichkeit / beliebet und geübet werden mögen / Erster Theil. Nürnberg 1644.

67 —— GESPRAECHSPIELE / So Bey Teutschliebenden Geselschaften an- und außzuführen / Vierter Theil: Samt einer Rede von dem Worte SPIEL. Nürnberg 1644.

68——GESPRECHSPIELE Fünfter Theil; Im welchem Vnterschiedliche / in Teutscher Sprache niebekante Erfindungen / Tugendliebenden Gesellschaften auszuüben / Vorgestellet worden: Benebens einer Zugabe / überschrieben Die Reutkunst. Nürnberg 1645.

69——Gesprächspiele. Achter und Letzter Theil: in welchem die spielartige Verstandübung vollständig behandelt wird: Benebens einer Zugabe bestehend in XXV Fragen aus der Naturkündigung und Tugend- oder Sittenlehre. Nürnberg 1649.

70——Poetischen Trichters zweyter Theil. Nürnberg 1648.

71——Prob und Lob der Teutschen Wolredenheit. Das ist: deß Poetischen Trichters Dritter Theil. Nürnberg 1653.

Haugwitz, August Adolph von :

72——PRODROMUS POETICS, Oder: Poetischer Vortrab / bestehende aus unterschiedenen Trauer= und Lust=Spielen / Sonnetten / Oden / Elegien / Bei= oder Uberschrifften und andern Deutschen Poetischen Gedichten. Dresden 1684.

Hunold, Christian Friedrich (Menantes) :

73——Theatralische / Galante Und Geistliche Gedichte / Von Menantes. Hamburg 1706.

Lohenstein, Daniel Casper von :

74——AGRIPPINA. In: Das Zeitalter des Barock. Texte und Zeugnisse. Hrg. Arbrecht Schöne. München 1963 (Die Deutsche Literatur Bd.III), S. 537ff.

75——Türkische Trauerspiele. Hrg. Klaus Günther Just. Stuttgart 1953 (Bibl. d. Lit. Vereins in Stuttg. CCXCII).

76——Afrikanische Trauerspiele. Hrg. Klaus Günther Just. Stuttgart 1957 (Bibl. d. Lit. Vereins in Stuttg. CCXCIV).

77——Römische Trauerspiele. Hrg. Klaus Günther Just. Stuttgart 1955 (Bibl. d. Lit. Vereins in Stuttg. CCXCIII)

Ludwig, Gottfried :

78——Teutsche Poesie dieser Zeit / Vor die in Gymnasiis und Schulen studirende Jugend / An nöthigen Reguln ietzt berühmter Poeten / zulänglichen Exempeln der Gedichte ieder Gattung / und allen dem / was zur Invention, Disposition und Elocution eines Teutschen Carminis heutiger Art erfordert wird / durch Frag und Antwort vorgestellet / Und mit einem hierzu gehörigen Reim=Register versehen. Leipzig 1703.

Masen, Jacob :

79 —SPECULUM IMAGINVM VERITATIS OCCVLTAE, exhibens SYMBOLA, EMBLEMATA, HIEROGLYPHICA, AENIGMATA. Editio nova. Köln 1664 (Erstdruck 1650).

Neumeister, Erdmann :

80 —Die Allerneueste Art / Zur Reinen und Galanten Poesie zu gelangen. Allen Edlen und dieser Wissenschafft geneigten Gemühtern / Zum Vollkommenen Unterricht / Mit überaus deutlichen Regeln / und angenehmen Exempeln ans Licht gestellet / Von Menantes. Hamburg 1707 (In den 90er Jahren als Kollegmanuskript von Neumeister entworfen, dann von Hunold-Menantes überarbeitet und veröffentlicht).

Reimmann, Jacob Friedrich :

81 —Poesis Germanorum Canonica & Apocrypha. Bekandte und Unbekandte Poesie der Teutschen. Leipzig 1703.

Scaliger, Julius Caesar :

82 —Poetices libri septem. Lyon 1561.

Vondel, Joost van den :

83 —De Werken van Vondel. Volledige en geïllustreerde Tekstuitgave in tien Deelen. Bezorgd door C. Catharina van de Graft, C. R. de Klerk, J. D. Meerwaldt, L. C. Michels, B. H. Molkenboer O. P., H. W. E. Moller, J. Prinsen Jlzn., Leo Simons, J. F. M. Sterck, A. A. Verdenius, en C. G. N. de Vooys. Amsterdam 1927-1937 (Registerband 1940).

SCHRIFTEN ZUR EMBLEMATIK

Clements, Robert J. :

84 —Picta Poesis. Literary and Humanistic Theory in Renaissance Emblem Books. Rom 1960 (Temi e Testi 6).

Duplessis, Georges :
85——Les Emblèmes d'Alciat. (Bibliothèque internationale de l'art. Les livres à gravures du XVIe siècle). Paris 1884.

Freeman, Rosemary :
86——English Emblem Books. London 1948.

Giehlow, Karl :
87——Die Hieroglyphenkunde des Humanismus in der Allegorie der Renaissance, besonders der Ehrenpforte Kaisers Maximilian I. Wien/ Leipzig 1915 (Jahrbuch d. kunsthist. Sammlungen d. allerhöchst. Kaiserhauses Bd. 32, Heft 1).

Green, Henry :
88——A. Alciati and his Books of Emblems. A biographical and bibliographical study. London 1872.

Heckscher, William S. :
89——Artikel <Emblem, Emblembuch>. In: Reallexikon zur Deutschen Kunstgeschichte, V. Bd., Sp. 85-228 (zusammen mit Karl-August Wirth).

Landwehr, John :
90——Dutch Emblem Books. A Bibliography. Utrecht 1962.

Monroy, Ernst Friedrich von :
91——Embleme und Emblembücher in den Niederlanden 1560-1630. Eine Geschichte der Wandlungen ihres Illustrationsstils. Hrsg. [und kommentiert] von Hans Martin von Erffa. (Bibliotheca Emblematica II), Utrecht 1964.

Praz, Mario :
92——Studies in Seventeenth-Century Imagery, I. London 1939 (Studies of the Warburg Institute Vol. 3). マリオ・プラーツ『綺想主義研

究——バロックのエンブレム類典』伊藤博明訳、ありな書房、一九九五年。

93——Studies in Seventeenth-Century Imagery, II. London 1947 (Studies of the Warburg Institute Vol. 3).
Second edition considerably increased (beide Teile in einem Band) : Rom 1964 (SUSSIDI ERUDITI 16).

Stegemeier, Henri :

94——Problems in Emblem Literature. In: The Journal of English and Germanic Philology, Vol. XLV, 1946. S. 26ff.

Volkmann, Ludwig :

95——Bilderschriften der Renaissance, Hieroglyphik und Emblematik in ihren Beziehungen und Fortwirkungen. Leipzig 1923.

Vries, Anne Gerard Christiaan de :

96——De Nederlandsche emblemata. Geschiedenis en Bibliographie tot de 18e eeuw. Amsterdam 1899.

Wirth, Karl-August :

文献89を見よ。

ALLGEMEINE LITERATUR

Alewyn, Richard :

97——Vorbarocker Klassizismus und griechische Tragödie. Analyse der <Antigone>-Übersetzung des Martin Opitz. Darmstadt 1962 (Sonderausgabe d. Wiss. Buchgesellsch. Reihe <Libelli>, Bd. LXXIX. - Erstdruck 1926).

98——Das große Welttheater. Die Epoche der höfischen Feste in Dokument und Deutung. Hamburg 1959 (rowohlts deutsche enzyklopädie 92), zusammen mit Karl Sälzle. リヒャルト・アレヴィン『世界大劇場——宮廷祝祭の時代』円子修平訳、法政大学出版局、一九八五年。

Benjamin, Walter :

99 ——Ursprung des deutschen Trauerspiels. Revidierte Ausgabe, besorgt von Rolf Tiedemann. Frankfurt/M. 1963. (Erstdruck 1928). ヴァルター・ベンヤミン『ドイツ悲哀劇の根源』岡部仁訳、講談社、二〇〇一年。

Clemen, Wolfgang :

100 ——Die Tragödie von Shakespeare. Ihre Entwicklung im Spiegel der dramatischen Rede. Heidelberg 1955 (Schriftenreihe d. dtsch. Shakespeare-Gesellschaft, N. F. Bd. V).

Flemming, Willi :

101 ——Andreas Gryphius und die Bühne. Halle 192I.

102 ——Geschichte des Jesuitentheaters in den Landen deutscher Zunge. Berlin 1923 (Schriften d. Gesellschaft f. Theatergesch. Bd. 32).

Fricke, Gerhard :

103 ——Die Bildlichkeit in der Dichtung des Andreas Gryphius. Materialien und Studien zum Formproblem des deutschen Literaturbarock. Berlin 1933 (Neue Forschung Bd. 17).

Heckmann, Herbert :

104 ——Elemente des barocken Trauerspiels. Am Beispiel des <Papinian> von Andreas Gryphius. Diss. Frankfurt/M. 1958 (Schriftenreihe Literatur als Kunst).

Hocke, Gustav René :

105 ——Manierismus in der Literatur. Hamburg 1959 (rowohlts deutsche enzyklopädie 82/83). グスタフ・ルネ・ホッケ『文学におけるマニエリスム』種村季弘訳、現代思潮社、一九七七年。

Hummelen, Willem Marianus Hendrik :

106 ——De Sinnekens in het Rederijkersdrama. Diss. Groningen 1957.

Jantsch, Heinz G. :

107 ———Studien zum Symbolischen in frühmittelhochdeutscher Dichtung. Tübingen 1959.

Just, Klaus Günther :

108 ———Die Trauerspiele Lohensteins. Versuch einer Interpretation. Berlin 1961 (Philolog. Studien und Quellen Heft 9).

Kernodle, George R. :

109 ———From Art to Theatre. Form and Conventions in the Renaissance. Chicago 1944.

Kolitz, Kurt :

110 ———Johann Christian Hallmanns Dramen. Ein Beitrag zur Geschichte des deutschen Dramas in der Barockzeit. Berlin 1911.

Lunding, Erik :

111 ———Das schlesische Kunstdrama. Eine Darstellung und Deutung. København 1940.

Martin, Walther :

112 ———Der Stil in den Dramen Lohensteins. Diss. Leipzig 1927.

Müller, Johannes :

113 ———Das Jesuitendrama in den Ländern deutscher Zunge vom Anfang (1555) bis zum Hochbarock (1665). 2Bde. Augsburg 1930 (Schriften zur dtsch. Lit. Für d. Görresgesellsch. hrg. v. Günther Müller, Bd. 7 und 8).

Ohly, Friedrich :

114 ———Vom geistigen Sinn des Wortes im Mittelalter. In: Zeitschrift f. dtsch. Altertum u. dtsch. Lit. 89, 1958/9, S. 1ff.

Rosenfeld, Hellmut :

115 ———Das deutsche Bildgedicht. Leipzig 1935 (Palaestra Bd. 199).

Rubensohn, Max :

116 ———Griechische Epigramme und andere kleinere Dichtungen in deutschen Übersetzungen des XVI. und XVII. Jahrhunderts. Weimar 1897 (Bibl. älterer dtsch. Übersetzungen 2-5).

Smit, W. A. P.:

117 ———The Emblematic Aspect of Vondel's Tragedies as the Key to their Interpretation. In: The Modern Language Review, Vol. LII, 1957, S. 554ff.

Stachel, Paul :

118 ———Seneca und das deutsche Renaissancedrama. Studien zur Literatur- und Stilgeschichte des 16. und 17. Jahrhunderts. Berlin 1907 (Palaestra Bd. 46).

Steinberg, Hans :

119 ———Die Reyen in den Trauerspielen des Andreas Gryphius. Diss. Göttingen 1914.

Zeidler, Jakob :

120 ———Studien und Beiträge zur Geschichte der Jesuitenkomödie und des Klosterdramas. Hamburg/Leipzig 1891 (Theatergeschichtl. Forschg. IV).

訳者あとがき

本書は、Albrecht Schöne: *Emblematik und Drama im Zeitalter des Barock* (Verlag C. H. Beck) の第一版（一九六四年）の全訳である。ただし翻訳にあたっては、この第一版を底本としたうえで、その後に出された増補改訂版（一九九三年）をも参照した。

著者アルブレヒト・シェーネは、一九二五年生まれのドイツの文学史家。ドイツ文学研究界の重鎮で、近代から現代にいたるドイツ文学に関する多くの研究や著作で知られるが、とりわけそれまでほとんど未開拓の分野だったエンブレムに光を当てなおした研究がいまなお高く評価されている。

本書は、わが国ではいささかなじみの薄いドイツ・バロック演劇を研究対象としているが、なによりエンブレムに関しては、今日、ヨーロッパ全体の文学、美術、文化に関わるこの方面の研究に必要不可欠な基本文献の位置を占めている。さらに、本書の文献表冒頭にも挙げられているとおり、この方面のシェーネの研究成果は、ヘンケルと編んだ当時のエンブレムの膨大な集成書『エンブレマータ――一六、一七世紀の寓意画芸術総覧』にも結実している。これもまた、個々のエンブレムを調べるさいはもとより、広く図像学一般を含めて、この方面の研究に欠かせない最大の資料集である。

訳者の個人的経験をいえば、ドイツ・バロック文学を多少かじっていた学生時代、まだ最初の邦訳が出ていなかったヴァルター・ベンヤミンの『ドイツ悲哀劇の根源』（拙訳、講談社文芸文庫）の原典を四苦八苦して読んでいたおり、エンブレムの語に頻繁にであって、このシェーネの著作にも自然に興味が向かった。本書は、エンブレムに関してのみならず、演劇の考察対象もベンヤミンの論文とほぼ全面的に重なりあっている。論じ方はまったく異ってきわめて実証的な研究であるが、あるいは逆にだからこそ、ベンヤミンの著作を読むうえでも、この分野の数少ない貴重な邦訳文献になるはずである。

本書は、もともと岡部が十数年もまえに第一版を出版のあてもなく手すさびに訳したまま眠っていたものを、このたび同僚の原研二氏の斡旋で公刊する運びにいたったものである。とうに忘却の淵に沈んでいた訳がこのように思いがけず日の目を見られることになり、氏には心から感謝したい。

その間、増補改訂された第三版が出たため、ドイツ・バロック文学の研究者、小野が本文と注の全体にわたって第一版との異同を確認したうえで、増補部分を反映させた（とりわけ第二章におびただしい）。最後に岡部が全面的に訳文の統一をはかった。原書にはない人名索引も小野の手になる。

また、ラテン語については一橋大学教授の古沢ゆう子氏に、オランダ語については関西大学教授の高田博行氏にご教示を仰いだ。両氏には紙面を借りて厚くお礼を申しあげたい。こうしてなんとか出版までこぎつけられたことは、ありな書房の松村豊氏のご尽力に負うところ多く、謝意を表したい。

二〇〇二年　弥生

岡部　仁

ラ行

ライプニッツ , ゴットフリート・ヴィルヘルム（Leibniz, Gottfried Wilhelm） 241
ライムマン , ヤーコプ・フリードリヒ（Reimmann, Jacob Friedrich） 32-35, 39, 241, 291
ラインシュ , ローベルト（Reinsch, Robert） 248
ラーヴァター , ヨハン・カスパール（Lavater, Johann Kaspar） 53
ラーム , アウグスト（Rahm, August） 264
ラントヴェール , ヨン（Landwehr, John） 239, 292

ルスケッリ , ジロラモ（Ruscelli, Girolamo） 228, 285
ルスティキアヌス（Rusticianus） 159
ルター , マルティン（Luther, Martin） 49
ルドヴィコ , M（Ludovico, M.） 46
ルートヴィヒ , ゴットフリート（Ludwig, Gottfried） 131, 212, 290
ルペルト , ハンス（Ruppert, Hans） 244
ルーベンゾーン , マックス（Rubensohn, Max） 240, 296
ルンディング , エーリク（Lunding, Erik） 127, 129, 149, 295

レオポルト 1 世（Leopold I） 115, 183, 251

ロイスナー , ニコラス（Reusner, Nicolas） 252, 285
ローエンシュタイン , ダニエル・カスパール・フォン（Lohenstein, Daniel Casper von）
7-11, 16, 17, 62-65, 70, 72-74, 78, 82, 83, 88-93, 102, 110, 118-124, 127, 129, 130, 132, 133, 135, 137, 139-141, 143-149, 151-155, 159, 161, 163, 178, 179, 181-184, 186, 191-193, 195, 196, 198, 199, 206, 217, 223, 227, 237, 248-253, 257-262, 264, 266, 271, 278, 290
ローゼンフェルト , ヘルムート（Rosenfelt, Hellmut） 242, 295
ロレンハーゲン , ガブリエル（Rollenhagen, Gabriel） 45, 145, 217, 219, 248, 251, 275, 285

ホラティウス（Horatius） 41, 209, 272
ホラポッロ（Horapollo） 37-38, 61, 242
ボワサール, ジャン・ジャック（Boissard, Jean Jacques） 228
ボリア, ファン・デ（Boria, Juan de） 13, 67, 140, 145, 251-252, 255, 270, 276, 282
ポルクス, ユリウス（Pollucus, Julius） 263
ホルツヴァルト, マティアス（Holtzwart, Mathias） 27, 58, 196, 210, 243, 283

マ行

マイアー, ベルンハルト（Meier, Bernhard） 244
マキアヴェッリ, ニッコロ（Machiavelli, Niccolò） 257
マクシミリアン（Maximilian） 38
マクシムス, ヴァレリウス（Maximus, Valerius） 270
マーゼン, ヤーコプ（Masen, Jacob） 193, 236, 241, 269, 291
マナサー, ダニエル（Mannasser, Daniel） 210
マリアムネ（*Mariamne*） 77, 93-95, 125, 162, 194, 238, 248, 259, 276
マルガレーテ・テレジア（Margarete Telesia） 205, 251
マルティン, ヴァルター（Martin, Walther） 259-260, 295

ミヒャエル, ヴォルフガング・F（Michael, Wolfgang F.） 274
ミュラー, ヨハネス（Müller, Johannes） 271, 295

ムリス, オスヴァルト（Muris, Oswald） 178, 266
ムルナー, トーマス（Murner, Thomas） 27

メンリング, ヨーハン・クリストフ（Männling, Johann Christoph） 155

モントネ, ジョルジェット・ド（Montenay, Georgette de） 16, 76, 85, 200-201, 255, 284
モンロイ, エルンスト・フリードリヒ・フォン（Monroy, Ernst Friedrich von） 42, 275, 292

ヤ行

ヤコブス・ア・ブルック・アンガームント（Jacobus à Bruck Angermundt） 10, 218, 248, 282
ヤンチュ, ハインツ・G（Jantsch, Heinz G.） 423, 295

ユスト, クラウス・ギュンター（Just, Klaus Günther） 237, 261-262, 295
ユダ（Juda） 228, 230
ユーデマン, コルネリス（Udeman, Cornelis） 27, 286
ユニウス, ハドリアヌス（Junius, Hadrianus）
36-38, 103, 140, 217, 241, 251, 263, 270, 275, 276, 284
ユング, カール・グスタフ（Jung, Carl Gustav） 253

プルタルコス（Plutarchus） 37, 209, 210, 241, 247, 250, 272
ブルナルキーニ , ルドヴィコ（Brunarcini, Ludovico） 277
ブレデロ（Bredero, Gerbrand Adriaanszon） 215
ブレヒト , レーヴィン（Brecht, Lewin） 205
フレミング , ヴィリー（Fleming, Willi） 266, 269, 272, 276, 294
ブロイ , イエルク（Breu, Jörg） 20
プロクロス（Proculus, Volusius） 64-66
ブロッケス , ボルトホルト・ハインリヒ（Brockes, Borthold Heinrich） 53, 246
ヘインシウス（Heinsius, Daniel） 249, 283
ヘクシャー , ヴィリアム・S.（Heckscher, William S.） 22-23, 240, 244, 267, 292
ベザ , テオドルス（Beza, Theodrus） 79, 83, 149, 228, 255, 281
ヘックマン , ヘルベルト（Heckmann, Herbert） 260, 268, 294
ベッヒャー , フーベルト（Becher, Hubert） 274
ベハーグル , オットー（Behaghel, Otto） 260
ペリエール , ギヨーム・ド・ラ（Perrière, Guillaume de la）
13, 16, 25, 36, 38, 68, 115, 126, 228, 243, 248, 251, 253, 255, 270, 284
ヘリンガ , ヴェイツェ・ゲルベンス（Hellinga, Wytze Gerbens） 277
ヘルク , ヴァルター（Helg, Walther） 264
ペルス（Pers, Dirck Pietersz） 109, 285
ヘルダー , ヨハン・ゴットフリート・フォン（Herder, Johann Gottfried von） 19, 52, 234, 247
ベルトウルフス（Bertulfus） 205
ベルヌーイ , ヤーコプ（Bernoulli, Jacob） 54-55, 244
ヘロデ（Herodes） 77, 94, 99, 162
ヘロドトス（Herodotus） 37
ヘンケル , アルトウール（Henkel, Arthur） 244, 281
ベンヤミン , ヴァルター（Benjamin, Walther） 132, 144, 189, 220, 239, 261, 271, 293

ホイジンガ（Huizinga） 274
ポイティンガー , コンラート（Peutinger, Konrad） 58
ボエティウス（Boetius） 91, 159
ボカルトウス , サミュエル（Bochartus, Samuel） 253
ボッキ , アキッレ（Bocchi, Achille） 263, 282
ホッケ , グスタフ・ルネ（Hocke, Gustav René） 42, 253, 294
ポッパエア , サビーナ（Poppaea, Sabina） 72-73
ボードマー , ヨーハン・ヤーコプ（Bodmer, Johann Jacob） 121
ポプシッツ , マリアンネ・フォン（Popschitz, Marianne von） 84
ホーフト，ピーテル・コルネリスゾーン（Hooft, Pieter Corneliszoon） 215
ホフマン , イルゼ（Hoffmann, Ilse） 269
ホフマンスヴァルダウ，C・H・フォン（Hofmannswaldau, Christian Hofmann von） 187

パピニアヌス（*Papinianus*） 68-69, 96, 101, 135, 152, 154, 158, 203, 223, 265, 267, 279
ハーマン , ヨハン・ゲオルク（Hamann, Johann Georg） 53
ハルスデルファー , ゲオルク・フィリップ（Harsdörffer, Georg Philipp） 14, 24, 27, 31, 38, 41, 44, 47, 59, 100, 152, 156, 174, 176, 190, 211, 234-235, 238, 242, 247, 289
バルビヌス , ボフスラウス（Balbinus, Bohuslaus） 21, 240, 273, 287
ハルマン , ヨハン・クリスティアン（Hallmann, Johann Christian） 13-17, 76, 80, 88, 91, 93-98, 125-126, 137, 141-148, 151, 153-154, 159, 162, 178, 182, 186, 191, 193-194, 196-197, 199, 206, 218, 248-250, 253, 259, 262, 268-269, 272, 276, 289
バレ , レオナルドウス（Barré, Leonarudus） 245
ハンニバル（Hannibal） 104

ピキネッリ , フィリッポ（Piccinelli, Filippo） 243
ピーソ , C.（Piso, C.） 7-8
ピュタゴラス（Pythagoras） 38, 40-41
ヒュルカーヌス（Hyrcanus） 94-95
ピョートル大帝（Pyotr） 19
ビルケン , ジークムント（Birken, Sigmund） 156, 264, 287
ファイント , バルトルト（Feind, Barthord） 187, 268, 288
ファンゲ , ラグネール（Fange, Ragnär） 71
フィッシャルト , ヨハン（Fischart, Johann） 41, 45, 288
フィッセル , ルーメル（Visscher, Roemer） 40, 287
フェッロ , ジョヴァンニ（Ferro, Giovanni） 13-14, 63, 238, 283
フェルノウ , C・L（Fernow, C. L.） 244
フォス , ヤン（Vos, Jan） 193
フォルクマン , ルートヴィヒ（Volkmann, Ludwig） 242-243, 293
フォンデル , ヨースト・ファン・デン（Vondel, Joost van den） 68, 215, 247, 273, 275, 291
フーノルト , クリスティアン・フリードリヒ（Hunold, Christian Friedrich） 187, 290
ブーフヴァルト , エーバーハルト（Buchwald, Eberhard） 55-56, 244
ブーフナー , アウグスト（Buchner, August） 210, 272
フメレン , ヴィレム・M・ヘンドリク（Hummelen, Willem Marianus Hendrik） 275, 294
ブライティンガー , ヨーハン・ヤーコプ（Breitinger, Johann Jacob） 120-136, 256, 257, 287
ブライヤー , ヨハン・ゲオルク（Bleyer, Johann Georg） 218, 235, 287
プラーツ , マリオ（Praz, Mario） 20, 26, 41, 42, 239, 240, 243, 246, 292
プラトン（Platon） 37
フランツィスキ , エラスムス（Francisci, Erasmus） 15, 59, 238, 245, 263, 288
ブラント , セバスティアン（Brant, Sebastian） 27
フリッケ , ゲーアハルト（Fricke, Gerhard） 251, 294
プリニウス（Plinius） 61, 89, 105, 150, 253, 263
フリーマン , ローズマリー（Freeman, Rosemary） 239, 292

ダビデ（David） 67-68
ダール，インゲリート（Dal, Ingerid） 147, 260
タロト，ロルフ（Tarot, Rolf） 253-255, 279

ツァイトラー，ヤーコプ（Zeidler, Jacob） 205, 267, 271, 296
ツィンクグレフ，ユリウス・ヴィルヘルム（Zincgref, Julius Wilhelm） 40, 57, 243, 287
ツェツェス，ヨハン（Tzetzes, Johann） 253

ディエゴ，V・ガルシア・デ（Diego, V. Garcia de） 237
ディド（Dido） 114
ティベリウス（Tiberius） 89-90, 250
ティポティウス，ヤコブス（Typotius, Jacobus） 11-13, 52, 84, 248, 258, 286
ディルヘル，ヨーハン・ミヒャエル（Dilherr, Johann Michael） 59, 245
テザウロ，エマヌーエレ（Tesauro, Emanuele） 42
デュプレッシ，ジョルジ（Duplessis, Georges） 239, 292

ド・フリース，アンネ・ヘラルト・クリスティアーン（De Vries, Anne Gerard Christiaan） 239, 293
トゥルンツ，エーリヒ（Trunz, Erich） 270, 275
ドレクセリウス，ヒエレミアス（Drexelius, Hieremias） 13, 238

ナ行

ナヴァロ，ピエトロ（Navarro, Pietro） 14

ネロ（Nero, Claudius Caesar Drusus Germanicus）
7, 10, 72-74, 78-79, 90-92, 127, 128, 139, 161, 184, 192, 197, 220, 227-228

ノイマイスター，エルトマン（Neumeister, Erdmann） 187, 191, 207, 291

ハ行

ハイスブレヒト（Gysbrecht van Aemstel） 277
パウエル，ヒュー（Pawell, Hugh） 260, 268
ハウクヴィッツ，アウグスト・アドルフ・フォン（Haugwitz, August Adolph von）
15-17, 85-86, 125, 137, 141, 143, 146, 151, 160, 163, 177-178, 185, 207, 221, 251, 265, 276, 290
バウシウス，フランシスクス（Bausius, Franciscus） 12
パウル，ジャン（Paul, Jean） 42
ハエクターヌス，ラウレンティウス（Haechtanus, Laurentius） 263
バシアーヌス（Bassianus） 68, 96, 136
バタイユ，レベ・ド（Batilly, Lebey de） 275, 284
ハドリアヌス（Hadrianus） 95-96

シェーネ，アルブレヒト（Schöne, Albrecht） 276, 278, 281
シモニデス（Simonides） 209-211, 272-273
シュタインベルク，ハンス（Steinberg, Hans） 170, 296
シュタッヒェル，パウル（Stachel, Paul） 296
シュッツ，ハインリヒ（Schütz, Heinrich） 245
シュテーガー，ホルスト（Steger, Horst） 272
シュトローベル，バルトロモイス（Strobel, Bartholomäus） 210
シュミット，オットー（Schmitt, Otto） 244
シュミット＝ニールセン，クヌート（Schmidt-Nielsen, Knut） 71
ジョーヴィオ，パオロ（Giovio, Paolo） 14, 24, 46, 63, 190, 242, 283
ショッテル，ユストゥス・ゲオルク（Schottel, Justus Georg） 58, 240
ジョーンズ，イニゴー（Jones Inigo） 228

スエトニウス（Sueton） 89
スカリゲル，ユリウス・カエサル（Scaliger, Julius Caesar） 152, 291
スキピオ（Scipio） 112-113, 116, 137, 182, 254, 255
スクリウェリウス，クリスティアン（Scriver, Christian） 60, 245, 246
スコーンホヴィウス，フロレンティウス（Schoonhovius, Florentius） 79, 286
スチュアート，チャールズ（*Stuart, Charles*）
83-84, 153, 206, 220-221, 224-225, 227, 260, 265, 267, 276-277
スチュアート，メアリー（*Stuart, Mary*） 15-16, 125, 176-177, 207, 238, 262, 265
ステジメイアー，ヘンリー（Stegemeier, Henri） 239-240, 293
スネリウス，ヴィレブロルト（Snellius, Willebrord） 57
スペアー，ブレイク・リー（Spahr, Blake Lee） 248, 278
スミト，**W・A・P**（Smit, W. A. P.） 273, 275, 296
ズルツァー，ヨハン・ゲオルク（Sulzer, Johann Georg） 35

セネカ，ルキウス・アンネウス（Seneca, Lucius Annaeus） 66, 152, 175, 250, 264

ソクラテス（Socrates） 130
ソト，エルナンド・デ（Soto, Hernando de） 179, 251-252, 286
ソフィア（*Sophia*） 80-81, 95-96, 194, 206, 238, 253, 269
ソフォニスベ（*Sophonisbe*）
11, 102-119, 121, 129, 135-136, 141, 153, 182, 186, 195, 247, 252-255, 266-267, 278
ソポクレス（Sophokles） 175, 264
ゾロアスター（Zoroaster） 161-162

タ行

タウレルス，ニコラウス（Taurellus, Nicolaus） 16, 28-31, 42-43, 47, 53, 56-57, 249, 275, 286

グリューフィウス, アンドレーアス（Gryphius, Andreas）
11, 13, 16-17, 67-68, 83-84, 88, 96, 100-101, 120, 135-137, 139-141, 143-148, 151-155, 158, 160, 166-167, 169-170, 174-176, 178, 181, 184, 186, 193, 202, 206, 220, 222, 224, 227, 232-233, 247-248, 253, 258-261, 265, 270, 275-279, 288
グリーン, ヘンリー（Green, Henry） 239, 246, 292
クルーゼ, ユルゲン（Kruse, Jürgen） 259
クルティウス（Curtius） 41
クレオパトラ（*Cleopatra*）
11, 75-76, 116, 118, 121-122, 133-134, 136, 148, 150, 152-153, 178-179, 181-182, 186, 198-199, 220, 248, 252-253, 258, 262, 266-267, 276
グレゴリウス（Gregorius） 212-214
クレッピシウス, グレゴリウス（Kleppisius, Gregorius） 229
グレーフリンガー, ゲオルク（Greflinger, Georg） 258
クレーメン, ヴォルフガング（Clemen, Wolfgang） 268, 276, 294
クレメンス, アレクサンドリアの（Clemens Alexandrinus） 30
クレメンス八世（Clemens VIII） 14
クレメンツ, ローベルト・J（Clements, Robert J.） 272, 277, 291
クレルク, ギヨーム・ル（Clerc, Guillaume le） 248
グロッサー, ザームエル（Grosser, Samuel） 212-215

ゲーテ, ヨハン・ヴォルフガング・フォン（Goethe, Johann Wolfgang von） 34-35, 53, 244, 273

コーエン, カール（Cohen, Carl） 253
ゴットシェート, ヨハン・クリストフ（Gottsched, Johann Christoph） 121, 258, 288
コバルビアス・オロスコ, セバスティアン・デ（Covarrubias Orozco, Sebastián de）
16, 251-252, 255, 283
コーリッツ, クルト（Kolitz, Kurt） 13-14, 270, 295
コルムナ, フェリチア・ウルシーナ（Columna, Felicia Ursina） 84
コロゼ, ジル（Corrozet, Gile） 73, 103, 146, 182, 243, 253, 263, 265, 283
コロンナ, フランチェスコ（Colonna, Francesco） 38

サ行

サアベドラ・ファアルド, ディエゴ・デ（Saavedra Fajardo, Diego de）
8-11, 13, 14, 57, 62, 74, 237, 238, 248, 285
サロメ（Salome） 99
サンブクス, ヨハネス（Sambucus, Johannes） 40, 53, 179, 252, 255, 257, 286
サンタ・クララ, アブラハム・ア（Santa Clara, Abraham a） 60

シェイクスピア, ウィリアム（Shakespeare, William） 246, 276

ヴィジタリーノ , アレッサンドロ（Visitarino, Alessandro） 76
ウィトルウィウス（Vitruvius） 263
ヴィルト , カール＝アウグスト（Wirth, Karl-August） 22-23, 240, 244, 267, 292-293
ヴィルマンス , W.（Wilmanns, W.） 147, 260
ヴィンケルマン , ヨハン・ヨアヒム（Winckelmann, Johann Joachim） 52, 243-244
ウェニウス , オットー（Vaenius, Ottho） 16, 42, 80, 106-107, 145, 248, 251, 275, 287
ヴェラー , エーミル（Weller, Emil） 271

エウリピデス（Euripides） 175
エッゲルス , ヴェルナー（Eggers, Werner） 278
エピカリス（*Epicharis*） 7, 9-11, 62-66, 73, 121, 127, 139, 140, 227, 236, 248-250, 265, 267, 271
エマヌエル , カルロ（Emanuel Carl） 187
エラスムス , デシデリウス（Erasmus, Desiderius） 40, 288
エリザベス一世（Elisabeth I） 176, 193

オッピニアヌス（Oppinianus） 263
オーピッツ , マルティン（Opitz, Martin） 163, 210, 260, 278
オーマイス , マグヌス・ダニエル（Omeis, Magnus Daniel） 61
オーリ , フリードリヒ（Ohly, Friedrich） 243, 295
オロスコ・イ・コバルビアス , ファン・デ（Horozco y Covarrubias, Juan de） 67, 284

カ行

カイザー , ヴォルフガング（Kayser, Wolfgang） 252
カウフマン , ハンス（Kauffmann, Hans） 244
カタリーナ（*Catharina*） 97, 98, 146, 176, 186, 194, 200-204, 206, 220, 232, 265, 269, 270
カッツ , ヤーコプ（Cats, Jacob） 16, 66, 246, 282
カーノドル , ジョージ・R（Kernodle, George R.） 214, 229, 274, 295
カメラリウス , ヨアヒム（Camerarius, Joachim）
11-14, 16, 24-25, 30, 48, 63, 65, 70-71, 73, 79, 83, 88-89, 107, 110, 112, 116, 142, 145, 149-150, 173-174, 243, 248-249, 251-253, 257, 263, 265, 270, 282
カルヴィ , フランチェスコ（Carvi, Francesco） 31
カンピアヌス , エドムンドウス（Campianus, Edmundus） 274

ギーロ , カール（Giehlow, Karl） 241-242, 292

グアリーニ , ジョヴァンニ・バッティスタ（Guarini, Giovanni Battista） 187
クィンティリアヌス（Quintilianus） 36
クストー , ピエール（Coustau, Pierre） 66, 145, 201, 283
グラシアン , バルタサル（Gracián, Bartasar） 59

人名索引（欧文イタリックはタイトルと人名の両方を表わす）

ア行

アイスキュロス（Aeschylus） 175
アヴァンチーニ, ニコラウス・フォン（Avancini, Nicolaus von） 232, 270
アウグスティヌス（Augustinus） 61
アウグストゥス（Augustus） 75-76, 122, 136, 179, 198
アグリッピーナ（*Agrippina*）
11, 65, 67, 72, 78-79, 89, 91-92, 121, 132, 137, 161, 184, 186, 191, 220, 252, 259, 267, 276
アテナイオス（Athenaius） 30
アナクサルコス（Anaxarchus） 201-202, 204
アノー, バルテルミー（Aneau, Barthélemy） 16, 27, 31, 66, 145, 179, 194, 210, 253, 281
アプシャッツ, ハンス・アスマン・フォン（Abschatz, Hans Aßmann von） 187
アラヌス, リールの（Alanus de Insulis） 49
アリストテレス（Aristoteles） 120, 253, 263
アルキメデス（Archimedes） 55
アルチャーティ, アンドレア（Alciati, Andrea）
11, 16, 19, 20-23, 26, 28, 31, 38-40, 43, 52-53, 58, 69, 82-83, 107, 117, 149, 191-193, 248, 252, 263, 265, 269, 275-276, 281
アルノルト, クリスティアン（Arnold, Christian） 245
アルメニウス, レオ（*Armenius, Leo*）
139-141, 146, 155-156, 166-167, 169-170, 174-176, 205-206, 222, 264-265, 271
アルンシュヴァンガー, ヨハン・クリスティアン（Arnschwanger, Johann Christian） 245
アレヴィン, リヒャルト（Alewyn, Richard） 229, 260, 262, 277, 293
アンリ二世（Henri II） 14

イサベラ女王, カスティリアの（Isabella von Kastilien） 14
イシドルス（Isidorus Hispalensis） 253
イッセルブルク, ペーター（Iselburg, Petrus） 13, 238, 284
イブラヒム［スルタン］（*Ibrahim Sultan*） 70, 72, 93, 121, 159, 196, 251, 265-267
イブラヒム［バッサ］（*Ibrahim Bassa*） 82-83, 85, 86, 121, 160, 163-165, 217, 223, 262, 265- 267

ヴァイスバッハ, ヴェルナー（Weisbach, Werner） 274
ヴァイトリンク, D・クリスティアン（Weidling, D. Christian） 60
ウァレリアヌス（Valerianus） 41, 89

エンブレムとバロック演劇

二〇〇二年六月一日第一刷発行

著　者——アルブレヒト・シェーネ

編訳者——岡部　仁（東京都立大学人文学部ドイツ文学専攻教授）
小野真紀子（東京都立大学人文学部ドイツ語非常勤講師）

装　幀——中本　光

発行者——松村　豊

発行所——株式会社　ありな書房
東京都文京区本郷一—五—一七　三洋ビル二一
電話・FAX　〇三（三八一五）四六〇四

印刷——株式会社　厚徳社

製本——株式会社　小泉製本

ISBN4-7566-0273-8 C0098

叢書エンブレマティカ

【原　典】

西欧図像学の源泉

エンブレム集

A・アルチャーティ／伊藤博明　3200円

寓意人物像集成

イコノロジーア（仮）

C・リーパ／伊藤＋岡田＋加藤＋土居＋伊藤　近刊

［以下続刊］

P・ジョーヴィオ　**戦いと愛のインプレーサ**

C・パラダン　**英雄的ドゥヴィーズ集**

O・ウェニウス　**愛のエンブレム集**

ホラポッロ　**ピエログリフ集**

V・カルターリ　**神像論**

【研究書】

バロックのエンブレム類典
綺想主義研究
M・プラーツ／伊藤博明　12500円

M・プラーツ『綺想主義研究』日本語版補遺
エンブレム文献資料集
伊藤博明　2800円

エンブレムへの招待
綺想と表象（仮）
伊藤博明　近刊

［以下続刊］
P・デイリー　ルネサンスのエンブレムと文学（仮）

L・フォルクマン　ルネサンスの図像文字

C・ギーロー　ルネサンスのヒエログリフ

R・クレメンツ　ピクタ・ポエシス